Elf Schritte bis zum Happy End

ELISE BRYANT

ELF SCHRITTE BIS ZUM Happy End

Aus dem Englischen von Sylke Hachmeister

CARLSEN

Wir produzieren nachhaltig
• Klimaneutrales Produkt
• Papiere aus nachhaltigen und kontrollierten Quellen
• Hergestellt in Deutschland

FSC
www.fsc.org
MIX
Papier aus verantwortungsvollen Quellen
FSC® C083411

Carlsen-Newsletter: Tolle Lesetipps kostenlos per E-Mail!
Unsere Bücher gibt es überall im Buchhandel und auf carlsen.de

Originaltitel: Happily Ever Afters
Aus dem Englischen von Sylke Hachmeister
Sensitivity Reading: Samantha Pfaff
Lektorat: Katja Maatsch
Umschlaggestaltung und -typografie: formlabor unter Verwendung einer Illustration von Michelle R. D'Urbano
Herstellung: Björn Liebchen
Satz: Dörlemann Satz, Lemförde
Druck und Bindung: CPI Moravia, Tschechien
ISBN: 978-3-551-58450-2
Printed in Germany

Für Bryan,
»(God Must Have Spent) A Little More Time on You«

Erstes Kapitel

Es klingelt an der Tür, und ich schreibe weiter.

Ich bin mitten in einer wichtigen Szene. Tallulah und Thomas haben Schutz vor dem Regen gefunden, denn rein zufällig gibt es eine verlassene Hütte in der Nähe, und jetzt stehen sie sich gegenüber, so nah, dass die Luft zwischen ihren Nasenspitzen elektrisch geladen ist. Und als er ihr eine Wimper von der Wange pflückt und sagt, sie solle sich etwas wünschen, verraten ihr drängendes Seufzen und der sehnsuchtsvolle Blick ihrer dunkelbraunen Augen, dass sie sich nur eines wünscht – ihn.

Es ist eine schwindelerregende Szene der Liebesgeständnisse, wie in diesen alten Schmachtfetzen, die sonntags auf TNT laufen. Aber meine Heldin ist nicht die übliche blasse Rothaarige. Sie hat braune Haut und trägt einen Afro, und sie kriegt jetzt ihr Happy End.

Oder auch nicht, denn der Türklingler lässt nicht locker.

In den paar Wochen, seit wir Richtung Süden nach Long Beach gezogen sind, sind hier erst drei Leute aufgetaucht: die griesgrämige Mrs Hutchinson von nebenan und zwei missionierende Mormonen mit dünnem Schlips zum gestärkten weißen Hemd.

Für keinen von denen werde ich meinen Gedankenfluss unterbrechen.

Aber da klingelt es schon wieder, gefolgt von einem schnellen Klopfen, das über den Lärm von Miles' plärrendem Fernseher hinten im Haus kaum zu hören ist. Mein Bruder, der Verräter, guckt zum zweiten Mal hintereinander seine Dream-Zone-DVD, und das kann die Person vor der Tür vermutlich auch hören und daraus messerscharf schließen, dass jemand zu Hause ist.

Der Dokumentarfilm *Enter the Dream Zone*, der haarklein von den Wurzeln und dem wundersamen Aufstieg der mittlerweile mausetoten Boygroup erzählt, ist der einzige Grund dafür, dass wir immer noch diesen klobigen DVD-Player haben, obwohl unsere Mutter vor dem Umzug mit den restlichen DVDs die Marie Kondo gemacht hat. Der Film ist Miles' größter Schatz. Er behandelt die DVD und das dazugehörige Booklet, als wären es heilige Schriften.

Noch einmal Klingeln, dann stehe ich auf. Wenn es etwas wirklich Wichtiges ist – wichtiger als Mrs Hutchinsons Sorge um den Palisanderbaum zwischen unseren Häusern oder, na ja, die Rettung unserer Seelen –, wird der oder die da draußen es noch wenigstens ein Mal probieren. Ich drücke mir selbst die Daumen und warte einen Moment. Dann noch einen. Aber bis auf den schmachtenden Gesang aus dem Nebenzimmer bleibt es still.

Die Luft ist rein.

Thomas pustet die Wimper weg, lässt die Lippen jedoch geöffnet, tastet nach den Worten, die Tallulah so ersehnt. Doch genau in dem Augenblick, als er ihr sein Herz öffnen will, unterbricht ihn … eine Sprechblase.

Eine weiße Sprechblase, die am Seitenrand meines Texts in Google Docs aufpoppt, gefolgt von mehreren weiteren.

Warum schreibst du denn jetzt an dieser Geschichte?

Hier wartet jemand auf das neue Colette-Kapitel.

TESSA JOHNSON, DU HAST ES VERSPROCHEN!

So ein Cliffhanger müsste verboten sein, pass auf, dass ich dich nicht anzeige.

Ich weiß, dass du online bist!!!!!!! Ich sehe deinen Cursor.

Jeder einzelne Kommentar von Caroline wird von ihrem Grinse-Avatar begleitet, der im krassen Kontrast zu den offensichtlichen Stalker-Vibes steht, und ein paar Sekunden später brummt mein Handy.

Irgendwie sind heute alle dagegen, dass ich schreibe … oder jedenfalls lassen sie mich nicht schreiben, was *ich* will.

»Hast du das Kapitel fertig?«, fragt sie, sobald ich drangehe, wie üblich ohne jede Begrüßung.

Ich kenne Caroline Tibayan schon, seit wir sechs sind. Damals gingen wir bei Ms Brentwood in die erste Klasse und wir waren die einzigen braunen Mädchen. Als Jesse Fitzgerald zu mir sagte, ich sei hässlich, weil ich kackfarbene Haut hätte, holte Caroline aus und gab ihm eins auf die Nase. Zu Hause versohlte ihre Großmutter Lola ihr dafür den Hintern mit einer Sandale, aber Caroline behauptet noch heute, das sei es wert gewesen. Seitdem sind wir beste Freundinnen.

»Du überwachst mich im Internet? Dein Ernst? Sind wir hier in einer Doku-Soap?« Ich lache. »Und außerdem: Hi. So fängt man normalerweise ein Gespräch an.«

»Okay, ja, hi. Aber kannst du's mir verübeln? Du hörst mit so einem Cliffhanger auf und dann tagelang nichts? Du bist ein Monster!«

»Und du bist eine Drama-Queen.«

»Ich, eine Drama-Queen?« Ich sehe sie fast durchs Telefon, wie sie auf dem viel zu schmalen Bett in dem viel zu kleinen Zimmer liegt, die langen schwarzen Haare über die gestreifte Tagesdecke ausgebreitet. Als Lola bei Caroline und ihren Eltern eingezogen ist, hat sie das zweite Schlafzimmer bekommen, deshalb wurde die Speisekammer zu einem Zimmer für Caroline umgebaut. »Du hast doch das Kapitel damit enden lassen, dass Jasper vor Colettes Fenster steht und ihr seine ewige Liebe gesteht, seine lila Haare LEUCHTEND im schwachen Schein der Straßenlaterne! Nicht ahnend, dass Colette in ihrem Zimmer GENAU in dem Moment Jack angräbt! Komm schon! Ich muss wissen, wie es weitergeht!«

»Tut mir leid! Ich war beschäftigt.«

»Mit Tallulah?«

»Yep.« Tallulah ist die Heldin meines anderen Buchprojekts – eine romantische Geschichte über ein unscheinbares Schwarzes Mädchen mit einem fluffigen Afro und Thomas, den hipstermäßigen Songschreiber mit melancholischem Blick, dunklen Haaren und herrlich breiten Schultern, der neu in der Stadt ist und sie zu seiner Muse macht.

»Na, dann schick mir wenigstens das.« Sie seufzt, als wäre es ein Trostpreis. »Haben die sich jetzt endlich mal geküsst? So langsam reicht es mit den sehnsüchtigen Blicken. Ich brauche ein bisschen Action! Die sind mir zu lahm. Ich sag es, wie es ist, Colette ist einfach tausendmal spannender.«

Ich grinse und schüttele den Kopf. »Ich hab keinen Einfluss darauf, wohin die Inspiration mich führt, *Colette.*«

»Dein Publikum wartet, *Tallulah.*«

Mit meinem »Publikum« meint sie sich selbst. Sie ist mein größter Fan … und mein einziger. Aber ich beklage mich nicht, denn genau so will ich es haben. Ich schreibe nicht für andere. Ich schreibe für mich und Caroline.

Geschichten sind mir immer schon zugeflogen. Meine Mutter behauptet sogar, ich hätte schon in der ersten Klasse Geschichten geschrieben, aber ich wollte sie schon damals niemandem zeigen und hielt meine Hefte gut unter dem Kopfkissen versteckt. Als ich älter wurde, änderten sich die Themen, ich fragte mich nun, was wohl wäre, wenn Harry mit Hermine zusammengekommen wäre? Und noch später, wenn Harry mit mir zusammengekommen wäre? Ich schämte mich für diese Geschichten, aber sie gaben mir ein wohliges Gefühl. Es machte mich stark, eine Welt zu erschaffen, in der ich der Mittelpunkt war, der Hauptgewinn, die Begehrte.

Caroline überredete mich schließlich, ihr eins meiner Hefte zu zeigen. Ich rechnete damit, dass sie mich auslachte, aber sie fand, ich hätte ein geniales Talent für Liebesgeschichten, und bat mich, auch eine Geschichte über sie zu schreiben. (Sie stand immer auf Ron.) Und sie erklärte mir, was ich mache, sei Fan-Fiction. Da schämte ich mich nicht mehr so für meine Geschichten. Wenigstens war ich nicht verrückt. Andere Leute machten so was auch.

Schon bald stieg ich von Harry und Ron zu Edward und Jacob und dann zu den Mitgliedern unserer Lieblings-Boygroup Dream Zone auf. (Denn, okay, Miles findet Dream Zone gut, weil ich Dream Zone gut fand. Vor langer, LANGER Zeit. Aber diese peinliche Geschmacksverirrung versuche ich geheim zu halten.)

Ich dachte, aus den Geschichten würden wir eines Tages genauso herauswachsen wie aus Dream Zone, aber sie hielten sich. Nur dass sie irgendwann von Beziehungen mit Jungs handelten, die ich selbst erfunden hatte und nicht jemand anders. So was wie Fan-Fiction über unser eigenes Leben. Denn in der Buchhandlung fanden wir ja kaum Liebesgeschichten über Mädchen, die so aussahen wie wir.

Seit dem Umzug teile ich meine Geschichten mit Caroline via

Google, anstatt ihr wie früher in der Mittagspause meinen ramponierten Laptop rüberzuschieben. Ich tue so, als wäre ich genervt, aber insgeheim bin ich froh, dass sie weiterhin danach fragt. Wenigstens das hat sich in unserer Freundschaft nicht verändert.

»Warte mal, was ist das für ein Gehämmer?«, fragt Caroline. »Ich glaub nicht, dass das bei mir ist.«

Ich halte das Handy vom Ohr weg und lausche. Erst denke ich, es ist der schnelle Trommelschlag von *Love Like Whoa*. Aber nein, da klopft jemand an die Tür. Laut. Gefolgt von einem schwachen, aber schrillen Ruf: »Ich weiß, dass ihr da seid!«

Der Türklingler ist wieder da oder war vielleicht nie weg. Ich hatte mir ja vorgenommen, beim dritten Versuch hinzugehen …

»Hey, Caroline, ich muss Schluss machen.«

»Okay, aber wehe, du schickst mir heute Abend nicht …« Da klingelt es zweimal kurz hintereinander an der Tür, und der Rest ihrer Drohung geht darin unter.

Was soll das?

Seufzend klappe ich den Laptop zu und sende ein Stoßgebet gen Himmel, damit mir der Anflug von Inspiration nicht entwischt und Tallulahs und Thomas' erster Kuss auf mich wartet. Während ich mich um die Kisten herumschlängele, die immer noch den Raum zumüllen, der einmal das Wohnzimmer wird, schwappt von Miles' Fernseher *Baby, baby, baby* herüber. Jetzt singt Miles mit, und er hat den Fernseher noch lauter gedreht – weit über die Grenze von Lautstärke 15, die unsere Mutter auf zwei Post-its neben dem Apparat notiert hat.

Wieder klingelt es, genau in dem Moment, als ich die Tür aufmache.

»Mann, ein bisschen Geduld bitte!«

Das kommt unfreundlicher heraus als beabsichtigt, und ich

werde sofort rot, als ich Mrs Hutchinson sehe, die zu Tode erschrocken rückwärtstaumelt. Sie zieht ihren verfilzten jagdgrünen Mantel um den Körper, obwohl es draußen tausend Grad sind. »Entschuldigung«, sage ich, jetzt ruhiger. »Ich war … schon unterwegs.«

Normalerweise kann ich meinen Ton besser mäßigen. Das muss ich auch. Denn nur eine Nuance zu laut oder zu aggressiv, und ich bin für alle Zeit als das zornige Schwarze Mädchen abgestempelt. Ich sehe Mrs Hutchinson an, dass sie mich bereits in diese Schublade gesteckt hat. Doch meine Entschuldigung scheint sie immerhin so weit zu besänftigen, dass sie nicht mehr erschrocken guckt, sondern nur noch miesepetrig, wie sonst auch.

»Wenn du deine Adresse noch nicht im Kopf hast, musst du sie dir aufschreiben.« Ihre Stimme klingt, als würde sie am Gaumen entlangschaben, und sie zieht beim Sprechen die Wangen zusammen, als würde sie im Mund etwas von einer Seite auf die andere schieben. »Es geht ja nun wirklich nicht an, dass ich euch die hier rüberbringen muss.«

Sie will mir eine Pizzaschachtel in die Arme drücken, aber ich weiche einen Schritt zurück.

»Tut mir leid, Mrs Hutchinson, die ist nicht für uns.«

»O doch.« Sie sagt es so, als müsste sie mir erklären, dass der Himmel blau ist.

»Wir haben nichts bestellt«, beharre ich und schüttele den Kopf.

»O doch.« Sie kommt näher, sodass ich ihren schalen, minzigen Atem riechen kann. Sie steht mit ihren Pantoffeln genau auf der Türschwelle. »Ich hab bei Domino's angerufen, weil der Pizzabote überhaupt nicht hilfreich war … der hat sie mir quasi entgegengeworfen! Die haben gesagt, die Bestellung kam von jemandem namens Johnson.«

Sie guckt mit ihren wässrig blauen Augen auf das Schild über unserer Haustür. Mein Vater hat es von der Frau in seinem Büro anfertigen lassen, die nebenbei einen Etsy-Shop betreibt. DIE JOHNSON'S. Er war so stolz darauf, dass ich es nicht übers Herz brachte, ihm zu sagen, dass der Apostroph falsch ist.

»Ich weiß nicht, was ich Ihnen sagen soll, Mrs Hutchinson. Außer meinem Bruder und mir ist niemand zu Hause, und keiner von uns …«

In dem Moment erhebt sich eine Lachsalve über den Refrain der bekanntesten Ballade von Dream Zone.

Miles' Lache ist schwer zu beschreiben. Ein bisschen so wie ein schriller Akkord ganz rechts auf dem Klavier, wenn ein kleines Kind ohne jede Erfahrung, dafür aber mit umso größerer Begeisterung auf die Tasten hämmert. Sie hat außerdem etwas von den quietschenden Bremsen eines Autos, das knapp an einer Karambolage vorbeischrammt. Seine Lache ist ebenso mitreißend wie misstönend.

Jetzt gerade bringt sie Mrs Hutchinson dazu, den Hals zu recken und noch näher zu kommen, um herauszufinden, was hier los ist.

Ich weiß genau, was los ist.

Wir haben nur ein einziges Festnetztelefon im Haus, gut versteckt im Schlafzimmer unserer Eltern, und das habe ich heute Morgen ausgestöpselt, wie immer, wenn ich allein auf Miles aufpasse. Bleiben noch mein Handy und mein Laptop, mit dem man telefonieren kann, wenn er mit dem WLAN verbunden ist. Beides hätte er sich schnappen können, als ich vor einer Weile auf dem Klo war.

Mrs Hutchinsons ohnehin schon beeindruckende Stirnfalten vertiefen sich. »Was treibt ihr hier für Spielchen, mein Fräulein? Was soll das?«

»Äh, ich …« Miles' schadenfrohes Lachen unterbricht mich wieder und Mrs Hutchinson wird puterrot.

»Soll das etwa lustig sein?!« Ihre Stimme war eben schon laut, jetzt ist sie ohrenbetäubend. Ich versuche zu schauen, ob jemand aus der Straße zu uns hersieht, doch sie versperrt mir den Bick. »Wollt ihr euch den Ruf einhandeln, dass ihr den Nachbarn Streiche spielt? Dann kann ich euch jetzt schon sagen, dass solche … Dummheiten in unserem Viertel gar nicht gern gesehen werden!«

Ein solcher Ruf ist tatsächlich das Letzte, was ich gebrauchen kann. Aber ich sehe schon vor mir, wie sie in der Nachbarschaft herumtratscht, dass wir Problemkinder sind – wenn es nicht sowieso in diesem Moment alle mitkriegen. Gerade mal zwei Wochen und schon ist unsere Chance, normal zu sein, dahin. Bei dem Gedanken schnürt sich mir die Brust zusammen und mein Atem geht schneller. Meine Eltern werden sich aufregen und natürlich bin ich dann wieder schuld. Ich soll schließlich auf Miles aufpassen, wie schon die meiste Zeit dieses Sommers, während meine Eltern sich in ihre neuen Jobs einarbeiten. Ich hab ja auch auf ihn aufgepasst. Aber anscheinend nicht gut genug.

»Entschuldigen Sie, Mrs Hutchinson.« Eine freundliche Stimme stoppt mein Gedankenkarussell. »Ist meine Pizza versehentlich bei Ihnen gelandet?«

Wie aus dem Nichts taucht ein Typ auf der Veranda auf. Er scheint in meinem Alter zu sein, hat strähnige goldene Haare, die nach einem Schnitt schreien, helle Haut ohne die typische südkalifornische Bräune und große grüne Augen. Das verwaschene rote Hawaiihemd könnte bei jemand anderem ein ironisches Statement sein – so ein Pseudo-Vintageteil, das es für eine Million Dollar bei Urban Outfitters zu kaufen gibt –, aber in Kombination mit den Cargoshorts ist es einfach nur … unglücklich.

Wer ist das denn?

Mrs Hutchinson scheint ihn zu kennen und sie schraubt ihre Stimme auf halbwegs normale Lautstärke runter. »Die ist nicht für dich.«

»Ähm, ehrlich gesagt, doch, ich glaube schon.« Hawaiihemd schaut kurz zu mir, dann probiert er es noch mal. »Das ist meine. Entschuldigen Sie die Verwechslung.«

Mrs Hutchinson sieht uns beide an und bewegt wieder das unsichtbare Etwas in ihrem Mund. Schließlich schnalzt sie mit den dünnen Lippen. »Na ja, für wen auch immer sie ist, derjenige schuldet mir noch Geld. Der junge Mann von Domino's hat gesagt, wenn ich nicht zahle, meldet er mich seinem Chef. Das ist doch die Höhe! Als wäre ich eine Kriminelle.«

Ich will schon mein Portemonnaie aus dem Flur holen, doch Hawaiihemd kommt mir zuvor. Er drückt Mrs Hutchinson einen Zwanziger in die Hand und nimmt ihr die Pizzaschachtel aus den Armen. Sie funkelt mich noch einmal an, dann marschiert sie grummelnd über den Rasen zurück zu ihrem Haus. Hawaiihemd dagegen bleibt einfach auf unserer Veranda stehen.

»Danke«, sage ich schnell. »Ich geb dir das Geld zurück …«

»Schon gut«, sagt er und winkt ab. »Ich wollte nur, na ja, helfen? Ich hab von gegenüber gesehen, was los war. Und ich wusste, dass ihr neu hier seid, und Mrs Hutchinson … die ist nicht ohne. Da wohne ich übrigens. Gegenüber.«

Drinnen geht Miles' wahnsinniges Gekicher wieder los (logisch) und Hawaiihemd zieht die Augenbrauen zusammen. »Ist das … dein Bruder?«

»Ja. Er war das mit der Pizza.« Ich nicke etwas zu heftig. Während mein Atem sich beruhigt, spüre ich, wie die Röte meinen Hals überzieht, das altbekannte Unbehagen. Ich möchte die Tür zumachen und diese Begegnung hinter mich bringen, aber ich kann nicht aufhören zu reden. »Bei Pizza Hut in Roseville – da haben wir vorher gewohnt – haben sie am Ende einfach aufgelegt, wenn sie unsere Nummer auf dem Display sahen, was echt blöd war, wenn wir mal wirklich Pizza bestellen wollten.« Ich versuche ein Lachen, aber es klingt hohl.

»Tja, du solltest ihm sagen, dass er sich nächstes Mal lieber ein anderes Opfer für seinen Streich aussuchen soll.« Hawaiihemd reibt sich die Wange und schaut zu Boden. »Oder, hm, vielleicht gar keine Streiche mehr?«

Er sagt es ohne Vorwurf, aber ich habe das Bedürfnis, es zu erklären. »Danke. Und so ist es nicht … nicht so, wie du denkst. Ich meine, schon, aber anders.«

»Aha«, sagt Hawaiihemd und legt verständnislos den Kopf schief. Ich kann es ihm nicht verdenken. Ich rede wirres Zeug.

»Es ist so, dass … mein Bruder. Miles. Er hat eine Behinderung.« Die Worte sind mir so vertraut wie Atmen oder Blinzeln: Ich habe sie schon so oft gesagt. »Das ist so ein Tick von ihm … er ruft irgendwo an, wo er nicht anrufen soll. Ich bin nur froh, dass er nicht wieder zum Spaß die Polizei gerufen hat.«

Beim Gedanken daran schaudert es mich, vor allem hier in dieser neuen Stadt, wo die Nachbarn uns und Miles noch nicht kennen.

»Aha«, sagt Hawaiihemd wieder, und diesmal nickt er. Er beugt sich vor, so nah, dass ich den salzigen geschmolzenen Käse auf der Pizza riechen kann, und ruft: »Hallo, Miles!«

Miles antwortet nicht. Aber der schmachtende Gesang verstummt, und ich höre, wie Miles im Zimmer rumläuft – wahrscheinlich legt er die Fernbedienung an ihren Platz und die DVD-Hülle ins Regal, wo sie hingehört. Er kommt, um zu sehen, was er angerichtet hat.

»Na, jedenfalls danke. Noch mal. Und es wird nicht wieder vorkommen. Versprochen. Tut mir echt sehr leid.« Ich rede schnell, damit der Typ verschwindet. Bevor Miles es zur Tür schafft. Nicht, dass ich mich für meinen Bruder schäme. Echt nicht. Aber ich bin jetzt nicht bereit für die ganze Geschichte, zumal mein Herz immer noch von der Begegnung mit Mrs Hutchinson rast.

Ich schenke ihm mein schönstes entschuldigendes Lächeln und versuche die Tür zu schließen, aber er hält die Pizzaschachtel dagegen. »Ich bin übrigens Sam.«

»Hm, okay.« Ich schaue ihn ausdruckslos an, und er streckt mir die pizzafreie Hand hin. Ach so, ich bin dran. »Tessa.«

»Schön, dich kennenzulernen, Tessa«, sagt Hawaiihemd Sam und tritt von einem Fuß auf den anderen. Anscheinend will er noch mehr sagen, aber dann soll er sich jetzt mal beeilen, denn ich muss zurück ins Haus.

»Hm … ich hab mich vor ein paar Tagen mit deiner Mutter unterhalten.«

Na klar. Meine Mutter redet mit allen und jedem und plaudert immer zu viel aus. Die Kassiererin unseres Supermarkts in Roseville wusste, dass ich mit zwei eine Notfall-Mandel-OP hatte, dass mein Vater ein angespanntes Verhältnis zu Grandma Edith hat und dass meine Mutter von einem Airstream-Wohnwagen träumt. Was sie wohl Hawaiihemd Sam erzählt hat? Offenbar nicht, wie ich heiße. »Ja?«

»Ja, sie hat sich mit meiner Mutter unterhalten und erzählt, dass du auf die Chrysalis Academy gehst. Dass du, hm, schreibst? Ich wechsele auch auf die Chrysalis. Also … das ist ziemlich cool.« Er lächelt, wobei er nur den rechten Mundwinkel hebt und sich ein tiefes Grübchen auf seiner Wange bildet. Seine Augen sind wie

Halbmonde unter den dichten blonden Brauen, mit vielen Lachfältchen drum herum. Es ist ein nettes Lächeln. Darüber könnte ich fast die Cargoshorts vergessen.

Und okay, jetzt will ich mehr über ihn wissen, zum Beispiel, welches Profilfach er hat und ob er weiß, was an unserem ersten Tag an der Chrysalis morgen auf uns zukommt. Die Gedanken an die Schule haben mich den ganzen Sommer beschäftigt – plus die Tatsache, dass ich dort jeden Tag werde schreiben können und von anderen umgeben bin, die das Gleiche machen wie ich, nur besser. Das Ganze ist eine große Unbekannte für mich, spannend und furchterregend, und es wäre schön, sich mit jemandem darüber austauschen zu können. Aber jetzt höre ich Miles, wie er sich mit schlurfenden Schritten der Tür nähert. Und meine Chaos-Toleranzgrenze ist für heute längst überschritten.

»Ja, cool. Dann sehen wir uns in der Schule. Tut mir leid wegen der Pizza. Tschüs!«, sage ich schnell und zu laut und schließe die Tür vor Hawaiishirt Sams verdutztem Gesicht. Sie knallt lauter zu als beabsichtigt, und genau in dem Moment taucht Miles hinter mir auf, unverkennbar durch sein fiepsendes Hörgerät.

Mein Bruder ist drei Jahre älter als ich, aber das würde niemand denken. Er sieht auf alle Fälle jünger aus. Erstens ist er kleiner als ich, aber es liegt wohl vor allem an seinem Gesichtsausdruck. Der Blick seiner großen dunkelbraunen Augen huscht ständig hin und her. Und seine vollen Lippen sind immer leicht geöffnet und zu einem Grinsen verzogen, jederzeit bereit, etwas zu sagen, das eine Reaktion provoziert. Heute hat er sein Lieblings-Dream-Zone-T-Shirt an, doch es ist ganz zerknittert. Und seine kurzen, widerspenstigen Haare müssten dringend gekämmt werden. Ich hätte mir heute Morgen, als ich ihn angezogen habe, mehr Mühe geben müssen.

»Der war gut, oder, Tessie?« Miles lacht, und ich verkneife mir ein Lächeln, denn das würde ihn nur bestärken.

»Nein.« Ein kleines Prusten entfährt mir trotzdem, als die Anspannung von mir weicht, und er kichert vergnügt los. »Das war überhaupt nicht witzig«, sage ich jetzt strenger. »Wir hatten uns doch geeinigt, dass du so was ab sofort sein lässt. Neue Stadt, neuer Anfang?«

Er zuckt mit den Schultern. »Mir war langweilig. Hast du ein Video von ihnen gemacht?«

»Warum hätte ich das tun sollen?«

»Weil der gut war«, sagt er und lässt den Kopf kreisen, wie immer, wenn er sich freut. Es sieht aus, als würde er Yoga machen und seinen steifen Nacken dehnen. Ich schüttele bloß den Kopf.

»Warte.« Er fasst mich am Arm, auf einmal ernst. »Wo ist die Pizza?«

»Die hat er mitgenommen.« Ich verdrehe die Augen. »Schließlich hat er sie bezahlt, Kumpel!«

»Aber ich hab Hunger. Die war mit extra Peperoniiiiii.« Die letzte Silbe dehnt sich zu einem Jaulen, und ich spüre, dass seine Stimmung gleich kippt, so wie die Luft sich kurz vor einem Regenguss verändert.

»Dann machen wir dir mal was zu essen«, sage ich, lege ihm einen Arm um die bebenden Schultern und gehe mit ihm in die Küche. »Und vielleicht ist es besser, wenn wir den Pizza-Vorfall einfach für uns behalten.«

»Na komm schon, Tessie, gib's zu, der war echt gut.«

Zweites Kapitel

Mein Bruder hat eine Behinderung.

Früher haben wir immer gesagt, er hätte besondere Bedürfnisse, bis eine Lehrerin gesagt hat, seine Bedürfnisse seien nicht besonders, sondern einfach nur seine.

»Mein Bruder hat eine Behinderung« ist die Standardantwort, die ich immer parat habe, wenn jemand ihn zum ersten Mal sieht oder wenn mein Bruder etwas tut, was er nicht sollte (wie zum Beispiel Pizza für die Nachbarn bestellen), oder wenn ich erklären muss, warum er nicht zur Uni geht und mit neunzehn immer noch zu Hause wohnt. Ich sage es klipp und klar, so muss ich nicht lange drum herumreden.

Ich erzähle nicht gern, dass sich bei seiner Geburt die Nabelschnur um seinen Hals geschlungen hat und er zu lange ohne Sauerstoff war und blau statt braun zur Welt kam.

Und ich hasse es, seine ganzen Befunde aufzulisten. Ich denke immer, ich könnte etwas Falsches sagen, weil nicht auf den ersten Blick klar ist, was mit ihm ist, oder man etwas anderes von mir erwartet. Athetotische Zerebralparese – das ist die genaue Bezeichnung, aber die spreche ich nur selten aus. Soweit ich es verstehe, ist sie die Ursache von allem. Deshalb sind seine Beine steif und unkoordiniert, deshalb bewegt er sich unkontrolliert, wenn er sich richtig freut oder richtig ärgert, deshalb wankt und schaukelt er manchmal, als stünde er auf einem Schiff auf hoher See.

Außerdem ist er kognitiv beeinträchtigt – mit diesem Ausdruck erklärt man wohl, dass mein großer Bruder sich eher so benimmt wie mein kleiner Bruder; deshalb muss ich ihm bei den einfachsten Rechenaufgaben helfen und seine Wutanfälle ertragen, wenn etwas nicht nach seinen Erwartungen läuft. Dazu kommt eine Zwangsstörung – aber die hat vielleicht gar nichts damit zu tun. Und seine Seh- und Hörschwäche – sie erklärt die dicken Brillengläser und das teure Hörgerät, das er irgendwie alle paar Monate verliert. Wenn ich dann am Ende der Liste angekommen bin, fühle ich mich selbst ein bisschen verloren und sage hilflos »Und … na ja.« Und meistens zieht das weitere Fragen nach sich, oder jemand fühlt sich bemüßigt, mir von seiner Cousine zu erzählen, die Mukoviszidose hat, was nicht mal entfernt etwas damit zu tun hat. Und auf diese Weise wird etwas, was ich schnell hinter mich bringen will, ellenlang.

Deshalb sage ich einfach nur noch, dass mein Bruder eine Behinderung hat, und fertig.

Dann mache ich mich auf die unvermeidlichen Reaktionen gefasst, die jedes Mal kommen. Sie sind mir so vertraut, dass ich sie runterbeten kann wie den Fahneneid.

Was immer kommt, ist: »Oh, was für ein Geschenk für eure Familie!«, oder: »Bestimmt habt ihr viel von ihm gelernt.« Als wäre mein Bruder eine Art Tool für unsere persönliche Entwicklung. Ja, es ist eine Herausforderung, mit ihm aufzuwachsen. Aber es ist nicht seine Lebensaufgabe, uns etwas beizubringen. Er ist ein Mensch, und es ist *sein* Leben, das genau jetzt stattfindet.

Na ja, so was sagen sie sowieso nur, wenn mein Bruder ganz

ruhig dasitzt, den Kopf kreisen lässt und eins seiner Lieblingslieder von Dream Zone vor sich hin singt. Wenn mein Bruder brüllend durch den Supermarkt läuft, weil es seine bevorzugte Marke Schokomilch nicht gibt, oder wenn er den Autos am Ende unserer Sackgasse den Stinkefinger zeigt, weil seine Lieblingssendung nicht läuft, haben sie nicht so einen Kalenderspruch auf Lager. Nein, dann gucken sie schön weg oder, noch schlimmer, schütteln den Kopf und sehen meine Mutter missbilligend an. Das ist die zweite Möglichkeit.

Noch schlimmer als die Sieh-es-mal-positiv-Sprüche aber ist ein bedauerndes »Das tut mir so leid«, ohne dass die Leute einen Schimmer hätten, wovon sie reden. Als hätten wir einen furchtbaren Verlust erlitten. Als wäre jemand gestorben. Ich hasse diesen Satz, denn so schwierig der Alltag mit Miles auch sein kann, er ist nicht tot. Er ist sogar quicklebendig. Und ich kann es nicht leiden, wenn jemand so tut, als würde das Leben meines Bruders in gewisser Hinsicht nicht genügen und als sollte ich den fröhlichen, komischen und, ja, ziemlich nervigen Bruder, den ich habe, betrauern. Wir wollen ihn und keinen anderen.

Ich habe heute also mal wieder meine übliche Erklärung aufgesagt und eine der üblichen Reaktionen erwartet.

Doch Hawaiihemd Sam hat mich überrascht. Er hat einfach »Hallo« gesagt.

Später setzen wir uns zum Familienabendessen an den Tisch.

Wir essen nicht jeden Abend alle zusammen, deshalb nennen wir es Familienabendessen und nicht einfach nur, na ja, Abendessen.

Abends sind wir alle immer sehr beschäftigt. Mein Vater arbeitet mehrmals in der Woche lange in der Spedition, deren Geschäftsführer er ist, deshalb holt er sich manchmal auf dem Heimweg etwas beim Drive-in. Und Miles hat immer so viele Termine – Ergotherapie, HNO, Verhaltenstherapie, Psychiater und was weiß ich, wo er diese Woche noch alles hinmuss –, dass meine Mutter und er oft einen Snack im Wartezimmer essen oder hinterher zu Hause eine Tiefkühlpizza in den Ofen schieben. In Roseville war ich abends meist mir selbst überlassen, deshalb landete ich in der Regel bei Caroline, wo Lola mir einen Teller Reis mit Fleisch nach dem anderen auffüllte und dabei betonte, ich sei viel zu dünn.

Durch den Umzug hat sich nicht so viel geändert. Alle sind immer noch sehr beschäftigt. Ich esse jetzt nur deutlich mehr Cornflakes.

»Ihr hättet sein Gesicht sehen sollen.« Miles schiebt sich eine Gabel Spaghetti in den Mund. Mein Vater schneidet ihm die Nudeln, damit er sie besser essen kann. »Er war stinksauer. Er hat die Pizza rumgeschleudert und laut geschimpft, weil er sie bezahlen musste. Schade, dass Tessie es nicht gefilmt hat, sonst könnten wir es auf YouTube stellen.«

Meine Eltern waren kaum zur Tür rein, da packte Miles schon seine Geschichte aus. Das macht er immer, wenn er ein schlechtes Gewissen hat. Aber wie üblich schlug seine Zerknirschung schon bald in Stolz um, und obwohl es mittlerweile Stunden her ist, redet er immer noch über seinen gelungenen Streich.

»Du hast sein Gesicht doch gar nicht gesehen!«, sage ich.

»Hab ich wohl. Ich war die ganze Zeit dabei. Er war soooo sauer! Fast so sauer wie die alte Dame!« Er lässt den Kopf kreisen, und seine Arme fahren nach hinten aus, wie bei einem Vogel kurz vor dem Abflug. Ich finde es schön, dass er seine Gefühle mit dem ganzen Körper zeigt, da braucht man nichts zu interpretieren oder zu hinterfragen.

»Aha«, sage ich und sehe ihn schräg von der Seite an, worauf er losprustet.

»Ob ich mich auch noch mal bei Audrey melden sollte? Um sicherzugehen, dass sie nicht böse auf uns ist? Letzte Woche hab ich mich noch so nett mit ihr darüber unterhalten, dass du und ihr Sohn beide auf die Chrysalis geht, und jetzt so was«, sagt meine Mutter. Sie hat die dünnen Augenbrauen zusammengezogen und schaut an uns vorbei zu Hawaiihemd Sams Haus, als könnte sie mittels Telepathie eine Entschuldigung rüberschicken. »Bei Mrs Hutchinson hab ich mich schon tausendmal entschuldigt, aber bis alles wieder im Lot ist, kann es dauern. Erst die Geschichte mit dem Baum und jetzt das.« Meine Mutter legt eine Hand an die Stirn und schließt die Augen. »Mensch … du hättest wirklich besser auf ihn aufpassen können, Tessa.«

Immer dasselbe.

»Es war keine große Sache, Mom. Ich hab das geregelt.« Konzentriert wickele ich die Spaghetti auf die Gabel, damit meine Mutter nicht sieht, wie genervt ich bin.

»Ich weiß.« Auf einmal ist ihre Stimme ganz weich, als wäre ein Schalter umgelegt worden. Sie fasst über den Tisch hinweg meine Hand. »Du tust so viel für uns. Tut mir leid, wenn ich dir das nicht oft genug sage.«

Meine Mutter und ich sehen uns überhaupt nicht ähnlich. Sie ist scharfkantig, mit blasser Haut, Sommersprossen und blonden Haaren, die ihr schon frühmorgens in perfekten Wellen auf die Schultern fallen. Ich habe Hüften und Oberschenkel, mit denen ich mich manchmal am liebsten verstecken würde. Und meine dichten Locken sehen am Ende immer gut aus, aber sie sind praktisch ein Teilzeitjob. Meine Mutter quatscht mit Gott und der Welt und scheint von diesen Gesprächen zu zehren, während mich sozialer Umgang meistens erschöpft. Ich bin total zufrieden damit, einfach nur still dazusitzen.

Eins haben wir jedoch gemeinsam: Wir steigern uns in alles rein, was wir gesagt haben, und analysieren haarklein, wie unsere Worte bei anderen angekommen sein könnten. Ich möchte gar nicht wissen, wie anstrengend das für sie ist. Bei mir führt es dazu, dass ich Gespräche mit anderen einfach vermeide. Ich sehe es auch jetzt an ihrem betrübten Blick, als sie meine Hand noch mal drückt und mich entschuldigend anlächelt.

»Vielleicht sollten wir das Festnetztelefon abschaffen«, sagt sie. »Dann hätten wir eine Sorge weniger.«

Mein Vater, der die ganze Zeit E-Mails auf seinem Handy gelesen hat, blickt auf. »Das geht nicht. Was ist, wenn es mal einen Notfall gibt?«

»Ich hab nicht das Festnetztelefon benutzt«, kichert Miles. »Ich hab mir Tessies Handy geschnappt, als sie auf dem Klo war! Sie hat so lange gebraucht! Vielleicht musst du deine Kacke mal besser in den Griff kriegen, Tessie.«

Ich haue ihm auf den Arm, und er schreit mitten im Kichern auf und versucht mich zurückzuhauen.

»Hey, hey«, sagt mein Vater warnend, aber mit einem Grinsen im Gesicht. Das Display seines Handys ist jetzt schwarz.

Ich springe auf und laufe um den Tisch, Miles kommt hinterher, aber ich bin schneller und hole ihn ein und reibe ihm mit den Knöcheln über die Kopfhaut, dann nehme ich ihn in den Arm. Sein Lachen schüttelt uns beide. Unsere goldbraune Haut ist anders als Moms helle Haut und als Dads dunkelbraune, doch wir beide sind gleich.

Manchmal ist die Behinderung meines Bruders alles, aber manchmal ist sie auch nichts. Unser Verhältnis ist nicht außergewöhnlich oder inspirierend, wie alle erwarten. Er ist einfach mein Bruder und ich bin seine Schwester. Und meine schönsten Erinnerungen – wie wir uns mit den Klamotten unserer Eltern verkleidet und gespielt haben, wir wären die neuen Nachbarn, und dann losgezogen sind, um uns ein Eis zu kaufen – haben gar nichts mit dem zu tun, was alle anderen immer in den Mittelpunkt stellen.

»Und, hast du dich mit Sam über die Chrysalis unterhalten?«, fragt meine Mutter, als wir uns beruhigt haben.

»Nicht so richtig.«

»Er macht einen wirklich netten Eindruck«, fährt sie fort. »Und ihr kommt beide in die Elf! Ihr könnt Freunde werden! Das wär doch toll, oder?«

»Hm, ja, weiß nicht.« Es stimmt schon, Sam macht einen netten Eindruck, echt. Wie er das mit der Pizza geregelt hat und mit Miles umgegangen ist, das war anders, als ich es kenne, und … wohltuend. Aber ich weiß nicht recht, ob er der Typ ist, mit dem ich am ersten Tag zusammen auftreten möchte. Nicht, dass *ich* ihn für seinen Modegeschmack verurteilen würde, aber die anderen an der Chrysalis werden das garantiert tun. Und nachdem er mich vorhin als ziemliches Nervenbündel erlebt hat, ist er wahrscheinlich auch nicht so scharf darauf, mit mir abzuhängen.

»Wie wär's mit ein bisschen mehr Begeisterung? Oder bist du etwa immer noch sauer auf mich wegen der Mappe?«, fragt sie.

»Meinst du, als du Tessies Tagebuch gemopst hast?«, mischt sich Miles ein.

»Ach, bitte nicht das schon wieder.« Mein Vater stöhnt mit müdem Blick.

»Das war doch nicht ihr Tagebuch!«, sagt meine Mutter hilflos.

»Hätte es aber gut sein können.« Ich hatte wirklich gedacht, ich wäre drüber weg, und mir vorgenommen, nicht mehr davon anzufangen, aber als ich jetzt an ihren Verrat erinnert werde, fühlt sich die Wunde wieder ganz frisch an.

Schon lange bevor meine Eltern damit herausrückten, dass wir von Roseville, wo wir unser Leben lang gewohnt hatten, sechs Autostunden weiter südlich nach Long Beach ziehen würden, damit mein Vater in seiner Firma aufsteigen konnte, hatte ich von der Chrysalis Academy gehört. Die renommierte Schule hat einen Disney-Channel-Star hervorgebracht, ein Geigen-Wunderkind, das beim großen amerikanischen Talentwettbewerb Zweite wurde, und sogar einen Dichter, der es auf die Longlist für den National Book Award geschafft hat.

Als ich erfuhr, wo wir hinziehen, habe ich also ein bisschen von der Chrysalis herumgesponnen, vielleicht auch um mit dieser Riesenveränderung fertigzuwerden. Ich stellte mir vor, wie es wäre, zu den besonders begabten Schülerinnen der Chrysalis zu gehören. Andere kennenzulernen, die meine Leidenschaft teilen. Und ich machte den Fehler, es einmal beim Familienabendessen zu erwähnen. Ein einziges Mal! Aber ich habe mich nicht beworben. Ich meine, mir war schon klar, dass meine Liebesgeschichten keine nobelpreisverdächtige Literatur sind, auf die sie es an der Chrysalis abgesehen haben.

Als ich dann die Zusage in der Post fand, hielt ich es für einen Scherz. Oder einen Irrtum.

Ich zeigte meiner Mutter den Brief und lachte darüber, und da lächelte sie mich wissend an und ließ die Katze aus dem Sack. Sie hätte doch gemerkt, wie gern ich auf diese Schule gehen wollte, deshalb hätte sie die Bewerbung für mich ausgefüllt und einige meiner Geschichten (meiner privaten Geschichten!) als Textproben ausgedruckt. Sie wollte es mir erst erzählen, wenn ich eine Zusage bekäme, damit ich nicht durchdrehe – einer der Euphemismen für die Angstzustände, die ich seit der Grundschule manchmal bekomme.

»Ich weiß, dass das nicht ganz richtig war. Aber wenn ich es nicht gemacht hätte, wärst du nicht an der Chrysalis aufgenommen worden. Du hättest dich mit Selbstzweifeln zermürbt, anstatt es einfach zu wagen, und ich will nicht, dass du dich von deinen Bedenken bestimmen lässt.« Meine Mutter rechtfertigt sich mit genau denselben Worten wie damals. Derselbe Rat, den sie mir schon seit Jahren gibt. »Du schreibst so wundervoll, Tessa. Stell dein Licht nicht unter den Scheffel. Und es hat ja auch alles geklappt, oder?«

Ja, ich sollte mich darüber freuen, dass ich angenommen wurde, und das tue ich auch. Irgendwie. Aber ich zeige meine Geschichten niemandem außer Caroline. Mir wird ganz schlecht, wenn ich mir vorstelle, welche meiner romantischen, albernen Geschichten meine Mutter wohl eingesandt hat. Sie konnte sich nicht mehr erinnern, welche sie ausgedruckt hat, und ich kann ja kaum ins Sekretariat gehen und so etwas Peinliches fragen. Es gibt eine besonders grottige Geschichte, die ich vor ein paar Jahren geschrieben habe und die in einem Feriencamp spielt; die braunhäutige, schwarz gelockte Heldin musste sich zwischen mehreren heißen Jungs entscheiden, die natürlich wundersamerweise allesamt in sie verliebt waren. Aber damit wäre ich unmöglich an der Chrysalis angenommen worden.

»Oder?«, wiederholt meine Mutter und sieht mich hoffnungsvoll an. Ich zucke nur die Achseln.

»Was meinst du, wann wir morgen losmüssen?«, frage ich, um das Thema zu wechseln, aber ehe sie antworten kann, unterbricht uns Miles, der so ruckartig aufsteht, dass sein Stuhl umfällt.

»Wie spät ist es?«, fragt er. Er blinzelt hektisch und seine Arme zucken nach hinten.

Mein Vater schaut auf sein Handy. »Viertel nach sechs.«

»Es hat schon angefangen! Ich hab es verpasst!« Er fängt an zu weinen, ein hohes Jaulen, und rennt aus dem Zimmer zum Fernseher. »Mist! So ein Mist!« Meine Mutter steht auf. »Ein Mitglied von Dream Zone – ich glaube, Jonny – tritt heute in *Access Hollywood* auf. Ich hätte dran denken sollen.« Sie schüttelt den Kopf, wütend auf sich selbst. Als wäre es ihre Schuld. Manchmal denke ich, es ist leichter für sie, irgendjemandem die Schuld zu geben – sich selbst, mir oder Dad –, damit sie nicht wütend auf das Universum wird.

»Ich versuche mal, ihn zu beruhigen«, sagt sie und geht ihm nach. Vergessen ist meine Frage nach morgen. Früher war ich in solchen Situationen immer sauer auf sie – wenn sie meinen Bruder vorzog und alles stehen und liegen ließ, um ihm zu helfen –, aber ich habe gelernt, damit zu leben. Sie gibt ihr Bestes, wie wir alle.

Ich stelle Miles' umgekippten Stuhl wieder hin, dann helfe ich meinem Vater beim Tischabräumen.

Drittes Kapitel

Ich stehe vor meinem Wandschrank und überlege, was ich morgen anziehen soll, als Caroline schon wieder anruft.

»Du hast mir immer noch nichts geschickt!«

»Ja, ich hatte echt keine Zeit.« Ich erzähle ihr, was heute Nachmittag los war, und sie kichert. »Ah, ich vermisse diese Pizzen! Der Junge müsste eine Reality Show kriegen.«

»Sag ihm das bloß nicht«, schnaube ich.

»Und jetzt überlegst du dir gerade dein Outfit.« Keine Frage, sondern eine Feststellung, denn wir kennen einander in- und auswendig.

»Mm-hmm.« Ich setze mich in meinem Wandschrank auf den Boden und betrachte die Auswahl. In der South High haben wir Schuluniform getragen, deshalb freue ich mich über die Aussicht, mir die Klamotten selbst aussuchen zu dürfen, wahrscheinlich genauso wie auf die Schreibkurse.

»Na, du weißt ja wohl, was du anziehen musst.«

Und ich weiß genau, was sie meint. Das Regenbogenkleid.

Es hat einen V-Ausschnitt – nicht zu tief, genau richtig –, einen Tellerrock und Längsstreifen in zarten Regenbogenfarben. Wir haben es im Fountains Shopping Center gefunden, und ich war erst unschlüssig, ob ich es kaufen sollte, aber Caroline hat mich überzeugt. Was auch nicht sehr schwer war – es saß wie angegossen, fiel weich über die Hüften und betonte meine Taille. Aber es ist völlig ausgeschlossen, dass ich das morgen anziehe.

Denn: »Das ist voll übertrieben!« Sie stöhnt genervt. »Ist es wirklich! Und das weißt du auch, Caroline!«

Meinen Geschmack könnte man so beschreiben: Hauptsache, nicht auffallen. Das heißt, falls mich zufällig jemand bemerkt, soll er oder sie nicken und denken, »Was für eine raffinierte Art, die Muster zu kombinieren« oder »Die kleine Stickerei auf dem Bubikragen ist ja ein niedliches Understatement«. Aber auffallen will ich nicht. Und ein Regenbogenkleid fällt auf. Ich weiß, dass ich mir ziemlich viele Gedanken über etwas mache, was im Grunde nur dafür da ist, meine Haut vor Wind und Wetter und fremden Blicken zu schützen. Ich weiß! Aber ich glaube, das richtige Outfit ist wichtig. Es zeigt, was man sich für diesen Tag wünscht. Und ich wünsche mir, dass der Tag morgen GENAU RICHTIG läuft.

Plötzlich ist es in meinem Schrank heißer als eben noch. Und aus irgendeinem Grund habe ich die Fäuste geballt. Ich versuche tief durchzuatmen, aber ich bekomme nicht genug Luft.

»Hey, Tessa …«, sagt Caroline. »Wie geht's dir mit morgen?«

Ich atme aus und versuche mich zu entspannen. Natürlich geht es hier nicht nur um mein Outfit. Sie weiß genau, wie ich ticke.

»Okay, ich bin schon nervös.« Als wäre das nicht völlig offensichtlich. Ich seufze. »Die Chrysalis ist echt eine große Nummer. Und ich hab Schiss, dass ich da nicht reinpasse. Ich fand's schon an der South High schwer genug, und da waren alle … na ja, so durchschnittliche Normalos. Bei diesen coolen, superbegabten intellektuellen Künstlertypen hab ich doch keine Chance.« Diese

Adjektive treffen auf Hawaiihemd Sam zwar nicht gerade zu, aber der wird bestimmt auch eher ein Außenseiter sein.

»Ich weiß ja nicht, ob die bescheidene Meinung eines *Normalos* wie mir zählt, aber ich glaube, du kommst schon klar.« Sie tut ein bisschen beleidigt, aber ich höre das Lächeln in ihrer Stimme.

»Du bist das absolute Gegenteil von einem Normalo. Du bist ein glitzerndes fliegendes Einhorn und ein Geschenk des Himmels, das mir mehr bedeutet als alles andere. Aber, na ja … du weißt schon, was ich meine.«

»Klar. South High, das sind blendend weiße Footballspieler und Cheerleader, die aussehen wie fünfundzwanzig und sich benehmen wie Arschlöcher. Dort auf der Beliebtheitsskala nicht ganz oben zu stehen, war zu verkraften. Denn wer will schon mit denen abhängen? Aber wenn du an der Chrysalis nicht akzeptiert wirst, wo du die Leute echt bewunderst, bist du wirklich ein Loser.«

»Ha! Vielen Dank auch!«

»Wieso? Ich spreche doch nur aus, was du denkst.«

Ich seufze. Weil es stimmt.

»Aber jetzt komme ich«, fährt sie fort, »und sage dir, dass du reinpassen wirst. Du gehörst genauso dorthin wie die anderen, denn du wurdest genauso angenommen wie sie. Weil du Geschichten schreiben kannst, die bezaubernd und herzzerreißend und einzigartig sind. Daran darfst du niemals zweifeln, Tess.«

»Danke.« Ihre aufmunternden Worte bauen mich tatsächlich auf, aber gleichzeitig spüre ich einen Stich in der Brust, als mir klar wird, dass ich einen ersten Schultag ohne Caroline durchstehen muss. Ich erinnere mich an den ersten Tag in der Vierten, als Caroline mich vor einer Panikattacke bewahrt hat, nachdem ich erfuhr, dass ich Mrs Schneider (alias Schreckschraube Schneider) als Klassenlehrerin bekomme. Und an den ersten Tag in der Siebten, als Caroline ihre Ferienaufgabe in Englisch nicht gemacht hatte, weil Lola mit ihrem Herzfehler immer wieder ins Krankenhaus musste, und ich ihr in der Mittagspause in Rekordzeit eine Analyse von *Die Outsider* geschrieben habe. Wir waren immer füreinander da, und das war die solide Basis, auf der wir alles durchstehen konnten.

»Und wenn du erst mal kapiert hast, wie gut du bist, lässt du vielleicht auch mal andere als mich deine Texte lesen.«

»Ja … klar.« Obwohl wir beide wissen, dass ich das nicht wirklich meine.

Auf Carolines Drängen hin habe ich einmal versuchsweise zwei Geschichten auf Wattpad veröffentlicht, aber die eine bekam drei fiese Kommentare und die andere gar keinen, was ich noch viel schlimmer fand. Ein einziges Mal also habe ich den großen Zeh ins Haifischbecken getaucht, um dann völlig zu verstummen. Ich finde es unglaublich, dass ich auf der Chrysalis so viel Zeit zum Schreiben haben werde. Ich kann meiner Mutter sogar fast verzeihen, dass sie meine Texte eingeschickt hat, weil ich nur so reingekommen bin, und auch wenn ich es ihr gegenüber nie zugeben würde, hat sie natürlich recht damit, dass ich den Sprung selbst nicht gewagt hätte. Aber auf keinen Fall werde ich meinen Klassenkameradinnen meine Texte zeigen. Schon bei der bloßen Vorstellung schaudert es mich.

»Ich meine, irgendwem musst du sie ja zeigen, oder?«, drängt Caroline. »Zumindest deinen Lehrern. Wahrscheinlich auch den anderen in deinem Kurs. Vielleicht bringt dich das ja auch weiter … die können dir bestimmt viel besser helfen als ich.«

Die letzte Bemerkung versetzt mir einen Stich. »Du meinst, ich brauche Hilfe bei meinen Geschichten?«

»Nein, nein! Natürlich nicht, Tessa! Du bist eine geniale, kreative Göttin und deine Worte bereichern mein Leben unendlich …«

»Im Ernst jetzt.«

»Erstens«, sagt sie geduldig, »ist das mein voller Ernst. Und zweitens … will ich nur sagen, Feedback tut jedem gut. Und Schriftstellerinnen zeigen ihre Texte, oder? Das ist der Sinn des Schreibens, stimmt's?«

»Ja …«, sage ich, während meine Gedanken hinterherhecheln.

Geht es beim Schreiben wirklich nur darum, dass andere lesen, was man schreibt? So habe ich das noch nie betrachtet, denn ich schreibe vor allem zu meinem eigenen Vergnügen. Aber es hat wohl eine gewisse Logik. Warum gibt es sonst Bücher? Wenn es nicht darum ginge, würden Autoren ihre Texte einfach auf dem Computer aufbewahren, nur für ihre eigenen Augen bestimmt. Und ja, ich habe mir schon mal vorgestellt, ein Buch mit meinem Namen auf dem Umschlag in der Hand zu halten, aber ich muss mir beschämt eingestehen, dass ich in meiner Fantasie von *Ich zeige meine Geschichten nur Caroline* direkt zu *Ich bin eine berühmte Autorin, die mit ihren Lesern nicht das Geringste zu tun hat* gesprungen bin, was … na ja, was wohl ziemlich dumm ist.

Ich weiß nicht. Heißt das jetzt, dass ich keine richtige Schriftstellerin bin? Vielleicht schreibe ich eben einfach zum Spaß alberne Texte. Zum ersten Mal denke ich darüber nach, wie die Schreibkurse ablaufen könnten – bis jetzt habe ich nämlich nur voller Vorfreude an die langen, ungestörten Stunden gedacht, die ich zum Schreiben haben werde. Ob wir unsere Texte einander zeigen müssen? Ob die anderen in meinem Kurs sich darauf freuen? Meine Gedanken fangen an zu rasen und ich kriege einen Knoten im Bauch.

»Können wir … lieber wieder darüber reden, was ich anziehen

soll?« Eben noch dachte ich, ich packe das nicht, aber es ist auf jeden Fall besser als das hier.

»Klar.«

Und dann gehen Caroline und ich eine Stunde lang jede mögliche Kombination in meinem Kleiderschrank durch, bis wir uns schließlich auf ein passendes Outfit für den ersten Tag einigen. Dabei beruhigen sich meine Gedanken zum Glück wieder. Das ist etwas Bekanntes und Einfaches.

»Also echt, was täte ich ohne dich?«

»Twin-Sets in gediegenen Tönen tragen? Jeans mit aufgestickten Schmetterlingen auf den Gesäßtaschen? Wer weiß?« Sie prustet los. »Ich erweise der Gesellschaft hier echt einen Dienst. Meinst du, ich kann das in meiner Bewerbung für die Uni erwähnen?«

»Auf jeden Fall. Und hey, wie geht's dir denn mit deinem ersten Tag morgen?«, frage ich und schäme mich ein bisschen dafür, dass ich nicht vorher nachgefragt habe, weil ich zu sehr in meiner Angst vor der großen Veränderung gefangen war.

»Keine Ahnung, ganz okay?«, sagt sie. »Es ist ein Tag wie jeder andere. Ich werde unsere langweilige South-High-Schuluniform tragen und wie üblich dagegen ankämpfen, dass mir die Augen zufallen.«

»Ja, aber es ist unser erster Schultag ohneeinander seit, na ja, seit immer! Zu wem setzt du dich beim Mittagessen?« Diese Frage quält mich schon länger. Der bloße Gedanke an die morgige Mittagspause lässt den dumpfen Trennungsschmerz aufflammen wie eine frische Wunde.

Sie lacht. »Ich werd schon irgendwen finden.« Und das versetzt mir ein komisches Gefühl. Erstens, weil ich es nicht witzig gemeint habe, und zweitens, weil ich es definitiv nicht so lässig nehme. Aber wir sind schon immer unterschiedlich mit Herausforderungen umgegangen. Vielleicht braucht Caroline mich nicht so wie ich sie.

Nachdem ich ihr mehrmals versprochen habe, sie morgen gleich nach der Schule anzurufen (und ihr außerdem das nächste Kapitel zu schicken), verabschieden wir uns. Dann ziehe ich meinen Laptop auf den Schoß und tauche wieder in Tallulahs und Thomas' Welt aus Sehnsucht und Romantik ein. Colette muss warten.

Ich versuche, nicht daran zu denken, wie andere die Geschichte betrachten würden. Diese Worte gehören mir allein.

Um genau Viertel nach sieben schlüpfte Tallulah zum Open Mic ins Café. Thomas hatte ihr gesagt, dass er um diese Zeit und keine Minute vorher seinen Auftritt haben würde. Seit ihr erster Kuss von dem Besitzer der ganz offensichtlich nicht verlassenen Hütte unterbrochen worden war, hatte Tallulah Angst davor gehabt, wieder mit Thomas allein zu sein. Wenn sie sich nun das, was zwischen ihnen war, alles nur einbildete? Tallulah wollte sich diese wundervolle Erinnerung auf keinen Fall trüben lassen. Sie wollte sich das köstliche Was-wäre-wenn für immer bewahren.

Also kam sie pünktlich auf die Minute, um Thomas keine Gelegenheit zu bieten, sie den anderen aus seiner Band als »Kumpel« vorzustellen oder, schlimmer noch, ihr einen Mokka bei der scharfen, mondänen blonden Barista zu bestellen, die vermutlich, höchstwahrscheinlich sogar, auch in ihn verliebt war.

Tallulah suchte sich einen Platz weiter hinten in dem Café, nur für den Fall, dass sie vor lauter Peinlichkeit flüchten müsste, während Thomas ganz vorne stand. Die glitzernden Lichter verliehen seinen zerzausten schwarzen Haaren einen himmlischen Glanz. Tallulah sah zu, wie er seine Gitarre stimmte, gekonnt bewegte er die schlanken Finger, und sie stellte sich vor, wie es sich wohl anfühlte, wenn diese Finger auf ihrem Rücken lägen oder ihre Wange streichelten. Bei dem Gedanken wurde ihr Gesicht heiß und ihr Herz schlug schneller. Thomas sah so aus, als wollte er loslegen, doch dann hielt er inne und schaute sich mit zusammengekniffenen Augen im Raum um. Ängstlich fragte sich Tallulah, nach wem er Ausschau hielt – nach der blonden Barista? Doch er ließ sie nicht lange im Unklaren, denn als sein Blick sie fand, breitete sich ein Lächeln auf seinem Gesicht aus. »Für dich«, formte er lautlos mit den Lippen.

Während er den ersten Song spielte, ließ er sie nicht aus den Augen, und auch beim zweiten und dritten nicht. Obwohl der Raum voller Leute war, hatte Tallulah das Gefühl, als wären sie miteinander allein. Ihre Sorgen waren ganz überflüssig gewesen, denn seine Worte, seine Blicke und die Musik sagten unmissverständlich, dass der Moment im Regen echt gewesen war. Dieser wunderschöne Junge sah sie, und er wollte sie genauso, wie sie ihn wollte.

Nach dem letzten Song ignorierte Thomas den Applaus und alle, die mit ihm sprechen wollten. Er kam geradewegs auf Tallulah zu und nahm sie in die Arme. Sie fasste seine Hand und führte ihn hinaus in die Nacht, die vom Vollmond erleuchtet war.

»Ich war mir nicht sicher … ob du so empfindest.« Tallulah seufzte. »Das neulich … ich dachte schon, das hätte ich mir vielleicht nur eingebildet.«

»Verstehst du denn nicht?«, sagte Thomas und schlang wieder die Arme um sie. »Schon seit ich hergezogen bin … gab es immer nur dich. Es wird immer nur dich geben, Tallulah.«

Dann legte er seine weichen Lippen auf ihre.

Viertes Kapitel

Um fünf Uhr morgens wache ich auf. Mit Absicht.

Nicht, weil ich ein Morgenmensch wäre. Bin ich nicht. Und es hat auch nichts mit Aufregung oder Lampenfieber vor dem ersten Schultag zu tun.

Ich stehe um fünf Uhr auf, weil ich mir die Haare machen muss.

Seit sechzehn Jahren arbeite ich daran, die beste Frisur für meine Haare zu finden. Da ich eine weiße Mutter habe, war es nun wirklich kein Selbstläufer, aber sie hat es besser hingekriegt als die meisten Mütter. Sie hat mich nie einfach mit krausen Wuschelhaaren losgeschickt, worüber die alten Schwarzen Damen im Supermarkt abfällig den Kopf geschüttelt hätten. Nein, wenn wir zu Besuch in Georgia waren, schaute sie sich bei meinen Tanten und meiner Granny alles ganz genau ab, sie stellte ihnen Fragen und machte sich Notizen wie für eine Examensarbeit. Und so lernte sie, mir perfekte Afro Puffs zu machen und Zöpfe zu flechten, die dicht und ebenmäßig am Kopf lagen.

Als ich in die sechste Klasse kam, wollte ich mir unbedingt die Haare glätten, aber meine Mutter erlaubte es nicht. Nie durfte ich Relaxer benutzen, auch später nicht, obwohl alle meine Cousinen es machten und meine Granny es ein paarmal vorschlug. Meine Mutter misstraute den chemischen Mitteln und sagte immer: »Deine Haare sind schön so, wie sie sind!« Aber ich wollte lieber glatte Haare haben. Glatt und weich – wie Meghan Markle. Natürlich hatte ich damals keine Ahnung, wer Megan Markle war, aber als ich Jahre später die ganzen hysterischen Berichte über die königliche Hochzeit sah, war das mein erster Gedanke. Genau so. Genau so wollte ich es haben.

Aber so ganz habe ich es nie hinbekommen. Meine Mutter gab zwar schließlich nach und ich durfte mir alle zwei Wochen beim Friseur die Haare glätten lassen. Ich durfte sogar Relaxer benutzen, der mir die Kopfhaut verbrannte, aber immerhin dafür sorgte, dass ich nicht so oft zum Glätten musste. Doch der Meghan-Markle-Traum hat sich für mich nie richtig erfüllt. Ein paar Stirnfransen kräuselten sich immer, sobald ich schwitzte, und die Spitzen brachen und wollten nicht richtig wachsen.

Ich nehme die Satinmütze ab und schaue mir an, womit ich es heute zu tun habe. Meine Haare sind zurzeit kurz, nur ein paar Zentimeter. Und sie sind auch nicht mehr glatt. Es sind wilde Locken, die nervig und beglückend und magisch sind, alles zugleich.

Nachdem ich monatelang Berichte über Natural Hair auf Instagram studiert und schöne lockige Mädchen auf YouTube angeschaut hatte, habe ich im Juni tatsächlich kurzen Prozess gemacht, das chemisch behandelte Haar radikal abschneiden und nur drei Zentimeter Naturhaar stehen lassen, als Versprechen auf eine neue Zukunft. Zu wissen, dass ich umziehen würde, machte es mir leichter. Ich würde an der Chrysalis ganz neu anfangen, wo niemand das Vorher kannte und das Nachher bemerkte oder, schlimmer noch, kommentierte.

Ich dachte, diese Frisur wäre praktischer. Ich könnte in den

Pool hüpfen, wenn mir danach war, und müsste mir keine Sorgen machen, wenn es regnete. Aber ich wurde nicht plötzlich mit Einladungen zu Pool-Partys überschüttet, und hier regnet es sowieso nicht so viel.

Und ich dachte, sie wäre einfacher. Ganz natürlich, wash and go. Aber eine Wash-and-go-Frisur, das weiß ich inzwischen, bedeutet nicht, dass man die Haare einfach nur wäscht und fertig. Nach dem Waschen kommt die Pflegespülung (manchmal auch eine Haarkur), dann das Entwirren, noch eine Spülung, Glätten und Rubbeln, Ölen und Gelen. Es ist eine lange Prozedur. Ein Ritual. Und deshalb stehe ich um fünf Uhr morgens auf.

Ich hab schon versucht, das Wash-and-go abends zu machen, wie von den Influencern auf YouTube empfohlen, aber wenn ich mit nassen Haaren ins Bett gehe, sehe ich am nächsten Morgen aus wie ein Zaubertroll: An den Seiten sind die Haare platt und oben stehen sie zu Berge. Und wenn ich sie mit dem Diffusor föhne, sehen sie unmöglich aus – am Hinterkopf gebauscht wie bei einem Pudel. Deshalb mein Plan, so früh aufzustehen, dass ich sie lufttrocknen lassen kann, für die perfekte Frisur am ersten Schultag. Heute muss alles nach Plan laufen.

Erst wasche ich meine Haare, dann verteile ich die Pflegespülung und entwirre die Haare dabei. In der winzigen Dusche, die ich mir mit Miles teile, kann man sich kaum bewegen. Andauernd stoße ich mit dem Ellbogen oder dem Knie gegen eine der vielen Flaschen am Rand und fluche, wenn sie mir auf die Zehen fallen.

Als ich endlich fertig bin, steige ich aus der Dusche, lege mir ein Handtuch über die Schultern und unterteile die Haare in vier Partien, damit ich meine Serie von Cremes und Pflegeprodukten auftragen kann. Jede Partie muss separat behandelt werden, denn der größte Teil meiner Haare ist zwar 4A, ganz oben sind sie jedoch eher 4C, und die rechte Seite ist eindeutig 3B. Jede Partie erfordert ganz bestimmte Handbewegungen und eine bestimmte Sättigung mit Pflegeprodukten, damit die Locken einheitlich aussehen.

Wie gesagt, es ist eine echte Prozedur.

Als jemand an die Badezimmertür hämmert, lasse ich vor Schreck die Tube mit Rosenduft-Stylingcreme auf den orangenen Wollteppich fallen. Panisch hebe ich sie auf, als wäre sie mein Baby – das Zeug ist sauteuer und darf auf keinen Fall auslaufen.

»Tessie, lass mich rein! Ich muss aufs Kloooooooo!« Miles' Stimme dringt gedämpft durch die Tür und wieder hämmert er dagegen.

»Jetzt nicht. Du kannst bei Mom und Dad gehen!« Wenn ich ihn jetzt reinlasse, bleibt er Gott weiß wie lange hier drin und bringt meinen ganzen Plan durcheinander. Normalerweise würde ich einfach die Tür aufmachen. Aber nicht heute.

»Aber ich muss echt! Bitte!!!!«

»Nein«, sage ich mit fester Stimme, und er läuft kreischend und jaulend zum anderen Badezimmer. Ich habe ein schlechtes Gewissen, denn jetzt weckt er unsere Eltern, und womöglich habe ich einen Tobsuchtsanfall ausgelöst, aber ich denke so selten zuerst an mich. Beim Frühstück werde ich um Entschuldigung bitten, und heute ist eine Ausnahme. Denn der Tag wird perfekt, genau wie meine Haare.

Nachdem ich meine Haare trocken getupft habe, gehe ich in mein Zimmer, schicke Caroline eine Reihe von Emojis als Morgengruß und ziehe die Sachen an, auf die wir uns gestern Abend schließlich geeinigt haben: ein cremefarbenes Etuikleid mit Medaillon-Muster, dazu spitze hellbraune Pantoletten, als Schmuck ganz kleine goldene Creolen.

Das Kleid kontrastiert schön mit meiner Haut, die schimmern wird, wenn ich in der Mittagspause draußen sitze, und die goldenen Strähnchen in meinen Haaren werden in der südkalifornischen Sonne leuchten wie ein Heiligenschein. Und ein Junge, vielleicht einer, der mir schon im Flur aufgefallen ist, wird mich dort sitzen sehen, die leibhaftige Sonnengöttin, und mich ansprechen. Und zu unserem ersten Date bringt er mir Rosen mit, die den gleichen Cremeton haben wie mein Kleid, denn das Bild von mir, wie ich da sitze, lässt ihn einfach nicht los. Und so bleibt es bis zum Tag unserer Hochzeit Jahre später, nachdem ich mein erstes Buch veröffentlicht habe und er sein erstes Soloalbum (natürlich ist er Musiker), und ja ... das ist gut. Das schreibe ich später auf.

Durch die geschlossene Tür höre ich laute Stimmen – Miles' Jaulen, die strengen Ansagen meines Vaters und die besänftigenden Worte meiner Mutter –, aber ich gehe nicht raus, um nachzusehen, was los ist. Ich setze mich aufs Bett, lasse meine Haare weiter trocknen und schaue zum hunderttausendsten Mal auf meinen Stundenplan. Ich will mich nicht in das Drama reinziehen lassen, das im Flur gerade abgeht, und mir damit die Chance auf einen guten Tag verderben.

Der Stundenplan versetzt mich in prickelnde Vorfreude, genau wie beim ersten Mal, als ich ihn gesehen habe. Ich habe die ganz gewöhnlichen Kurse, die ich auch an der South High hätte: Leistungskurs Amerikanische Literatur, Spanisch 3, Geschichte der USA, Mathe und Physik. Aber an der Chrysalis finden all diese öden praxisfremden Fächer vormittags statt, und der ganze Nachmittag steht für unsere Profilfächer zur Verfügung. Ich belege vier Kurse in Kreativem Schreiben: dienstags Genrestudien über magischen Realismus, mittwochs Buchclub und donnerstags das Literaturmagazin der Schule, *Konturen*. Aber am meisten freue ich mich auf den Kurs, der meine Woche umrahmt, Romankunst, jeden Montag und Freitag.

Normalerweise, das hat mir die Koordinatorin des Profilfachs Kreatives Schreiben beim Rundgang erzählt, werden neue Schülerinnen nicht in diesen Kurs aufgenommen. Aber ich habe eine Mail an die Kursleiterin, die gefeierte Fantasy-Autorin Lorelei McKinney, geschrieben, ihr erzählt, dass ich nicht nur einen, sondern gleich zwei Romane in Arbeit habe, und sehr darum gebeten, teilnehmen zu dürfen. Es kostete mich große Überwindung, einer erfolgreichen Autorin zu schreiben – so als könnten meine Texte sich auch nur ansatzweise mit ihren messen. Aber ich musste es probieren. Als ich meinen Stundenplan bekam und sah, dass ich drin war, schrie ich so laut, dass meine Mutter angerannt kam, um zu sehen, ob alles in Ordnung war. Ich kann immer noch nicht fassen, dass mein liebstes Hobby jetzt Teil des Unterrichts ist. Darüber kann ich meiner Mutter fast verzeihen, dass sie, ohne zu fragen meine Geschichten eingereicht hat.

Um Viertel vor acht komme ich schließlich aus meinem Zimmer. Meine Haare sind noch nicht ganz trocken, aber trockener werden sie nicht, und nachdem ich sie vorsichtig mit dem Kamm gelockert habe, sehen sie echt schön aus.

Mein Vater ist schon zur Arbeit gefahren, und Miles sitzt im Wohnzimmer und isst eine Schale Cornflakes, den Blick auf Dream Zone geheftet. Sie spielen seinen Lieblingssong, *Together Tonight*. Normalerweise kümmere ich mich um Miles' Frühstück, damit meine Mutter sich in Ruhe fertig machen kann. Aber sie steht schon angezogen in der Küche und alles ist erledigt. Allerdings nimmt sie immer wieder irgendwas in die Hand und legt es woanders wieder ab, schiebt Stapel von hier nach dort, ohne richtig aufzuräumen. Das bedeutet meistens, dass etwas nicht stimmt.

Sie seufzt so laut, dass ich es am anderen Ende der Küche hören kann. Schließlich lässt sie die Hände ruhen, legt sie aneinander und schaut mich an.

»Warum hast du Miles heute Morgen nicht einfach aufs Klo gelassen?«, fragt sie vorwurfsvoll. »Er hat gesagt, du warst nicht in der Dusche.«

Sofort habe ich ein schlechtes Gewissen und mein Magen krampft sich zusammen, aber dann werfe ich mich selbstbewusst in die Brust. »Ich hab mich frisiert. Es gibt zwei Badezimmer in diesem Haus.« Ich schiebe mich an ihr vorbei, um mir einen Joghurt aus dem Kühlschrank zu nehmen, und weiche ihrem Blick aus.

»Ja, und auf dem Weg zu dem anderen Badezimmer ist ihm ein Malheur passiert. Das ist ja eine halbe Weltreise bis dahin.« Jetzt verstehe ich, warum heute Morgen so ein Theater war, und mir schnürt sich die Brust zusammen bei der Vorstellung, wie außer sich Miles gewesen sein muss und wie viel zusätzliche Mühe es für meine Eltern bedeutet hat. Meine Mutter schüttelt den Kopf und schiebt wieder Sachen auf der Küchentheke von A nach B.

»Wir müssen hier alle zusammenarbeiten«, sagt sie, während eine Milchpackung neben die Spüle wandert, dann rüber zur Kochinsel, dann in den Kühlschrank.

»Ich weiß.« Ich senke den Blick. »Tut mir leid.«

»Ich versteh einfach nicht, warum du ihn nicht reinlassen konntest«, fährt sie fort. »Das hätte dich doch nur eine Minute gekostet. Dann wäre das nicht passiert.«

In mir sträubt sich etwas. Das klingt so, als sollte ich jedes Problem voraussehen. Kapiert sie nicht, dass heute auch mein erster Schultag ist?

»Ich hab doch gesagt, dass es mir leidtut. Ich konnte ja nicht ahnen, dass er in die Hose machen würde. Das ist seit Monaten nicht passiert.«

Schnell schaut sie zum Wohnzimmer, um zu sehen, ob Miles zuhört, aber dort läuft immer noch die Musik. »Nicht so laut«, sagt sie.

Zorn steigt in mir auf, doch anstatt etwas zu erwidern, esse ich meinen Joghurt. Ein Streit mit meiner Mutter passt heute nicht in meinen Plan. Ich spüre, wie sie hinter mir hin und her läuft und aufräumt, aber ich rege mich nicht und blicke auch nicht auf. Der Joghurt schmeckt wie Sägespäne und gleitet zäh durch meine Kehle.

Doch als ich an ihr vorbei muss, um den Joghurtbecher wegzuwerfen, nimmt sie meine Hand und ihr Blick ist wieder weich. »Es tut mir leid, Tessa, ich bin einfach müde. An diesem Umzug hängt so viel dran …«

Schlagartig verpufft der Zorn, der sich in mir aufgebaut hat, und ich drücke ihre Hand. »Ich weiß.«

Das ist unser übliches Muster: kritteln und kritteln und dann entschuldigen. Spannung und Entspannung.

»Die Umstellung ist wirklich schwer für ihn«, sagt sie erschöpft. »Ich glaube, deshalb führt er sich so auf und fällt wieder in seine alten Gewohnheiten zurück. Wir müssen Geduld mit ihm haben … und miteinander.«

Die Umstellung ist auch für mich schwer, liegt es mir auf der Zunge. Aber ich nicke nur.

»Wir müssen bald, oder?« Ich lasse ihre Hand los. »Fährst du erst Miles?«

Zum Glück hat die Highschool in Bixby Knolls, wo wir wohnen, ein Programm für Schüler von achtzehn bis zweiundzwanzig, das genau auf Miles zugeschnitten ist, so hat er keinen weiten

Weg. Aber die Chrysalis Academy liegt auf der anderen Seite der Stadt, näher am Ozean. Der Unterricht fängt zwar erst um halb neun an, aber wenn wir rechtzeitig da sein wollen, müssen wir bald los.

Meine Mutter sieht mich verwirrt an, als hätte ich etwas total Abwegiges gesagt.

»Ich dachte, wir hätten darüber gesprochen«, sagt sie und schüttelt den Kopf. »Ich bleibe heute die erste Stunde in Miles' Klasse. Er ist so wahnsinnig aufgeregt und ich möchte ihm beim Eingewöhnen helfen.«

»Und wie komme ich dann zur Schule?« Ich habe den Führerschein, aber kein Auto. Und die zehn Kilometer zur Chrysalis kann ich ja schlecht laufen.

»Sam von gegenüber nimmt dich mit. Er hat es gestern Abend angeboten, als ich drüben war und mit Audrey geredet habe. Er macht einen richtig netten Eindruck. Ist das okay für dich?«

Am liebsten würde ich Nein sagen. Aber dann denke ich an Miles, der ganz allein in seine neue Schule muss. Er hat schon ewig nicht mehr in die Hose gemacht, also ist er wahrscheinlich ziemlich durcheinander. Veränderungen sind oft schwer für ihn, auch wenn er es nicht immer so zeigt wie andere Menschen. Es ist sicher das Beste, dass meine Mutter ihn am ersten Schultag begleitet. Natürlich.

Also zwinge ich mich zu einem Lächeln und nicke. »Klar.«

Fünftes Kapitel

Unfassbarerweise trägt Hawaiihemd Sam schon wieder ein Hawaiihemd, wenn auch diesmal ein hellblaues. Ist anscheinend sein Ding. Allerdings trägt er heute eine Cordjacke darüber, außerdem eine zu weite Kakihose, mit der er aussieht wie ein verrückter Professor. Und er muss eingehen vor Hitze, denn der September ist in Südkalifornien immer noch richtig sommerlich. Obwohl es noch so früh ist, zeigt sich die Sonne schon.

Ich gehe über die Straße zu seinem Haus und weiche den letzten matschigen lila Palisanderblüten auf der Straße aus, damit meine Schuhe nicht schmutzig werden. Er winkt mir zu und lächelt wieder sein halbes Lächeln. »Hi, Mitfahrerin!«

Ich winke zurück und versuche den Ärger darüber herunterzuschlucken, dass meine Mutter mich in diese Situation gebracht hat. Ich hatte einen Plan für heute Morgen, und jetzt habe ich Bauchweh, weil alles ganz anders läuft. Sie wollte mich zur Schule fahren, mich aber kurz vorher rauslassen, damit es keiner sieht. Ich wollte meinem Neuanfang an der Chrysalis allein entgegengehen. Einfach nur ich. Eine neue Schülerin im Profilfach Kreatives Schreiben mit dem perfekten Outfit und dem perfekten Wash-and-go.

Stattdessen komme ich mit Hawaiihemd Sam an, und ihn kann ich ja schlecht bitten, mich ein Stück vorher abzusetzen. Und ich bin echt nicht oberflächlich oder so. Ganz bestimmt nicht. Aber mit seinem unmöglichen Modegeschmack und dieser Null-Frisur – und o nein, gerade fällt mir auf, dass er strahlend weiße Dad Sneaker trägt, aber eben nicht auf die coole Art. Alles zusammen wird dafür sorgen, dass Hawaiihemd Sam auffällt. Und auffallen will ich nun mal absolut nicht.

»Ich wollte grad rüberkommen und dich abholen«, sagt er und hängt sich eine lederne Kuriertasche über die Schulter. Wenigstens kein Rucksack mit Rollen. »Wie war dein Morgen bisher?«

Ich zucke die Achseln. »Ganz okay.«

»Na, der wird noch viel besser werden.« Er hüpft regelrecht zu seinem silbernen Honda Civic. »Mann, ich freu mich wahnsinnig. Du nicht?«

Ich zucke wieder die Achseln. »Doch.«

Ich nehme mir vor, auf dem Weg zur Chrysalis so wenig wie möglich zu reden. Ich will meine schlechte Laune so richtig auskosten, damit sie anschließend hoffentlich verflogen ist. Aber als ich die Beifahrertür öffne, ist dieser Vorsatz sofort vergessen.

»Wow, was ist das denn?« Der Duft, der aus dem Auto schwebt, ist so stark, dass ich ihn fast wie in einem Comic als Ringelwölkchen in der Luft sehen kann. Es riecht nussig und süß, und mir wird innerlich warm, als würde mich jemand fest in den Arm nehmen. Augenblicklich ist meine schlechte Laune verpufft.

Er lacht und holt ein Muffin-Blech von der Rückbank, als würde er es aus dem Ofen ziehen, und der köstliche Duft wird noch stärker. Die Muffins sind mit prallen Himbeeren verziert und mit glitzernden Streuseln bedeckt. Bei dem bloßen Anblick läuft mir das Wasser im Mund zusammen.

»Bewahrst du immer Gebäck auf dem Rücksitz deines Wagens auf?«

Er reibt sich über die Wange, plötzlich unsicher. »Keine Ahnung. Ja? Ich hab sie heute Morgen zum Abkühlen hier reingestellt.«

»Okay, das musst du mir erklären«, sage ich lachend.

»Backen ist mein Ding. So wie Schreiben dein Ding ist.«

»Dann bist du in dem Programm für Kochkunst?« Ich steige in den Wagen. Er nickt und bietet mir einen Muffin an. Dankbar nehme ich den warmen Muffin und beäuge die anderen, die er abdeckt und wieder auf den Rücksitz stellt. »Ich hab auf der Website der Schule gesehen, dass sie das dieses Jahr zum ersten Mal anbieten. Hast du deshalb in der Elften gewechselt?«

»Ja, ich wollte schon seit Jahren gern auf die Chrysalis, weil … keine Ahnung, na ja, einfach so. Und als ich sah, dass sie jetzt diesen Schwerpunkt aufbauen, war das wie ein Wink des Schicksals. Ich fasse es immer noch nicht, dass ich mein liebstes Hobby in der Schulzeit machen darf.« Sein Gesicht nimmt einen sehnsüchtigen Ausdruck an, während er den Wagen startet und aus der Ausfahrt fährt.

»Genauso geht es mir auch.« Ich nicke.

»Und ich weiß, dass die meisten Menschen Kochen nicht als Kunst betrachten«, fügt er schnell hinzu. »Es ist nicht so angesehen wie Tanz oder Theater oder Malerei oder so, und na ja, meine Muffins werden nie in einer Galerie hängen. Aber ich glaube, wir gehören an diese Schule genau wie alle anderen.«

Es wirkt fast so, als würde er eine Rede proben, mit der er heute seinen Platz an der Chrysalis verteidigen muss. Also bin ich anscheinend nicht die Einzige, die sich Sorgen macht, nicht dorthin zu gehören.

Ich versuche beruhigend zu lächeln. »Natürlich.«

Und dann beiße ich in seinen Muffin.

Ich fand den Duft ja schon besonders, aber der Geschmack befördert mich in eine andere Welt – eine göttliche und erhabene. Er kitzelt alle meine Geschmacksknospen wach, als hätten sie bis zu diesem Moment geschlafen. Er hüllt mich in Sicherheit und Geborgenheit und erinnert mich an die Zeit, als ich klein war und frühmorgens zu meiner Mutter ins Bett gekrabbelt bin, wenn mein Vater schon vor Sonnenaufgang zur Arbeit musste.

Hinter uns hupt jemand und weckt mich aus meiner Muffin-Trance, und Hawaiihemd Sam richtet den Blick schnell wieder auf die Straße und gibt Gas. Er hat mich beobachtet.

»Wahnsinn«, flüstere ich. Er strahlt, und das Grübchen auf seiner rechten Wange wird so tief, dass ich plötzlich den Drang verspüre, meinen Finger hineinzubohren.

»Das ist Kunst«, verkünde ich, und er lächelt noch mehr. »Du kannst mit Butter und Zucker zaubern. Das gehört in ein Museum.«

»Braune Butter«, verbessert er mich.

»Was?«

»Ich hab die Butter gebräunt, bevor sie in den Teig kam. Dazu lässt man sie in der Pfanne schmelzen und dann langsam weiterköcheln«, erklärt er. Er reibt sich wieder die Wange, und als er weiterspricht, wird die Bewegung schneller. »Das Wasser verdampft, und dann karamellisiert die Milch in der Butter, bis sie fest wird und sich diese kleinen braunen Kristalle bilden, die zu Boden sinken. So entsteht das nussige Aroma, das du bestimmt rausgeschmeckt hast. Deshalb duftet es auch so toll. Außerdem sieht es wunderschön aus – die Butter verfärbt sich von Hellgelb bis hin zu dunklem Bernstein. Es ist ein bisschen wie Zauberei, das auf den Punkt hinzukriegen. Man muss sehr gut aufpassen, denn ungefähr zwei Sekunden nachdem die Butter genau richtig ist, brennt sie an. Und Muffins mit verbrannter Butter wären überhaupt nicht lecker.«

Während er spricht, scheint eine Verwandlung mit ihm vorzugehen. Aus dem unbeholfenen Nerd in Hawaiihemd und Dad Sneakern wird ein Meister seiner Kunst. Könnte ich auf diese Weise über mein Schreiben sprechen? Wohl kaum.

»Siehst du? Du bist ein Künstler.« Auf ihn trifft das hundertprozentig zu, aber ich bin mir nicht sicher, ob ich dasselbe auch von mir behaupten kann. »Und wieso kühlst du sie in deinem Auto?«, frage ich. »Ist das eine spezielle Technik?«

»Ja, das ist ein Rezept aus alten Zeiten. So wurde es in meiner Familie von Generation zu Generation weitergegeben.« Seine Miene ist ernst, doch als ich eine Augenbraue hochziehe, lacht er los. »Nee, ich stehe eben jeden Morgen um fünf auf und backe, und meine Mutter hat gesagt, ich soll meine Kreationen nicht mehr alle im Haus aufbewahren. Weil sie dann alle auf ihren Hüften landen oder so.«

»Also, ich glaube, ich könnte mich opfern und deine Testesserin sein. Wenn du wirklich niemand anderen findest.«

Den Rest der Fahrt verbringen wir damit, dass ich Muffins futtere (ich nehme noch zwei) und er mir erklärt, warum jeder Bissen so gut schmeckt. Fast vergesse ich, wo wir hinfahren und dass ich eigentlich angespannt und genervt war. Ich male mir sogar einen Helden für eine neue Geschichte aus – einen schüchternen, aber charmanten Bäcker, der sich in ein schwarz gelocktes Mädchen verliebt und durch sie zu neuen Kreationen inspiriert wird. Er sieht aber nicht aus wie Haiwaiihemd Sam, denn Haiwaiihemd Sam ist nicht der Typ, über den Mädchen in Verzückung geraten und der einen Liebesroman tragen könnte.

Als wir auf den Parkplatz der Chrysalis fahren, werde ich schlagartig in die Wirklichkeit katapultiert, und das Lampenfieber holt mich wieder ein.

Die Chrysalis hat kein traditionelles Schulgebäude. Es ist eine verhältnismäßig neue Schule, und in einer dicht besiedelten Stadt wie Long Beach sind freie Grundstücke kaum zu finden. Der größte Teil des Campus ist ein umgebautes Bankhaus, vier Stockwerke hoch, modern und glänzend. Dazu konnten sie ein altes braunes Holzhaus direkt daneben erwerben, das von einer riesigen Veranda und einer großzügigen Rasenfläche umgeben ist. Oh, und nur ein paar Straßen weiter ist der Ozean! Ich werde mich nie am Ozean satt sehen, der einfach da ist, als wäre das gar nichts Besonderes. In Roseville mussten wir uns durch den Verkehr quälen und unterwegs übernachten, um ans Meer zu kommen, aber jetzt wird das wohl mein täglicher Ausblick.

Um beide Gebäude herum wimmelt es von Schülern und Schülerinnen, und ich sehe jetzt schon, dass sie anders sind als die an der South High: zwei Mädchen mit schwarz angemalten Lippen und Katzenohren, Mädchen mit festen Haarknoten und grauen und rosa Bändern drum herum, ein Junge in glänzenden kniehohen bordeauxfarbenen Stiefeln. Wahnsinn.

Ich will schon aussteigen, als Hawaiihemd Sam mich zurückhält. »Warte mal.«

»Was ist?« Will er etwa gemeinsam mit mir reingehen? Meine Vorbehalte von heute Morgen melden sich wieder.

»Du hast da … ähm … etwas Weißes am Hinterkopf. Irgendein Haarzeugs oder so?« Er reibt sich verlegen den Nacken. »Ich dachte mir … ist doch besser, wenn ich es dir sage.«

Ich werde puterrot und fasse mir an den Hinterkopf. Manchmal zieht die Stylingcreme nicht ganz ein, vor allem wenn die Haare noch nicht richtig trocken sind. So viel zum perfekten Wash-and-go.

»Weg?«, frage ich und drehe mich mit dem Hinterkopf zu ihm. Einerseits bin ich dankbar, andererseits ist es mir megapeinlich. Wenigstens ist es nur Hawaiihemd Sam und nicht irgendein süßer Typ aus meinem Kurs. Dann wäre ich auf der Stelle im Boden versunken und gestorben.

»Noch nicht ganz.«

»Kannst du mir vielleicht helfen? Ähm, mir zeigen, wo es ist?« Was tut man nicht alles in der Not?

»Okay, hm …« Er nimmt sanft mein Handgelenk. Mein Herz schlägt schneller. »Keine Angst. Ich fasse deine Haare nicht an. Ich weiß, dass das nicht koscher ist.«

Jetzt muss ich ein bisschen kichern, und die Spannung löst sich. Er führt meine Hand an die richtige Stelle. »Da.«

Schnell knete ich die Creme ein, sehr darauf bedacht, die Locken nicht zu zerstören.

»Weg?«

»Ja. Alles gut.«

Ich drehe mich wieder um, und sein Gesicht ist genau vor meinem, näher als erwartet. Jetzt müsste ich mir eigentlich Sorgen darüber machen, wie groß meine Poren aus der Nähe aussehen oder dass er die Pickel an meinem Kinn entdeckt. Solche Gedanken gehen mir normalerweise durch den Kopf, wenn ich einem Jungen nah bin. Aber ich bin verwirrt. Seine Augen haben genau die gleiche Farbe wie die von Thad, der früher mein Lieblingsmitglied von Dream Zone war. Und unter den Augen hat er ein paar dunkle Sommersprossen, die aussehen wie gemalt. Er riecht nach Butter und Zucker.

»Na dann«, sagt er.

»Ja.« Ich reiße mich zusammen. »Ich muss mal los. Es ist schon spät und ich muss noch den Raum für meinen ersten Kurs suchen.« Schnell springe ich aus dem Wagen und streiche Muffinkrümel von meinem Kleid. »Danke fürs Mitnehmen!«, rufe ich noch. »Treffen wir uns nach der Schule wieder hier?« Und dann sprinte ich los, ohne Hawaiihemd Sams Antwort abzuwarten.

Jetzt kann ich ihn wohl einfach Sam nennen.

Sechstes Kapitel

Wie sich zeigt, sind die regulären Fächer an der Chrysalis ziemlich genauso wie an jeder anderen Schule, wenn man mal davon absieht, dass mein Geschichtslehrer Mr Gaines versucht, seinen Stoff zum Soundtrack von *Hamilton* zu rappen. Es kostet mich enorme Anstrengung, nicht die Augen zu verdrehen.

Aber die Leute sind total anders. Überhaupt nicht so wie die farblosen Gestalten, von denen ich an der South High umgeben war (mit Ausnahme von Caroline natürlich). Ich bin ganz fasziniert von den anderen in meinen Kursen und überlege, ob das hippiemäßige Mädchen mit dem langen geblümten Rock und Trockenshampoo-Resten im Haar Kunst als Schwerpunkt hat oder vielleicht eher Musik. Der Typ, der während der Mathestunde die ganze Zeit mit Vloggen beschäftigt ist, bis Ms Hernandez verlangt, dass er sein Handy ausschaltet, ist bestimmt im Film- und Fernseh-Profil.

Außerdem fällt mir auf, wie divers diese Schule im Vergleich zu Roseville ist. Seit Caroline und ich uns kennengelernt haben, ist das Städtchen schon ein bisschen bunter geworden, aber an der South High gab es immer mindestens eine Unterrichtsstunde, in der ich das einzige braune Gesicht war. Allzu oft wurde ich bei Diskussionen in Geschichte gebeten, stellvertretend für alle Schwarzen zu sprechen, und musste erleben, dass Englischlehrerinnen, die das ganze Schuljahr kaum ein Wort mit mir geredet hatten, zuversichtlich sagten: »Die wird dir gefallen«, wenn eine Kurzgeschichte von James Baldwin dran war.

An der Chrysalis dagegen tausche ich keine wissenden Blicke mit den anderen braunen Schülerinnen im Raum, denn es gibt so viele, in allen möglichen Schattierungen. Und obwohl wir in allen Fächern freie Platzwahl haben, herrscht nicht die typische Sitzordnung, die sich sonst schon dadurch ergibt, dass sich Gleich zu Gleich gesellt. In solchen Situationen hatte ich immer das Gefühl, nirgendwohin zu gehören, weder weiß noch Schwarz noch sonst irgendwas. Immer musste ich mich so verhalten, wie die jeweilige Gruppe es von mir als Schwarzem Mädchen erwartete, deshalb habe ich gar nicht erst versucht, Anschluss zu finden.

Aber an der Chrysalis scheinen solche Regeln unbekannt zu sein. Man gesellt sich zu denen, die die eigene Leidenschaft teilen: Eine Gruppe von Mädchen übt vor der Englischstunde in einer Ecke Tonleitern, zwei andere tragen identische Slytherin-Umhänge, als wäre heute ihr erster Tag in Hogwarts. Unglaublich, was für eine Veränderung sechs Stunden Fahrt über ein paar Autobahnen bringen kann. Vielleicht kann ich hier ja überall Anschluss finden.

In der Mittagspause verfliegt diese Die-Welt-ist-ein-Dorf-Kumbaya-Euphorie größtenteils. Ich finde mich auf der Toilette wieder, panisch wie eh und je.

Caroline und ich haben immer zu zweit zusammengesessen. Wir hatten unsere private kleine Ecke vor dem D-Gebäude, wo es gutes WLAN gab und wir friedlich den Laptop hin- und hertauschen konnten. Gelegentlich kamen Carolines Freunde vom

Jahrbuch dazu, Glory McCulloch oder Brandon Briceño, aber ich fand es schöner, wenn wir zu zweit blieben.

Heute kann Caroline mich nicht retten.

Ich gucke in den Spiegel und versuche mich so weit zu beruhigen, dass ich wieder rausgehen kann (denn so tief bin ich noch nicht bereit zu sinken, dass ich allein auf dem Klo essen würde), als ein Mädchen hereinkommt.

Ich will sie nicht anstarren, aber sie sieht aus wie ein Model. Mit ihrer taufrischen, bronzefarbenen Haut, den hohen Wangenknochen und dem vollkommenen kleinen Muttermal unter dem rechten Auge, wie hingetupft, muss sie es gewohnt sein, Blicke auf sich zu ziehen. Sie ist eine Schönheit. Außerdem ist ihr Outfit absolut erstrebenswert. Sie trägt eine weite, hoch sitzende, schwarz-weiß getupfte Hose und eine ärmellose Batistbluse, in der Taille geknotet. Ihre schlanken Arme sind mit goldenen Reifen behangen, in ihre langen Dreads ist ein dazu passender Golddraht geflochten. Um den Kopf hat sie ein Tuch in leuchtendem Pink, Orange und Grün gebunden, mit einer komplizierten Schleife vorn, wie eine Krone. Wenn es nicht so creepy wäre, würde ich sie am liebsten fotografieren und meinen eigenen Street Style (oder Klo-Style) auf Instagram zeigen. Natürlich fängt sie meinen Blick im Spiegel auf.

»Deine Haare sehen toll aus«, sagt sie und verzieht die kaugummirosa geschminkten Lippen zu einem breiten Lächeln. »Ist das ein Twist-out oder ein Wash-and-go?«

»Ein Wash-and-go«, sage ich und erwidere ihr Lächeln.

»Mann, so würde ich den nie hinkriegen.« Sie nickt anerkennend.

Ich will schon Danke sagen, aber das würde vielleicht eingebildet wirken, so als hätte ich ein Riesen-Ego und wüsste genau, dass ich super Haare habe. Und dann möchte ich ihr ein Kompliment für ihre Haare machen, aber ich habe Angst, dass es direkt nach ihrer Bemerkung nicht echt klingen würde, und sie soll mich ja nicht für eine Heuchlerin halten. Ich muss die perfekte Antwort finden, damit sich aus diesem kleinen Gespräch eine Verabredung zum Mittagessen ergibt, denn dieses Mädchen ist die stylishe, weltgewandte Freundin meiner Träume. Aber dann zieht sie die Nase kraus und runzelt die Stirn, und mir wird bewusst, dass ich zu lange gelächelt habe, ohne etwas zu sagen. Und ich merke, wie unangenehm das ist, aber ich lächele einfach weiter wie paralysiert.

Genau deshalb habe ich nur eine einzige Freundin. Ich kann nicht mal auf ein beiläufiges Kompliment antworten, ohne in Panik zu geraten.

»Bis dann«, sagt sie schließlich mit einem angedeuteten Winken, und ich schlage die Hände vors Gesicht und fasse nicht, wie sozial inkompetent ich bin.

Aber ihre Stimme unterbricht meine Gedanken. »Äääähm, Sis? Ich will dich ja nicht beleidigen, falls das so ein Performance-Ding ist, aber dafür scheinst du mir nicht der Typ zu sein.«

»Was denn?»« Ich drehe mich um und sehe sie an. Sie guckt so, als sähe sie einen Verkehrsunfall.

»Sieht so aus, als hättest du Besuch von der fiesen Tante Rosi«, sagt sie und zeigt zum Spiegel. Ich folge ihrem Blick und sehe den wahr gewordenen Albtraum: einen dunkelroten Fleck auf meinem cremeweißen Spitzenkleid, knapp unter dem Po.

Die Bauchschmerzen heute Morgen kamen gar nicht vom Lampenfieber.

»O Gott. Nein, nein, bitte nicht.« Mein Hals wird heiß und meine Brust schnürt sich zu, als ich mich frage, wie lange ich schon so herumlaufe, und ich gehe jede einzelne Begegnung des heutigen Tages durch und überlege, ob jemand hinter meinem Rücken über mich gelacht hat. Und ehe ich's mich versehe, fangen meine Augen an zu brennen und ich heule los. Ich habe einen regelrechten Nervenzusammenbruch vor diesem Model, das mich wahrscheinlich sowieso schon völlig daneben findet.

»Was soll ich denn jetzt machen?«, stoße ich hervor und starre auf den Boden, der anfängt sich zu drehen. Meine Mutter kann ich nicht anrufen. Sie ist heute wegen Miles schon später zur Arbeit gefahren, da kann sie nicht auch noch früher gehen. Ich hab nichts anderes zum Anziehen dabei. Hätte ich Ersatzklamotten mitnehmen sollen? Sieht fast so aus, wenn mir ein Malheur passiert, als wäre ich ein Kleinkind. Ich muss einfach für immer und ewig auf dem Klo bleiben.

»Ähm, geht's?«, fragt das Mädchen. Sie reicht mir zögernd eine Hand.

»Nein.« Ich atme schnell und hektisch, und jetzt scheint mein ganzer Körper zu brennen. Ich möchte nur im Boden versinken.

»Es ist gut, alles gut – einfach nur atmen. Aaaatmen.« Sie kommt zu mir, nimmt mich fest in die Arme und streicht mir mit der rechten Hand in großen Kreisen über den Rücken. »Hey, das ist doch nicht so schlimm. Alles ist gut.«

Und ich weiß nicht, was für einen Zauber sie anwendet. Aber nachdem ich eben noch kurz vor einer Panikattacke stand, vertraue ich jetzt auf ihre Worte, als wären sie das Evangelium. Alles wird gut.

Wir lösen uns voneinander und ich sehe sie verwundert an.

»So, was machen wir jetzt mit dir?« Sie schaut mich an und tippt sich aufs Kinn. »Aaah! Ich weiß was.« Rasch bindet sie das Tuch vom Kopf. Jetzt steht über ihren Dreads ein krauser Heiligenschein.

»Ich hab an diesem Wochenende keinen Termin beim Friseur bekommen, deshalb hab ich versucht, das Chaos zu kaschieren.« Sie kratzt sich am Kopf. »Aber das hier ist ja ein Notfall.«

Mit konzentrierter Miene schüttelt sie das Tuch kräftig aus, dann schlingt sie es um meine Hüfte und steckt es unterhalb des Bauchnabels fest. Sie zupft es ein paarmal zurecht, lässt die Schleife aussehen wie eine kleine Blume, dann dreht sie mich zum Spiegel.

Zufrieden presst sie die Lippen aufeinander und schnippt mit dem Finger.

»So, fertig. Problem gelöst!«

Abgesehen von meinem verheulten Gesicht sehe ich gar nicht so übel aus. Die leuchtenden Farben des Tuchs heben sich schön von meinem Spitzenkleid ab. Sieht fast so aus, als gehörte es dahin.

»Danke«, sage ich, leise und unsicher.

»Du brauchst mir nicht zu danken.« Sie schüttelt den Kopf. »Das hättest du für mich doch auch getan.«

Hätte ich nicht. Das weiß ich. Das wäre mir viel zu peinlich gewesen. »Ja …«

Sie kramt in ihrer Tasche und holt einen Tampon heraus. »Jetzt bring dich in Ordnung und dann gehen wir was essen.«

»Ach, du musst dich aber nicht mit mir an einen Tisch setzen …«, sage ich. Mein Laptop ist voll geladen. Ich kann wahrscheinlich einfach auf dem Klo essen und ein bisschen an Carolines Colette-Geschichte weiterschreiben.

»Mädchen, nach allem, was wir zusammen durchgemacht haben? Da willst du mich schon abservieren?« Sie lacht. »Außerdem hast du mein Lieblingstuch. Ich muss doch sichergehen, dass du nicht damit verschwindest.«

Siebtes Kapitel

Meine Retterin und Supermodel-Stylistin heißt Lenore Bennett.

»Der Name ist ja ein bisschen tantenhaft. Ich wurde nach meiner Oma benannt, deswegen – aber na ja, die war auch irgendwann mal ein kleines Baby Lenore. Auch die alten Tanten haben ja mal irgendwo anfangen. Und irgendwann werden die ganzen Novas und Khaleesis auch mal Omas … wow.«

Sie redet wahnsinnig schnell, springt ohne Punkt und Komma von einem Thema zum nächsten, als würde ihr Hirn Himmel und Hölle spielen. Beim Quasseln ist es genauso schwer mit ihr Schritt zu halten wie beim Laufen. Ich trabe also hinter ihr her, während sie um Schülergruppen herum über den Rasen läuft. Schließlich gelangen wir zu der Veranda des alten braunen Hauses, und dort bleibt sie vor einem schlaksigen Jungen im Schaukelstuhl stehen. Seine schwarze Ledertasche liegt auf einem zweiten Schaukelstuhl neben ihm.

Den Jungen hab ich heute schon in Geschichte bei Mr Gaines gesehen. Mit seinem babyblau-weiß gestreiften Seersucker-Anzug, bestehend aus einem zugeknöpften Blazer und Shorts bis halb über die Oberschenkel, der mit seiner hellbraunen Haut kontrastiert, ist er mir sofort aufgefallen. Die glänzenden schwarzen

Haare hat er unter einen steifen Strohhut gesteckt. Bei jedem anderen ein alberner Aufzug, aber er verströmt ein Selbstbewusstsein, als wäre er seine eigene private Nebelmaschine. Klar, dass Lenore mit diesem Typ befreundet ist.

Anscheinend hat er unser Kommen bemerkt, denn er nimmt die Tasche von dem zweiten Schaukelstuhl, ohne jedoch den Blick von dem Skizzenblock zu wenden, in den er eine eckige Figur in einem Kleid aus Blumen zeichnet.

»Das ist Theo«, sagt Lenore.

»Ich heiße nicht Theo«, sagt er streng. »Das ist nur ein Spitzname, den Lenore seit zwei Jahren erfolglos zu etablieren versucht. Aber er hat sich nie etabliert. Ich heiße Theodore Lim.«

»Und wie ich dir schon oft gesagt habe«, erwidert sie und verdreht die Augen, »hast du nicht zu bestimmen, wie ich, deine beste Freundin, dich nennen soll. Theo, das ist Tessa, unsere neue Freundin.«

Ich reiche ihm die Hand, aber er ist immer noch auf seine Skizze konzentriert und sieht sie nicht.

»Einzige Freundin.«

»Bitte?« Ich verstehe nicht, inwiefern er sich über mich lustig macht, aber ich schalte sofort auf Abwehr.

»Lenore ist meine einzige Freundin. Ich möchte nur, dass du ein korrektes Bild von unserer Beziehung bekommst. Dass sie meine beste Freundin ist, ergibt sich also ganz automatisch.« Mit der rechten Hand fährt er immer noch energisch über das Papier, doch mit der Linken winkt er mir leicht zu. »Hallo, Tessa.«

Ich bin drauf und dran, wieder zu gehen, denn ich will nirgends sein, wo ich nicht erwünscht bin, und bei diesem bissigen kleinen Künstler bin ich anscheinend nicht erwünscht.

Aber da lacht Lenore, beugt sich nah zu seinem Gesicht und

schnippt mit den Fingern. »Erde an Theo! Hier sind zwei menschliche Wesen, die mit dir kommunizieren möchten. Pass mal auf, sonst hält sie dich noch für einen Blödmann!« Er scheucht sie weg wie eine Fliege und ergänzt ein paar Details am Saum des Rocks.

»So ist er immer, wenn er in seine Arbeit vertieft ist. Wenn man freundlich ist, kann man es gereizt nennen, aber arschig trifft es wahrscheinlich besser«, sagt sie hinter vorgehaltener Hand, als könnte er es nicht hören. »Es ist meine Aufgabe, ihn hin und wieder da rauszuholen, sonst fällt ihm noch vor dem Abschluss die gottverdammte Hand ab.«

Sie zieht ihm den Strohhut vom Kopf und setzt ihn sich auf.

»He!«, ruft er, legt endlich den Bleistift hin und sieht uns an. Seine Augen sind dunkel und glänzend, wie polierter Obsidian, und seine Augenbrauen sind so vollkommen, dass ich mir sofort der Unvollkommenheit meiner eigenen bewusst werde.

»Zu meinen Sachen passt der viel besser«, sagt Lenore und wirft sich in Pose.

Theodore taxiert sie eine Weile, bevor er schließlich nickt. »Ja, da hast du wohl recht.«

»Nichts für ungut, aber du siehst damit so leicht Christopher-Robin-mäßig aus. Oder so wie diese gruseligen altmodischen Geister in Filmen über Spukhäuser. Die sehen immer ganz normal und lieb aus, bis ihre Gesichter aufplatzen und Maden rauskrabbeln oder so. Glaub mir, ich tu dir einen Gefallen.«

»Ich hatte mich selber schon gefragt, ob ich zu dick aufgetragen habe.« Seine Stimme klingt jetzt weicher und er schaut an sich herab. Das macht ihn schon sympathischer. »Habe ich zu dick aufgetragen?«

»Du siehst super aus«, sage ich, und auf seinem Gesicht breitet sich langsam ein Lächeln aus.

»Danke, Tessa. Du kannst Lenores Schaukelstuhl haben.«

Ich zögere, aber Lenore zeigt mit einer übertriebenen Verbeugung auf den Schaukelstuhl und lehnt sich dann an das Geländer der Veranda. »Er gehört dir.«

»Und, in welchem Profil seid ihr?« Ich komme mir ein bisschen blöd vor, das zu fragen, denn Theodore wird wohl kaum so toll zeichnen und gleichzeitig ein Wunderkind im Violinenspiel sein.

»Bildende Kunst«, sagt er und setzt dem schönen Mädchen auf seinem Block mit schnellen Strichen eine Blätterkrone auf. »Wenn ich masochistische Anwandlungen habe, versuche ich mich in der Malerei, aber mein Schwerpunkt liegt auf Illustration.«

»Offiziell bin ich auch in der Bildenden Kunst. Zeichnen. Fotografie, Aquarell, Druckgrafik – ich mache alles«, sagt Lenore. »Aber ich hab auch schon Kurse in Film und in Mediengestaltung besucht. Dieses Jahr gucke ich mal beim Produktdesign rein, denn ich bin ziemlich klamm von den vielen Trips zum Stoffladen in diesem Sommer, und die kriegen da Stoff in rauen Mengen.«

»Du schneiderst selber Kleidung?«, frage ich, voller Bewunderung, wie cool sie ist.

»Yep! Diese Hose hab ich aus einer Tischdecke genäht, die Oma Lenore aussortieren wollte.« Lachend legt sie die Hände auf die Hüfte und dreht eine Schulter nach vorn, als würde sie vor einer unsichtbaren Kamera modeln. »Die ist doch toll, oder?« Ich nicke.

»Ich wusste nicht, dass man Kurse in verschiedenen Profilen besuchen kann.«

»Wenn man so begabt ist wie ich, geht das!«, ruft sie und schnippt die Finger über dem Kopf.

»Ach so, klar, entschuldige«, sage ich schnell. »Ich wollte damit nicht sagen, dass du, ähm, möglicherweise nicht begabt genug bist.«

Ich merke, wie mein Hals flammend rot wird. Aber sie lacht wieder und stupst mir mit einer ihrer zauberhaften zitronengelben Pantoletten gegen die Zehen.

»Hey, chill mal. Möchtest du auch in andere Fächer reinschnuppern? Wenn du einen vernünftigen Grund angeben kannst, erlauben sie das normalerweise immer. Welches Profilfach hast du überhaupt?«

»Ach … ich schreibe nur.« Ich schaue auf meine Hände, um ihren gelangweilten Blick oder, noch schlimmer, ihr geheucheltes Interesse nicht sehen zu müssen.

»Hey, sag nicht, dass du nur schreibst«, sagt sie und macht mein Nuscheln nach. »Du wirst Theo nie sagen hören, dass er nur zeichnet.« Er droht ihr mit dem linken Zeigefinger, während er mit der rechten Hand weiter zeichnet. »Du schreibst. Punkt. Und du musst verdammt gut sein, um hier reinzukommen, vor allem jetzt noch, in der Elf. Also steh einfach dazu, Sis!«

Ich zucke die Schultern und gestatte mir ein kleines Lächeln. Sie ist freundlich, und das weiß ich zu schätzen. Aber wenn sie wüsste, dass ich Liebesgeschichten schreibe, würde sie vielleicht anders reden.

Zum Glück scheint Lenore zu merken, dass ich das Thema nicht vertiefen will, und schaltet einen Gang runter. »Also, die schreibende Zunft sitzt normalerweise da drüben«, sagt sie und zeigt auf die andere Seite der Veranda, die von einem großen Baum beschattet ist. Ich sehe ein paar der Hardcore-Harry-Potter-Fans, aber auch eine Gruppe Mädchen in originell gemusterten Kleidern mit Bubikragen, außerdem viele Leute in unterschiedlichen Schattierungen von verblichenem Schwarz und mindestens zwei Fedoras.

»Schattig, weniger neugierige Blicke auf ihre Laptops. Und ich glaube, der Platz gefällt ihnen, weil man von dort aus alles überblicken kann. Reichlich Material für den nächsten Roman.«

»Sind die Plätze zugeteilt oder so?«

»Nein, natürlich nicht. Aber man bleibt gern unter sich, weißt du? Und vor allem hat jeder gern das Gefühl, dass das eigene Grüppchen den anderen überlegen ist. So sind wir Menschen wohl gemacht.« Lenore gestikuliert wie bei einem TED Talk. »Tja, an unserer Schule haben wir zwar keine Cheerleader oder Footballspieler, aber eine Hierarchie gibt es trotzdem wie überall.«

»Genau, das Tanzvolk? Cheerleader durch und durch«, schaltet Theodore sich ein. Er hat den Zeichenstift weggelegt. Das Thema interessiert ihn.

»Mmm-hmm, wie sie in ihren Leggings und Leotards herumstolzieren – die müssen das Zeug doch nicht 24/7 tragen! Die wollen nur ihren nicht vorhandenen Arsch zur Schau stellen und, na ja, ihre Rippen oder so.« Lenore zeigt auf eine große Gruppe Mädchen und ein paar Jungs, die auf der Treppe des Hauptgebäudes sitzen. »Das sind die da drüben.«

»Und die Sportler sind hier die Musical-Schüler«, fährt Theodore fort. »Die müssen immer im Mittelpunkt stehen. Sie bilden sich ein, ihre nächste Aufführung hat für uns genauso eine Bedeutung wie Football für einen Hinterwäldler in Texas. Ich glaub, ich brauche dir nicht zu zeigen, wo sie sind.«

Stimmt. Auf der anderen Seite der Wiese singt eine große Gruppe *Seasons of Love* a capella.

So stellt Theodore mir alle Gruppen vor, und Lenore wirft kurze Kommentare ein. Die Schüler vom Produktdesign hängen meist drinnen ab. (»Wenn sie sich dem Sonnenlicht aussetzen, gehen sie in Flammen auf.«) Die Schüler des neuen Profilfachs

Kochkunst sind die großen Unbekannten. (»Aber gegen einen süßen Koch hätte ich nichts einzuwenden.«) Die aus der Bildenden Kunst treiben sich immer dort herum, wo das Licht gut ist und die Inspiration sie hinführt, und sie sind einfach die Coolsten. (»Logisch.«) Und die aus den Profilfächern Musik und Kreatives Schreiben sind offenbar die Nerds. (»Nichts gegen dich, aber letztes Jahr kamen die plötzlich alle mit Schreibmaschinen an. Als wär das jetzt ein Trend oder so. Du kannst mir nicht erzählen, dass irgendwas dafür spricht, sich mit so einem altmodischen Monstrum abzuschleppen! Die kriegen bestimmt alle einen krummen Rücken, genau wie die mit den Tubas.«)

Ich folge Theodores Finger, der über den Campus zeigt, und muss mich beherrschen, mir keine Notizen zu machen. Was er über die Filmschüler sagt, entgeht mir, weil mir eine andere Gruppe ins Auge sticht, die er bisher noch nicht erwähnt hat. Während die Musical-Schüler sich so anstrengen aufzufallen, gelingt es dieser Gruppe ganz mühelos. Es sind vier, die mitten auf dem Rasen sitzen, wo alle sie sehen können. Ein Junge ist wahnsinnig groß, hat flammend rote Haare und Sommersprossen. Sein ganzer Körper bebt vor Lachen, und obwohl ich zu weit weg bin, um es zu hören, wirkt es ansteckend. Ich will sofort dabei sein und mitlachen. Neben ihm auf einem ausgebreiteten Flanellhemd lümmelt sich noch ein weißer Junge mit einer umgedrehten Snapback auf den wirren goldenen Haaren. Ein Mädchen ist auch dabei. Sie hat grau gefärbte Haare und milchweiße Haut, ihre Lippen sind dunkel geschminkt. Sie trägt eine übergroße Jeansjacke zu einem schwarzen Kleid, das so kurz ist, dass ich fast die Rundung ihrer Pobacken erkennen kann.

Sie sehen vollkommen aus. Wie die Stars einer Top-Serie auf dem Cover von *Entertainment Weekly*.

Aber die Hauptattraktion ist der schöne Junge in der Mitte, der lebhaft erzählt und dabei gestikuliert, als würde er ein Sonett von Shakespeare oder ein paar Jokes von Ali Wong vortragen. Seine Freunde kreisen auf seiner Umlaufbahn und bewundern ihn, genau wie ich jetzt.

Das Funkeln in seinen dunklen Augen kann ich sogar von hier aus sehen, er hat olivfarbene Haut, schokoladenfarbene Wuschelhaare, an den Seiten kurz und oben in langen wilden Locken, die ihm ins Gesicht fallen, wenn er redet. Er streicht sie auf eine Weise zurück, dass mein Magen Purzelbäume schlägt. Er hat breite Schultern, die sein blütenweißes T-Shirt mit dem runden, ausgeleierten Ausschnitt wie ein Kleiderbügel über dem dünnen Oberkörper halten. Seine Beine sind auffallend lang und schlank, was durch die enge, verwaschene schwarze Jeans noch betont wird. Dazu trägt er braune Lederschuhe ohne Socken.

Er scheint der Geschichte entsprungen zu sein, an der ich schreibe, der über Tallulah. Thomas, der unglaublich coole Singer-Songwriter, ist lebendig geworden – er ist aus meinen Worten geradewegs in mein Leben gelaufen, bereit, mich zu seiner Muse zu machen. Es kostet mich größte Anstrengung, nicht zu ihm hinzurennen und ihm auf der Stelle meine Liebe zu gestehen. Ich möchte meinen Laptop rausholen und jede Einzelheit festhalten.

»Und die da drüben, wer ist das?«, frage ich und nicke unauffällig zu der Gruppe. Ich hoffe, dass es beiläufig klingt, obwohl mein Herz erwartungsvoll schneller schlägt.

»Ach, die«, antwortet Theodore und verdreht die Augen.

»Sind die auch beim Musical?«

»Nein … Wobei, Grayson könnte tatsächlich im Theater-Profil sein, aber er ist auf die hochgeistigen Sachen abonniert, keine Musicals.« Lenore spricht laut und starrt unverhohlen zu der Gruppe. Mir wäre es lieber, wenn sie sich zu uns umdrehen würde. »Das sind die Gründerkinder.«

»Was bedeutet das?«

»Ihre Eltern sind superreich und haben vor zehn Jahren Unsummen für die Gründung dieser Schule gespendet, nur damit ihre kostbaren Sprösslinge sie eines Tages besuchen können«, erklärt Theodore mit verächtlicher Miene. »Deshalb halten sie sich automatisch für Überflieger, obwohl ihr Talent bestenfalls bescheiden ist.«

»Theo ist nur verbittert, weil in der neunten *und* zehnten die Ausstellung für die Wintergala an Poppy – das Mädchen – gegangen ist und nicht an ihn.« Lenore lacht.

»Und ich habe jedes Recht, verbittert zu sein … Poppys Werke würden sich besser als Deko in einem Möbelladen machen.« Theodore schnaubt und wendet sich wieder seinem Skizzenblock zu. »Ich meine, wie viele Strandbilder in Gouache braucht die Welt? Echt jetzt.«

»Sie sieht cool aus … ich meine, sie hat schöne Haare«, sage ich schwach.

»Ach, lass dich von ihrem Äußeren nicht täuschen«, murmelt er. »Sie sieht vielleicht aus wie die sanfte Traumfrau, aber tief drin ist sie Regina George.«

»Na ja«, redet Lenore weiter. »Poppy ist in der Bildenden Kunst, Rhys – der Rothaarige – im Film, glaube ich, und der Typ in der Mitte ist Nico. Der ist im Kreativen Schreiben, wie du. Die Regeln, die wir dir gerade erklärt haben, gelten für diese Typen nicht. Geld und Status zählen mehr als das Profilfach, und davon haben die vier mehr als genug. Die Schule gehört ihnen praktisch.«

Nico ist im Kreativen Schreiben, wie ich. Ich will noch mal

kurz zu ihm hinschauen, doch als ich aufblicke, ist Sam im Weg, er trampelt über den Rasen auf uns zu. Die Cordjacke hat er jetzt um die Taille gebunden, und er hat eine Brotdose in der Hand. Ich merke, wie mein Hals heiß wird, weil ich mir Sorgen mache, wie meine neuen Freunde ihn wohl finden.

»Hi, Tessa!«, ruft er.

»Ah, ist das dein Freund?«, fragt Lenore mit einem vielsagenden Grinsen.

Sam wird knallrot, und ich schüttele schon den Kopf.

»Nein. Nein. Überhaupt nicht. Wir sind nur Freunde.« Ich rede zu schnell. »Genau genommen Nachbarn. Wir haben uns gerade erst kennengelernt.«

Bei diesen Worten blickt Theodore auf und zieht eine Augenbraue hoch.

»Ach so«, sagt Lenore süffisant. »Tessas Nachbar, du hast coole Schuhe. Gesell dich doch zu uns.«

»Ja, okay. Gern. Danke«, sagt Sam. Er nickt zu viel, verschränkt unbeholfen die Arme und lehnt sich ans Geländer. »Tessa, ähm, hast du dich umgezogen?«

»Yep.« Ich schaue an ihm vorbei, denn diesen peinlichen Augenblick will ich nicht noch einmal durchleben, und geradewegs in Nicos Augen. Er grinst mich an, strahlend wie die Sonne, und zwinkert mir zu. Zwinkert mir zu!

»Wie ist dein Tag so?«, fragt Sam irgendwo auf der Erde.

Ich spüre mein Grinsen im Gesicht, so breit, dass es wehtut.

»Schon besser.«

Tallulah erinnerte sich an den Tag, als sie Thomas kennengelernt hatte. Oder vielleicht war »kennenlernen« nicht das richtige Wort, denn damals hatten sie gar nicht miteinander gesprochen. Als sie ihn zum ersten Mal gesehen hatte. Nein, das traf es auch nicht. Als eine Verbindung zwischen ihnen entstanden war.

Tallulah lief durch die Flure der Roosevelt High und unterhielt sich mit ihrer besten Freundin Colette, als etwas – das Universum, eine göttliche Eingebung – ihr befahl, stehen zu bleiben. Wie um zu sagen: Aufpassen. Das ist wichtig.

Sie sah auf, und die Masse der Schüler strömte auseinander und gab den Blick frei auf das vollkommene Exemplar eines Jungen mitten im Flur. Er war groß und dünn, hatte aber eine Ausstrahlung, als käme er geradewegs vom Laufsteg. Die dunklen Haare fielen ihm über die Augen und verdeckten beinahe die verlockende Wärme seines Blicks. Er trug ein verwaschenes T-Shirt von irgendeiner Band, die sie nicht kannte, Jeans, die seinen Körper perfekt umhüllten, und locker geschnürte schwarze Stiefel. Er war neu. Es konnte gar nicht anders sein. Sonst wäre er Tallulah schon mal aufgefallen. Niemals wäre er ihr entgangen.

Colette zog Tallulah zum Englischunterricht und wiederholte eine Frage, die sie anscheinend überhört hatte. Colette wirkte verärgert, aber das war jetzt egal. Tallulah schwirrte der Kopf vor lauter Gedanken an den Jungen, und erstaunlicherweise dachte sie: Ich werde ihn kennenlernen und ich werde ihn lieben. Sie wusste es so sicher, wie die Sonne auf- und wieder untergeht.

Und dann zwinkerte er ihr zu, und es war mehr als nur ein Zwinkern. Es war ein Zeichen, ein Versprechen, dass er genauso empfand.

Achtes Kapitel

Schreiben ist mir immer leichtgefallen. Also, klar, ich hatte auch schon mal eine Schreibblockade, und an manchen Abenden dauert es eine volle Stunde, bis ein Satz richtig sitzt. Aber ich wusste immer, dass die Worte da sind – dass sie immer da waren –, sie schweben über meinem Kopf und warten darauf, dass ich sie mir herunterhole und in die richtige Form bringe.

Deshalb habe ich trotz all der Widrigkeiten des heutigen Tages keine Angst vor dem Schreiben, im Gegenteil, ich freue mich darauf – es ist der Leuchtturm am Ende dieses merkwürdigen, anstrengenden, ganz und gar nicht perfekten Tages. Wenigstens werde ich Zeit zum Schreiben haben. Ich kann meine Figuren treffen, kann den Frieden finden, den mein Laptop mir immer schenkt, und Caroline heute Abend ein neues Kapitel schicken. Vielleicht sogar zwei.

Am Ende der Mittagspause folge ich Sam, Theodore und Lenore wieder in das Hauptgebäude, wo der Unterricht in den verschiedenen Profilfächern stattfindet. Aber im ersten und zweiten Stock verabschieden sich Sam und Theodore, und als ich mit dem wuseligen Strom der Schüler in den vierten Stock gespült werde, wird mir klar, dass ich keine Ahnung habe, wo ich hinmuss.

»Ach, da musst du zurück zu dem braunen Bungalow«, sagt Lenore nach einem kurzen Blick auf meinen Stundenplan, wo neben Romankunst nur *BB* steht statt einer Raumnummer. »Wir nennen es alle nur den braunen Bungalow. Bis später!«, ruft sie, lächelt mitfühlend und flitzt in ihren Kurs.

Ich mache kehrt und kämpfe mich zurück durch das überfüllte Treppenhaus, wie ein Fisch, der gegen den Strom schwimmt. Als ich endlich wieder im Erdgeschoss bin, klingelt es schon zum Unterricht. Mein Herz rast – ich komme zu spät. Ich renne über die Rasenfläche, die jetzt verlassen ist, versuche die aufsteigende Panik zu ignorieren und gehe die Treppe zu dem braunen Bungalow hoch, auf dessen Veranda ich eben noch gesessen habe. Ich fasse es nicht, dass ich so viel Zeit vertrödelt und einfach nicht auf den Stundenplan geschaut habe. Die ganze Woche habe ich ihn studiert wie eine heilige Schrift. Wie konnte mir das entgehen?

Ich öffne die leuchtend gelbe Haustür, das Knarren ist in der Stille ohrenbetäubend. Wo sind die anderen?

»Hallo?« Mein Flüstern klingt wie ein Schrei, jeder Schritt ist ein Stampfen. Ich komme an einem Raum vorbei, der normalerweise wohl das Wohnzimmer wäre, dann durch eine verlassene Küche. Fast will ich schon aufgeben und jemanden im Sekretariat um Hilfe bitten, als ich hinter einer leicht angelehnten Tür, die mir noch nicht aufgefallen war, undeutliches Gekicher und Stimmen höre. Da geht es in den Keller. Ich wusste gar nicht, dass die Häuser in Südkalifornien Keller haben. Zögernd öffne ich die Tür zu einer schmalen Treppe und die Stimmen werden lauter.

Es ist alles gut, sage ich mir. Ich atme tief durch, dann gehe ich die Treppe hinunter.

Unten angekommen, fallen mir in dem großen Raum als Erstes die Bücher auf. Sie sind aber auch unübersehbar. Die Wände sind von oben bis unten mit Regalen voller Bücher bedeckt. Dazu Bücherstapel in allen Ecken, auf Tischen und selbst auf einigen Treppenstufen. Mir geht sofort das Herz auf. Ich möchte herumgehen, über die Buchrücken streichen und singen wie Belle in *Die Schöne und das Biest*.

Aber dann fallen mir die Blicke auf – zehn Augenpaare, die mich anstarren. Es gibt Tische und Stühle und sogar ein paar Sitzsäcke im Raum, aber alle sitzen in einem Kreis in der Mitte. Und alle sind still und sehen mich abschätzend an, als hätte ich ein geheimes Treffen gestört.

»Ist das hier Romankunst?«, frage ich schüchtern.

»Ja, meine Liebe«, sagt die Frau mir gegenüber, Lorelei McKinney. »Für heute entschuldige ich dein Zuspätkommen, weil ich weiß, dass du neu bist, aber lass es bitte nicht zur Gewohnheit werden.«

Ms McKinney sieht anders aus als auf den Fotos, die ich online von ihr gefunden habe. Ihre blonden Haare sind dunkler und grau meliert, und ihre Haut ist nicht ganz so glatt. Ich weiß nicht, warum ich sie mir wie eine Wahrsagerin mit Tüchern und Hippierock vorgestellt habe – jedenfalls trägt sie verwaschene Jeans, ein schlichtes blaues T-Shirt und Converse. Nichts an ihr verrät, dass sie die Autorin einer erfolgreichen Fantasyreihe für Erwachsene ist und von einer kleinen, aber treuen Fangemeinde geliebt wird. Aber anscheinend gibt es auf diesem Markt nicht viel zu holen, außer vielleicht für den Typ von *Game of Thrones*. Warum sonst sollte sie inmitten all dieser Teenager in einem Keller hocken? Nichtsdestotrotz freue ich mich darauf, von ihr zu lernen, und bei dem Gedanken, dass ich gleich zu Anfang einen schlechten Eindruck gemacht habe, wird mein Hals heiß.

»Mmm-hmm. Tut mir leid. Wird nicht wieder vorkommen.« In dem engen Kreis ist kein Platz für mich, deshalb setze ich mich auf einen Stuhl am Rand und versuche, nicht weiter aufzufallen. Aber zu meinem Entsetzen macht sie mit dem Unterricht nicht weiter. Stattdessen schaut sie mich immer noch an.

»Du bist Tessa, richtig? Setz sich doch bitte zu uns.« Sie zeigt auf ein paar Schüler, die ihre Stühle auseinanderrücken und mir Platz machen.

Ich quetsche mich mit meinem Stuhl zwischen einen der Fedora-Typen aus der Mittagspause und ein Mädchen mit dem Cover von *Stolz und Vorurteil* auf dem T-Shirt. Beim Hinsetzen zupfe ich den Schal um meine Taille zurecht. Ms McKinney nickt, bevor sie endlich fortfährt.

»Wie gesagt, wird der Lehrplan für diesen Oberkurs ziemlich locker sein. Zu Beginn jeder Stunde können wir über Themen sprechen, die von Interesse sind, beantworten Fragen, falls vorhanden, aber die meiste Zeit habt ihr für euch, um zu schreiben. Denn nur so bekommt ihr eure Romane fertig.«

Meine Schultern entspannen sich ein wenig. Das kann ich.

»Am Ende der Stunde setzen wir uns dann zusammen und besprechen die Arbeit von einem von euch. Ihr kommt in alphabetischer Reihenfolge dran, damit es keine Diskussionen darüber gibt, wer zuerst präsentieren darf. Und so kann es auch nicht passieren, dass Einzelne sich vordrängeln und ihre Texte jeden Tag vorstellen.« Sie sieht den Fedora-Typ freundlich an, und alle außer mir lachen wissend.

Was war das? Unsere Arbeit präsentieren?

»Und natürlich reicht ihr mir einmal pro Woche etwas ein, woran ihr schreibt, damit ich euch Feedback geben kann. Ich verspreche euch, dass an den Gerüchten nichts dran ist. Ich bin kein bisschen gemein.« Sie schaut in die Runde und grinst. »Jedenfalls nicht, wenn ihr etwas Gutes abliefert.«

Alle lachen, während mein Herz wieder anfängt zu rasen. Verfluchte Angst. Hat sie mich für heute nicht schon genug geschüttelt?

Aber beim Gedanken daran, was Ms McKinney gerade gesagt hat, wird mir ganz anders. Caroline hatte recht. Natürlich. Ich muss meine Texte allen im Kurs zeigen. Sie können sie lesen und mir sagen, wie schlecht sie sie finden, einfach so ins Gesicht, nicht hinter einem Computerbildschirm versteckt. Und ich muss meine Texte dieser Autorin geben, die sie erst recht und viel kenntnisreicher zerreißen wird, sie wird erkennen, dass ich eine Hochstaplerin bin, die nur alberne Kussszenen und klischeehafte Plots auf Lager hat.

In all meinen Vorstellungen über diese Schule habe ich nie ernsthaft daran gedacht, meine Texte anderen zu zeigen. Nicht bis Caroline gestern Abend davon anfing. Die anderen sehen alle überhaupt nicht geschockt aus, und mir wird klar, wie dumm ich war.

Wieso habe ich das nicht kommen sehen?

Ms McKinney redet von der Wintergala und davon, dass dort jemand etwas vorlesen darf oder so, aber ich kann mich nicht auf ihre Worte konzentrieren. In meinem Kopf tobt ein Chaos, ihre Stimme ist zu laut und zu leise zugleich, als wäre ich unter Wasser.

Das Geräusch der Kellertür reißt mich aus diesem Zustand, Schritte kommen die Treppe herunter, und als ich aufblicke, sehe ich einen Engel.

Thomas. Nein, Nico. Der hinreißende Schriftsteller, den ich in der Mittagspause gesehen habe.

»Hallo, Nico«, sagt Ms McKinney. »Ich erkläre gerade, wie ich den Glücklichen auswählen werde, der oder die auf der Gala lesen darf. Komm zu uns.«

Ich müsste eigentlich sauer sein, weil er wegen seines Zuspätkommens nicht verwarnt wird, so wie ich, stattdessen bin ich beeindruckt.

Er zieht einen Stuhl über den Holzboden und nickt Fedora zu, der schnell zur Seite rückt. Und dann sitzt er neben mir, einfach so, und ist mir so nah, dass ich seinen betörenden Duft nach Deo und Schweiß und Gras riechen kann. Er lächelt mich an und ich sehe die strahlend weißen Zähne hinter seinen vollen Lippen. Er könnte als Model für Zahnpasta arbeiten. Er könnte für alles als Model arbeiten.

»Hey«, sagt er und reckt lässig das Kinn.

Ich gebe einen Ton irgendwo zwischen Murmeln und Kieksen von mir, aber zum Glück redet Ms McKinney jetzt wieder, so dass meine Verlegenheit hoffentlich untergeht.

Irgendwas über die Gala, dann über Formate und vielleicht die Benotung? Aber die Worte rauschen nur so an mir vorbei, bis sie in die Hände klatscht. »Okay, jetzt hab ich aber genug gequatscht. Ihr könnt loslegen, und heute gibt es noch keine Präsentation, damit ihr euch einfach inspirieren lassen könnt. Sucht euch irgendeinen Platz, an dem ihr euch wohlfühlt.«

Nico und ich stehen genau gleichzeitig auf, aber ich sehe ihn nicht an und eile zu einem Sitzsack in der Ecke. Ich hole meinen Laptop aus der Tasche und öffne die Colette-Geschichte. So. Daran kann ich jetzt arbeiten. Caroline wird mich heute Abend danach fragen, und jetzt, wo Tallulah und Thomas sich endlich geküsst haben, kann ich die Geschichte eine Weile ruhen lassen. Aber meine Gedanken wandern immer wieder zu dem, was Ms McKinney gesagt hat – dass wir unsere Texte präsentieren müssen. Nie könnte ich in diesem Kurs eine Seite aus den Geschichten über Colette oder Tallulah vorlesen. Schon gar nicht vor Nico. Alle würden die Augen verdrehen und mich auslachen. Nico würde mich nie als richtige Schriftstellerin betrachten, und er ist bestimmt ein richtiger Schriftsteller.

Aber ich atme tief durch und versuche die Gedanken beiseitezuschieben. Denn es ist ja noch nicht so weit. Ich kann mir noch früh genug den Kopf darüber zerbrechen.

Ich habe dort aufgehört zu schreiben, wo Colette nach dem Kuddelmuddel mit einem Jungen vor ihrem Fenster und einem anderen in ihrem Zimmer Jasper auf dem Spielplatz treffen wollte. Es war spät an einem kalten Novemberabend und sie kauerten sich oben auf der Rutsche zusammen, Jaspers dicke Jacke wärmte sie beide. Das ist ein entscheidender Moment. Jasper weiß jetzt von Jack, und er verlangt von Colette eine Entscheidung. Den Dialog habe ich mir schon halb heute Morgen unter der Dusche überlegt.

Doch meine Finger liegen auf den Tasten, ich habe zwei Stunden zum Schreiben vor mir und es kommt … nichts.

Kein Wort.

Ich schaue auf, alle um mich herum sind beschäftigt. Fedora tippt auf eine Tastatur, die er an seinen iPad angeschlossen hat. *Stolz und Vorurteil* kritzelt in einen Collegeblock. Nico sieht natürlich wundervoll aus, wie er über sein Moleskine gebeugt dasitzt, die braunen Locken fallen ihm ins Gesicht.

Ich muss schreiben.

Colette presst Jaspers Hand an ihre Brust.

Ich lösche es wieder. Das passt nicht. Zu bow-chicka-wowwow. Sie haben sich ja erst ein Mal geküsst. Und mit dem »presst« klingt es wie in einem verstaubten Roman, wo die Leute verblichene Sofas haben oder so.

Neuer Versuch.

Colette legt Jaspers Hand an ihre Wange.

Okay, das könnte gehen, aber was sagt sie dann? Wie lautet ihre Entscheidung?

Wieder löschen. Löschen, verdammt, löschen. Colette sagt nichts und tut nichts. Denn ich bin völlig blockiert. Da kommt nichts.

Auf einmal fällt mir auf, wie laut es ist, wenn ich tippe, und wenn ich jetzt nichts tippe, merken die anderen das? Wissen sie, dass mir im Gegensatz zu ihnen nichts einfällt?

Hinzu kommt noch, dass ich nicht so tippe, wie ich sollte, mit allen zehn Fingern. Ich habe es nie gelernt, und mit dem Zweifingersuchsystem bin ich inzwischen so flott, dass mich eine Umstellung total zurückwerfen würde. Nicht, dass es wichtig wäre. Aus mir kommt sowieso nichts raus. Merken sie das?

»Ich glaube, ich versuche mal in mein Notizbuch zu schreiben«, flüstere ich zu niemand Bestimmtem, und nur Ms McKinney blickt auf und lächelt ein wenig, als wollte sie mich aufmuntern oder so. Wahrscheinlich weiß sie, dass ich hier nicht reingehöre. Wahrscheinlich hat sie sich kaputtgelacht, als sie meine flehendlichen Mails gelesen hat, im Hinterkopf das Zeug, das meine Mutter in die Bewerbungsmappe gepackt hat. Wahrscheinlich hat sie mich nur aus Nettigkeit in den Kurs aufgenommen, ihre gute Tat des Halbjahrs.

Am liebsten würde ich mich ganz klein machen.

Verschwinden.

Ich habe mein Notizbuch und meinen Lieblingsstift herausgeholt, aber die Worte wollen noch immer nicht kommen.

Ich gehe den groben Entwurf durch, den ich für die Geschichte aufgeschrieben habe, aber er regt mich zu nichts an. Aus lauter Paranoia, alle und besonders Nico könnten merken, dass ich nichts zu Papier bringe, schreibe ich »Ich weiß nicht« in mein Notizbuch.

Immer wieder.

Ich weiß nicht ich weiß nicht ich weiß nicht.

Hin und wieder runzele ich die Stirn und tippe mir ans Kinn, als würde ich nachdenken, und schreibe weiter, solange die Freiarbeit dauert. Stunden.

Meine Worte sind immer da. Sie wecken mich, fordern mitten in der Nacht lautstark meine Aufmerksamkeit. In langweiligen Unterrichtsstunden flüstern sie mir ins Ohr.

Mit meinen Worten habe ich diese Schule irgendwie dazu gebracht, mich aufzunehmen.

Und jetzt ist da nichts.

Meine Worte sind weg.

Neuntes Kapitel

Auf der Heimfahrt rede ich kaum mit Sam und wehre all seine Fragen nach meinem ersten Tag mit einsilbigen Antworten ab. Tränen brennen in meinen Augenwinkeln, aber ich dränge sie zurück. Ich versuche einen klaren Kopf zu behalten, damit er offen für jedweden Funken einer Idee ist, der mich anfliegen könnte. Ich versuche die nächste Szene im Kopf zusammenzuspinnen, denn manchmal ist die Inspiration störrisch und kommt nur, wenn ich nicht vor dem Laptop sitze.

Aber es hilft nicht.

Mein Kopf bleibt leer.

Ich rufe Sam ein »Vielen Dank« über die Schulter zu und versuche kein schlechtes Gewissen zu haben, weil er so verwirrt guckt, dann gehe ich zügig über die Straße nach Hause. Der Unterricht in der Chrysalis dauert lange und es ist schon fast fünf, trotzdem ist es erstaunlich, dass, als ich hereinkomme, alle um den Küchentisch versammelt sind. Es riecht nach Pizza, und ich frage nicht, ob sie extra für uns bestellt wurde.

»Da kommt unsere Schriftstellerin!«, ruft mein Vater mit einem breiten Grinsen im Gesicht. Er saß über ein Stück Pizza gebeugt an der Theke, sein Handy für berufliche E-Mails neben sich, aber jetzt kommt er auf mich zu, nimmt mich fest in den Arm und gibt mir einen Kuss auf den Kopf.

Warum muss er mich so nennen?

»Tessie, es gibt Pizza!«, ruft Miles. Er sitzt allein am Tisch, und meine Mutter läuft mit ihrem Teller hin und her, sie nimmt beim Abräumen hier und da einen schnellen Bissen zwischendurch.

»Das sehe ich. Danke, Kumpel.« Ich gehe an ihm vorbei, um mir ein Stück Pizza zu schnappen, und fahre ihm mit den Händen durch die dicken Haare. Ich weiß, dass ich ihn fragen müsste, wie sein Tag war – wie er die neuen Abläufe findet und ob ihm der neue Schulbegleiter gefällt. Aber mir geht zu viel durch den Kopf. Ich behalte den Rucksack auf und gehe geradewegs in mein Zimmer.

»Jetzt warte doch mal«, sagt meine Mutter. »Wir wollen hören, wie es in der Chrysalis war!«

Könnte ich offen und ehrlich mit ihnen reden, würde ich ihnen sagen, dass mit mir anscheinend etwas nicht stimmt. Dass ich, als ich alle Zeit zum Schreiben hatte, nichts zu Papier gebracht habe. Dass ich vielleicht gar nicht dorthin gehöre.

Ich zucke die Achseln. »Es war gut.«

»Gut, okay …« Sie trocknet sich die Abwaschhände ab und will sich setzen. »Und woher kommt dieses Tuch? Ich glaube nicht, dass ich das schon mal gesehen habe.«

Die Ereignisse der ersten Tageshälfte hatte ich schon fast wieder vergessen, auch wenn es mir in dem Moment wie ein Weltuntergang vorkam. Ich habe das Gefühl, dass mein Leben für immer in VVW (Vor dem Verlust der Worte) und NVW (Nach dem Verlust der Worte) unterteilt sein wird.

»Hab ich von einer Freundin.«

Mein Vater schaut wieder auf sein Handy und Miles summt

einen Dream-Zone-Song vor sich hin. Aber meine Mutter ist ganz auf mich konzentriert. Klar, genau jetzt, wo ich es überhaupt nicht will.

»Deine Haare sehen heute echt schön aus«, sagt sie und probiert eine andere Taktik. »Als wir letzte Woche bei Miles' HNO gewartet haben, habe ich in einer Zeitschrift geblättert und so eine süße Frisur gesehen – Bantu-Rollen? Nein, Bantu-Knoten! Lass uns das mal ausprobieren. Das sähe so süß bei dir aus.«

»Hm, ja, okay.« Ich muss in mein Zimmer, bevor ich die Fassung verliere. »Ich hab noch was zu tun. Kann ich gehen?«

Sie zieht die Augenbrauen zusammen, und ich weiß, dass gleich eine große Diskussion folgt. Das ist das Letzte, was ich jetzt will.

»Mom, chinga tu madre«, sagt Miles.

»WAS?« Meine Mutter ist fassungslos.

»Das hat Justin gesagt, mein neuer Freund aus der Lebenspraktischen Förderung. Ist das was Schlimmes?« Sein Lachen schallt durch den Raum und er lässt den Kopf kreisen. Er weiß, dass es etwas Schlimmes ist, und kriegt sich gar nicht mehr ein – die Provokation ist geglückt.

»Du meine Güte ...«

Der rettende Bruder. Ich nutze die Gelegenheit, um in mein Zimmer zu verschwinden.

Ich ziehe mich um und lasse mich aufs Bett fallen, und da kommen mir schon wieder die Tränen. Ich beiße in die Pizza, um mich abzulenken, denn Weinen nützt ja nichts, aber sie fühlt sich wie Pappe in meinem Mund an. Ich kann nichts essen. Ich kann nicht weinen.

Ich muss schreiben.

Ich hole meinen Laptop aus der Tasche und öffne Google Docs. Vielleicht lag es nur daran, dass im Unterricht so viele um mich herum saßen. Meine Nervosität hat mich gelähmt, das wäre nicht das erste Mal. Aber hier auf meinem Bett, wo ich schon so viele Geschichten geschrieben habe, werden die Worte kommen. Sie müssen einfach.

Zehn Minuten lang starre ich auf den höhnisch blinkenden Cursor, als Caroline anruft.

»Halllihalllooo!«, flötet sie bester Laune. Genau das Gegenteil von meiner Stimmung.

»Hi.«

»Und, wie ist es gelaufen? Haben alle dein überwältigendes Genie bewundert? Hast du schon ein Buch unter Vertrag? Hast du schon mein nächstes Colette-Kapitel?«

Ich übergehe alle ihre Fragen bis auf die letzte. »Nee, tut mir leid. Es war mehr so ein Aufwärmen und Sich-Einfinden. Wir haben eine Aufgabe bekommen, zu der wir was schreiben sollten.«

Das ist natürlich gelogen. Und ich weiß, dass es mies ist, meine beste Freundin anzulügen, die mich ganz bestimmt aufbauen würde, wenn ich ihr die Wahrheit erzählen würde. Aber ich will ihr nicht erzählen, dass das eine Talent, das ich habe, das eine, was mich ein kleines bisschen besonders macht, vielleicht weg ist.

»Mist. Aber morgen ist ein neuer Tag, stimmt's?«

»Stimmt, und weißt du was?« Ich wechsele das Thema. »Meine Mutter hat mich nicht, wie versprochen, zur Schule gefahren … war ja klar. Sie hat mir eine Mitfahrgelegenheit bei dem Typ von gegenüber besorgt.«

»Bei dem mit dem Hawaiihemd? Mit der Pizza?«

»Ja.«

»Aber du hast doch gesagt, der ist ein totaler Nerd, oder?«

»Hm, schon … aber ich glaube, er ist eigentlich nicht so übel. Er war sehr nett.«

»Ist er ein Dungeons-and-Dragons-Nerd? Oder so einer, bei dem die Brille sich in eine Sonnenbrille verwandelt, wenn er rausgeht?«

»Gibt es da eine offizielle Rangliste? Hast du Tabellen angelegt?«

»Hmmm, nö. Aber ich könnte es tun!« Sie lacht. Da ist Lärm im Hintergrund, klappernde Pfannen und Schränke, die zugeschlagen werden. Lola kocht eins ihrer köstlichen Gerichte, direkt vor der Tür von Carolines Speisekammer / Zimmer. Ich sehe förmlich ihre Schürze mit dem Blumenmuster und die grau melierten Haare und ich verspüre leises Heimweh, weil ich das Abendessen bei den Tabayans verpasse.

»Okay, jetzt hör mal, was bei mir passiert ist«, erzählt Caroline. »Sie haben mich in den Literatur-Oberkurs gesteckt.«

»Was?«

»Ja, oder?«

Sie prustet los und ich stimme ein, denn wir wissen beide, dass Caroline zwar eine Leseratte ist, sich aber eher für meine Geschichten begeistert oder für die Liebesromane, die sie aus Lolas Zimmer mopst, ganz sicher nicht für die Werke toter weißer Männer. In der Zehnten hat sie in Englisch so gerade noch eine Drei bekommen, weil sie sich geweigert hat, zu *Schöne neue Welt* und *Farm der Tiere* mehr als die Lektürehilfen zu lesen.

»Das ist doch super! Da freut dein Vater sich bestimmt, und du bist mit Sicherheit genauso schlau wie die anderen da.«

»Ja, ich weiß! Wahrscheinlich sogar schlauer, weil ich meine Zeit nicht damit verplempere, etwas ›Wichtiges‹ zu lesen, wenn ich etwas Interessantes lesen kann.«

Ich lache, obwohl mir ganz anders wird, als ich an meinen Kurs heute Nachmittag denke und daran, in welche Kategorie meine albernen Geschichten wohl fallen. »Willst du wechseln?«

»Hatte ich vor. Aber dann war im Sekretariat zu viel los. Also bin ich in den Kurs gegangen, und da war Brandon. Brandon Briceño – erinnerst du dich? Der vom Jahrbuch?«

»Hm-hm, ja.«

»Er war da, und wir sollten zu zweit so ein Gedicht von William Blake lesen, über einen Schornsteinfeger oder so. Und er hat das ganze Gedicht wie Bert aus *Mary Poppins* gelesen, was garantiert eine ziemliche Beleidigung ist, so, wie die Lehrerin uns angeguckt hat, aber ich weiß gar nicht genau, wovon das Gedicht handelte, weil ich so laut lachen musste.«

Sie prustet schon wieder los und ich versuche einzustimmen.

»Na ja, das kann man wohl schlecht erzählen. Du hättest dabei sein müssen.«

Und ich war nicht dabei.

»Mit wem hast du in der Mittagspause zusammengesessen?«, frage ich.

»Ach ja, mit Brandon! Und es waren noch ein Freund und eine Freundin von ihm dabei, Michael Giles und Olivia Roswell. Kennst du sie? Die sind echt nett.«

»Ja? Das ist toll.«

»Wahrscheinlich treffen wir uns sogar morgen nach der Schule. Sie gehen dienstags immer zu Denny's und haben mich gefragt, ob ich mitkomme. Ehrlich gesagt, ist Denny's ja ein etwas öder Laden … aber ich weiß nicht, vielleicht wird es ja lustig.«

»Ja, klar, bestimmt.«

Ich sollte mich für Caroline freuen, dass sie so einen guten ersten Schultag hatte. Sie ist meine beste Freundin, und ich will ja nicht, dass sie einsam oder unglücklich ist. Aber jetzt denke ich plötzlich, dass ich sie vielleicht all die Jahre von allem Möglichen abgehalten habe. Vielleicht war es für sie ja gar nicht so toll, die Mittagspause immer nur zu zweit zu verbringen und meinen Laptop hin und her zu reichen. Vielleicht hat sie nur darauf gewartet, dass ich ihr nicht mehr im Weg bin und sie etwas Spannenderes erleben kann.

Mir steigen schon wieder Tränen in die Augen, und diesmal kämpfe ich nicht dagegen an.

Im Hintergrund klopft es, dann höre ich Caroline mit Lola auf Tagalog reden.

»Hey, ich muss Schluss machen«, sagt sie schnell. »Aber ich will alles über deinen Tag erfahren! Und schick mir heute Abend ein Kapitel.«

»Hm-hm.« Ganz sicher nicht.

Als wir auflegen, schiebe ich den Laptop unters Bett und mache Hausaufgaben für Geschichte.

~~Als Thomas sie küsste, war Tallulah glücklich.~~

~~Froh? Selig?~~

~~Verzückt?~~ Tallulah musste ihren Thesaurus wegschmeißen.

~~Tallulah hatte das Gefühl, als ob ein Feuerwerk in ihrer Brust krachte.~~ Krachte? Im Ernst?

~~Tallulah fühlte sich wie eine neue Frau.~~

~~Tallulah fühlte nichts.~~

Zehntes Kapitel

Am zweiten Tag in Romankunst schreibe ich wieder nichts. Auch nicht am dritten. Oder am vierten.

Und nicht nur im Unterricht bin ich wie erstarrt. Außerhalb des Unterrichts schreibe ich auch nicht. Zuerst hatte ich ja noch die Hoffnung, dass ich vielleicht nur nicht schreiben kann, wenn Leute um mich herum sind. Deshalb habe ich es in meinem Bett probiert, im Garten und auf dem sonnigen Fleck auf dem Sofa, der gerade zu meinem Lieblingsplatz wurde, aber auch da kam nichts.

Ich beschließe, die Inspiration wachzukitzeln. Ich lese noch mal *Herzklopfen auf Französisch* und *Ein einziger Tag für die Liebe* und *Nur drei Worte* und so ziemlich alles von der großartigen Sarah Dessen. Ich scrolle durch meine liebste *Twilight*-Fan-Fiction (Jacob und Bella). Ich lese erst das Buch *To All the Boys I've Loved Before* und schaue dann den Film. Ich suchte diese uralten Filme mit den rothaarigen Mädchen durch, die eindeutig rassistischer, sexistischer Murks sind, aber auch irgendwie gut.

In den meisten Geschichten sieht die Protagonistin kein bisschen so aus wie ich. Aber das ist nichts Neues. Normalerweise bereitet es mir keine Probleme, mir die Liebesgeschichten weißer Mädchen überzustülpen.

Trotzdem, nada.

Romankunst habe ich zum Glück nicht jeden Tag, die niederschmetternde Mahnung, dass ich eine Hochstaplerin bin, markiert nur den Anfang und das Ende meiner Woche. In allen anderen Kursen meines Profilfachs kann ich fast vergessen, dass ich meinen Platz hier nicht richtig verdient habe. Dann habe ich fast das Gefühl, hierherzugehören.

Dafür, dass Kreatives Schreiben mein Schwerpunkt ist, komme ich überraschend gut durch, ohne großartig etwas zu schreiben. Dienstags habe ich Genrestudien über magischen Realismus, wo Ms Becker, die vor vielen Jahren in Kolumbien studiert hat, die meiste Zeit von Gabriel García Marquez schwärmt. Mittwochs haben wir den Buchclub und entscheiden uns für *The Hate U Give* (und niemand wirft mir deshalb vielsagende Blicke zu). Und am Donnerstag arbeite ich an der *Konturen* mit, der Literaturzeitschrift der Schule. Als sie Freiwillige fürs Redigieren suchten, habe ich mich sofort eingetragen – nicht dass ich viel Konkurrenz gehabt hätte. Alle anderen wollten schreiben.

Ich müsste erleichtert sein, oder? Keiner merkt, dass ich das, weshalb ich unbedingt hierher wollte, überhaupt nicht mache, da könnte ich mich doch freuen.

Aber ich habe nicht vor, mich an der Chrysalis durchzumogeln. Ich möchte in meinem Profilfach *wirklich* schreiben und nicht nur so tun, als ob. Aber als der gefürchtete Tag kommt, an dem ich etwas abgeben muss, schicke ich Ms McKinney alte Kapitel meiner Tallulah-Geschichte und hoffe inständig, dass meine Mutter nicht ausgerechnet die in die Bewerbungsmappe gepackt hat. Als ich mein erstes Feedback bekomme, mit kleinen Sprechblasen am Seitenrand, genau wie die von Caroline, scrolle ich sie langsam durch, und dabei rast mein Herz, als könnte jeden Augenblick ein Monster herausspringen. Am Anfang sind sie noch ganz gut: »Schön!« und »Sehr treffende Beschreibung!«, aber dann sehe ich »Wiederholung« und einen längeren Kommentar, der mit »Das kommt mir etwas unrealistisch vor« beginnt. Da höre ich auf zu lesen. Das ist mir gerade alles zu viel.

Die Wahrheit verfolgt mich wie eine dunkle Wolke. Wenn ich neben Sam im Auto sitze, mit meinen neuen Freunden die Mittagspause verbringe, durch die Flure gehe, in denen ich mich zu Hause fühlen sollte – immer ist sie da. Du gehörst nicht hierher. Du gehörst nicht hierher. Ständig habe ich Angst, jemand könnte mich durchschauen. Eines Tages werden sie merken, dass es ein Fehler war, mich an der Chrysalis aufzunehmen, und mich auf die normale Highschool schicken, wo ich hingehöre.

Es ist Dienstagabend, mein Vater arbeitet lange und meine Mutter ist für eine Besorgung nach Huntington Beach gefahren, deshalb bin ich für Miles verantwortlich. Das Festnetztelefon ist ausgestöpselt und wir schauen uns auf meinem Laptop alte Interviews mit Dream Zone an (so ist er wenigstens noch zu etwas nutze).

»Glaubst du, dass ein Ort Unglück bringen kann?«, frage ich Miles, mitten in Thads Monolog über sein Lieblingsessen hinein. Miles rutscht zurück und lehnt sich an die Wand. »Oder bringt er nur Probleme ans Licht, die immer schon da waren, und das Unabwendbare geschieht? Das hieße, früher oder später wäre es sowieso passiert und ich müsste dem Ort dankbar sein, anstatt ihm zu verübeln, dass er mich vergraulen will.«

»Ich weiß genau, was du meinst«, sagt er mit fester Stimme, und ich springe auf.

»Echt?« Ich weiß ja nicht mal selber, was ich meine.

»Ja, genau so hab ich mich in der ersten Woche an der Bixby

High gefühlt, als ich zum Automaten gegangen bin und es Fanta gab statt Sprite.«

Ich lache. Und dann lacht er, weil er mich zum Lachen gebracht hat. Ich nehme ihn in die Arme und seine kurzen Haare kratzen mir am Kinn. »Gut, dass du weißt, wovon ich rede.«

Und dann wird er ganz ruhig, was sonst nie passiert, und als ich ihm ins Gesicht schaue, sieht er mich mit leuchtenden Augen an.

»Du kriegst das schon hin.«

»Wieso bist du dir da so sicher? Es sieht nicht sehr vielversprechend aus, das kann ich dir sagen.«

»Weil es gar nicht anders sein kann. Du packst das.« Er windet sich aus meiner Umarmung und zuckt mit den Schultern, als wäre es ganz einfach.

Und ich wünsche mir, dass er recht hat. Ich muss es schaffen, denn ich darf meine Eltern nicht enttäuschen. Und ich will nicht von der Schule abgehen, die für mich wie geschaffen ist (na ja, abgesehen von diesem Hochstapler-Ding). Außerdem kann ich Caroline nicht hängen lassen und ihr keine Kapitel mehr schicken. Das verbindet uns und die Entfernung treibt uns jetzt schon auseinander.

Schreiben ist mein Ein und Alles, und wer bin ich überhaupt noch, wenn ich nicht schreibe?

Elftes Kapitel

Aber nach ein paar Tagen wird mir klar, dass ich es doch nicht packe. Und zwar so was von überhaupt nicht.

Ich brauche Hilfe. Ich brauche Caroline.

Als das Ganze anfing, wäre es nur logisch gewesen, Caroline davon zu erzählen. Aber alle unsere Telefongespräche beginnen mit einer neuen Geschichte über Brandon und seine Freunde. Über die neuesten Insider und wie sie nach der Schule zusammen im Diner abhängen und sich im Shoppingcenter treffen. Darüber, dass seine Hand im Unterricht zufällig ihre gestreift hat, gefolgt von einer ausführlichen Analyse, was das zu bedeuten haben könnte.

Ich freue mich wirklich für sie, aber es ist schwer, sich nicht aus ihrem neuen Leben ausgeschlossen zu fühlen. Unser gemeinsames Ding war es immer, meine neuen Kapitel zu besprechen, und jetzt hab ich nicht mal mehr das zu bieten. Ein paarmal bin ich nicht ans Telefon gegangen, wenn sie angerufen hat. Aber das ist schrecklich. Schließlich ist sie meine beste Freundin, und wenn mir irgendjemand beisteht, dann sie.

Und als am Donnerstagabend mein Handy klingelt und mir die nächste Stunde Romankunst drohend bevorsteht, beschließe ich, dass ich es Caroline jetzt sagen muss.

»Alles okay bei dir?«, ruft sie, kaum dass ich drangegangen bin. »Du hast den ganzen Tag nicht auf meine Nachrichten geantwortet! Und gestern Abend hab ich dir noch auf die Mailbox gesprochen. Was ich nie mache, wie du weißt.«

»Ja … ich war beschäftigt … mit Schreiben.« Die Lüge kommt mir ganz von selbst über die Lippen.

»Gott sei Dank! Ehrlich gesagt, hab ich mir richtig Sorgen gemacht. Ich hab schon gedacht, du bist vielleicht gestorben. Dass dich zum Beispiel der Nerd von gegenüber entführt und in Stücke zerteilt und in einen Kuchen gebacken hat oder so.«

Ich lache. »Ja, klar … Und, gibt's was Neues von Brandon? Was kommt nach der klassischen rein zufälligen Berührung der Hände?«

»Ah, halt die Klappe! Das musst du grad sagen, bei dem Schneckentempo von Tallulah und Thomas. Du weißt doch besser als jede andere, dass die aufregenden, unsicheren ersten Tage des Liebeswerbens das Allerbeste sind!«

»Liebeswerben, hm?«, frage ich grinsend.

»Es entwickelt sich in die Richtung, ja«, sagt sie, und ich höre das Lächeln in ihrer Stimme. »Und fürs Protokoll, der nächste Schritt ist, dass er mich fragt, ob wir nach der Schule mal zu zweit lernen wollen. Was. Er. Getan. Hat. Heute!«

Sie stößt einen freudigen Kiekser aus und ich kiekse sofort mit.

»Aber hey, du hast weitergeschrieben! Das ist gut! Aber warum schickst du mir nichts?«, fährt sie fort. »Ich hab eeewig nichts von dir gekriegt!«

Mir ist ganz elend vor Angst, aber das wird ja nicht besser. Und wenn ich jetzt nichts sage, traue ich mich nie mehr.

»Ich kann nicht mehr schreiben«, platze ich heraus, ehe ich es mir anders überlegen und ihr eine weitere Lüge auftischen kann.

»Was?«, schreit sie. Ich sehe sie vor mir, wie sie sich in ihrem Bett ruckartig aufsetzt. »Du meinst, heute? Das ist bestimmt besser so. Du musst auch mal eine Pause machen. Obwohl ich mir ja wünschen würde, dass du mir zeigst, woran du die ganze Zeit schreibst …«

»Nein, so ist es nicht. Ich schreibe überhaupt nicht mehr.« Es tut weh, die Worte auszusprechen. Ich würde für mein Leben gern das Thema wechseln und wieder über Brandon sprechen, aber ich muss weiterreden. »Schon seit dem ersten Schultag nicht mehr.«

»Hä? Moment. Du hast doch gesagt …«

»Ich hab gelogen. Ich … es tut mir so leid, Caroline. Ich hätte nicht so lange warten sollen, bis ich es dir erzähle.« Ich hole tief Luft und zwinge mich weiterzusprechen. »Ich hab immer gedacht, es klappt irgendwann wieder, und dann wäre es egal.« Tränen sammeln sich in meinen Augenwinkeln und ich blinzele sie weg. »Aber da kommt gar nichts, Caroline. Ich sitze an meinem Computer und … starre einfach nur auf den Bildschirm.«

Dadurch, dass ich es laut ausspreche, wird es so endgültig. Und das Eingeständnis ist niederschmetternd. Ich kann kaum atmen, während ich auf Carolines Antwort warte.

»Mann, das ist ja … Bist du dir sicher?«

»Natürlich bin ich mir sicher!« Ich wollte nicht schreien, aber die ganze Anspannung und die Angst (und vielleicht auch ein bisschen Ärger) vermischen sich und explodieren wie bei einer chemischen Reaktion. Ich hole zittrig Luft und versuche es noch einmal ruhiger. »Das ist nichts, worüber ich mir unsicher sein könnte. Dafür ist es mir viel zu wichtig.«

»Ich weiß, ich weiß«, sagt sie schnell. »Es ist … ich bin bloß überrascht. Du konntest immer schreiben. Das … bist du einfach.«

Ihre Worte treffen mich wie ein Pfeil – denn sie spiegeln die Angst, die in den letzten Wochen in meinem Kopf geflüstert hat:

Das Schreiben macht dich aus.

Und wenn du nicht mehr schreibst, wer bist du dann?

Wie passt du in deine neue Schule, deine Familie … die Freundschaft mit Caroline?

Alle zurückgehaltenen Tränen fließen jetzt.

»Ich habe immer geschrieben, weißt du? Es ist das Einzige, was ich habe. Das Einzige, worin ich gut bin.« Als ich erst mal loslege, drängen die Worte zwischen erstickten Schluchzern aus mir heraus. »Und das Schreiben ist der einzige Grund, weshalb ich auf die Chrysalis gehe. Und ich finde die Schule so super. Ich hab das Gefühl, dass ich hierhergehöre und endlich mal nicht mit meinem Aussehen auffalle, hier kümmert es überhaupt keinen, wie ich aussehe, weil ich total unauffällig bin, verglichen mit Leuten, die zum Beispiel Klamotten mit Tierschwänzen tragen oder Slytherin-Gewänder oder so. Aber eigentlich gehöre ich nicht hierher, oder? Ich bin gar keine Schriftstellerin, jedenfalls nicht mehr – vielleicht war ich nie eine? Bestimmt war ich nie eine! Und ich bin in der Schule nie richtig entspannt, weil ich die ganze Zeit Angst habe, die anderen könnten merken, dass ich gar nicht hätte zugelassen werden dürfen. Dass ich eine Hochstaplerin bin! Ich meine, ich komme mir vor wie Harry in *Die Heiligtümer des Todes*. Wir wollten nicht mehr so viel über Harry Potter reden, ich weiß, aber als sein Zauberstab zerbricht, als sie Godric's Hollow verlassen? Und er sich ganz leer fühlt und Angst hat, weil er den Dunklen Lord besiegen muss! Ohne Zauberstab! Und, na ja, aus mir soll mal eine große Schriftstellerin werden, aber einen Roman zu schreiben ist mein Voldemort und … ich weiß gar nicht, worauf ich hinauswill – mein Gott, ich bin genauso schlimm wie die Leute, die im

Hogwarts-Gewand zur Schule kommen … ABER WENIGSTENS KÖNNEN DIE SCHREIBEN!«

Mein Gesicht ist tränennass und mein Atem geht zu schnell. Caroline sagt kein Wort.

»Hallo?«

»Es tut mir leid. Ich … ich weiß nicht, was ich sagen soll.«

Ich höre eine Tür aufgehen, dann sagt ihr Vater etwas auf Tagalog. Seine Stimme klingt streng, und ich sehe das verkniffene Gesicht vor mir, das er macht, wenn er wütend ist.

»Tut mir leid, Tess. Tut mir echt superleid, aber ich muss Schluss machen. Bis später, ja?«

Ich weiß, dass sie nichts dafürkann. So war das auch früher immer. Ihr Vater hat verlangt, dass sie das Gespräch beendet, aber damals war das egal – am nächsten Tag haben wir uns ja immer wiedergesehen.

Aber ich hab ihr gerade alles gebeichtet, meine tiefsten Ängste, und ich brauche ihre Hilfe. Sie ist schließlich meine beste Freundin. Hab ich nicht mehr verdient als ein »Bis später«?

Ich hatte solche Angst davor, dass Caroline das Interesse an unserer Freundschaft verliert, wenn sie erfährt, dass ich nicht mehr schreibe. Schließlich kann ich schon nicht mehr die Mittagspause mit ihr verbringen. Oder mit ihr in ihrer kleinen Speisekammer abhängen und gemeinsam über die albernen Umschläge von Lolas Liebesromanen lachen. Aber für all das hat sie jetzt wohl Brandon, und … kann ich es ihr verdenken? Er ist da. Ich nicht.

Ich hatte solche Angst, dass mit dem Verschwinden meiner Worte auch meine Freundin verschwindet.

Und ich fürchte, ich hatte recht.

Zwölftes Kapitel

Als ich aufwache, habe ich fünf verpasste Anrufe und doppelt so viele Nachrichten von Caroline.

Geh ans Telefon!

Ruf mich bitte zurück

Schläfst du? Wie kannst du schlafen??

Wir müssen asap reden. Ich hab eine Idee. Ruf mich an, sobald du wach bist!

ICH KANN DEINEN ZAUBERSTAB REPARIEREN, HARRY!!

Ich bin noch nicht mal richtig bei Bewusstsein, aber auf meinem Gesicht breitet sich ein Grinsen aus.

»Ich weiß, wie du deinen Groove wiederfinden kannst«, brüllt sie ins Telefon, kaum dass sie drangegangen ist. Ich muss es vom Ohr weghalten und leiser stellen.

»So wie Stella?« *Stellas Groove* ist einer von Lolas Lieblingsfilmen.

»Ja, aber deinen Schreibgroove, nicht deinen Liebesgroove. Wobei ein Liebesgroove möglicherweise auch eine Rolle spielen könnte.«

»Caroline, ich verstehe nur Bahnhof.«

Ich höre, wie sie sich aufs Bett plumpsen lässt. »Entschuldige, ich hab letzte Nacht kaum ein Auge zugetan, weil ich mir den

Kopf darüber zerbrochen hab, wie wir dich wieder auf die richtige Spur setzen … Warte mal. Ich wechsele zu FaceTime, damit du den vollen Effekt mitkriegst.«

Das Handy piepst, ich drücke auf das Display und da ist Caroline. Braune Haut, die glänzenden schwarzen Haare zu einem unordentlichen Knoten hochgesteckt und dieser Elfenpyjama, den ihre Mutter letztes Weihnachten für die ganze Familie gekauft hat. Sogar ich habe einen bekommen und musste fast weinen. Caroline sitzt in ihrem winzigen Zimmer, das ich in- und auswendig kenne – Bücher und Schmutzwäsche überall auf dem Boden verstreut und an der Wand das zerfledderte Dream-Zone-Poster, das sie nie abgehängt hat. Und all die schlechten Gefühle von gestern Abend verfliegen im Nu, denn sie ist immer noch Caroline, meine Caroline.

»Bist du bereit?«, fragt sie, und ihr Ton ist viel ernster, als die Situation es erfordert.

Ich reibe mir den Schlaf aus den Augen und unterdrücke ein Gähnen. »Ähm … vielleicht?«

Sie lehnt das Handy an, möglicherweise an ein Kissen, und macht mit den Händen eine Bewegung, als würde sie etwas auf eine Leinwand werfen. »Operation« – sie hält inne und wackelt mit den Augenbrauen, um die Spannung zu steigern – »Tessas einzig wahre Liebesgeschichte!«

Ich wende den Blick von ihrem begeisterten Gesicht und versuche die Enttäuschung zu verscheuchen.

»Dass ich wieder Liebesgeschichten schreiben muss, weiß ich selbst«, sage ich leichthin, obwohl mir gar nicht so zumute ist. »Ich meine, trotzdem danke. Es ist lieb, dass du das versuchst. Aber nur weil du das Wort ›Operation‹ voranstellst, wird es nicht wie durch Zauberei passieren.«

»Du hast mich nicht richtig verstanden«, sagt sie geduldig. »Wir basteln dir eine echte eigene Liebesgeschichte, damit du wieder Liebesgeschichten schreiben kannst.«

»Was?«, frage ich völlig verdattert.

»Hör mal, seit du nach Long Beach gezogen bist, ist dein Leben noch mehr wie *Die gelbe Tapete* ...«

»Ich weiß nicht, was das heißen soll.«

»Na gut, ich auch nur ganz grob, weil Brandon und ich uns Zettel hin- und her geschrieben haben, als wir es durchgenommen haben. Jedenfalls ist es eine Kurzgeschichte. Und die Quintessenz ist die: Du ziehst dich zurück. Du meidest andere Menschen ...«

»Hey, ich hab Freunde! Sam ... und Lenore und Theodore!«

Sie zieht eine Augenbraue hoch. »Mit Namen, die sich reimen? Die hast du doch erfunden.«

»Hab ich nicht! Das sind echte Freunde.« Das klingt ja sehr überzeugend.

»Okay, okay«, lenkt sie ein und hebt eine Hand. »Aber ich habe die ganze Nacht darüber nachgedacht, und ich finde, es ist kein Wunder, dass du nicht schreiben kannst. Du musst raus in die Welt. Dich auf die Suche nach Inspiration begeben. Auf die Suche nach Liebe!« Das letzte Worte singt sie und zieht es in die Länge wie eine Powerballade.

Jetzt ist es an mir, eine Augenbraue hochzuziehen. »Auf die Suche nach Liebe?«

»Ja, Liebe! Wie kannst du über Liebe schreiben, wenn du sie gar nicht kennst? Wenn du noch nie einen Freund hattest und das alles noch nie erlebt hast. Wenn meine erblühende Geschichte mit Brandon mir eins gezeigt hat ...«

»Hey. Ich hab schon etwas erlebt«, falle ich ihr ins Wort.

»Daniel zählt nicht.«

»Wieso nicht?«

Daniel habe ich in den Sommerferien nach der Achten in einem Camp für junge Autoren und Autorinnen an der Sacramento State University kennengelernt. Er schrieb spannende zeitgenössische Fantasygeschichten, die von Feen handelten und in San Francisco spielten. Bei Käsefritten im Speisesaal kamen wir uns näher, und am letzten Tag stahlen wir uns davon und küssten uns hinter dem Schwimmbad – mein erster Kuss. Die restlichen Ferien und die ersten Wochen in der Neunten haben wir uns geschrieben, aber schließlich ist es eingeschlafen. Er wohnte in einer anderen Stadt und war es irgendwann leid, nur eine Handy-Freundin zu haben, da hat er sich eine richtige gesucht.

Na gut, vielleicht hat Caroline nicht ganz unrecht.

»Nach allem, was du erzählt hast, habt ihr euch geküsst wie Cousin und Cousine, mit geschlossenen Lippen, stinklangweilig«, sagt sie, und vergessen ist der Gedanke, sie könnte vielleicht recht haben.

»Du küsst deine Cousins?« Ich rümpfe die Nase.

»Du weißt schon, was ich meine.«

»Weiß ich echt nicht.« Ich lege den Kopf schief und grinse. »Ich weiß nicht, ob ich den Rat einer Cousinküsserin annehmen sollte.«

Sie schnaubt genervt, aber dann stimmt sie in mein Kichern ein. Mann, wie ich sie vermisse.

»Okay, aber zurück zur Sache«, fährt sie fort. »Im Grunde untermauert das meine These! Weißt du noch, wie viel du geschrieben hast, als die Geschichte mit Daniel lief? Da warst du so produktiv! Ich kam kaum hinterher!«

Das stimmt. In dem Sommer habe ich mehr geschrieben denn je. »Ja, schon …«

»Und jetzt stell dir mal vor, das wär wirklich Liebe gewesen! Leidenschaftliche, allumfassende, uncousinmäßige Liebe!«

»Du musst mit dem Cousinquatsch aufhören. Wir haben uns ganz normal geküsst!«

»Wir müssen einen Lover für dich finden«, sagt sie unbeirrt. »Du musst die Liebe erleben, damit du wieder darüber schreiben kannst. Und ich rede hier von Knutschen im Regen, Von-zu-Hause-Ausbüxen und Fummeln im Auto, weil du es nicht länger aushältst. Das volle Programm!«

»Das ist in meinen Geschichten alles passiert ...«

»Eben. Was glaubst du, woher ich die Beispiele nehme? Aber die Quelle ist versiegt, Tess. Deshalb kannst du nicht mehr schreiben! Da bin ich mir ganz sicher. Du brauchst etwas Echtes, woraus du schöpfen kannst, dann klappt das wieder. Wie sagt man noch? Schreib über das, was du kennst! Du musst mehr kennenlernen, damit du mehr schreiben kannst!«

Ich fange für einen Moment zu träumen an. Mein eigenes Happy End klingt nicht so übel. Es klingt sogar spannend, und vielleicht könnte ich damit wirklich die andere Angst besiegen, die mich blockiert. So läuft es doch in allen großen Liebesgeschichten, oder? Die Heldin kriegt den Mann ihrer Träume, und alles andere fügt sich dann irgendwie.

Ich erinnere mich an meinen Schreibrausch, als ich in Daniel, na ja, als ich ihn mochte. Ich habe geschrieben wie besessen, selbst als sich ein Karpaltunnelsyndrom in meinen Handgelenken anbahnte. Ich würde alles dafür geben, wieder so zu empfinden.

»Also, angenommen, ich bin einverstanden ...«, beginne ich.

»Yessss!« Sie vollführt einen kleinen Tanz.

»Angenommen, ich bin einverstanden«, sage ich jetzt lauter

und kopfschüttelnd. »Wie gedenkst du von Roseville aus etwas zu unternehmen? Wird das so eine Cyrano-Nummer?«

»Ich weiß nicht, was das sein soll. Aber im Moment lege ich eine Liste von Situationen, Augenblicken und Umständen an, die dich zu deinem persönlichen Happy End führen werden.«

»Das klingt ja sehr vage. Was genau soll das bedeuten?«

»Moment mal. Neuer Name!« Sie breitet wieder die Arme aus, völlig überzogen. »Operation Tessas Happy End!«

»Immer noch vage.«

»Und was die Kandidaten betrifft«, fährt sie fort, ohne auf mich zu achten, »vielleicht Sam, oder? Mir ist aufgefallen, dass du ihn ziemlich oft erwähnst.«

»Nein!«

Caroline reißt die Augen auf und kneift sie dann argwöhnisch zusammen.

»Nein, nein, nein«, füge ich schnell hinzu, vielleicht etwas zu heftig. Caroline zieht eine Augenbraue hoch, und ich sehe ihr an, dass sie drauf und dran ist, nachzubohren, deshalb rede ich schnell weiter. »Ehrlich gesagt, gibt es da einen anderen Jungen. Er heißt Nico. Er ist auch in Romankunst. Und er sieht so toll aus ... das ist fast schon unheimlich. Er sieht aus wie Thomas aus meiner Geschichte.«

»WAS!« Caroline springt so plötzlich auf, dass das Handy umfällt. Schnell hebt sie es wieder auf und ruft: »Nico! Warum hast du mir noch nichts von Nico erzählt? Der kommt ja wie gerufen! Und er ist ein grüblerischer, dünner weißer Junge. Warum überrascht mich das jetzt nicht?«

»Hey! Warum sagst du das so? Ich stehe nicht nur auf weiße Jungs! Daniel ...«

Bevor ich sie daran erinnern kann, dass Daniel Schwarz war,

fällt sie mir ins Wort. »Chill mal, ich zieh dich doch nur ein bisschen auf. Du darfst auf weiße Jungs stehen, Tessa. Jetzt zurück zu deinem heißen Schriftsteller-Verehrer.«

»Kein Verehrer – eine Bekanntschaft!«

Selbst das ist vermutlich übertrieben. Wie nennt man jemanden, den man aus der Ferne anhimmelt? Der vermutlich nicht mal weiß, dass es mich gibt?

»Okay, trotzdem super«, sagt Caroline unbeirrt. »Jede Liebesgeschichte fängt irgendwo an. Das ist sogar noch besser. Sam hab ich nur deshalb gesagt, weil ich dachte, du magst ihn vielleicht, was völlig okay wäre. Aber ehrlich gesagt, bin ich ein bisschen erleichtert, dass es nicht so ist, denn dein erster Freund muss ja nicht unbedingt einen Hawaiihemd-Fimmel haben.«

»Ja, klar«, sage ich, aber ich habe dabei ein schlechtes Gewissen, denn so übel sind seine Hemden gar nicht, wenn man sich erst mal dran gewöhnt hat.

»Also Tessa und Nico. Das klingt doch schön. Angesichts dieser neuen Entwicklung muss ich meinen Plan etwas umformulieren …«

»Mmm-hmm.« Ich nicke ernst und tue so, als würde ich mir Notizen machen. Über ihren ärgerlichen Gesichtsausdruck muss ich kichern.

»Ja, jetzt lachst du noch, aber hör zu. Ich werde – wumm – dafür sorgen, dass Nico und du euch verliebt, und dann – bäng – fängst du wieder an zu schreiben.« Zur Untermalung macht sie Boxbewegungen.

»Das klingt alles ziemlich brachial.«

»Ganz und gar nicht«, sagt sie und nimmt ein Blatt Papier vom Boden. »Bist du bereit zu hören, was ich bisher habe? Mach dich auf einiges gefasst.«

Ich lache und schüttele den Kopf. »Schieß los.«

»Okay, also, erstens musst du ungeschickt sein. Ungeschicklichkeit ist eine klassische Eigenschaft von Heldinnen im Liebesroman. Schütte ihm Kaffee übers Hemd, stolper die Treppe runter, lass dich von einem Auto anfahren – am besten von seinem und im Schritttempo –, und er gehört dir.« Sie blickt auf und sieht, dass ich große Augen mache, doch sie lässt sich nicht beirren. »Und ich weiß schon, dass es bei euch nicht viel regnet, aber es ist ganz wichtig, dass ihr beide in einen Schauer geratet. Behalt also den Wetterbericht im Auge. Und wir müssen es irgendwie hinkriegen, dass ihr zusammen auf einem Bett landet. Fällt dir dazu vielleicht was ein?«

Sie blickt wieder auf, ihr Gesichtsausdruck ist immer noch völlig ernst. Wie lange hat sie wohl gebraucht, um diese Nummer einzustudieren?

»Ja, und vielleicht könnten wir auch in einem Aufzug stecken bleiben.« Ich pruste los.

Carolines Augen leuchten auf. »Genau! Bei meinen Recherchen gestern Abend hab ich herausgefunden, dass es auf eurem Schulgelände einen gibt. Du könntest einfach den Notstoppknopf drücken, wenn er nicht hinsieht. Von da ist es ein todsicherer Trip ins Liebesnest!«

Ich blinzele ein paarmal und warte darauf, dass sie lacht, vielleicht mit einer Pistolengeste auf mich zeigt und »Reingefallen!« ruft. Aber ihre Miene bleibt vollkommen ernst. Sie macht keine Witze. Das ist wirklich ihr Plan.

»Caroline«, sage ich langsam und vorsichtig. »Du … du glaubst doch nicht wirklich, dass das funktioniert. Ich meine, hast du die ganze Nacht romantische Komödien geglotzt und alle Klischees aufgeschrieben, die du finden konntest?«

»Nein.« Sie klingt ein bisschen beleidigt. »Das Umstyling hab ich weggelassen, weil du hübsch genug bist.«

Ich stöhne, kann mir aber ein Lächeln nicht verkneifen. »Okay, aber jetzt mal im Ernst …«

»Im Ernst«, fällt sie mir ins Wort. »Es klingt ein bisschen verrückt, ich weiß, aber ich glaube wirklich, das könnte klappen, Tessa. Ich meine, selbst wenn Nico und du euch nicht ineinander verliebt – was aber garantiert passiert, wenn nur die Hälfte dessen, was ich geplant habe, eintritt –, bringt es dich bestimmt auf neue Ideen. Und wir haben etwas Lustiges, was wir zusammen machen können … wie früher.«

Dieser Gedanke heitert mich auf, und ich versuche vergeblich, ein Lächeln zu unterdrücken. Caroline grinst von einem Ohr zum anderen. Sie hat mich da, wo sie mich haben wollte, und das weiß sie.

Ich stoße einen tiefen Seufzer aus, aber wir wissen beide, was ich als Nächstes sagen werde.

»Na gut.«

»Yeah! Ich bin so aufgeregt! So, SO aufgeregt!« Beim Versuch, mit dem Handy in der Hand zu klatschen, fällt es ihr herunter.

»Aber du musst dir einen besseren Namen ausdenken. ›Operation Tessas Happy End‹ klingt wie ein Film im Disney Channel.«

Sie verdreht die Augen. »Okay, wir nennen es … ›Tessas Groove – Männer sind die halbe Miete.‹«

»Ganz offensichtlich«, sage ich und ahme ihr Augenrollen nach, »habe ich weder Männer noch einen Groove.«

Sie versucht es noch mal. »To All the Love Stories I've Loved Before?«

»Was soll das überhaupt bedeuten?«

»Na gut, einen Namen können wir uns ja immer noch überlegen, aber das wird klappen, Tessa. Ich helfe dir, deine eigene Liebesgeschichte zu erfinden. Ich kann das. Schließlich hatte ich die allerbeste Lehrerin. Dich.«

Ich weiß nicht, ob ich Vertrauen in diesen Plan habe. Ich halte es immer noch für ziemlich unwahrscheinlich, dass Caroline mir aus sechshundert Kilometern Entfernung dabei helfen kann, mit jemandem zusammenzukommen, schon gar nicht mit Nico. Und noch unwahrscheinlicher ist es, dass die Sache meine vermutlich dauerhafte Schreibblockade beheben kann.

Aber ich nicke trotzdem zu allem, was sie sagt, werfe ein paar Vorschläge ein und lege mein Veto gegen ihre allzu abwegigen Ideen ein (ich werde mich *nicht* von einem Auto anfahren lassen). Und am Ende des Telefongesprächs haben wir eine Liste, an die ich mich genau halten werde. Warum? Weil es beweist, dass ihr etwas an mir liegt, während ich schon dachte, ich wäre ihr nicht mehr wichtig. Vielleicht kann uns das wieder zusammenschweißen, trotz der Entfernung und aller Veränderungen. Caroline war immer meine beste Freundin, und das ist sie immer noch. SIE IST ES IMMER NOCH! Nur eine beste Freundin würde sich einen so albernen Plan ausdenken.

Elf Schritte bis zum Happy End
(Genialer Name, oder?)

1. In einem Aufzug stecken bleiben
2. Etwas über ihn schütten oder in seine Richtung fallen – UNGESCHICKLICHKEIT IST TOTAL WICHTIG!
3. Ein Geheimnis über ihn herausfinden, das niemand sonst kennt

4. Zusammen zu einer Party gehen und einen besonderen Moment miteinander erleben
5. Noch besser: eine Mädchen-Jungs-Übernachtungsparty. Wo ihr irgendwie in einem Bett landet
6. Zusammen in einen Regenschauer geraten – ab sofort nie mehr einen Schirm mitnehmen!
7. Romantischer Tanz. Steht irgendein Ball an? Rausfinden!
8. Ihn eifersüchtig machen – mögliche Dreiecksgeschichte?
9. In einer schönen Umgebung zusammen einschlafen, aber du zuerst, damit er dich SIEHT
10. Zusammen Riesenrad fahren
11. Große dramatische Szene, in der ihr einander eure Liebe erklärt, mit Pappschildern

Dreizehntes Kapitel

Ein paar Stunden später sitze ich auf dem Beifahrersitz von Sams Wagen auf dem Weg zur Chrysalis.

»Was ist los?«, fragt er.

»Nichts«, sage ich schnell, obwohl ich weiß, dass das unglaubwürdig ist. Unsere Fahrten sind immer angefüllt mit langen Geschichten über die Heldentaten seiner exaltierten Bubbe in New York und Gekicher über etwas Lustiges, was Miles am Abend zuvor gesagt hat, dazu gibt es immer irgendwelche Köstlichkeiten. Es ist so leicht mit ihm. Aber heute schaue ich stumm aus dem Fenster und versuche die wirbelnden Gedanken in meinem Kopf zur Ruhe zu bringen.

»Wenn nichts ist, wieso schaust du dann den ganzen Morgen drein … ich weiß nicht, wie I-Ah?«, hakt er nach.

»Tu ich gar nicht.«

»Doch. Du könntest genauso gut Regenwolken über dir hängen haben. Ist was passiert?«

»Nein. Mir geht nur eine Menge durch den Kopf.«

Carolines verrückter Rettungsplan erschien mir zuerst noch ganz sinnig, aber jetzt, auf dem Weg zur Schule, kommt er mir immer lächerlicher vor. Wenn ich mit Nico im Aufzug stecken bleibe, ändert das rein gar nichts an der Tatsache, dass Johnson der nächste Name auf Ms McKinneys Liste ist. Es sei denn natürlich, wir bleiben die gesamte Unterrichtsstunde lang dort stecken.

»Du bist Freitag dran«, hat sie mich letztes Mal erinnert. »Ich bin so gespannt, woran du arbeitest.«

Dabei hat sie freundlich gelächelt, als wäre das eine gute Nachricht. Ich versuchte ihr Lächeln zu erwidern, aber wahrscheinlich sah es unecht aus.

Auf keinen Fall kann ich meine albernen Kapitel über Tallulah und Thomas, die ich Ms McKinney als neuen Text eingereicht hatte, im Kurs vorlesen. Die anderen haben bis jetzt Szenen vorgetragen, in denen die Figuren lange und vielsagende Dialoge über das Leben führen, oder Fantasy Stories, deren Magiesysteme ich nicht ansatzweise durchblicke. Ich sehe schon, wie sie die Augen verdrehen und hinter vorgehaltener Hand kichern würden, wenn ich vorlese, wie Tallulah sich nach Thomas verzehrt. Und dann noch mit Nico im Raum, dem leibhaftigen Thomas.

Was mache ich bloß?

»Okay, es ist nichts. Aber wenn irgendwas wäre … würde noch ein Donut helfen?«

»Nein.« Sie schmecken nach Lavendel und haben eine Zitronenglasur mit Streifen kandierter Schale obendrauf, und ich musste mich beherrschen, um mir nach dem ersten nicht die Finger abzulecken. Ich lächele. »Aber ich nehme trotzdem noch einen.«

»Na, dann hoffe ich mal, dass dein Tag von jetzt an besser wird«, sagt Sam, als wir auf den Parkplatz fahren.

»Das bezweifle ich.« Ich seufze, und okay, ich glaube, jetzt kapiere ich den Vergleich mit I-Ah. »Trotzdem danke.«

Sam schaltet die Zündung aus, wirft sich in die Brust und wackelt ganz komisch auf dem Sitz herum. »So ein Mist, ich glaube, da könnte ein schöner Topf Honig helfen.« Er macht ein dümmliches Gesicht und wackelt wieder auf dem Sitz herum.

Ich starre ihn an, dann pruste ich los. »Was war das denn?«

»Pu der Bär natürlich.« Er lacht und wird rot. »Wegen I-Ah, du weißt schon … Sie sind Freunde?«

Ich krümme mich vor Lachen. »Oh Mann. Mach das bitte nie wieder. Schon gar nicht in der Öffentlichkeit, sonst muss ich leider leugnen, dass diese Freundschaft je existiert hat.«

»Hey, aber du hast gelacht!« Er zeigt auf mich und zwinkert wie ein Papa, der gerade einen lustigen Scherz gemacht hat. »Sehen wir uns in der Mittagspause?«

Wir steigen aus und ich lächele ihm über das Autodach zu. »Ja, bis dann.«

Ganz in der Nähe ruft jemand.

»Hey, Weiner!«

Verwirrt schaue ich mich um. Aber dann folge ich Sams Blick zu einem schwarzen Audi, der uns gegenüber geparkt hat. Nico, Poppy, Grayson und Rhys steigen aus. Die Gründerkinder, die Stars der Serie.

Ich verspüre den plötzlichen Drang wegzulaufen. Bestimmt steht mir das Gespräch mit Caroline noch ins Gesicht geschrieben. Bekanntschaft? Was habe ich da gefaselt? Nico und ich kennen uns überhaupt nicht! Er wird mich für eine verrückte Stalkerin halten und dann ist der ganze Plan im Keim erstickt. Außerdem hat Sam so eine Cargohose an, die man in Shorts verwandeln kann, mit Reißverschlüssen am Knie. Keine Ahnung, wozu so was überhaupt hergestellt wird. Gibt es tatsächlich Situationen, in denen man ganz schnell die Hosenlänge verändern muss? Ich mag Sam wirklich sehr, aber für diese Hose ist in meiner Liebesgeschichte einfach kein Platz.

Doch Flucht scheidet aus. Die vier kommen genau auf uns zu.

»Hey, Weiner«, sagt Nico wieder. Wieso nennt er ihn so? Komischer Spitzname.

Sam sieht so aus, als wollte er einfach weitergehen, aber Nico holt uns ein und haut ihm auf den Rücken, wie Jungs das so machen. Die beiden sind völlig gegensätzlich. Nico ist schlank und erschreckend groß, während Sam ungefähr so groß ist wie ich und ein kleines Bäuchlein hat, das gegen die unteren Knöpfe seines Hemdes drückt. Sam hat eine entspannte, unbekümmerte Haltung, Nico dagegen hält sich ganz gerade, als würde er strammstehen.

Wieder kann ich kaum glauben, wie sehr Nico Thomas ähnelt. Kein Wunder, dass er mir sofort einfiel, als Caroline Sam vorschlug.

»Sam Weiner!«, sagt Rhys, der Rothaarige. Dann ist das also Sams Nachname. Ich komme mir ein bisschen blöd vor, weil ich das nicht wusste, nachdem wir schon wochenlang zusammen zur Schule fahren und die Mittagspause miteinander verbringen. »Dann hast du's also doch noch auf diese Schule geschafft. Aller guten Dinge sind drei, was?«

»Bist du ins Theaterprofil reingekommen?«, fragt Grayson mit einem Grinsen. »Ist ja schließlich kein Geheimnis, dass du auf der Bühne ordentlich heulen kannst, was, Weiner?«

Grayson spricht mit hoher Stimme und zieht den Namen dabei in die Länge. Ich weiß sofort, dass ich ihn nicht leiden kann – allein schon dafür, wie Sam die Zähne zusammenbeißt und wegguckt. Außerdem hat Grayson erbärmliche Bartfusseln über der Oberlippe, und nur ein Volltrottel könnte sich einbilden, dass das gut aussieht.

»Ah, du bist bestimmt im neuen Profil für Kochkunst, stimmt's,

Sam?«, fragt Poppy. Zum ersten Mal sehe ich sie aus der Nähe, nicht nur verstohlen in der Mittagspause. Ihre Haut hat keine sichtbaren Poren, aber nicht, weil sie dick Make-up darüber gespachtelt hätte – sie hat wirklich so makellose Haut wie ein Glossier-Model.

»Ja, bin ich«, sagt Sam.

»Und das hat bestimmt gar nichts damit zu tun, dass deine berühmte Mami neuerdings im Vorstand der Schule ist«, sagt Grayson leise. Was soll das denn heißen? Am liebsten würde ich Grayson eine scheuern. Rhys und Poppy stimmen in Graysons Gelächter ein, Nico jedoch nicht.

»Sam ist wirklich gut. Der hier ist von ihm«, sage ich und halte meinen halb gegessenen Donut hoch. Wahrscheinlich nicht gerade die Verteidigung, auf die Sam aus war, aber er lächelt mich trotzdem unauffällig an.

»Tessa, stimmt's?« Nico sieht mich direkt an, und da wird alles andere irgendwie unwichtig. Ich kann nur noch daran denken, dass er Augen wie Schokoladenbrunnen hat. Ich möchte näher herangehen und hineinspringen. Ich möchte sein Schlüsselbein entlangfahren, das ein kleines bisschen aus seinem Hemd herauslugt.

Stattdessen sage ich: »Mmmmm.«

»Wir sind zusammen in Romankunst, oder?«

Auf einmal bringe ich nur noch Einsilbiges heraus. »Ja.«

»Lass uns gehen, Schatz. Ms Garcia hat dich eh auf dem Kieker, da kommst du besser nicht zu spät.« Poppy legt den Arm um Nicos Mitte, und er steckt eine Hand in ihre hintere Hosentasche. Sie passen zusammen.

Klar, dass sie ein Paar sind. Ich weiß nicht, wie mir das in den Mittagspausen entgehen konnte. Jungs wie Nico mögen Mädchen wie Poppy. Ich muss mir für Carolines Plan jemand anderen suchen. Oder das Ganze vielleicht komplett vergessen.

»Tschüs, Tessa. Tschüs, Weiner.«

Als ich schließlich »Äh, ja, tschüs« herausbringe, sind sie schon zu weit weg, um mich zu hören. Sam sieht mich fragend an. Aber bevor er etwas sagen kann, frage ich: »Alles okay bei dir? Was sollte das denn?«

Er reibt sich die Wange und schüttelt den Kopf, dann lächelt er mich traurig an. »Bis später, Tessa.«

Aber in der Mittagspause lasse ich ihn nicht so einfach davonkommen.

»Okay, willst du mir jetzt mal verraten, was los ist?«

Wir sitzen auf der Veranda des Bungalows, die inzwischen schon unser Stammplatz ist. Drei Schaukelstühle und ein Hocker, den Lenore letzte Woche einer Gruppe vom Kreativen Schreiben stibitzt hat. Ich kämpfe gegen das Verlangen, zu Nico und seinen Freunden zu gucken, wo mir garantiert all die kleinen Vertrautheiten zwischen ihm und Poppy auffallen würden, die mir zuvor entgangen waren.

Sam sitzt auf dem Hocker und schreibt ein Rezept in sein Notizbuch. Er zuckt die Achseln. »Es ist nichts. Echt.«

»Es ist nicht nichts«, beharre ich.

Er schaut auf und grinst. »Ich weiß nicht … Vielleicht hab ich mich einfach mit deiner schlechten Laune von heute Morgen angesteckt.« Touché.

»Erzählt uns doch einfach, was ihr habt, anstatt zu flüstern, als ob wir euch nicht hören könnten«, schaltet sich Lenore ein. Ihr Outfit würde schon wieder einer Modezeitschrift alle Ehre machen: ein ärmelloses schwarzes Kleid mit aufgestickten goldenen Käfern, dazu Doc Martens und eine schwarze Ledermütze.

Sam seufzt übertrieben, doch dann gibt er mir mit einem Nicken die Erlaubnis, Lenore von der merkwürdigen Begegnung heute Morgen zu berichten. Sie wird die Einzelheiten schon aus ihm herausholen. Ich muss wissen, was da zwischen Sam und Nico gewesen ist. Na gut, Nico hat vielleicht eine Freundin, aber ganz sicher weiß ich das ja noch nicht. Und im Gegensatz zu Grayson und Poppy war er nicht gemein zu Sam. Vielleicht können sie sich ja ganz gut leiden.

»Aaah, Sammy Boy kennt also die Gründerkinder«, flötet Lenore. »Wieso hast du uns nichts von deinen Upperclass-Freunden erzählt?«

»Sie sind nicht meine Freunde«, sagt Sam. Er klappt das Notizbuch zu und sieht genervt aus. »Ich war mit ihnen auf der Middle School und unsere Eltern kannten sich … aber wir waren nicht befreundet, und das sind wir jetzt auch nicht. In der Achten haben sie sich alle an der Chrysalis beworben und wurden angenommen, ich aber nicht. Das war heute Morgen ja ziemlich deutlich.«

»Für welches Profilfach hast du dich denn damals beworben?«, fragt Lenore.

»Für Film … und für Kreatives Schreiben.« Er sieht mich an. »Aber ich war in beidem nicht besonders gut. Das liegt mir nicht so … Ich wollte einfach lieber hierher gehen als auf die Bixby High.«

»Also nicht fürs Theater?« Ich möchte nicht erwähnen, was Grayson über das Heulen auf der Bühne gesagt hat, aber ich wüsste doch gern, was das sollte. Zum Glück kapiert Sam auch so, was ich meine.

Wieder seufzt er. Vielleicht findet er mich zu neugierig. »Das ist … nur so ein blöder alter Joke. Ich weiß nicht, warum sie immer wieder davon anfangen. Als ich in der Sechsten war, bin ich einmal in einer Fernsehsendung aufgetreten …«

»Wow, dann bist du so was wie ein Kinderstar?«, fragt Lenore.

»Nein. Nein, nein. Es war eine Backsendung. So was wie die Kochwettbewerbe, die es im Fernsehen gibt. Ich bin ausgeschieden und hab geweint. Es war bescheuert.«

»Ach was, echte Männer müssen auch weinen können.« Lenore steht auf und klopft ihm auf den Rücken. Ich nicke schnell.

»Es wär auch gar nicht so schlimm gewesen, aber Rhys hat es aufgezeichnet und auf YouTube hochgeladen – in Schwarzweiß mit Effekten wie fallendem Laub und künstlichem Gewitter. Total dämlich. Aber ich weiß nicht ... vielleicht fing damit sein Interesse an Filmen an, deshalb war es für ihn wohl irgendwie wertvoll.« Er grinst sarkastisch.

»Und was meinte der Vollidiot damit, dass du nur wegen deiner Mutter auf der Schule bist?«, frage ich. »Das stimmt doch nicht, oder? Ich meine, der hat offenbar noch nie deine Schokokekse probiert.«

Da erscheint endlich Sams Grübchen, zum ersten Mal seit der Begegnung heute Morgen. Aber dann verfinstert sich seine Miene wieder, er schaut auf seine Hände und knibbelt am Rand eines Fingernagels.

»Meine Mutter ist wirklich seit diesem Jahr im Vorstand ... aber das hatte nichts damit zu tun, dass ich angenommen wurde. Ich musste vortanzen genau wie alle anderen auch.«

»Aber wer ist deine Mutter? Er hat gesagt, sie ist berühmt.«

»Meine Mutter ist Audrey Weiner«, sagt er langsam. »Ich ... ich gehe damit nicht so gern hausieren, weil ich nicht will, dass die Leute dann anders über mich denken.«

Der Name kommt mir bekannt vor, aber ich kann ihn nicht gleich einordnen.

Theodore weiß Bescheid. Er war in eine Zeichnung vertieft,

doch jetzt blickt er auf. »Deine Mutter ist Audrey Weiner, die vielfach ausgezeichnete Starköchin?«

In dem Moment sehe ich ihr Gesicht vor mir: dunkler lockiger Bob, knallrote Lippen. Ich sehe sie vor mir, wie sie am Ende jedes Rezepts »Und voilà!« sagt und dazu mit den Fingern schnippt. Sie ist überall präsent – in ihrer eigenen Sendung auf Food Network, in Talkshows und Restaurants. Wie der weibliche Jamie Oliver.

»Mann, Sam! Meine Mutter guckt sich immer ihre Sommer-Sondersendung an. Aber wieso hast du uns denn nicht erzählt, dass du reich bist?« Lenore wirft mir einen Seitenblick zu. »Und ihr zwei seid Nachbarn. Bist du auch reich?«

»Nein, ich meine ... Uns geht's nicht schlecht«, stammele ich. »Aber. Na ja ... ich weiß nicht. Darum geht's doch jetzt nicht!« Ich gucke Sam an, der immer noch auf seine Finger schaut. »Wieso hast du mir nicht erzählt, dass deine Mutter Audrey Weiner ist?«

Wieso hat er mir von den letzten drei Freunden seiner Bubbe und ihrem jahrelangen Kleinkrieg mit ihrer Stilberaterin bei Saks erzählt, aber das nicht? Ich gehe unsere Gespräche im Auto durch und überlege, wann er seine Mutter hätte erwähnen können.

Er zuckt mit den Schultern. »Deine Mutter hat sie ja kennengelernt. Ich dachte, sie hätte es dir erzählt. Und ist das überhaupt so wichtig?«

»Absolut nicht. Ich will mich ja nicht plötzlich bei dir einschmeicheln, nur weil du eine berühmte Mutter hast.« Sam wird rot. »Aber es ist schon komisch, so was nicht zu erwähnen. Oder den Streit mit Rhys und den anderen. So was erzählt man seinen Freunden doch.«

»Ich mache mir nicht so viel daraus, was andere über mich denken. Und das heute Morgen verrät ja mehr über sie als über mich. Deshalb hab ich kein großes Ding daraus gemacht.« Und dann zuckt er die Achseln. Als wäre es ganz normal, so zu denken und solch ein Selbstbewusstsein zu haben. Wenn das für mich doch auch so einfach wäre.

»Wow!«, ruft Lenore. »Gib. Uns. Mehr. Davon. Samuel!«

Ich denke an unser Gespräch am ersten Schultag im Auto. Es ist, als wäre auf einmal ein Filter weggenommen worden und eine ganz neue Seite von ihm zum Vorschein gekommen. Ich hatte ein bestimmtes Bild von Sam, weil er so eine unmögliche Frisur hat und uncoole Klamotten trägt. Und jetzt komme ich mir blöd vor. Ich kann es ja selber nicht leiden, wenn ich sofort in eine Schublade gesteckt werde – wegen meiner Hautfarbe oder meiner Schüchternheit. Vielleicht muss ich Sam einfach so nehmen, wie er ist, mit seinen Reißverschluss-Cargohosen, Hawaiihemden, Dad Sneakern und allem.

»Mmm-hmm, okay, aber kann sie mich vielleicht trotzdem mit Alton Brown bekannt machen?«, sagt Lenore und macht einen Schmollmund. »Da wäre ich interessiert.«

»Ekelhaft, Lenore«, sagt Theodore. Und dann, nach einer Pause: »Aber mit zehn Jahren mehr auf dem Buckel und ein paar Illusionen weniger würde ich ihn wahrscheinlich auch nicht von der Bettkante schubsen.«

Darüber muss ich so sehr lachen, dass ich fast vergesse, was mich in der nächsten Stunde erwartet.

Vierzehntes Kapitel

Ich habe mir alles genau überlegt.

Normalerweise plant Ms McKinney für die Präsentation der Texte eine halbe Stunde ein, was mir sowieso schon zu lang vorkommt. Und irgendwie überziehen wir trotzdem immer – weil manche mit ihrem Vortrag kein Ende finden können, auf Beckett und Vonnegut anspielen, um mit ihrem Literaturwissen zu prahlen, während andere versuchen, noch die kleinste Kleinigkeit, die an ihrer Arbeit kritisiert wird, zu rechtfertigen. Heute soll ich also etwas vorlesen, aber ich habe nicht vor, bei der kreativen Folter anwesend zu sein. Nein, ich werde mir irgendeine Ausrede einfallen lassen, um vierzig Minuten vor Unterrichtsende den Raum zu verlassen. Und dann tauche ich ab, bis es zum Schulschluss läutet, und stelle mich den Konsequenzen erst, wenn ich zurückkomme. Bestimmt werden sie nicht die ganze Zeit dasitzen und auf mich warten. Die anderen, echten Schriftsteller werden sich darum schlagen, meinen Platz einzunehmen.

Ich habe noch nie die Schule geschwänzt (und zählt das hier überhaupt?), aber was sein muss, muss sein.

Ich habe es wirklich nicht verdient, hier zu sein.

Als mir klar wurde, dass ich offenbar dauerhaft nicht mehr

schreiben kann, hat sich das anfangs angefühlt wie eine klaffende Wunde. Das, was mich ausmachte, war auf einmal weg. Genauso gut hätte mir jemand einen Arm abhacken können.

Aber der Schmerz lässt langsam nach. Und jetzt, wo Caroline und ich einen Plan haben, so albern er auch sein mag, will ich unbedingt und mit aller Macht verhindern, dass Ms McKinney und Nico und die anderen, die wirklich schreiben können, mir auf die Schliche kommen. Denn im Moment habe ich es zwar noch nicht verdient, hier zu sein, aber das wird sich ja bald ändern.

Also schaue ich eifrig auf meinen Laptop, tippe hunderttausendmal meinen Namen und meine Adresse, nehme sogar ein Buch aus dem Regal – *Clockwork Orange?* –, damit es so aussieht, als würde ich mich darauf beziehen oder so. Aber als die Zeit gekommen ist, klappe ich den Laptop zu und gehe ruhig zu Ms McKinney.

»Entschuldigen Sie, kann ich zur Toilette gehen?«

Sie schaut an mir vorbei auf die Wanduhr und sieht mich skeptisch an.

»Kannst du noch bis zum Ende des Unterrichts warten? Wir fangen gleich mit der Präsentation an.«

»Es ist eine Art … ähm, ein Notfall.«

Sie faltet die Hände und schaut mir geradewegs in die Augen. »Wirklich? Eben wirktest du noch ganz munter. Du hast die ganze Zeit geschrieben.«

Ihre Augen sind blassblau, fast durchsichtig, und sie scheint direkt in mein Innerstes schauen zu können. Ich bin nahe dran, angesichts ihrer magischen Lehrerinnenkräfte alles zu gestehen, aber dann gucke ich an ihr vorbei und sehe Nico. Er blickt von seinem Moleskine auf und beobachtet unser Gespräch.

Nein. Ich muss hier raus.

»Ich hab … irgendwie Magenprobleme.« Ich fasse mir in die Taille und krümme mich ein wenig, damit es echt wirkt. »Ich muss zur Toilette. Jetzt sofort.«

Das wirkt. »Okay, möchtest du dann deine Kopien hierlassen, damit wir sie schon mal verteilen können, während du weg bist?«, fragt sie, aber ich bin schon auf der Flucht.

»Wenn ich zurück bin«, rufe ich über die Schulter.

Ich renne die Treppe hoch, als wäre jemand hinter mir her, aber als ich oben ankomme, löst sich die Anspannung in meiner Brust. Tja, im Grunde habe ich gerade vor dem schönsten Jungen der Welt gesagt, dass ich kacken muss, aber was soll's. Ich hatte keine Wahl.

Ich bin gerettet. Für heute.

Ich hatte zwar einen Plan, wie ich aus dem Unterricht rauskomme, mir aber keine Gedanken darüber gemacht, wie es danach weitergehen soll. All meine Sachen sind da unten, auch mein Handy. Und ich kann schließlich nicht einfach über den Campus spazieren – einer der Hausmeister oder der Wachmann würden mich aufhalten, und das müsste ich dann Ms McKinney erklären.

Ich gehe auf die Toilette im Erdgeschoss, um mich nicht ganz so wie eine Lügnerin zu fühlen, aber schließlich lande ich in der Küche, außer Sichtweite der Kellertür, und lehne mich an die Theke. Sofort mache ich mir Sorgen. Soll ich die Minuten zählen, damit ich nicht zu früh wieder runtergehe? Aber wahrscheinlich hört man es, wenn der Unterricht zu Ende ist und alle herausströmen. Es sei denn, Ms McKinney schickt schon vorher jemanden. Würde sie erzählen, weshalb ich weg bin? Habe ich demnächst einen Ruf als das Durchfall-Mädchen oder so? Ist das schlimmer, als wenn alle wüssten, dass ich nicht mehr schreiben kann?

Mein Puls rast und mein Hals wird wieder heiß, und als mir

das Knarren der Dielen verrät, dass jemand in die Küche kommt, springe ich vor Schreck bestimmt einen Meter hoch.

»Oh, entschuldige, ich wollte dich nicht erschrecken.«

Ich will nicht aufblicken, denn ich weiß, zu wem die Stimme gehört. Aber natürlich blicke ich doch auf und sehe seine vollen Lippen und die glänzenden braunen Locken. Er trägt eine enge schwarze Hose, braune Stiefel und ein marineblaues getupftes Hemd, die kurzen Ärmel aufgekrempelt. Es kostet mich meine ganze Willenskraft, nicht im wahren Wortsinn schwach zu werden.

»Ähm, hi.«

»Hey. Ms McKinney hat mich geschickt, um nach dir zu sehen, aber es geht dir ja anscheinend … besser?«

»O ja, mir geht's gut, absolut.« Da fällt mir ein, dass ich ja Theater spielen muss, deshalb füge ich hinzu: »Jetzt. Jetzt geht es mir wieder gut. Ich brauchte nur ein bisschen frische Luft.« *Nicht weil ich gekackt habe!*, würde ich am liebsten schreien, zu Tode beschämt, aber ich presse die Lippen zusammen, damit ich keinen völlig verrückten Eindruck mache.

Er lächelt, und mir fällt auf, dass seine Augen fast ein bisschen schläfrig wirken unter den schweren Lidern mit den dunklen Wimpern. Sie sind so dicht – dafür müssen andere viele Stunden bei der Kosmetikerin sitzen.

»Ja, das versteh ich.« Er lehnt sich an die Küchentheke. »Ms McKinney kann manchmal ganz schön anstrengend sein. Ich brauche auch frische Luft. Und mein Vater sagt, ihre Bücher sind gar nicht so besonders gut … Auf die Bestsellerliste hat sie es jedenfalls nie geschafft.«

Er lacht und ich stimme ein, obwohl ich eigentlich nicht seiner Meinung bin.

»Und die anderen im Kurs.« Er schüttelt den Kopf. »Die Präsentation ist die reinste Folter.«

»Ja, oder?« Obwohl sie für mich bestimmt nicht aus demselben Grund eine Folter ist wie für ihn.

»Aber du …« Er streckt einen seiner braunen Stiefel über den Küchenfußboden aus und tippt mir auf die Spitze meiner pinkfarbenen Ballerinas. Die Berührung fährt mir durch den Körper wie ein elektrischer Schlag. »Du wirst sie wahrscheinlich alle umhauen. Was du schreibst, ist bestimmt echt tiefsinnig … das liegt dir garantiert im Blut.«

Am liebsten würde ich verächtlich gucken, aber ich halte mich zurück. Bestimmt hat er sich nur unglücklich ausgedrückt. Stattdessen lache ich und hoffe, dass es nicht so irre klingt, wie mir zumute ist. »Na, ich weiß nicht.«

»Klar doch.« Er nickt und lächelt mich an. Eine Locke fällt ihm ins Gesicht, er streicht sie zurück.

»Und, bist du mit Weiner zusammen?«, fragt er. »Ihr fahrt doch immer gemeinsam zur Schule.«

Mir stockt der Atem. Er hat mich bemerkt.

Und nicht nur das. Er hat oft genug auf mich geachtet, um zu bemerken, mit wem ich zur Schule komme.

»Nein, wir sind Nachbarn«, sage ich schnell. »Er wohnt bei mir gegenüber. Deshalb nimmt er mich mit.«

»Ach so«, sagt er, und dann schaut er mich nur an. Wir schweigen. Aber es ist nicht so ein peinliches Schweigen, wie ich es nur zu gut kenne. Es ist ein aufgeladenes Schweigen. Bedeutungsvoll.

»Nicooooo, bist du hier?«, ruft jemand im fröhlichen Singsang vom Eingang her, und ich fahre erschrocken zusammen. Das wäre schon unangenehm genug, aber schlimmer noch, ich stolpere über den Teppich vor der Spüle und falle nach vorn.

»Huuuch!«

Ich rechne damit, voll auf der Nase zu landen, doch starke Arme fangen mich auf, und ich blicke in Nicos braune Augen.

»Mein Gott. Das tut mir echt leid. Ich bin so … ungeschickt.« Bei den Worten erstarre ich. UNGESCHICKLICHKEIT IST TOTAL WICHTIG. Nummer zwei auf unserer Liste! Ich hab es noch nicht mal mit Absicht gemacht, aber es hat funktioniert. Echt! Ich liege in Nicos warmer Umarmung. Nur wenige Zentimeter von seinen weichen Lippen entfernt. Wenn ich wollte, könnte ich wahrscheinlich …

»Tessa? Was hat sie denn?«

Poppys Gesicht schiebt sich in mein Blickfeld und schnell reiße ich mich von Nico los. Sie hat die grauen Haare halb zu einem Knoten hochgesteckt und trägt ein weißes Crop Top, das ein schmales Stück von ihrer Porzellanhaut freigibt.

»Alles gut. Tut mir leid … Alles in Ordnung. Bin nur gestolpert. Hab wohl den Teppich übersehen.«

»Hm, okay. Bisschen komisch«, sagt sie und mustert mich von oben bis unten. Dann wendet sie sich wieder zu Nico. »Komm jetzt, Schatz. Wir wollten uns doch schon vor fünf Minuten draußen treffen.«

Also war das vielleicht der Grund, weshalb er raufgekommen ist?

»Ja, ich hab nur ein bisschen mit Tessa gequatscht.« Er dreht sich wieder zu mir, er sieht besorgt aus. »Wirklich alles okay bei dir?«

»Jaja.« Meine Wangen werden heiß.

»Jetzt komm schon.« Poppy packt ihn am Arm. »So viel Zeit hab ich nicht, bevor Ms Vaughn merkt, dass ich nicht da bin.«

Sie nimmt beim Sprechen die Zunge zwischen die Zähne, eine

dieser süßen, sexy Eigenarten, die manche Mädchen auf mysteriöse Weise beherrschen. Ich frage mich, ob das echt oder künstlich ist. Und ich finde es einerseits zum Kotzen und möchte es andererseits nachher vor dem Spiegel üben.

Bei Nico scheint es jedenfalls zu wirken, denn er flitzt zu ihr wie ein Magnet und vergräbt das Gesicht in ihrem Haar. Ich wende den Blick ab, ich will ja nicht wie ein Spanner rüberkommen.

»Bis nachher.« Er winkt mir lässig zu. Und dann gehen sie Arm in Arm davon, vermutlich in ihre Knutschecke.

Als ich nach dem Klingeln endlich wieder runtergehe, ist Ms McKinney in ein Gespräch mit Fedora vertieft (der heute gar keinen Fedora trägt, aber seinen richtigen Namen kenne ich nicht). Ich schnappe mir meine Tasche und sprinte die Treppe wieder hoch, ehe sie mich bemerken kann.

Fünfzehntes Kapitel

Ich sitze in Sams Auto, schaue durch das Seitenfenster in den Zuckerwattehimmel und erwarte Carolines Antwort auf meine ekstatischen Nachrichten über den erfolgreichen ersten Schritt mit Nico.

Da sehe ich ihn.

»O nein.«

»Hey, ist das nicht dein Bruder?«

Ich würde gern Nein sagen. Ich würde gern sagen, er solle weiterfahren, weg aus dieser Straße, irgendwo anders hin. Irgendwohin, wo Miles nicht an der Straßenecke sitzt, vorbeifahrende Autos anschreit und Rotz und Wasser heult.

Ich mache die Augen zu, das Blut rauscht in meinen Ohren, ich spüre Panik aufsteigen. »Ja.«

Miles' Schreien ist genauso einmalig wie seine Lache. Es geht mir durch und durch. Und es ist so laut, dass es durch die Wagentüren dringt und die Musik übertönt.

Wie kann das sein? Wo ist meine Mutter? Hab ich vergessen, dass ich auf Miles aufpassen sollte?

Aber das Auto meiner Mutter parkt in der Einfahrt und die Haustür steht sperrangelweit offen. Ist meiner Mutter irgendwas zugestoßen? Hatte sie einen Unfall? Alle möglichen Worst-Case-Szenarios laufen wie ein Horrorfilm in meinem Kopf ab.

Aber da sehe ich sie wie erstarrt, mit fassungsloser Miene auf der Treppe vor Mrs Hutchinsons Haus. Und dann rennt sie los zu Miles.

Wir fahren in Sams Einfahrt und ich sammele panisch meine Sachen zusammen.

»Das … das tut mir so leid. Entschuldige …«

»Das muss dir nicht leidtun«, fällt er mir ins Wort, legt mir eine Hand auf den Arm und drückt ihn leicht. Der Blick seiner grünen Augen ist weich. »Es gibt keinen Grund, sich zu entschuldigen. Nicht für dich und nicht für deinen Bruder.«

»Danke.«

»Kann ich … vielleicht irgendwie helfen?«, fragt er.

Ich steige aus, mein Herz rast. Meine Mutter ist schon bei ihm, und ich sehe, wie sie ihm etwas ins Ohr sagt und ihm über den Rücken streicht. Doch seine Schreie schallen immer noch herüber.

»Nein, wir kriegen das schon hin. Aber danke.«

In Roseville ist das andauernd passiert. Wenn Miles außer sich ist, rennt er immer raus, als könnte er vor den Problemen fliehen. Meistens war es nicht so schlimm. Die Nachbarn kannten ihn und ließen uns das einfach regeln. Sie kamen nicht mal raus, es sei denn, wir baten sie um Hilfe.

Aber einmal hütete bei den Wachowskis eine Cousine das Haus, und Miles machte ihr mit seinem Schreien und Weinen wohl Angst. Ich sollte auf ihn aufpassen, aber ich war kurz rüber zu Caroline gegangen, um mir ein Buch von ihr zu leihen. Miles wollte nicht mitkommen. Im Fernsehen lief ein Special über Dream Zone und ihre alten Hits, und ich wusste, dass ich nur ganz kurz weg sein würde.

Diese dumme Cousine rief die Polizei. Doch die Geschichte hat kein schlimmes Ende. Das muss ich so betonen, weil ich auch immer gleich in diese Richtung denke. Aber die Polizeibeamten haben Miles nicht angerührt. Sie waren sogar nett zu ihm und geduldig. Ich meine, wir wohnten in einer sehr gut funktionierenden Nachbarschaft, und alle Nachbarn kamen heraus und haben sich für unsere Familie verbürgt (bis auf die dumme Cousine). Obwohl ich weiß, dass selbst das meistens nichts nützt.

Aber die neuen Nachbarn in Long Beach kennen uns alle noch nicht richtig, bis auf Mrs Hutchinson, die mit verärgertem Gesicht auf ihrer Veranda steht. Und Sam – der geht wenigstens ins Haus. Doch die Hwangs, das alte Ehepaar neben den Weiners, stehen an der Tür und starren zu Miles rüber. Und am Fenster der Agrawals bewegen sich die Vorhänge. Die zögern vielleicht, rauszukommen und zu gaffen, aber das heißt nicht unbedingt, dass sie zögern, die Polizei zu rufen.

Wir müssen ihn reinholen.

»Sie wollte schon wieder über den Baum reden. Ich war nur kurz nebenan«, sagt meine Mutter schnell, als wäre sie mir eine Erklärung schuldig.

»Fick dich!«, brüllt Miles einen BMW an, der gerade um die Ecke biegt. Der Wagen hat getönte Scheiben, aber ich kann mir vorstellen, was für Augen der Fahrer macht. »Fickt euch! Fickt euch alle!«

»Miles, Schätzchen, was ist passiert?«, fragt meine Mutter. Sie hat die Arme fest um ihn geschlungen und spricht ihm leise ins Ohr.

»Meine DVD …«, stöhnt er. Er schaukelt vor und zurück, sein Hörgerät fiepst. Seine Brille ist weg, wahrscheinlich hat er sie auf den Rasen geworfen. »Sie ist kaputt! Kaputt! Verfickte Scheiße! Alles ist scheiße!«

Wir brauchen nicht nachzufragen, welche DVD. Und jetzt könnte man einfach denken, dass das ja nur eine belanglose Kleinigkeit ist. Eine DVD ist kaputt gegangen, na und? Aber für ihn ist es ein Drama. Das sieht man an seinen Augen. Er sieht aus, als hätte er körperliche Schmerzen.

Mir tut es auch regelrecht weh, ihn so zu sehen und zu wissen, dass es nichts gibt, womit ich oder irgendwer sonst ihn trösten könnte. Es ist wie ein Erdbeben, das aus dem Nichts kommt und ein paarmal im Jahr den Boden wackeln lässt. Außerhalb Kaliforniens denken alle, ein Erbeben wäre dramatisch und beängstigend, aber wenn man hier aufgewachsen ist, passiert es einfach und ist ein normaler Teil des Lebens. Miles' Wutanfälle sind die Erdbeben unserer Familie. Wir müssen ihn nur in Sicherheit bringen und es durchstehen.

»Ach, Schätzchen, das tut mir so leid«, sagt meine Mutter und reibt ihm über den Rücken. »Vielleicht können wir sie reparieren.« Offenbar durchschaut er die Lüge, denn er schreit noch lauter. »Oder wir finden eine andere.«

»NEIN!«, brüllt Miles und stößt sie von sich. »NEIN, NEIN, NEIN! Ich will die! GENAU DIE! FICKT EUCH ALLE!«

»Okay, Miles, jetzt hol mal ganz tief Luft. Einatmen, ausatmen.« Meine Mutter steht auf und macht es mit übertriebenen Bewegungen vor, aber es nützt nichts. Er kreischt wieder los. Eine blonde Frau, die ein paar Häuser weiter mit ihrer Tochter vorbeigeht, fasst die Kleine fest bei der Schulter und dreht sie herum.

»Mom, vielleicht sollten wir einfach …«

»Miles, würde es dir helfen zu meditieren?«, fragt sie, ohne mich zu beachten. »Du musst dich beruhigen, damit wir darüber reden können. Ich habe die Meditations App auf meinem Handy.«

»FICKT EUCH ALLE!«

Sie öffnet die Meditations-App, als hätte sie ihn nicht gehört, und startet eine angeleitete Meditation auf voller Lautstärke.

»Jetzt entspannen wir deinen Körper, Miles. Alles ist gut, Schätzchen.«

Ich schaue mich wieder um, und eine andere Nachbarin, die ich nicht kenne – mit roten Haaren und Schürze –, steht auf ihrer Veranda und starrt herüber. Wir sind eine offizielle Sensation.

»Mom, ich hab Kopfhörer«, flüstere ich. »Kann er nicht Kopfhörer aufsetzen?«

Sie dreht sich zu mir um und sieht mich mit kaltem Blick an.

»Schämst du dich für uns, Tessa?«, fragt sie. Es klingt herausfordernd.

»Nein! Aber … ich will nicht …« Ich bringe keinen Satz heraus. Ich schäme mich nicht für meinen Bruder. So wie jetzt ist er ja nicht immer – er ist einfach außer sich. Aber ich will nun mal keine Aufmerksamkeit erregen und diese Situation erregt jede Menge Aufmerksamkeit. Ist das so verkehrt? Wer findet es schon toll, wenn die neuen Nachbarn kopfschüttelnd vor ihrem Haus stehen? Wer möchte schon so angeglotzt werden?

»Die Nachbarn …«, sage ich schließlich schwach.

»Er ist dein Bruder und er ist traurig. Darüber solltest du dir jetzt Sorgen machen. Nicht darüber, was die Nachbarn denken.« Sie seufzt tief, als wäre ich unmöglich. »Mein Gott, Tessa, ich fasse es nicht. Ich wünschte …«

Aber sie beendet den Satz nicht, weil Miles wieder losbrüllt.

… du wärst nicht so eine Enttäuschung? … ich müsste mich nur um Miles kümmern und nicht auch noch um dich?

Ich will das Ende des Satzes gar nicht hören.

Miles hört nicht auf zu weinen, und meine Mutter hört nicht auf, ihm vorzumachen, wie er atmen soll. Und ich gucke auf die

Straße und versuche, nicht loszuheulen, denn dann würde Miles sich nur noch mehr aufregen. Dann wäre das Theater noch größer.

Ein dunkelgrauer Lieferwagen fährt langsam heran, und ich rechne schon damit, dass noch jemand uns anstarrt und den Kopf schüttelt. Aber dann stelle ich erleichtert fest, dass ich den Lieferwagen kenne. Es ist mein Vater. Er hat noch seine schicken Arbeitssachen an – hellblaues Hemd, Hose und Anzugschuhe –, doch er kommt sofort zu uns und setzt sich neben Miles auf den Boden.

»Alles gut, mein Junge«, murmelt er. »Komm, wir gehen nach Hause.«

Er hebt Miles mit seinen starken Armen hoch und trägt meinen neunzehnjährigen Bruder wie ein Baby. Jetzt kommen mir doch die Tränen.

Ich halte den Kopf gesenkt – meide die Blicke der Nachbarn und die meiner Mutter –, während wir alle vier nach Hause gehen.

Sechzehntes Kapitel

Ich bleibe das ganze Wochenende drinnen. Und mit drinnen meine ich mein Zimmer. Sogar die Fenster meide ich für den Fall, dass Nachbarn draußen sind, zu uns rüberstarren und darüber tuscheln, was man bloß mit diesen neuen Störenfrieden machen soll.

Und ich meide meine Mutter. Ich bin immer noch sauer auf sie, weil sie Miles' Wutanfall an der Straßenecke so gedreht hat, als hätte ich etwas falsch gemacht. Und ein bisschen habe ich auch Angst, sie könnte recht haben.

Normalerweise passe ich sonntagmorgens auf Miles auf, während mein Vater Golf spielt und meine Mutter einkaufen geht, aber heute bleiben wir alle zu Hause. Niemand verliert ein Wort darüber.

Caroline und ich haben auch seit Freitag nicht miteinander gesprochen. Als ich abends wieder auf mein Handy schaue, ist es voll mit lauter »Ich hab's dir doch gesagt« und Strategien für die nächsten Schritte mit Nico – außerdem Hinweise auf irgendeine andere große Sache mit einer Reihe geheimnisvoll grinsender Konfetti-Emojis. Aber als ich ihr schreibe, was mit Miles los war, sendet sie mir nur noch Herzchen und lässt mich in Ruhe. Sie hat genug Tobsuchtsanfälle auf unserem Rasen miterlebt und weiß, dass ich jetzt einfach ein paar Tage im Bett liegen, zum hunderttausendsten Mal mein Lieblingsbuch (von Sarah Dessen) lesen und mich in Selbstmitleid suhlen muss.

Aber Sonntagabend bin ich fertig damit und bereit, zur Tagesordnung überzugehen. Caroline geht nach dem ersten Klingeln dran.

»Okay, okay«, sagt sie schnell, als wären wir mitten im Gespräch. »Die Aktion am Freitag war echt vielversprechend. Ich wusste doch, dass Ungeschicklichkeit der Hit ist. Ein Klassiker! Aber wir dürfen uns jetzt nicht auf unseren Lorbeeren ausruhen. Wir müssen genauso stark weitermachen. Ich glaub ja echt, der Aufzug wird's …«

Es tut so gut, mal wieder zu lachen. »Ach ja?«

»Klar, aber erst mal, wie geht es Miles?«

»Ihm geht's gut. Ihm ging es schon eine Stunde danach wieder gut, aber der Rest der Familie braucht ein bisschen länger. Du kennst das ja …«

»Ja. Tut mir echt leid.«

»Schon gut. So ist das Leben.« Ich will jetzt nicht über meine Familie reden. »Aber ich hab echt keine Ahnung, wie ich Nico in einen Aufzug locken soll …«

»Vertraust du meinem Genie immer noch nicht?« Sie schnaubt. »Na ja, ich hab Nico auf Instagram gefunden …«

»Was? Ich hab dir doch gar nicht gesagt, wie er mit Nachnamen heißt.«

»Na, das war nun wirklich nicht schwer rauszukriegen. Und dann hab ich einfach Nico Lucchese eingegeben, und zack, da hatte ich's schon … @nicothesedays.« Doch dann ändert sich ihr Ton. »Aber hör mal, du hast mir ja gar nicht erzählt, dass er eine Freundin hat.«

Sie wartet auf eine Erklärung, aber ich schweige und halte noch eine kleine Weile an der Idee fest. Bevor sie mir sagt, das war's, es ist unmöglich, und sauer wird, weil sie ihre Zeit viel besser mit Brandon und ihren neuen Freunden hätte verbringen können.

»Tess?«

»Okay, ja, ich weiß. Aber ich hab's selbst erst Freitag erfahren. Nachdem wir gesprochen hatten. Und ich weiß gar nicht so genau, wie ernst die Sache mit den beiden ist …« Jetzt ist der Fall für sie bestimmt erledigt.

»Aber so was muss ich wissen, wenn ich dich mit deinem Seelenverwandten verkuppeln soll. Wie kann ich einen Erfolg versprechenden Plan entwickeln, wenn ich nicht alle denkbaren Hindernisse kenne?«

»Moment mal, wie bitte? Du bist nicht raus?«

»Quatsch, natürlich nicht!«, sagt sie, als wäre das völlig abwegig. »Ich meine, erst kam es mir schon ein bisschen fies vor, einem anderen Mädchen den Freund auszuspannen. Aber dann hab ich mir ihre Seite angeguckt.«

»Echt?«

»Erstens ihr Name: @Poppyyyy. Mit vier Ypsilons. Bah.«

»Hm, ist das so schlimm?«

»An sich nicht. Aber sie hat eins dieser Fotos eingestellt. Du weißt schon: Er hat die Hand ausgestreckt und hält ihre und sie schaut ihn mit so einem selbstgefälligen Lächeln an, nach dem Motto: Ist das nicht der tollste Tag überhaupt, und ich freue mich so, dass du dieses spontane Foto machst. Obwohl man genau weiß, dass sie ihn dazu überredet hat und vermutlich fünfundfünfzig Versuche gebraucht hat. Es gibt Millionen genau solcher Bilder auf Instagram, mit anderen Mädchen und ihren Instagram-

Freunden. Es ist eindeutig, dass er für sie nur schmückendes Beiwerk ist.«

»Also, ich weiß ja nicht, ob ich das so sagen …«

»Und er hat in den letzten zwei Monaten nur ein einziges Foto mit ihr gepostet. Hast du es gesehen?«

Ich stelle sie auf Lautsprecher, damit ich die App öffnen und seinen Account suchen kann. Erstaunlicherweise habe ich ihn mir bisher nicht angeschaut – aus Angst, dass ich aus Versehen etwas liken könnte und fortan als Psycho-Stalkerin gebrandmarkt wäre … was ich ab jetzt vielleicht bin.

»Siehst du die Bildunterschrift?«, fragt sie.

»Love you?«, frage ich verwirrt. »Wieso wolltest du, dass ich das sehe?«

»Nicht love you. L-U-V und ein U.«

»Vielleicht weil sich das schneller tippen lässt?«

»Er hat doch auch Kreatives Schreiben als Profilfach, oder? Und es wären nur drei Buchstaben mehr! Nein. Nein, nein, nein … Da zeigen sich Risse in ihrer Beziehung. Die steht auf wackligem Boden … ist quasi dabei zu zerbrechen. Das ist genau der richtige Moment für dich, zufällig aufzutauchen.« Auch ohne Caroline zu sehen, kann ich mir ihren irren Blick vorstellen. Normalerweise hat sie den nur, wenn sie zu lange Hausarrest hatte oder wenn ich eine ihrer Lieblingsfiguren gegen ihren Willen mit dem falschen Typ zusammenkommen oder sterben lasse.

»Hey, was ist eigentlich die große Neuigkeit, die du angedeutet hast?«, frage ich und hoffe, dass sie wieder runterkommt.

»Ach ja! Ich will es dir schon seit Freitag erzählen, schließlich bist du die Einzige, mir der ich darüber sprechen will …«

Sie legt eine Pause ein und wartete darauf, dass ich sie mit Fragen löchere.

»Willst du einen Trommelwirbel, oder was? Spuck's schon aus!«

»BRANDON HAT MICH UM EIN DATE GEBETEN!«

Ich habe das Gefühl, dass ein Feuerwerk um mich herum explodiert, gleichzeitig ist es wie ein Schlag in die Magengrube. »Was?«

»Ja, Freitag im Literaturkurs.« Jetzt redet sie wie ein Wasserfall. »Wir sollten schon wieder zusammenarbeiten und da haben wir ein Gedicht gelesen. Es hieß *An Caroline*, unglaublich, oder? Ich bin nicht ganz sicher, wovon es handelte, aber Brandon hat es mir vorgelesen, und es war klar, was er mir damit sagen wollte. Weißt du, was ich meine? Und als er fertig war, hat er unter dem Tisch meine Hand genommen und mich gefragt, ob ich mit ihm ausgehe. Und zwar in Reimform, wie in dem Gedicht. »Caroline, um mich ist's geschehen. Ich will so gern mit dir ausgehen.«

»Wow.«

»Ist das nicht einfach hinreißend? Das ist wie eine Szene aus deinen Büchern!«

Ich schüttele den Kopf und nehme mich zusammen. »Das ist ja toll, Caroline! Ich freu mich so für dich.«

»Na ja, und gestern haben wir uns getroffen und es war einfach ein Traum, Tessa. Echt.«

Meine Gedanken rasen. Caroline ist klug, schön und witzig. Jeder Junge könnte sich glücklich schätzen, sie als Freundin zu haben. Aber irgendetwas passt nicht. Jahrelang haben wir genau davon geträumt – wenn wir beieinander übernachtet haben, wenn wir über unsere Traumtypen geflüstert und uns gegenseitig die Karten gelegt haben, und jetzt passiert es tatsächlich ... während wir Hunderte Kilometer voneinander entfernt sind. Ich müsste es miterleben, müsste da sein.

Schließlich murmele ich: »Aber ... wie hast du deine Eltern

rumgekriegt, dir das zu erlauben?« Carolines Vater behütet sie wirklich sehr. So sehr, dass er ihr sogar immer hinterhergeschaut hat, wenn sie zu mir rübergegangen ist. Garantiert hat er gesagt, dass sie frühestens mit vierzig einen Freund haben darf.

»Meine Eltern sind selber ausgegangen – um den neuen Film mit Tom Hanks zu sehen. Ich hab ihnen gut zugeredet und gesagt, sie bräuchten auch mal einen schönen Abend zu zweit, um das Feuer neu zu entfachen oder so.«

Die nächste halbe Stunde erzählt sie mir in allen Einzelheiten von ihrem Date: dass sie in der Westfield Galleria Frozen Yoghurt gegessen haben, dass er einen grünen Pulli anhatte, weil er noch wusste, dass Grün ihre Lieblingsfarbe ist, dass er den Abend mit einem unschuldigen Küsschen auf die Wange beenden wollte, sie dann aber sein Gesicht gepackt und »ihm, ehrlich gesagt, den Himmel auf Erden beschert« hat.

Ich gebe mir große Mühe, an den richtigen Stellen »Ahhh!« zu machen und ihr zu sagen, wie wunderbar das alles klingt. Das meine ich auch so, aber es ist, als müsste ich mich selbst daran erinnern. Ich weiß nicht, warum es mir so schwerfällt.

»Das ist unser Jahr, Tessa. Ich weiß es genau. Ich hab meinen ersten Freund, und du …« Es folgt eine lange Pause, die wir beide sehr genau wahrnehmen. »Na, du wirst dein Happy End beim Schreiben *und* in der Liebe finden. Es wird für uns beide der Wahnsinn.«

Ich würde ihr so gern glauben. Aber die restliche Zeit des Gesprächs analysieren wir Brandons schwärmerische Nachrichten und überlegen, was wohl morgen in der Schule passiert. All das gehört zu Carolines sehr realer Liebesgeschichte, und ich komme mir blöd vor, überhaupt von meiner theoretischen Liebesgeschichte anzufangen.

»Du siehst hübsch aus«, sagt meine Mutter, als ich am nächsten Morgen in die Küche komme.

Abgesehen von Lesen und Mich-Suhlen habe ich mich an diesem Wochenende auf YouTube über Twist-out-Frisuren schlaugemacht und bin mit dem Ergebnis ziemlich zufrieden. Und ich trage einen meiner Lieblingsröcke – er sitzt in der Taille eng, fällt aber glockig und hat ein waldgrünes Blumenmuster. Dazu ein ärmelloses Spitzentop und goldene Ballerinas.

Aber ich habe keine Lust, mit meiner Mutter darüber zu reden.

»Danke.«

»Soll ich dich heute mitnehmen? Ich fange etwas später an, und ich würde die Schule so gern noch mal sehen … Vielleicht können wir uns unterhalten?« Sie schiebt den Laptop zur Seite und ich sehe, dass sie eBay geöffnet hat. Das ganze Wochenende haben sie und Dad darüber geredet, dass sie keine DVD von *Enter the Dream Zone* gefunden haben, vermutlich weil Miles ihr einziger und letzter Fan ist.

»Nein danke, geht schon.« Ich nehme mir einen Joghurt aus dem Kühlschrank. »Ich kann mit Sam fahren.«

Miles kommt in die Küche. Er ist immer noch im Schlafanzug, obwohl es schon spät ist, aber meine Mutter läuft nicht direkt zu ihm, und das ist … seltsam. Stattdessen versucht sie meinen Blick aufzufangen.

»Wirklich nicht, Tessa?«, fragt sie. »Ich glaube, das würde uns guttun. Ein bisschen gemeinsame Zeit.«

Ich zucke die Schultern. »Ich möchte Sam nicht absagen.« Ich ignoriere ihren forschenden Blick und gehe zu Miles. »Soll ich dir helfen, was zum Anziehen auszusuchen? Ich glaube, Hausschuhe verstoßen gegen die Kleiderordnung.«

Er grinst über das ganze Gesicht. »Du hast mir überhaupt

nichts zu sagen. Außerdem sehen die viel besser aus als deine Schuhe!«

»Ach, und wer hat dich zum Mode-Experten ernannt, Kumpel?«

»Du bist wunderschön, Tessie«, sagt er und macht eine Stimme nach, die ich nicht einordnen kann, gefolgt von schelmischem Gekicher. »Aber das allein reicht leider nicht aus!«

»Moment mal, *Topmodel*?« Ich lache. »Gibt's das noch?«

Er grinst noch breiter, er freut sich, dass ich es erkannt habe. »Hab ich gestern gesehen! Den gaaaanzen Tag! Und darum weiß ich, dass das allein nicht reicht!«

»Tessa ...«, wirft meine Mutter ein. Aber sie wird vom Klingeln unterbrochen. Erleichtert flüchte ich zur Tür.

Da steht Sam mit zwei Tupperdosen unter dem Arm. Ich bin verwirrt. »Moment, bin ich zu spät? Entschuldige, ich hab gar nicht auf die Uhr geschaut ...«

»Nein. Nein, ich wollte nur fragen ... Mag dein Bruder, ähm, mag Miles Oreos?«

»Ähm ... ja?«

Er grinst erleichtert. »Okay, gut. Ich hätte vorher fragen sollen. Aber ... na ja, hab ich nicht gemacht. Also, ähm, ich hab ihm diese Cookies-and-Cream-Donuts gebacken.« Er öffnet die größere der beiden Tupperdosen, und zum Vorschein kommen wunderschön glasierte Donuts, verziert mit Oreo-Bröseln. »Nicht gerade ein gesundes Frühstück, ich weiß, aber er kann sie ja auch für später aufbewahren. Und, ähm, das ist Schokoladeneis, das ich aus Oreos und Schokostückchen gemacht habe. Das muss eigentlich direkt ins Eisfach.«

Ich weiß, dass ich etwas sagen müsste, aber ich bin sprachlos. Sam wird knallrot, er schaut zu Boden und reibt sich die Wange.

»Vielleicht hätte ich das nicht machen sollen. Ich meine, ich will mich nicht aufdrängen …«

»Nein! Quatsch! Aber … warum?«

»Er war Freitag so außer sich, und diese DVD ist online nirgends zu finden. Wisst ihr das schon? Hm, na ja, wisst ihr bestimmt.« Er redet schnell und ohne mich anzusehen. »Ich wollte einfach helfen, und das hier ist das Einzige, was ich …«

»Sam, bist du das?« Meine Mutter stürmt zur Tür, sodass er gezwungen ist, den Kopf zu heben und sie anzusehen.

»Hallo, Mrs Johnson. Die sind für Sie. Oder eigentlich für Miles.«

»Mein Gott! Wie lieb von dir!« Meine Mutter strahlt, und Miles, der seinen Namen gehört hat, kommt angeflitzt.

»Donuts!«, ruft er. Er führt einen Freudentanz auf. Ich sehe Sam an, und er lächelt nur. Nicht so ein gekünsteltes Lächeln, das man aufsetzt, wenn man verlegen ist, sondern ein echtes Lächeln. Und ich lächele genauso zurück.

Siebzehntes Kapitel

Den Rest des Tages mache ich mir Sorgen darüber, Ms McKinney wieder zu begegnen. Sie hat hundertprozentig nicht vergessen, dass ich die letzten zwanzig Minuten ihres Unterrichts geschwänzt habe, und ich kann nicht schon wieder so tun, als hätte ich Magenprobleme. Ich muss mir etwas anderes einfallen lassen – einen anderen Grund, weshalb sie mich auslassen und die nächste Person im Alphabet drannehmen muss.

Aber dann löst sich alles in Wohlgefallen auf, weil sie gar nicht auftaucht. Wir haben eine Vertretung – einen Typ Anfang zwanzig, der uns die meiste Zeit gar nicht beachtet und nur auf seinem Laptop schreibt.

Ich hatte mir auch Sorgen gemacht, Nico könnte mich heute ignorieren und so tun, als wäre das mit uns in der Küche völlig unbedeutend gewesen. Was es für ihn ja wahrscheinlich auch war. Er hat mich aufgefangen … und sich dann auf und davon gemacht, um mit seiner wunderschönen und mit Sicherheit sehr erfahrenen Freundin rumzuknutschen. Na, welches dieser Ereignisse war wohl denkwürdiger?

Aber nein, er zieht sich extra einen Sitzsack direkt neben meinen. Und zwar wirklich direkt daneben, so nah, dass ich seine hinreißende Krakelschrift in seinem Moleskine sehen kann (während ich meinen Bildschirm gut verberge). Wir sagen eigentlich nicht viel, aber die Luft zwischen uns ist elektrisch aufgeladen. Einmal bewegt er sein Bein und streift mit seiner Jeans mein nacktes Knie.

Diese kleine Berührung lässt mich nachmittags auf einer Wolke nach Hause schweben, umgeben von einem ganzen Gospelchor, der mich lobpreist und Halleluja singt.

Als Sam und ich in unsere Straße einbiegen, steht zwar zum Glück nicht Miles an der Ecke, aber dafür parkt der blaue CR-V meiner Mutter in der Einfahrt, und mir wird sofort elend. Ich habe keine Lust auf das ernste Gespräch, das sie sich vorgenommen hat.

»Kann ich mit zu dir kommen?«, platze ich heraus, kaum dass wir uns abgeschnallt haben.

Er starrt mich einen Moment an und blinzelt zu schnell, und ich habe schon Angst, dass er Nein sagt.

»Ja, klar. Hereinspaziert!« Und mit einer übertriebenen Showmaster-Geste zeigt er auf sein Haus. Ich lache und folge ihm dankbar die Treppe hinauf.

Das Haus sieht anders aus als die meisten in der Straße, die eher rustikal und aus Holz gebaut sind, so wie unseres. Das Haus von Sams Familie ist ein weißes herrschaftliches Tudor-Haus mit Bogenfenstern und dunklem Spitzdach. Mit seinen wild wuchernden Rosenbüschen, dem Kopfsteinpflasterweg und dem runden turmartigen Ding an der Fassade sieht das Haus so aus, als wäre es geradewegs aus dem Märchenland in unserer Straße gelandet.

Aber innen ist es nicht wie aus einer anderen Zeit. Als Sam die Tür aufschließt, sehe ich ein Wohnzimmer mit Wänden in leuchtendem Petrol und einem grauen Sofa mit Kissen in verschiedenen Gelbtönen, dazu cremeweiße Lampen mit perlenbesetzten

Lampenschirmen. Davor steht ein Couchtisch aus Marmor, auf dem sich Ausgaben von *Food & Wine* und *Bon Appétit* stapeln, und die hinteren Wände sind voller Bilder, als hätte jemand beim Aufhängen zunächst eine gewisse Ordnung im Blick gehabt, bis die Wände ein Eigenleben entwickelt haben. Es ist eine gute Mischung aus Kunst und Familienfotos, die gemalten Kuchen von Thiebaud neben einer Vergrößerung vom kleinen Sam mit zwei fehlenden Vorderzähnen.

»Ich wollte nur schnell ein Rezept ausprobieren, wenn das in Ordnung ist«, sagt Sam und wirft seinen Rucksack auf einen glänzenden Messingtisch. »Seit ich an der Chrysalis angefangen habe, kann ich mich vor Ideen nicht mehr retten. Ich weiß gar nicht, wann ich sie alle umsetzen soll. Dir geht's bestimmt genauso. Wenn du Lust hast, kannst du gern schreiben.«

»O ja, klar, jede Menge Ideen«, sage ich schnell. »Aber ich lasse sie einfach erst mal, ähm, ein bisschen köcheln.« Sehr glaubwürdig.

Ich wende mich wieder zu den Bildern, damit ich ihm nicht in die Augen sehen muss. Auf den Familienfotos sind immer nur er und seine Mutter zu sehen. Die beiden vor einem neu eröffneten Restaurant, die beiden mit Micky Maus in Disneyland, Sam mit Kochmütze, seine Mutter stolz hinter ihm.

»Dann seid ihr also nur zu zweit.«

»Mmm-hmm, ich hab keinen Vater.«

Hätte ich doch nichts gesagt. »Das tut mir leid.«

Er lacht nur. »Ach, das braucht dir nicht leidzutun. Ich hab nie einen gehabt. Das heißt, genau genommen schon, aber eigentlich war er nur irgendein Typ, der seinen Samen gespendet hat. Wahrscheinlich hat er sich damit Geld fürs College dazuverdient oder so. Meine Mutter war immer mit mir allein, aber das hatte nichts

Trauriges. Sie war nicht mehr die Jüngste und wollte einfach nicht länger warten.«

»Wow, sie muss cool sein.«

»Ist sie auch. Und, hm, sie kommt heute Abend erst spät nach Hause. Wir sind also allein.« Er blinzelt wieder ganz schnell und dreht sich um, wobei er fast eine der Perlenlampen umgestoßen hätte. »Hups«, murmelt er und stellt sie wieder richtig hin, dann geht er nach nebenan.

Ich folge ihm. Keine Ahnung, warum er sich so komisch benimmt, vielleicht weil ich mich gerade bei ihm eingeladen habe und ihm nicht so nach Gesellschaft war? Ich brauche auch manchmal ein bisschen Vorlauf, bevor ich etwas mit anderen unternehme.

Man sieht sofort, dass die Küche von einem Profi eingerichtet wurde – genauer gesagt, von zwei Profis. Es gibt einen Doppelbackofen, zwei Geschirrspüler, offene Regale mit Schalen und Tellern aus jadegrünem Stein und zwei KitchenAid-Standmixer, einer buttergelb, der andere knallpink. Sam scheint sich in der Küche sofort in seinem Element zu fühlen. Er holt Rührschüsseln und Messbecher aus den Schränken.

»Hey, weißt du was?«, sage ich.

»Was denn?«

»Am Wochenende hätte ich mir das Video, von dem du Freitag erzählt hast, hunderttausendmal fast angeguckt.« Das stimmt. Ich hatte es schon in der Warteschlange, weil ich dachte, es könnte mich aufheitern und ich würde dann vielleicht meine Schreibblockade vergessen und die Szene, die wir vor den Nachbarn veranstaltet haben. Geteiltes Leid ist halbes Leid oder so. Außerdem war ich einfach neugierig. Das alles erzähle ich Sam natürlich nicht.

»Echt?« Er lässt die geschäftigen Hände ruhen.

»Ja, fast, aber dann kam es mir so vor, als würde ich dich damit hintergehen. Aber ich hab eine Lösung.«

»Und die wäre?« Er schaut mir in die Augen.

»Wir können es uns zusammen ansehen.«

Er lacht auf. »Was hab ich davon?«

»Okay, lass mich ausreden. Vielleicht ist es gut für dich, verstehst du? Dich deinen Ängsten zu stellen. Dann weißt du, wie viel cooler du inzwischen bist.«

»Und außerdem möchtest du es unbedingt sehen?«, fragt er mit einem durchtriebenen Lächeln, bei dem sein Grübchen sichtbar wird.

»Und außerdem möchte ich es unbedingt sehen.« Ich zucke die Schultern, und er tippt erstaunlich schnell »Weiner heult wegen Torte« ein, als hätte er das schon tausendmal gemacht. Und dann schauen wir uns den kleinen Sam an, wie er vor der Jury steht: zwei mir unbekannte Köche und eine Frau, die in einer Sitcom, die ich mal mit Miles gesehen habe, die große Schwester spielt.

Sam hat einen Igelschnitt und ganz rosige Wangen, er guckt die drei gespannt an und wartet auf ihr Urteil über eine dreistöckige Schokoladentorte, die auf einem Tortenständer steht. Das Urteil fällt harsch aus. Die Schauspielerin sagt, der Lavendel in der Torte schmecke wie ihre Großmutter, und eins der anderen Jurymitglieder stellt Sams Begabung zum Koch grundsätzlich infrage, weil er »die Aromen auf so unglückliche Weise« kombiniere. Man sollte meinen, dass sie mit einem Kind nachsichtiger wären, doch sie zerreißen ihn förmlich in der Luft.

Als sie dem kleinen Sam schließlich sagen, dass er abreisen muss, fängt er an zu weinen. Am liebsten würde ich in den Bildschirm langen und Sam in den Arm nehmen. Plötzlich wird das

Video schwarz-weiß, dramatische Klaviermusik ertönt im Hintergrund und vertrocknetes Laub schwebt über den Bildschirm. Das Weinen wird lauter, jetzt ist es eine Frauenstimme.

»Hier fängt die Bearbeitung von Rhys an«, sagt Sam und klappt meinen Laptop zu.

»Was für ein Mistkerl«, sage ich kopfschüttelnd. »Ist doch klar, dass du geweint hast! Ich meine, das ist doch völlig normal. Die Jury war einfach nur fies zu dir.« Ich will seinen Arm berühren, doch er zuckt zusammen und ich ziehe die Hand zurück.

»Sie waren nicht fies«, sagt er schnell. »Sie hatten recht. Ich konnte damals nur nicht mit Kritik umgehen.« Er dreht sich zu den Schränken und holt weitere Gerätschaften heraus. »In der Torte war Schokolade, Lavendel, Fünf-Gewürze-Pulver und Pistazien. Scheußlich. Ich wollte zu viel, und sie waren einfach nur ehrlich zu mir. Ohne Kritik kann man nichts lernen.«

Ich weiß nicht, ob ich seiner Meinung bin, denn die Angst vor Kritik hält mich ja davon ab, überhaupt irgendwas zustande zu bringen, das kritisiert werden könnte. Ich nicke trotzdem.

Als Sam alle Geräte beisammen hat, wendet er sich zum Kühlschrank und zur Speisekammer und holt die Zutaten heraus: Sahne, Zucker, Eier, eine längliche, gebogene Schote. Ich schaue ihm zu, wie er alles abmisst und die Zutaten in den Messbechern lässt, anstatt sie direkt in eine Schüssel zu kippen. Fein säuberlich schneidet er die schrumpelige Schote auf und kratzt eine dunkle Paste heraus, die den ganzen Raum mit Vanilleduft erfüllt. Sein Gesichtsausdruck ist gelassen, seine Bewegungen sind ruhig. Er weiß genau, was er tut, und er sieht … irgendwie anders aus.

»Was wird das?«

»Eiscreme.« Er lächelt stolz, dann besinnt er sich. »Entschuldige, das muss für dich echt langweilig sein.«

»Überhaupt nicht.«

»Es ist … letzte Woche kam mir eine Idee. Im Wartezimmer beim Arzt hab ich mir ein Reisemagazin angeschaut – weißt du, diese Zeitschriften, die keiner wirklich liest? Und dann war da so ein kleiner Werbetext über etwas namens ísbíltúr.«

Das letzte Wort klingt wie etwas aus *Herr der Ringe*. »Was?«

»Ísbíltúr. Das ist so ein Ding in Island. Es bedeutet so viel wie ›Eiscreme-Roadtrip‹.«

»Klingt gut.«

Er lacht. »Ja, oder? Das ist eine Art Tradition, bei der die Familie eine lange Autofahrt unternimmt, um Eiscreme zu kaufen, und wenn sie das Eis dann haben, machen sie eine genauso lange Fahrt, um es zu genießen.« Er spricht schnell, aufgeregt, während seine Hände weitere Zutaten in eine Schüssel geben. »Und da dachte ich mir, das wäre vielleicht eine gute Idee für einen Imbisswagen. Oder vielleicht sogar ein Restaurant? Der Sitzbereich könnte aus Oldtimern bestehen, aber mit Tischen und Stühlen. Und man könnte Videos von vorüberziehenden Landschaften an die Wände projizieren. Und wir könnten alles Mögliche anbieten – Eisbecher, Sandwich-Eis und Eis mit Schokoglasur.«

Er sieht mich an, plötzlich unsicher. »Na ja, ich weiß nicht … das könnte cool sein. Und diese Woche hab ich an ein paar Eissorten gearbeitet … nur so zum Spaß.«

»Toll«, sage ich, und sein Grübchen erscheint wieder.

»Und oh, das hier musst du probieren.« Er rennt zum Kühlschrank, jetzt wieder voller Energie, und holt eine Glasschale mit einem Tuch darüber heraus. Er fährt mit einem Löffel in die Schale und hält ihn mir vor den Mund. Er ist richtig nah, so nah, dass ich die Wärme seiner Haut spüre und seinen typischen Geruch nach Butter und Zucker, und mich überfällt der Drang, noch näher zu rücken. Aber wenn ich das täte, fiele ich ihm quasi in die Arme, deshalb schiebe ich den Gedanken beiseite und probiere einfach, was auf dem Löffel ist.

»Mmmmmm«, mache ich unwillkürlich. Es ist köstlich. »Was ist das … Marshmallow-Flakes?«

»Nee, aber die Milch, in der ich sie den ganzen Tag eingeweicht habe.« Er strahlt. »Ich hoffe nur, dass man das Aroma noch rausschmeckt, wenn das Ganze gefroren ist.«

Ich weiß nicht, ob es daher kommt, dass ich seine Begeisterung fürs Backen erlebe – so wie ich sie fürs Schreiben hatte –, oder daran, dass er mir seine verletzliche Seite gezeigt hat. Oder vielleicht auch daran, dass wir so nah beieinander stehen. Jedenfalls scheint sich irgendwas in meinem Gehirn zu entriegeln. Ich hole tief Luft.

»Okay, ich muss dir was gestehen«, sage ich. »Bei mir ist es überhaupt nicht so. Das, wovon du eben gesprochen hast, weißt du?«

»Was?« Er blinzelt mich wieder an.

Ich zögere kurz. Gerade eben hatte ich das Gefühl, ich könnte es Sam anvertrauen, aber vielleicht sollte ich lieber zurückrudern. Doch ich brauche unbedingt ein ehrliches Feedback von jemandem, dem ich vertraue. Und ich weiß, dass ich Sam vertrauen kann.

»Bei mir ist es nicht so, dass ich, hm, voller Ideen stecke, seit ich auf der Chrysalis bin«, gestehe ich. »Ehrlich gesagt, hab ich noch überhaupt nichts geschrieben.«

Er geht einen Schritt zurück und lehnt sich an die Küchentheke. »Gar nichts?«

»Nein. Absolut nicht, keine einzige Zeile. In meinem Kopf ist nur Leere.« Es ist ein seltsames Gefühl, es auszusprechen, aber es hat auch etwas Befreiendes.

Er nickt, während er darüber nachdenkt. Ich hatte damit gerechnet, dass es mir peinlich wäre, aber seine Miene bleibt verständnisvoll. »Was glaubst du, woran das liegt?«, fragt er schließlich.

»Tja, es hat in Romankunst angefangen.« Alles über diese erste Stunde kommt mir mühelos über die Lippen. Ich erzähle ihm davon, dass wir am Ende des Nachmittags etwas präsentieren und dann zuhören müssen, wie die anderen es zerreißen. Und ich erzähle ihm von letztem Freitag, wie ich gelogen und den letzten Teil des Unterrichts geschwänzt habe.

»Du hast also Angst davor, den anderen deine Arbeit zu zeigen?«

»Einen richtigen Horror. Mehr als vor sonst irgendwas.«

Er guckt überrascht. »Echt? Mehr als vor sonst irgendwas?«

»Wieso – meinst du, das gilt nicht, oder was?«

»Doch, doch, klar.« Er hebt abwehrend die Hände. »Ich bin nur überrascht. Ich meine, die meisten Leute haben Angst davor, dass … ich weiß nicht, jemand bei ihnen einbricht oder dass unheimliche Puppen lebendig werden oder so was.«

Ich lache, und er wirkt erleichtert.

»Und die meisten gehen auf die Chrysalis, weil sie anderen zeigen wollen, was sie können«, fährt er fort. »Ein Künstler zu sein heißt auch, dass andere deine Kunst wahrnehmen und, na ja, eine Meinung darüber haben. Nicht, dass du keine Künstlerin wärst. Ich meine, natürlich bist du das. Ich bin nur überrascht, weiter nichts. So viele hier reißen sich darum, im Mittelpunkt der Aufmerksamkeit zu stehen.«

Vielleicht bin ich ja doch keine Künstlerin, möchte ich sagen, aber ich schaue nur auf die Bodenfliesen.

»Und, was willst du unternehmen, um wieder schreiben zu können?« Er sieht mich direkt an, vergessen ist die Marshmallowmilch. »Wenn mir mal keine neuen Rezepte einfallen, gehe ich in Restaurants, lese Kochbücher … alles Mögliche, um mich inspirieren zu lassen.«

»Das hab ich schon versucht. Ich habe alle Geschichten gelesen, die ich in die Finger kriegen konnte, aber … nichts.«

»Na, warum überlegst du dann nicht mal, was deine Leser wollen? Manche Köche veranstalten Degustationen, um neue Menüs auszuprobieren und sich Feedback zu holen – ach so, aber du hattest wahrscheinlich noch nie Leser …«

»Ich hab Leser!«, sage ich trotzig. »Jedenfalls … eine Leserin.«

»Ja?«

»Meine beste Freundin, Caroline, aus Roseville. Sie liest alles, was ich schreibe – oder, na ja, was ich geschrieben habe. Und wir haben uns auch einen ziemlich verrückten Plan ausgedacht, wie wir das Problem lösen können …«

»Echt? Warum hast du das nicht gleich gesagt? Was ist der Plan?«

Ich zucke mit den Schultern und werde rot. »Das will ich jetzt noch nicht verraten. Das bringt vielleicht Unglück.« Außerdem bin ich mir sehr wohl bewusst, dass man so etwas Albernes nur der besten Freundin erzählen kann. Ich vertraue Sam, aber so weit sind wir noch nicht.

Er nickt, als wäre das eine logische Erklärung. »Klar. Na ja, du hast das Problem erkannt. Und du hast einen Plan, was zu tun ist. Dann bist du doch auf dem besten Weg, wieder zu schreiben.«

Hoffentlich. Ich muss mir nur überlegen, wie es weitergeht.

Caroline weiß natürlich genau, was zu tun ist.

»Wir müssen eine Strategie für Punkt acht entwickeln«, sagt sie Donnerstagabend geschäftsmäßig.

»Ihn eifersüchtig machen?« Ich lache. »Das wird wohl kaum passieren. Ich seh hier keine anderen Jungs weit und breit, die darauf warten, Teil einer Dreiecksgeschichte zu werden.«

»Was ist mit Sam?«

Ich falle fast vom Bett.

»Spinnst du?«

»Hey, warum nicht? Ihr seid doch Freunde, oder? Eine Dreiecksgeschichte würde echt Schwung in die Sache bringen – du könntest einfach so tun, als ob, damit Nico in die Gänge kommt. Das ist ein klassischer Schachzug.«

»Kommt nicht infrage.«

»Wer hat sich das Ganze ausgedacht?« Caroline will schon eine Tirade loslassen, aber da klopft meine Mutter an und kommt ins Zimmer. Das hasse ich. Wozu klopft man an, wenn man sowieso einfach reinkommt?

»Warte mal, Caroline.« Ich sehe meine Mutter an. »Ist was?«

»Ich wollte nur sehen, ob wir mal reden können. Es ist jetzt schon fast eine Woche …«

Seit Freitag will sie sich mit mir zusammensetzen, und seit Freitag gehe ich ihr aus dem Weg. Endlich bin ich wieder ganz gut drauf und sehe Licht, da will ich mir die gute Laune nicht verderben.

»Ich hab zu tun.«

»Kannst du Caroline vielleicht zurückrufen?«, schlägt sie vor. »Sie hat bestimmt nichts dagegen.«

»Das geht echt nicht. Es ist wichtig.«

Da ändert sich ihr Gesichtsausdruck, passend zu meinem abweisenden Blick. »Na gut.«

Sie macht die Tür wieder zu und ich höre sie mit schnellen Schritten davongehen.

»Alles okay?«, fragt Caroline.

»Ja.«

»Dann lass mich mal ausreden. Wie wär's, wenn du mit Sam und Nico zusammen im Aufzug stecken bleibst und …«

»Caroline!« Ehe ich ihr erklären kann, wie absurd das ist, klopft es wieder an meiner Tür. Dann, leise: »Tessa?«

Mein Vater. Er macht nie die Tür auf, ohne zu fragen.

»Hey, ich muss Schluss machen.«

»Okay, aber schreib mir nachher, was dein Plan für morgen ist! Bis zum Wochenende musst du unbedingt einen Schritt weiterkommen.«

»Hm, okay.« Und dann zu meinem Vater: »Komm rein.«

Vorsichtig öffnet er die Tür und kommt erst herein, als ich ihm zunicke. Er ist noch im Bürodress: gestreiftes Poloshirt und graue Anzughose. Anscheinend ist er gerade erst nach Hause gekommen, obwohl seit dem Abendessen schon Stunden vergangen sind.

Früher war ich wütend auf meinen Vater, wenn er so lange gearbeitet hat und ständig am Handy war, aber ich weiß ja, warum. Er versucht Miles und mir die Kindheit zu geben, die er nicht hatte. Genauso der Umzug. Erst war ich stocksauer, aber wie kann ich sauer auf ihn sein, wenn er nur das Beste für uns alle will? Letzten Endes stehen wir bei ihm immer an erster Stelle. Und er ist die Brücke zwischen meiner Mutter und mir.

»Können wir mal reden, Kleines?«

Ich seufze, denn ich weiß schon, was jetzt kommt. Ich zeige neben mich aufs Bett. »Ja. Was sollst du mir ausrichten?«

Er setzt sich, und das Bett sinkt ein bisschen ein. Mein Vater ist schwer. Das ist das Erste, was an ihm auffällt, wie groß und muskulös er ist. Er braucht immer Sondergrößen.

Ich weiß noch, wie meine Mutter mir mal erzählt hat, dass Miles, als sie mit ihm aus dem Krankenhaus nach Hause kamen, nicht weinen konnte – also das, was Babys eigentlich am besten können. Mein Vater blieb die ganze Nacht mit ihm auf, damit meine Mutter schlafen konnte. Und er hat all seine Atemzüge bewacht, um sicherzugehen, dass es ihm gut ging oder er einfach am Leben war, nehme ich an. Erst war ich verwundert bei der Vorstellung, dass mein Vater mit seinen Pranken etwas so Feines machen könnte, wie Miles' Magensonde zu bewegen oder an seinem Näschen nach den Atemzügen zu fühlen. Aber eigentlich beschreibt ihn das ziemlich gut: stark und zart zugleich.

Jetzt nimmt er meine Hände in seine Pranken.

»Es tut ihr leid, was sie Freitag zu dir gesagt hat.« Er schaut schnell zur Tür. Seine Stimme ist weich – genau wie die Stimmen der Schnulzensänger auf den Motown-Alben, die Mom und er samstagvormittags beim Putzen hören. Seine Stimme macht auch mich ein wenig weicher, bis mir klar wird, dass sie vermutlich im Flur steht und lauscht.

»Du hast nichts falsch gemacht. Die Situation war eben … angespannt. Wir können verstehen, wie du dich damit gefühlt haben musst, vor den neuen Nachbarn und so. Und das ist auch nicht schlimm – so zu empfinden.«

»Sieht Mom das genauso?« Ich sehe ihn schräg von der Seite an.

»J-ja«, sagt er, und wir wissen beide, dass ich ihm das nicht abkaufe. »Ja.« Er versucht es noch mal, diesmal entschiedener. »Deine Mutter weiß, dass du deinen Bruder liebst. Sie muss ihn nur eben ständig vor Menschen mit weniger guten Absichten beschützen und in der Schule für ihn eintreten. Ich glaube, manchmal kocht das einfach über und explodiert in die falsche Richtung. Verstehst du, was ich meine?«

»Meistens in meine Richtung«, murmele ich leise, aber er tut so, als hätte er nichts gehört. Er will Mom nicht verraten.

»Du hast nichts falsch gemacht«, sagt er wieder. »Und deiner Mutter tut es leid. Das will sie dir sagen, wenn du ihr die Gelegenheit gibst.«

Ich nicke. »Ich rede mit ihr.« Jetzt sieht er mich von der Seite an. »Wirklich! Im Ernst!«

Er beugt sich vor und gibt mir einen Kuss auf den Kopf. »Wir überlegen, uns vorübergehend eine Pflege für Miles zu holen … nur ein paar Stunden die Woche, als Hilfe für deine Mutter. Sie muss auch mal raus und neue Leute kennenlernen. Und dann würde auch nicht so viel auf deinen Schultern lasten. Ich weiß, dass wir viel von dir verlangen, vor allem in diesem Sommer musstest du oft auf ihn aufpassen …«

»Nein!«

Er sieht mich überrascht an. Ich weiß nicht, warum mir die Vorstellung so viel ausmacht, aber ich will Miles beschützen, wie eine Mutter, die instinktiv den rechten Arm über den Beifahrersitz hält, wenn sie plötzlich bremsen muss. Es fühlt sich verkehrt an, dass jemand anders sich um ihn kümmern sollte. Das ist meine Aufgabe. Ich bin seine Schwester. Und ich bin gern mit ihm zusammen – mache ihm gern morgens Frühstück, hänge mit ihm ab, wenn unsere Eltern weg sind –, auch wenn es nicht immer einfach ist.

»Es macht mir nichts aus«, sage ich schnell, ruhiger jetzt. »Ich helfe gern mit Miles. Es sei denn, Mom findet, dass ich meine Sache nicht gut mache oder so.«

»Ganz bestimmt nicht, Kleines«, sagt er und nimmt mich in die Arme. »Du liebst deinen Bruder und behandelst ihn immer gut – das wissen wir. Aber wir möchten, dass du auch Spaß haben kannst. Ein Teenager sein, weißt du, was ich meine?« Er legt eine kurze Pause ein. »Wenn auch nicht zu sehr.«

Ich lache. »Ich kriege das schon hin. So sehr beansprucht mich mein Sozialleben nun auch wieder nicht.«

»Gut.« Er lacht auch. »Na, wenn es für dich in Ordnung ist, umso besser.«

»Ja, ist es.«

»Dann ist es für mich auch in Ordnung. Ich habs nicht eilig, hier Jungs rumlaufen zu haben.«

Wenn er wüsste, was Caroline und ich vorhaben.

Er steht auf, die Sprungfedern des Betts quietschen laut.

»Und du versuchst mit Mom zu reden?«, sagt er, als er an der Tür steht. »Ihr wollt doch beide dasselbe.«

»Mache ich. Ich weiß.«

Denn auch wenn meine Mutter und ich stinkwütend aufeinander sein können, haben wir ein starkes Band, das uns eint: unsere Liebe zu Miles. Für ihn finden wir immer wieder einen Weg zueinander.

Achtzehntes Kapitel

Am nächsten Tag in der Mittagspause wandert mein Blick immer wieder zu Nico und seinen Freunden, als wäre er die Sonne und ich seiner Anziehungskraft hilflos ausgeliefert. Wie soll ich mich auch dagegen wehren, wenn sie mitten auf dem Rasen sitzen, wie auf einer Bühne. Mit dem Happy-End-Plan im Kopf – und Carolines Nachrichten am Morgen, dass es jetzt Zeit für den nächsten Schachzug sei – ist es schwer, sich nicht vorzustellen, ich säße dort mit ihnen zusammen.

Aber ohne Poppy. Poppy wäre dann wohl nicht mehr dabei. Jedenfalls säße sie ganz bestimmt nicht Knie an Knie mit Nico, so wie jetzt, eng aneinandergepresst, seine Hand um ihre Taille …

»Einverstanden, Tess?«

»Nein, ja – was?« Lenore, Sam und Theodore gucken mich an. Ich muss etwas verpasst haben.

»Theo …«, setzt Sam an.

»Theodore.«

»Sorry, Theodore hat mich gefragt, ob ich ihm nach der Schule helfen kann, ein paar Leinwände zum Auto zu tragen«, fährt Sam fort. »Dann würden wir ein bisschen später losfahren. Ist das okay für dich?«

»Ja, klar, logisch …« Ich beiße in mein Brot und versuche wieder in der Realität anzukommen.

»Wo guckst du hin?«, fragt Lenore argwöhnisch. Ich werde rot, als sie sich umdreht, meinen Blick verfolgt und bei Nicos Gruppe hängen bleibt. Sie nickt wissend.

»Ahhhh, da steht jemand auf einen von den …« Ich springe auf und halte ihr den Mund zu, wobei ich meine Cola umstoße. Aber es nützt nichts. Theodore und Sam schauen schon in dieselbe Richtung.

»Ach was, so ein Quatsch«, sage ich schnell, aber ich merke selbst, wie unglaubwürdig das klingt. »Ich hab nur überlegt, was ich mit diesem Gedicht für die *Konturen* machen soll. Es ist, hm, zu lang, und ja …«

Ich spreche gar nicht erst zu Ende. »Ich hol mal ein paar Servietten.«

Lenore kichert und Theodore murmelt: »Was für eine uninspirierte Schwärmerei.« Aber Sam guckt ganz komisch – er hat eine Falte zwischen den Augenbrauen und die Zähne zusammengebissen. Ich lächele ihn an, dann laufe ich schnell zur Mensa, um Servietten zu holen, und versuche die Röte zu verbergen, die sich jetzt auch über meinen Hals ausbreitet. Ich muss aussehen wie eine Tomate.

Doch auf dem Weg kann ich es mir nicht verkneifen, noch mal zu der Gruppe auf dem Rasen zu schauen. Nico hat die Hände auf Poppys Wangen gelegt und schaut sie einfach nur an, der leibhaftige Herzaugen-Emoji.

Sie ist es vermutlich gewohnt, so berührt und angeschaut zu werden. Doch mir ist es fremd. Niemand hat mich je so angesehen, weil ich nicht so ein Mädchen wie Poppy bin.

Nicht, dass ich mich nicht hübsch fände. In der Regel gefällt mir das, was ich im Spiegel sehe. Ich wünsche mir keine glatteren Haare oder hellere Haut. Aber für die meisten Jungs ist meine Art hübsch etwas anderes als Poppys Art hübsch, und das trotz ihrer grauen Haare. Ich bin eher was für Kenner, und Poppy ist wie Pizza. Eine Pizza braucht sich keine Sorgen zu machen, ob die Leute sie vielleicht nur haben wollen, um cool zu wirken oder irgendeinem Bild zu entsprechen. Niemand macht so etwas wie eine Pizza-Phase durch. Pizza ist universell.

Nico fährt ihr mit den Händen durchs Haar und gibt ihr einen innigen Kuss, und ich frage mich, wie sich das wohl anfühlt.

Wie es sich wohl anfühlt, ein Mädchen wie Poppy zu sein.

Sie ist bestimmt nicht starr vor Angst, dass ihre Arbeit kritisiert werden könnte. Wahrscheinlich kümmert es sie gar nicht, was andere über sie oder ihre Kunst denken. Und warum auch? Sie liebt und wird wiedergeliebt. Sie ist begehrt.

Auf einmal weiß ich, was ich tun muss.

Als der Unterricht beginnt, setze ich mich unauffällig auf die Treppe, damit Ms McKinney vielleicht vergisst, dass ich da bin. Ich habe ein paar Seiten eingereicht. Ja, wieder alte Kapitel. Aber immer noch besser als nichts. Vielleicht kann ich sie damit so lange hinhalten, bis ich meine Inspiration wiedergefunden habe.

Überraschenderweise setzt Nico sich zu mir auf die Treppe, als wäre das nichts Besonderes. Er tippt zur Begrüßung mit dem Fuß gegen meinen und sagt etwas davon, dass hier auf der Treppe jede Menge Ideen herumschwirren. Ich versuche ein niedliches kleines Lachen, aber ich verschlucke mich und muss husten, laut und keuchend, als würde ich eine Schachtel Zigaretten pro Tag rauchen. Nico klopft mir auf den Rücken und sagt: »Alles klar bei dir?«, worauf ich noch mehr husten muss. Und schon schauen alle zu mir rüber, inklusive Ms McKinney, die schmale Augen macht. So viel zu meinem unauffälligen Verhalten. Und sind Nico und ich vielleicht Freunde?

Endlich legt sich mein Husten, und da rieche ich ihn. Nicht unangenehm. Ich rieche ihn nur, weil er so nah neben mir sitzt – sein typischer Geruch nach Deo und Schweiß und Gras, an dem ich ihn mit geschlossenen Augen erkennen würde. Mein Herz schlägt schneller. Am liebsten würde ich noch näher rücken, um ihn inhalieren und vielleicht sogar den Finger durch die kleine Locke in seinem Nacken stecken zu können – und wow, ja, ich merke selbst, wie creepy das klingt.

Konzentration, Tessa.

Ich öffne wieder Carolines und meine Liste auf meinem Laptop und gucke sehr eifrig und schriftstellermäßig, für den Fall, dass Ms McKinney hersieht. Ich überlege, was ich als Nächstes tun könnte. Es regnet nicht und es gibt weit und breit kein Riesenrad. Und Caroline kann sagen, was sie will, ich locke ihn nicht in einen Aufzug. Wenn ich versuchen würde, Geheimnisse aus ihm herauszuholen, die niemand sonst kennt, würde er mich zu Recht für irre halten, und ich würde mir alle seine Sympathien verscherzen.

Ja, ich glaube, ich entscheide mich wieder für Nummer zwei, weil ich damit beim letzten Mal so gut gefahren bin.

Ich schraube meine Wasserflasche auf und trinke einen Schluck – nur für den Fall, dass er mich genauso beobachtet wie ich ihn. Dann stelle ich die Flasche wieder auf die Stufe, auf der ich sitze, jedoch gefährlich nah an die Kante. Und als ich so tue, als würde ich etwas Tiefsinniges auf meinem Laptop schreiben, fahre ich mit dem Ellbogen herum, weil die Ideen nur so aus mir heraussprudeln. Die Wasserflasche kippt von der Stufe – meine Beine, seine Haare und sein Hemd werden nass.

Er schreit und springt auf, und ich stehe auch auf und gucke möglichst erschrocken und peinlich berührt.

»Oje. Das tut mir so leid. Mein Gott.« War das zu viel Wasser? Ist er jetzt sauer?

»Ach, schon gut. Nichts passiert.« Er wringt sein Hemd aus. Ich versuche, nicht auf den Streifen seines muskulösen Bauchs zu starren oder auf die dunklen Härchen über der Jeans.

»O nein, passiert mir das schon wieder. Ich bin so ein Tollpatsch. Warte, ich helf dir. Ich hol Servietten.«

»Hm, ja …«

Er wird von Ms McKinney unterbrochen, die zur Treppe kommt und uns streng ansieht. »Was ist hier los?«

»Entschuldigung, Ms McKinney«, sage ich. »Das war meine Schuld. Meine Wasserflasche ist umgekippt.«

»Na gut.« Sie schüttelt den Kopf. »Dann geht nach oben und trocknet euch ab, und bring ein paar Papiertücher zum Aufwischen mit.«

Nico und ich gehen die Treppe hoch, aber ihre Worte halten mich zurück. »Und Tessa, halt deine Unterlagen für die Präsentation bereit, wenn du zurückkommst. Es war schade, dass du letztes Mal nicht da warst.«

Ich muss sie nicht anschauen, um den wissenden Blick auf ihrem Gesicht zu sehen.

Wir gehen in die Küche im Erdgeschoss, und Nico nimmt die Papierrolle von der Halterung. Er wischt sich den Hals ab und kümmert sich dann um sein Moleskine. Vorsichtig tupft er den Umschlag und die Ränder ab.

»Das tut mir echt so leid«, sage ich und stehe unbeholfen neben ihm. Ich möchte ihm noch mal meine Hilfe anbieten – die Vorstellung, ihn abzutupfen, ist zu verlockend. Aber ich habe Sorge, dass schon meine Stimme meine verrückte Schwärmerei verraten würde.

»Mach dir keine Gedanken«, sagt er und hält sein Notizbuch hoch. »Das hier hat überlebt, alles andere ist unwichtig.« Er sieht mich an, lächelnd und mit Schlafzimmerblick, und ich schmelze ein wenig dahin.

»Hier, deine Beine haben auch was abgekriegt. Die Wasserflasche war echt megavoll.« Er kniet sich mit dem Papiertuch in der Hand hin und trocknet mein rechtes Bein ab, vom Knöchel bis kurz über dem Knie, wo mein rosa geblümtes T-Shirt-Kleid endet. Wenn ich vorher schon geschmolzen bin, dann bin ich jetzt die Böse Hexe des Westens aus dem *Zauberer von Oz* – eine grüne kreischende Pfütze. Geschmolzen. Tot.

Vielen Dank auch, Caroline.

Ich hoffe, er merkt nicht, wie meine Beine zittern. Ein Glück, dass ich sie heute Morgen rasiert habe. Und bilde ich mir das ein, oder lässt er sich unnötig viel Zeit? Es fühlt sich an, als wäre da was zwischen uns, aber vielleicht bin ich auch einfach nur so verzweifelt, dass ich bei der kleinsten Berührung ausflippe.

Er steht auf, wirft das Papiertuch in den Müll und schenkt mir wieder sein himmlisches Lächeln.

»Dann bist du heute dran? Ich bin gespannt, was du geschrieben hast.«

Meine Brust schnürt sich zusammen. Ich bin zurück in der Wirklichkeit. Ich schaue zu Boden und schüttele den Kopf.

»Was ist?«, fragt er. »Lampenfieber?«

»Nein … nein. Ich meine, ja, ziemlich. Es ist einfach …«

»Ist dein Text noch nicht fertig?«, fragt er. Verständnisvoll sieht er mich mit seinen braunen Augen an.

»Ja, genau.«

»Das kenne ich«, sagt er. »Die erwarten, dass wir kleine Maschinen sind und am laufenden Meter Texte ausspucken, nur weil sie es uns sagen. Aber so läuft das nicht immer, stimmt's?«

Ich nicke schnell. »Ja, genau. Manchmal braucht man mehr Zeit.« Es tut gut, dass er das auch so sieht. Vielleicht bin ich nicht die Einzige, die gerade eine Durststrecke hat.

»Exakt. Ich meine, Jack Kerouac hat *On the Road* in drei Wochen geschrieben, aber J. D. Salinger hat für den *Fänger im Roggen* zehn Jahre gebraucht, und das Buch ist nicht mal sonderlich dick. Manchmal kommt die Inspiration, dann wieder nicht. Das kann man nicht erzwingen. Man kann sie ja nicht anknipsen wie das Licht.«

Tja, trotzdem fühlt es sich bei mir anders an, schließlich reden wir hier nicht von einem Klassiker. Auch wenn ich noch nichts von Kerouac gelesen habe, weiß ich sicher, dass ich mich mit ihm nicht vergleichen kann. Ich bin ja schon blockiert, wenn ich eine simple Liebesgeschichte schreiben soll, aber ich nicke trotzdem wieder. »Genau, absolut.«

»Ich kann dich echt verstehen Tessa.« Er tippt wieder mit seinem Fuß gegen meinen.

Wenn das unser Ding wird, finde ich es herrlich. »Du bist anders als all die Angeber da unten.«

Das Kompliment geht mir runter wie Butter, auch wenn ich es nicht verdient habe.

Wir gehen zurück, und dort sitzen die anderen schon im Kreis und warten auf uns. Am liebsten würde ich weglaufen, aber Flucht ist unmöglich, ohne dass ich mich lächerlich mache. Am liebsten würde ich schrumpfen. Zu einem winzigen Fleck schrumpfen, damit ich nur den Platz einnehme, der mir zusteht.

Mein Hals ist heiß und juckt, und als ich nachfühle, spüre

ich den Ausschlag. Den bekomme ich nur, wenn ich extrem gestresst bin. Ich hoffe, er ist nicht so flammend rot, wie er sich anfühlt.

»Tessa?«, sagt Ms McKinney von der anderen Seite des Kreises. »Hast du Kopien vorbereitet, die du herumgeben kannst?«

»Ich … ähm …«

Ich stammele herum und suche nach einer Erklärung dafür, dass ich nur leere Blätter herumgeben könnte, als mich Nico rettet.

»Ms McKinney? Tessas Flasche ist auf ihrem Laptop ausgelaufen.« Ich sehe ihn mit großen Augen an, denn wir wissen beide, dass mein Laptop keinen Tropfen abbekommen hat. Er zieht die Augenbrauen hoch, als wollte er sagen: Spiel mit. »Wäre es okay, wenn ich stattdessen etwas austeile? Ausnahmsweise.«

Ms McKinney sieht nicht begeistert aus, aber sie nickt und macht eine wegwerfende Handbewegung. »Na gut, Nico. Aber Tessa, bitte komm nach dem Unterricht mal zu mir. Dann können wir über deine … technischen Probleme reden.«

Schnell nicke ich und setze mich. Ich bin so erleichtert, auch wenn ich nur vorübergehend gerettet bin.

Nico setzt sich neben mich. »Also, ich lese den Anfang des ersten Kapitels vor«, sagt er und schaut in die Runde. Und er gibt keine Erklärungen und versucht auch nicht, mögliche Kritik vorwegzunehmen. Er schlägt einfach sein Moleskine auf und fängt an zu lesen. Seine Stimme ist voller Selbstvertrauen, als würde er uns etwas Gutes tun – und das tut er ja vielleicht auch. Ich wäre so gern wie er. Oder einfach nur mit ihm zusammen.

Die Szene, die er vorliest, ist eine Traumsequenz, und ich bin beeindruckt von seinem Talent, seiner schönen Sprache. Gleichzeitig bin ich abgelenkt von seinem schönen Gesicht – wie seine vollen Lippen jedes Wort liebkosen, wie er die Locken so lässig aus den Augen streicht, dass mein Magen Purzelbäume schlägt. Ehrlich gesagt, verstehe ich nicht so viel von seinem Text. Es kommen lauter dunkle Spiegel darin vor und Bäume mit Augen und andere psychedelische Bilder, die bestimmt irgendeinen tieferen Sinn haben. Aber bestimmt ist es sehr gut.

Als er geendet hat, lehnt er sich zurück und nimmt die Kritik und die Komplimente gelassen entgegen. Selbst als Ms McKinney ihm sagt, er müsse das meiste noch mal überarbeiten, nickt und lächelt er nur. Mir wird ganz schwindelig.

Am Ende der Stunde packe ich schnell meine Sachen zusammen, damit ich vielleicht mit Nico rausgehen und das, was oben in der Küche angefangen hat, am Laufen halten kann, aber Ms McKinney ist schneller.

»Tessa – auf ein Wort.«

Sie zeigt auf den Stuhl neben sich, doch dann wartet sie ab, bis alle anderen den Raum verlassen haben. Dahin ist meine Chance, noch weiter mit Nico reden zu können.

»Tessa, ich wollte mit dir darüber sprechen, was mir in den letzten Wochen aufgefallen ist«, sagt sie.

Ich beschließe, mich dumm zu stellen. »Was denn?«

Sie presst die Lippen zusammen und sieht mich einen Moment an. Dann sagt sie: »Mir ist aufgefallen, dass du der Präsentation ausweichst. Und zwar nicht nur, wenn es darum geht, deine eigene Arbeit zu präsentieren, obwohl du dem wirklich sehr erfolgreich ausgewichen bist.« Sie sieht mir in die Augen, und mein Hals wird flammend rot. Sie hat sich also nicht zum Narren halten lassen. »Du beteiligst dich auch nicht, wenn die anderen ihre Texte vorlesen. Du steuerst keine nennenswerte Kritik bei – eigentlich überhaupt keine. Aber wenn wir uns mit der Arbeit der anderen auseinandersetzen, bringt uns das auch mit unserem eigenen Schaffen voran.«

Ich schaue auf meine Hände. »Es tut mir leid.«

»Das muss dir nicht leidtun«, sagt sie. »Es ist ganz in Ordnung, wenn dich die Situation erst mal einschüchtert. Ich weiß, dass das schwierig sein kann. An der Uni musste ich mich jedes Mal übergeben, bevor ich meine Arbeit präsentiert habe. Meine Freunde fanden das wahnsinnig komisch.«

Ich lächele bei der Vorstellung, dass die junge Ms McKinney aus Angst vor Kritik kotzen gehen musste. Dann bin ich also nicht die Einzige, die damit Probleme hat.

»Aber das ist nicht der Hauptgrund, weshalb ich mit dir sprechen wollte«, fährt sie fort, und plötzlich ist die Wärme aus ihrer Stimme verschwunden. Mir wird elend. »Ich lege Wert darauf, mir die Bewerbungsmappen aller Schüler und Schülerinnen, die in meinen Kurs aufgenommen werden, persönlich anzuschauen. Um ihre Stärken und ihren Stil kennenzulernen und zu sehen, wo sie noch wachsen können. Und als du mir die Kapitel deines neuen Romans geschickt hast, an dem du in diesem Kurs arbeitest, sind mir unweigerlich einige … Ähnlichkeiten mit einem Manuskript aus deiner Bewerbungsmappe aufgefallen.«

Sie sieht mich scharf an und es gibt keinen Zweifel. Sie weiß Bescheid.

»Wie du weißt und wie du vermutlich an meinen Kommentaren zu deinem Text gesehen hast, erwarte ich von dir, dass du in deinen Kursen hier an der Chrysalis etwas Neues einreichst. Wir haben alle, die an diesem Programm teilnehmen, sehr streng ausgewählt, und wir können nur mit jungen Autoren und Autorinnen arbeiten, die sich alles abverlangen und hart arbeiten können.« Sie schüttelt den Kopf. »Ich muss sagen, ich bin wirklich überrascht von dem Mädchen, das so eine flammende E-Mail geschrieben hat, um in diesen Kurs aufgenommen zu werden. Ich hätte mehr von dir erwartet.«

Ich blinzle, um nicht zu weinen. Ich habe auch mehr von mir erwartet, würde ich am liebsten sagen. Ich arbeite daran. Ich habe einen Plan.

Aber ich halte den Mund. Ich kann mir denken, dass Ms McKinney meinen Plan nicht sehr vielversprechend fände.

Sie sieht mich an und wartet darauf, dass ich etwas sage, doch ich bringe nur ein gezwungenes Lächeln zustande. Ich weiß nicht, wie viel ich ihr erzählen kann. Es erscheint mir besser, gar nichts zu verraten.

»Du musst hier schon etwas Neues schreiben, das ist unabdingbar«, fährt sie fort. »Brauchst du vielleicht Hilfe? Ich bin gern bereit, mit dir gemeinsam an deinem Text zu arbeiten. Und ich weiß ja, dass du etwas schreibst … ich habe gesehen, wie du im Kurs damit ringst. Ich würde dir wirklich gern zur Seite stehen.«

Ms McKinney hat wieder ein liebenswürdiges Lächeln aufgesetzt, und ich weiß es zu schätzen, dass sie mir die Hand reicht und mir die Sache erleichtern will. Aber würde sie auch noch lächeln, wenn ich ihr erzähle, dass ich rein gar nichts habe, wobei sie mir helfen kann – dass alles, womit ich im Kurs »ringe«, nur Fake ist? Dass sie einen großen Fehler gemacht haben und ich gar nicht hierhergehöre? Würde sie es der Schulleitung melden? Müsste ich vielleicht sogar von der Schule abgehen?

»Ja, ja … ich … ähm … vielleicht mache ich das«, murmele ich, aber ihr Gesicht verschließt sich, und ich merke, dass ich sie nicht überzeugt habe.

»Okay. Ich hoffe, ich bekomme bald etwas Neues zu sehen. Am besten noch heute Abend.« Das klingt streng. »Und ich möchte dich daran erinnern, dass du, um diesen Kurs zu bestehen, deine Arbeit mindestens einmal im Halbjahr präsentieren musst. Ich bin bereit, dir deine letzten Texte durchgehen zu lassen, aber in Zukunft werde ich nicht mehr so nachsichtig sein.«

Den Kurs bestehen? Ich dachte, dass meine Leistungen dafür immerhin ausreichen. Also habe ich nicht nur meine Fähigkeit zu schreiben verloren, sondern auch noch meinen halbwegs ordentlichen Notendurchschnitt? Das ist eine Katastrophe.

»Ja, Ms McKinney«, sage ich, und dann ergreife ich die Gelegenheit zur Flucht.

Oben auf der Treppe hole ich mein Handy heraus, um Caroline zu schreiben. Denn mir wird plötzlich klar, dass unser Plan bescheuert ist. Keiner der kleinen Momente mit Nico wird das reparieren, was offensichtlich nicht mit mir stimmt, und vielleicht sollte ich lieber jetzt aussteigen, bevor ich meine Chance, aufs College zu gehen, für immer verspiele. Ich bin so durcheinander, dass ich fast Nico auf dem geblümten alten Sofa übersehen hätte.

»Hey«, sagt er und steht auf. »Ich hab auf dich gewartet.«

»Auf mich?« Sofort schwebe ich praktisch bis an die Decke.

»Ja.« Er lacht. »Ich hab für morgen was bei mir zu Hause geplant. Eine Party – könnte man wohl sagen. Und ich wollte dich einladen.«

»Mich? Oh, wow, ja. Ja!« Ich merke, dass ich ziemlich konfus klinge, aber ich kann nicht anders. Ich könnte tanzen vor Glück. »Ich muss gucken, ob ich irgendwas vorhabe, aber ich glaube nicht.«

»Dann kommst du also?«

Wieso kommen seine Worte in perfekter Times New Roman raus und meine sind, na ja, Wingdings?

»Ja.«

Er lächelt, und es ist der Himmel.

»Aber was ist mit Poppy?« Bevor ich auch nur darüber nachdenken kann, wie lächerlich das klingen muss, ist es schon raus. Er macht dir keinen Heiratsantrag, Tessa! Er lädt dich nur zu seiner Party ein.

Nico runzelt die Stirn, aber zum Glück lächelt er immer noch. Und er läuft auch nicht weg. »Poppy kommt auch. Wir sind, ähm … zusammen. Manchmal. Wir haben so eine Art On-off-Beziehung, weißt du?«

Das sind Neuigkeiten, die ich weder aus dem Durchforsten seines Instagram-Accounts mit Caroline noch aus seinem Verhalten in den Mittagspausen geschlossen hatte. Gute Neuigkeiten. Und was ist es jetzt gerade, on oder off?, würde ich am liebsten rufen. Stattdessen murmele ich nur: »Ah, cool.«

Beende dieses Gespräch, solange du noch eingeladen bist!, ruft mein Gehirn.

»Okay, dann …« Er streckt die Hand aus, und ich denke schon, er will meine Hand nehmen (und dann falle ich wirklich in Ohnmacht). Aber er nimmt nur mein Handy und tippt schnell etwas ein.

»So, ich hab die Adresse an mich selbst geschickt, dann hast du auch gleich meine Nummer.« Er zwinkert mir zu. ZWINKERT! MIR! ZU! »Ruf mich an, falls du es nicht findest.«

Neunzehntes Kapitel

Nach der Schule gehe ich zu Sams Auto, ganz aufgekratzt, weil ich Nicos Nummer habe. Sam ist nicht da, wahrscheinlich hilft er noch Theodore, deshalb setze ich mich auf den Bordstein und schreibe Caroline von den neuesten Entwicklungen – wie ich das Wasser umgekippt habe und er es mir vom Bein gewischt hat, die Einladung zu seiner Party. Sie unterbricht mich, indem sie anruft, und wir kreischen beide los. Mir ist es sogar egal, ob jemand mich sieht.

»Ich bin ein Genie.«

»Natürlich bist du ein Genie. Du solltest ein Buch schreiben!«

»Nein, *du* solltest ein Buch schreiben. Und am Ende wirst du auch ein Buch schreiben! Aber denk dran, mich in der Danksagung zu erwähnen. Und ich will eine ganze Seite, nicht irgend so einen dahingeworfenen Satz.«

»Mehrere Seiten! Wenn das alles klappt, werde ich dir seitenlang danken.«

»Ich meine, ich hätte ja auf eine kleine Geiselnahme im Aufzug gewettet, aber Wasser verschütten … ein Klassiker.«

»Ist wohl so.«

»Und es hat direkt zu Nummer vier geführt. Vielleicht sogar zu Nummer fünf!«

»Du weißt genauso gut wie ich, dass mein Vater mich nie im Leben bei irgendeinem Typ übernachten lassen würde. Und die Sache mit dem Bett passiert auch bloß in Liebesromanen. Ich hab nur dir zuliebe nicht widersprochen, als du den Punkt auf die Liste gesetzt hast.«

»Ja, okay. Aber jetzt zu dem Zwinkern, lass uns über das Zwinkern sprechen. Kannst du FaceTime einschalten? Ich will sehen, was für ein Zwinkern es war – ein sexy Wie-wär's-mit-uns-beiden-Zwinkern oder eher ein subtiles Hab-ich-was-im-Auge-oder-gefällst-du-mir-Zwinkern, so eins, dass sich glaubhaft leugnen ließe.«

»Du meinst, ich soll es vormachen?«

»Na klar.«

Eine Reißverschluss-Cargohose taucht in meinem Blickfeld auf und Sam steht vor mir. Mit Mehlstaub auf Wangen und Armen.

»Hey, ich muss Schluss machen«, sage ich zu Caroline und winke Sam zu. Er schließt den Wagen auf und schenkt mir ein langes Grübchenlächeln.

»Aber wir müssen eine Strategie entwerfen! Das ist eine große Sache. Es könnte ein echter Wendepunkt sein! Seine Freundin kommt auch, also müssen wir überlegen, wie du sie umgehen kannst. Ich muss für den Literaturkurs lesen, *Lady Chatterley* … na ja, ich fang erst mal mit der Lektürehilfe an, aber …«

Ich setze mich auf den Beifahrersitz, hebe die Hand und schaue Sam entschuldigend an, während er den Motor anlässt. »Caroline?«, formt er stumm mit den Lippen, und ich nicke.

»Wir können heute Abend quatschen«, sage ich.

»Okay, aber du musst versuchen, mit Nico in einem Wandschrank zu landen. Schreib dir das auf! Es ist wichtig.«

Ich lache und verdrehe die Augen. »O Mann. Ciao.«

»Ruf mich vor sechs an! Ich …«

Ich lege auf, ohne den Rest abzuwarten.

»Tut mir leid«, sage ich und schaue zu Sam, doch seine Miene hat sich verändert. Er schaut stur geradeaus auf die Straße und wirkt angespannt.

»Alles okay?«, frage ich. »Gab's wieder Stress mit Giancarlo?«

Giancarlo ist der Junge, mit dem Sam sich den Platz in der Kursküche teilt, und Sam hat sich neulich erst darüber beklagt, wie chaotisch Giancarlo ist und dass er sich kein bisschen an das Mise en Place hält, was auch immer das sein soll.

»Was hat sie da geredet – mit Nico in einem Wandschrank landen?«, fragt er und sieht mich immer noch nicht an.

»Das hast du gehört?«

»Ja, du hast dein Handy echt laut gestellt.«

»Oh.« Ich merke, wie ich rot werde. »Na ja, ähm ... Nico hat mich für dieses Wochenende zu einer Party bei ihm zu Hause eingeladen. Willst du mitkommen? Das geht bestimmt.«

»Nein danke.« Er schüttelt den Kopf. »Aber was hat das damit zu tun, dass du mit Nico in einem Wandschrank landen sollst?«

Ich huste ein paarmal und fächele mir Luft zu. Auf einmal finde ich es total heiß im Auto. »Kann ich das Fenster aufmachen?«

»Klar.«

Ich merke, wie er mich verstohlen mustert, bevor er den Blick wieder auf die Straße richtet. Er lacht, aber es klingt verärgert. »Willst du es mir nicht erklären?«

Ich seufze. »Okay, okay! Aber du musst versprechen, dass du mich nicht auslachst.«

»Hm ... na gut.«

Ich räuspere mich. Und räuspere mich noch mal. »Können wir auch die Lüftung einschalten?«

»Tessa!«

»Okay! Es ist … ich … na ja, ich hab ja erzählt, dass ich mir mit Caroline einen Plan überlegt habe.«

»Ja.«

»Ja, und das tut uns echt gut. Unsere Freundschaft ist wieder so wie früher, bevor ich weggezogen bin.«

»Und …?«

Mann, er zwingt mich echt, es auszusprechen.

»Und«, fahre ich fort. »Also, unser Plan. Der ist ziemlich … unkonventionell. Deshalb habe ich dir noch nichts davon erzählt. Damit ich meinen Groove… – ähm, damit ich wieder schreiben kann, soll ich, so Carolines Plan, selbst eine Liebesgeschichte erleben, wie ich sie sonst immer schreibe. Sie meint, das hilft bestimmt, meine Blockade zu überwinden. Weil dann sozusagen die Quelle wieder sprudelt.«

»Und in dieser Liebesgeschichte ist Nico der Typ?«, fragt er ruhig.

»Ja, und ich weiß, dass du ihn wegen der Geschichte damals nicht leiden kannst«, sage ich schnell. »Aber er ist nicht so ein Arsch wie Grayson oder so, oder? Er ist echt nett.«

Wir halten an einer roten Ampel und Sam dreht sich ganz zu mir herum und sieht mich an. »Aber Nico hat eine Freundin. Poppy. Wie kannst du eine Liebesgeschichte … oder was auch immer mit ihm anfangen, wenn er schon mit jemand anders zusammen ist?«

Bei der Frage fühle ich mich ein bisschen mies, aber ich versuche das Gefühl abzuschütteln. Nico hat mir ja selbst gesagt, dass sie eine On-off-Beziehung haben. Ich habe bisher nichts Falsches gemacht. Und das habe ich auch nicht vor.

»Na ja, Nico bleibt ja vielleicht nicht für immer und ewig mit Poppy zusammen. Sie scheinen sich ziemlich oft zu trennen.«

Okay, so genau weiß ich das nicht. Aber »ich werde ihn zu nichts zwingen, was er nicht will«.

Sam kneift die Augen zusammen. »Hörst du dir eigentlich gerade selber zu?«

»Egal.« Zum Glück schaltet die Ampel auf Grün und er muss seine Aufmerksamkeit wieder auf die Straße richten. Genau deshalb wollte ich es ihm nicht erzählen – überhaupt niemandem außer Caroline. Seinetwegen komme ich mir jetzt blöd vor und ja, ich weiß, dass der Plan absurd ist. Aber warum kann er es nicht einfach auf sich beruhen lassen oder drüber lachen? Das machen Freunde doch so. Warum muss er mich so angehen?

Der Rest der Fahrt verläuft schweigend, aber ich werde immer befangener und gleichzeitig immer wütender.

»Du hast doch gesagt, ich soll mich inspirieren lassen«, sage ich schließlich, als er in unser Viertel einbiegt. »Ich schreibe Liebesgeschichten. Und das inspiriert mich eben.«

Er reibt sich die Wange. »So hab ich das nicht gemeint.«

»Tja, ich glaube aber, dass es funktionieren könnte. Das tut es sogar schon.«

»Du hast schon was geschrieben?« Das klingt provozierend.

»Nein. Aber da passiert was zwischen ihm und mir. Das habe ich heute gespürt, und ich ziehe das jetzt durch.«

Als wir in seine Einfahrt fahren, schaltet er den Motor aus, aber er rührt sich nicht. Er sitzt einfach nur da und schaut auf seine Hände. Ich weiß gar nicht, was ihn das angeht. Vielleicht hatte Nico doch mehr mit dieser miesen Geschichte zu tun, als ich dachte?

»Ich dachte, es ginge um dein Lampenfieber«, sagt er schließlich leise und doch abweisend. »Darüber haben wir doch gesprochen. Ich dachte, du hättest Angst davor, deine Arbeit anderen zu zeigen, und dass du deshalb blockierst. Wie soll sich das durch die Geschichte mit Nico ändern? Es kommt mir so vor, als ob du das Problem ziemlich … ich weiß nicht … oberflächlich angehst.«

Oberflächlich. Das Wort versetzt mir einen Stich. Vielleicht weil ich fürchte, es könnte stimmen.

»Ich meine, ja, ich hab immer noch Lampenfieber. Aber so schaffe ich es hoffentlich, etwas zu schreiben, worauf ich stolz sein kann. Etwas Wahrhaftiges. Ich habe über meine alten Texte nachgedacht und gemerkt, dass ich überhaupt keine Ahnung hatte, wovon ich da schrieb. Und man muss über das schreiben, was man kennt. Wahrscheinlich war das der Hauptgrund für die Blockade.«

So – jetzt ist es raus und ich fühle mich schon besser.

Aber da lacht Sam. Und wieder ist es kein freundliches Lachen. Mein Hals wird flammend rot.

»Weißt du was, ich will darüber nicht mehr reden«, sage ich und öffne die Tür heftiger als nötig.

»Gut«, faucht er. »Dann lassen wir es eben.« Und er macht die Fahrertür auf und geht davon.

Zwanzigstes Kapitel

Am Samstag verbringe ich den größten Teil des Vormittags damit, durch Instagram-Accounts über Afrohaare zu scrollen, um die perfekte Frisur für heute Abend zu finden. Auf diese Weise muss ich nicht die ganze Zeit darüber grübeln, was Sam gesagt hat, und mich fragen, ob er womöglich recht hat.

Schließlich finde ich eine Frisur mit ein paar diagonalen Zöpfen vorn und im Nacken zusammengesteckt, und ich glaube, meine Haare könnten dafür gerade lang genug sein. Aber ich muss jemanden um Hilfe bitten. Obwohl ich es als Kind tausendmal an meiner Puppe geübt habe, kriege ich einfach keine französischen Zöpfe hin. Ich kann ja kaum gewöhnliche Zöpfe flechten.

Meine Mutter kuschelt sich im Wohnzimmer unter eine Decke, obwohl es gar nicht kalt ist, und guckt die *Real Housewives* in New York, Atlanta oder wo auch immer – für mich sehen sie alle gleich aus. Ich halte ihr mein Handy hin wie einen Olivenzweig.

»Kannst du mir das machen?«

Meine Mutter sieht mich einen Augenblick verdutzt an, aber dann lächelt sie so breit wie lange nicht mehr. Sie nimmt mein Handy, studiert das Foto und nickt.

»Ja, klar, Süße.«

Wir holen einen Stielkamm und eine Denman-Bürste, und ich setze mich zwischen ihre Beine, während sie mir kleine Zöpfe dicht auf der Kopfhaut flicht, genau so, wie meine Oma und meine Tanten es ihr beigebracht haben und wie sie es gemacht hat, als ich klein war.

Ich erzähle ihr von der Party heute Abend und antworte ausweichend auf ihre Fragen nach der Schule. Den Liebesgeschichtenplan erwähne ich gar nicht erst, denn ich will nicht dasselbe erleben wie gestern mit Sam. Auch Miles' Wutanfall sprechen wir nicht an, aber daran, wie sie mir Minz-Mandelöl auf die Kopfhaut reibt und sanft mit den Fingern durch die verhedderten Strähnen fährt, merke ich auch so, was sie denkt.

Als sie fertig ist, gehen wir ins Bad und bewundern ihr Werk im Spiegel. Genau so habe ich es mir vorgestellt, und mir wird ganz schwindelig bei der Vorstellung, was mit so einer perfekten Frisur heute Abend alles passieren könnte.

»Du siehst wunderschön aus«, sagt sie, und jetzt sieht man all ihre Lachfältchen. Unsere Augen haben nicht dieselbe Farbe, aber sie sehen trotzdem gleich aus.

»Danke.«

Sie dreht mich zu sich herum und nimmt mich in die Arme, fest und warm.

»Es tut mir leid.«

»Ich weiß. Mir auch.«

Und damit ist es zwischen uns wieder gut, einfach so.

Als ich Lenore schrieb, dass Nico mich zu seiner Party eingeladen hat, und fragte, ob sie mitkommen wolle, sah ich ihren skeptischen Blick praktisch vor mir. Aber sie war einverstanden, den Minivan ihrer Eltern zu leihen, und um Punkt sieben steht sie vor der

Tür, in einem Rock aus schillernden Federn und einer schwarzen Jacke im Military Style. Die Dreads hat sie zu einem riesigen Dutt hochgesteckt. Sie zieht einen Kleidersack hinter sich her und trägt einen rosaroten Plastik-Schminkkoffer unter dem Arm.

»Oh, wow! So einen hatte ich auch auf dem College«, sagt meine Mutter.

»Schminkst du Tessie für ein Date?«, fragt Miles.

»Das will ich nicht hoffen«, sagt mein Vater und wirft Lenore einen strengen Blick zu.

»Ach, keine Sorge, Mr Johnson«, sagt Lenore. »Ich begleite Tessa nur zu einer harmlosen Party, auf der ungefähr so viele Jungs wie Mädchen sind. Und Sie bestimmen, wann ich sie wieder nach Hause bringen soll.«

Daraufhin lächeln alle und lassen uns in Ruhe. Sie hat es einfach drauf.

Lenore verziert die Zöpfe, die meine Mutter geflochten hat, mit feinen goldenen Haarschellen und trägt mit dem perfektem Schwung Eyeliner auf – so, wie man es in Zeitschriften sieht, aber selber nie hinkriegt. Ich wollte ein schlichtes Chambray-Etuikleid anziehen, doch Lenore öffnet ihren Kleidersack und holt ein anderes Kleid hervor, das sie in einem Secondhandladen entdeckt hat. Es ist marineblau und hat durchsichtige lange Ärmel, auf deren Bündchen silbern glitzernde Sternbilder aufgestickt sind.

Ich zögere, bevor ich es anziehe. »Ist das nicht zu viel?«

»Ach, Mädchen«, sagt Lenore und legt mir die Arme um die Schultern. »Du musst die feine Kunst noch lernen, dass dir das am Arsch vorbeigeht. Ich bring's dir bei. Das ist im Grunde das Fach, in dem ich wirklich glänze.«

Und sie hat recht. Ich ziehe es an und fühle mich wohl. Ich fühle mich immer noch wie ich selbst, aber … aufgewertet. Ich fühle mich so, wie ich mich ohne all die Sorgen fühlen würde – ohne das ständige Geplapper der Stimmen im Kopf, die mir sagen, dass ich nicht dazugehöre, dass ich kleiner und leiser sein soll. Es ist genau das Richtige für heute Abend.

»Du bist meine gute Fee«, sage ich und lächele sie im Spiegel an.

Sie rümpft die Nase. »Ich bin nicht deine gute Fee, Tessa. Ich bin deine Freundin.« Sie sieht mir in die Augen und ihre hochgezogene Augenbraue spricht Bände. Doch ehe ich zurückrudern oder herumstammeln kann, wie viel sie mir bedeutet, winkt sie lächelnd ab. »Und deshalb wirst du dich eines Tages revanchieren, wenn ich jemanden kennenlerne, der es wert ist. Aber das wird nicht so bald passieren, denn die Jungs an dieser Schule sind räudig, und ich habe Geschmack. No front.«

Ich lache erleichtert. »Kein Problem. Ich stehe als Gehilfin bereit.« Ich salutiere. »Theodore kommt direkt zur Party?«

»Ja, er hatte vor, mit seinem heimlichen Freund hinzugehen.«

»Aber … wissen denn nicht alle, dass er schwul ist?«

Lenore krümmt sich vor Lachen, wobei ihr riesiger Dutt hin und her schaukelt. »Quatsch! Natürlich! Hast du ihn am Mittwoch nicht mit diesem Schultercape aus unechtem Pelz gesehen?« Sie wirft mir einen übertriebenen Seitenblick zu. »Nein, er bringt ihn nur nie zu unserer Mittagspause mit, deshalb nenne ich ihn so. Er sagt, die Mittagspause ist für ihn Arbeitszeit oder so, deshalb hat er dann keine Zeit für seinen Liebsten. Verrückter Typ. Im Ernst …«

Ich umarme meine Eltern zum Abschied, gucke mir ein Video an, das Miles mir zeigen will (zum Glück hat er fast alles aus dem Dream-Zone-Film auf YouTube gefunden), und dann ziehen Lenore und ich los. Doch als ich die Tür aufmache, sehe ich zu meinem Schreck Sam, wie er in der Dämmerung über den Rasen kommt. Und er scheint nicht minder erschrocken, mich zu sehen.

»Sammy Boy!«, ruft Lenore mit ausgebreiteten Armen. »Kommst du mit?«

Er schüttelt den Kopf und schaut auf die Pappschachtel in seinen Händen, dann schaut er mich an. »Wow, Tessa – du … du siehst echt hübsch aus. Also, ähm, ihr seht beide hübsch aus.«

Lenore guckt zwischen uns beiden hin und her, aber zum Glück grinst sie nur und sagt nichts.

»Ich wollte bloß sagen, dass es mir leidtut. Wegen gestern. Ich bin nicht … das war nicht …« Er reibt sich die Wange, wie so oft, wenn er über etwas nachdenkt. »Ich weiß nicht – ich hatte einfach nicht damit gerechnet, aber ich hätte nicht so reagieren sollen. Es geht mich nichts an, und ich hätte deine Ideen und Entscheidungen respektieren müssen. Und Nico … Nico könnte sich glücklich schätzen, dich zu haben.«

»Danke, Sam«, sage ich mit einem kleinen Lächeln. Es ist mir unangenehm, dass er meinen geheimen Plan so offen anspricht. Hoffentlich lauschen meine Eltern nicht.

»Und ich … ähm, ich hab was für dich gebacken.« Er reicht mir die Schachtel. »Ich hab mich an den klassischen Cornflakes-Marshmallow-Cookies versucht – kennst du die? Aber ich hab sie leicht abgewandelt und noch Erdnussbutterstückchen reingetan.« Ich nehme ihm die Schachtel ab, meine Hand streift seine.

»Na ja … dann. Ich wünsche euch einen schönen Abend.« Er schaut mich mit einem undefinierbaren Ausdruck an, dann wendet er sich ab und winkt leicht. Als er weggeht, werde ich rot.

Einundzwanzigstes Kapitel

Die ganze Fahrt über erzähle ich Lenore von meiner Schreibblockade, Carolines Plan und Sams Reaktion darauf. Erst zögere ich ein wenig, ob ich ihr alles anvertrauen soll, aber nach dem Gespräch mit Sam habe ich sowieso keine Chance, es unter den Teppich zu kehren.

Und wenn irgendjemand für diesen Plan zu haben ist, dann Lenore.

Zum Glück behalte ich recht.

»Ran an den Speck, Mädchen! Ich bin dabei«, sagt sie, während sie in einer Hand einen Keks hält und mit den Fingern der anderen Hand schnippt. Mit den Knien hält sie das Lenkrad, und ich muss mich sehr beherrschen, um nicht hinüberzugreifen. »Außerdem trennen er und Poppy sich aaaandauernd! Sie sind das totale Chaospärchen. Das geht schon seit Jahren so. Wird Zeit, dass er sich mal was Neues sucht!«

Ich widerstehe dem Drang, einen Freudentanz aufzuführen.

»Die Kekse sind saulecker!«, ruft sie und beißt so schwungvoll hinein, dass wir auf die andere Spur schlingern.

»Ja, Sam backt wirklich großartig.«

»Du hast echt Schwein mit Sammy Boy gegenüber, der dir

jeden Tag Gourmet-Leckereien bringt.« Sie schüttelt den Kopf, und der Minivan schüttelt sich mit. Ich halte mich unauffällig an der Beifahrertür fest. »Ich war mir sicher, dass zwischen euch was läuft, und jetzt so ein Plot Twist!«

»Sam und ich? Meine Güte, wieso denkt ihr das immer alle?«

Lenore zieht die Augenbrauen hoch.

»Ich meine, er ist ein guter Freund und ich mag ihn wirklich gern … aber nicht *so*. Er ist nicht mein Typ, wie er aussieht und so.« Ich beiße mir auf die Lippe. »Findest du es fies, wenn ich das so sage?«

Sie zuckt die Achseln. »Jeder gefällt irgendwem.«

Und mir gefällt Nico, definitiv nicht Hawaiihemd Sam.

Nico wohnt in Naples, einem vornehmen Viertel nicht weit von der Chrysalis und noch näher am Strand. Auf der Suche nach einem Parkplatz fahren wir mehrmals daran vorbei, und ich schaue aus dem Fenster auf den dunklen Ozean und hoffe, dass mich das beruhigt.

Die Häuser in dieser Gegend kosten Millionen – das weiß ich noch von einem Trip mit meiner Mutter nach Long Beach, als wir an einem Wochenende vor unserem Umzug die Stadt erkundet und die einzelnen Viertel angeschaut haben. Wir könnten uns niemals ein Haus in Naples leisten, aber meine Mutter hat mich trotzdem zu einer Hausbesichtigung mitgeschleppt und meinte, das wäre lustig. Das Haus war winzig und so nah am Nachbarhaus, dass man sich vermutlich durchs Fenster eine Tasse Zucker leihen könnte, und wurde für zwei Millionen angeboten. Als wir bei Nico ankommen, fängt mein innerer Taschenrechner an zu rattern, denn das Haus ist viermal so groß – und hat zwei Springbrunnen im Vorgarten.

»Wow.«

»Ja, die Luccheses haben echt Asche«, sagt Lenore und klemmt sich Sams Kekse unter den Arm. »Hast du noch nicht gesehen, dass das vierte Stockwerk der Schule nach ihnen benannt ist?«

Beim Reingehen fällt mir zuerst auf, dass alles so weiß ist. Nicht im Sinne von weißen Menschen. Obwohl eine Menge Weiße da sind – so wie Nico und die anderen Gründerkinder.

Ich meine, dass im Haus alles weiß ist. Weiße Wände, weiße Wollteppiche auf hellen Holzböden, weiße Ledersofas, weiße Fellkissen. Die einzige andere Farbe im Raum kommt von zwei Feigenbäumchen in weißen Körben mit Fransen. Es sieht aus wie aus einem Musikvideo oder einem Katalog oder so. Ich frage mich, wie sie es schaffen, alles so extrem weiß zu halten. Bei uns zu Hause läge nach weniger als vierundzwanzig Stunden über allem ein leichter Film aus Pizzafett, Krümeln und Staub. Es macht mich schon etwas nervös, dass die Gäste überall in Schuhen herumlaufen und alles anfassen. Nico wird alle Hände voll zu tun haben, wenn er das wieder sauber machen will, bevor seine Eltern kommen.

Nach dem überwältigenden Weiß fällt mir als Zweites Nico auf. Zunächst auf den Fotos an den Wänden. Sie sehen aus wie Fotos, die man schon gerahmt kauft. Die Vorzeigefamilie: Mutter, Vater, Tochter und Sohn – alle gut aussehend und adrett gekleidet. Und dann sehe ich den leibhaftigen Nico. Er hält Hof mit Poppy an seiner Seite, umringt von Freunden. Eindeutig eine On-Phase. Anscheinend hat er gerade etwas Witziges gesagt, denn alle um ihn herum brechen in Gelächter aus. Ein Junge ihm gegenüber lacht so sehr, dass etwas aus seinem Plastikbecher spritzt, aber Nico sagt nichts und gibt ihm auch keinen Lappen – er sagt einfach etwas anderes, worauf wieder alle lachen.

Dann blickt er auf und schaut mir quer durch den Raum in die

Augen, als hätte er gespürt, dass ich da bin. Er lächelt breit und winkt mir zu und mir stockt der Atem. Poppy folgt seinem Blick und sieht mich mit zusammengekniffenen Augen an – ich weiß nicht, ob in ihrem Blick Argwohn oder Abneigung liegt. Schnell schaue ich weg für den Fall, dass sie mir meine Gedanken ansieht.

»Ah, da ist ja dein Typ«, sagt Lenore und legt mir einen Arm um die Schultern. »Aber da ist auch sein Mädchen … Was sagt Carolines Plan dazu?«

»Ich möchte nicht darüber reden.«

»Alles klar.« Zum Glück reitet sie nicht darauf herum, so wie Sam … Ich weiß ja selbst, dass es verkorkst ist. Ich hoffe nur, dass sich das mit der Zeit ändert, bevor ich mich wirklich damit auseinandersetzen muss. »Vielleicht könnte Theo sich um sie kümmern. Du weißt ja, dass er sie am liebsten verschwinden lassen würde, damit sie ihm bei der Wintergala nicht wieder die Show stiehlt.«

Lenore zeigt auf ein Sofa, wo Theodore im blau gestreiften Hemd und Shorts eng umschlungen mit einem Tänzer sitzt, den ich schon mal in der Schule gesehen habe. Er ist groß, hat glatte, kupferfarbene Haut und beeindruckende Muskeln – die Theodore nacheinander erkundet, als wären sie allein.

»Hm … besonders heimlich sieht das aber nicht aus.«

Lenore schüttelt den Kopf. »Wahrscheinlich hat er was getrunken. Ein Schlückchen Wodka und schon geht es mit ihm durch. Apropos … ich hab Durst. Lass uns mal gucken, was sie hier für schicke Drinks haben.«

Sie zeigt zur Küche und zieht mich hinter sich her, und ich werde leicht panisch. Ich habe noch nie auch nur einen Schluck Alkohol getrunken. Die Vorstellung, die Kontrolle zu verlieren, finde ich furchtbar. Ich möchte immer den Überblick behalten.

Hier und jetzt hätte ich sogar gern noch mehr Kontrolle als sonst – warum gibt es dafür kein Getränk? Ich habe gar nicht darüber nachgedacht, was ich machen soll, wenn die anderen auf der Party Alkohol trinken, was ziemlich blöd war, denn natürlich trinken die meisten hier Alkohol. Ob Lenore mich kindisch findet, wenn ich nichts trinke? Oder Nico? Und wie will Lenore zurückfahren, wenn sie trinkt? Darüber haben wir nicht gesprochen.

Aber da sehe ich, wie Nico sich von Poppy löst, und ich kann an nichts anderes mehr denken als daran, mit ihm allein zu sein. Alles andere kann ich auf später verschieben.

»Ich muss erst mal auf die Toilette«, sage ich zu Lenore. »Ich komme nach.«

»Okay!« Sie geht davon und knabbert schon wieder einen Keks von Sam.

Nico geht durch einen kleinen Flur und ich folge ihm, quetsche mich an drei kichernden Theatermädchen und einem Jungen vorbei, der, glaube ich, in meinem Physikkurs ist. Nico geht in ein Zimmer, das nicht ganz so weiß ist – darin stehen ein buttergelbes Ledersofa und ein passender Eames-Stuhl, an der Wand hängt ein großes abstraktes Aquarell. Er durchquert das Zimmer und schlüpft hinaus in den Garten. Ich will ihm schon nachgehen, nachdem ich mich versichert habe, dass niemand mitbekommen hat, wie ich ihn stalke, aber dann halte ich kurz inne. Was war noch mal Nummer vier auf Carolines Liste? Einen besonderen Moment auf einer Party miteinander erleben? Das könnte jetzt die Gelegenheit sein, aber wie soll ich erklären, dass ich urplötzlich im Garten auftauche? Ich brauchte mal frische Luft … aber wenn er nun raucht? Würde ich ihn dann auch noch mögen? Vermutlich.

Nun denn, besonderer Moment, ich komme. Aber da sehe

ich durch die große Glastür, wie er eine Frau in einem taillierten schwarzen Spitzenkleid umarmt. Was ist das denn? Ich ducke mich hinter den Eames-Stuhl. Ich höre ihre Stimmen durch das offene Fenster.

»Geht's los?«, fragt Nico.

»Gleich«, sagt sie. »Aber erst müssen wir noch etwas besprechen.«

Hat Nico eine heimliche ältere Freundin? Weiß Poppy davon? Das würde mir den Happy-End-Plan definitiv vermasseln …

»Warum hast du's so eilig?«, fragt jemand mit tiefer Stimme. »Willst du nicht, dass deine Freunde uns sehen? Wir sind hip. Wir könnten absolut mit euch abhängen.«

Wer ist das denn jetzt?

Ich spähe an dem Stuhl vorbei und sehe die beiden, die mit Nico draußen stehen. Die Dame in Schwarz – ich bemerke ihre hohen Absätze mit den roten Sohlen und ihre riesigen geometrischen Ohrringe – und ein älterer Mann im schwarzen Anzug und Budapestern. Er sieht genauso aus wie Nico, hat die gleichen gewellten Haare, nur dass seine an den Schläfen graumeliert sind, was ihm einen distinguierten Ausdruck verleiht. Ich erkenne die beiden von den Familienfotos wieder.

Er redet mit seinen Eltern? Das ist seltsam. Oder? Ich meine, ich bin ja keine Party-Expertin oder so. Ich weiß das meiste aus Filmen, aber findet so was normalerweise nicht statt, wenn die Eltern übers Wochenende verreist sind? Allerdings war ich noch nicht auf vielen Highschool-Partys … genau genommen auf keiner. Vielleicht ist das bei Weißen anders. Oder bei Reichen.

Seine Mutter wirkt aufgebracht. »Nach dem, was Ms McKinney heute Morgen beim Kaffee gesagt hat, hätten wir dir die Party verbieten sollen.«

»Komm schon, Nella, so schlimm war es doch nicht«, beschwichtigt sein Vater.

»Wieso trefft ihr euch überhaupt mit ihr zum Kaffee?«, fragt Nico. »Ihr mögt sie doch gar nicht.« Seine Miene ist finster.

»Man weiß nie, wann so ein Kontakt mal von Vorteil sein könnte … für deine Zukunft. Sie hat wohl gerade die Filmrechte für ihren letzten Roman verkauft, aber wer weiß, ob das was wird?«

Jetzt verdreht Nico eindeutig die Augen. Ich ducke mich wieder, so dass ich nur noch ihre Stimmen höre.

»Sie hat erzählt, dass du gestern im Unterricht deinen Text vorgelesen hast und dass es nicht gerade berauschend war.«

»Das hat sie gesagt? Im Ernst?«, fragt Nico mit erhobener Stimme.

Sein Vater schaltet sich ein. »Das hat sie nicht gesagt, Nella.«

»Na ja, aber ich hab es herausgehört. Ich will nur sichergehen, dass du nicht unter deinen Möglichkeiten bleibst. Du willst bei der Gala ja nicht schon wieder übergangen werden, und in einem Jahr geht es mit den Bewerbungen fürs College los. Deine Schwester war zu der Zeit schon sehr viel weiter. Hast du den Artikel über die NYU gelesen, den ich dir geschickt habe? Jeffrey Eugenides hat dort eine Professur, weißt du …«

»Darüber will ich jetzt nicht reden!«, schnaubt Nico und dann ist es still bis auf das Füßescharren und die Musik aus dem Haus.

»Na ja, wir kommen gegen eins von der Wohltätigkeitsveranstaltung zurück«, sagt seine Mutter schließlich kühl. »Sorg dafür, dass bis dahin alle aus dem Haus sind, auch Poppy.«

»Übertreibt es nicht mit dem Alkohol!«, fügt sein Vater hinzu. »Und es wird nicht gefahren!«

»Und vergiss nicht, Grace Bescheid zu sagen, dass sie morgen früh zum Putzen kommen soll. Ich hab wirklich keine Lust auf diese roten Cheetos-Krümel überall.«

Sie scheinen sich auf den Weg zu machen. Ich nutze die Gelegenheit, durchs Zimmer und zurück ins Wohnzimmer zu springen. Nico soll mich nicht dabei erwischen, wie ich ihm hinterherspioniere. Und auch wenn ich so tun könnte, als säße ich rein zufällig dort, wäre es ihm bestimmt nicht recht, dass jemand das Gespräch belauscht hat. Seine Eltern waren hart zu ihm – richtig hart. Auf mir lastet zwar auch eine Menge Druck, zu schreiben, aber den Druck mache ich mir selbst. Ich will mir gar nicht vorstellen, wie es mir ginge, wenn meine Mutter sich mit meiner Lehrerin träfe und meine Texte »nicht berauschend« nennen würde. Wie schafft Nico es bloß, überhaupt etwas zu schreiben?

Durch den Flur, wo ein paar Gäste tanzen, gehe ich zurück in die Küche. Sie ist proppenvoll mit Leuten von der Chrysalis, die an der Marmortheke lehnen und ihre Becher mit wilden Mischungen aus verschiedenen Flaschen füllen. Und im schwach beleuchteten Wohnzimmer dröhnt ein Kanye-West-Song aus den Boxen (klar, Weiße lieben Kanye). In einer Ecke entdecke ich Grayson, der durch ein iPhone scrollt, das an eine Steckdose angeschlossen ist. Aber Lenore sehe ich nirgends … und auch sonst niemanden, den ich kenne. Und ich spüre die altbekannte Panik aufsteigen, als ich mir vorstelle, diese Party ohne Lenore durchzustehen. Vielleicht sollte ich einfach verschwinden, mir ein Taxi rufen …

»Tessa!«

Irgendwo im Raum wird mein Name gerufen, und erleichtert sehe ich Theodore auf dem Sofa, der immer noch seinen heimlichen Freund knuddelt. Ich gehe zu ihnen.

»Tessa! O Tessa, du Süße!« Er beugt sich vor, um mich auf beide Wangen zu küssen. »Und was für ein Kleid! Du siehst einfach hinreißend aus! Ein Engel, der aus dem All gesandt wurde, um uns mit seiner Schönheit zu beglücken.« Wieder küsst er mich auf die Wangen. Er ist ... so ungewöhnlich nett. Oder vermutlich betrunken. Aber ich mag den betrunkenen Theodore.

»Das ist Lavon«, sagt er und streicht dem Jungen neben ihm über die Schulter. Lavon trägt ein weißes Tanktop, das seine Arme zur Geltung bringt. Mit einem albernen Lächeln reicht er mir die Hand.

»Schön, dich kennenzulernen, Tessa. Theo hat schon viel von dir erzählt.«

Also darf ihn doch jemand Theo nennen.

Theodore beugt sich vor, hält eine Hand an den Mund und flüstert hörbar: »Er ist mein Freund.« Er dreht sich zu Lavon um und schaut ihn verzückt an, bevor er ihn erneut küsst. Kurz darauf machen sie schon wieder rum und ich sitze da wie ein Loser.

Ich will schon aufstehen, als sich jemand neben mich plumpsen lässt.

»Hi. Tessa, stimmt's?« Ich habe keine Ahnung, wer der weiße Junge im grünen Flanellhemd ist, und durchforste mein Hirn, denn er scheint mich zu kennen. Und da macht es Klick. Fedora. Nur dass er heute statt des Fedoras einen Männerdutt trägt. Vielleicht ist das ja sein Ausgeh-Look.

»Hey, ähm ... du.«

»Wir haben den Kurs bei Ms McKinney zusammen, oder?«

»Ja, genau. Jetzt erinnere ich mich!« Jedenfalls an deinen Hut.

»Was du da letzte Woche vorgelesen hast. Das war so schön. Du hast eine einmalige Stimme.«

Ich habe keine Ahnung, wovon er redet, denn ich habe ja überhaupt nichts vorgelesen. Verwechselt er mich mit jemandem? Will er mich angraben? Ehrlich gesagt, ärgert es mich ein bisschen, dass Fedora überhaupt hier ist. Hat Nico einfach jeden eingeladen?

»Mmm-hmm«, murmele ich, und Fedora erzählt von dem Text, an dem er gerade schreibt, irgendwas über Außerirdische, aber ich schalte ab. Ich wüsste gern, wo Lenore ist. Oder Sam ... wäre Sam doch mitgekommen. Mit ihm an meiner Seite wäre ich nicht so nervös. Aber er hätte alles verkompliziert, denn er hält ja nichts von meinem Plan.

Ich schiebe diese Gedanken beiseite, und da entdecke ich Nico auf der anderen Seite des Wohnzimmers. Er sieht wütend aus – das muss er ja auch sein, nach allem, was ich gerade gehört habe. Aber Poppy ist bei ihm, in einem übergroßen Top mit Leopardenmuster und kurzen Shorts, und sie küsst seinen Hals und hat die Hände um seine Hüften gelegt ... Meine Güte, was mache ich überhaupt hier?

Und dann läuft ein Cardi-B-Song, den ich irgendwie kenne, und *alle* fangen an zu tanzen. Tanzen!

Ich hasse Tanzen.

Alle erwarten von mir, dass ich gut tanzen kann, weil das nach ihrer Vorstellung alle Schwarzen können. Ich aber nicht. Und zwar wirklich gar nicht. Wahrscheinlich kommt das daher, dass ich nicht so loslassen kann, wie man es beim Tanzen muss. Ich will immer überlegt und beherrscht sein, und Tanzen ist das genaue Gegenteil. Ich denke zu sehr darüber nach, wie ich aussehe, wie meine Bewegungen auf andere wirken, und darum ist das für mich einfach nur anstrengend.

Deshalb tanze ich nicht. Niemals. Na ja, jedenfalls nicht in der Öffentlichkeit.

Und ja, auf Carolines Liste steht auch ein Punkt mit einem romantischen Tanz oder so was, aber das wird auf keinen Fall passieren.

Fedora steht auf und bewegt sich wie einer von den Peanuts,

Zweiundzwanzigstes Kapitel

Ich gehe an mehr Türen vorbei, als Menschen in diesem Haus wohnen. Wir haben in unserem Haus gerade genug Zimmer für die Familie, und so ist es bei den meisten, die ich kenne. Wie es wohl sein mag, in so einem Überfluss zu leben, Zimmer zu haben, die nicht einmal jeden Tag betreten werden. Sammelt sich dort Staub? Darum kümmert sich dann wohl Grace.

Die meisten Türen sind zu, doch am Ende des Flurs steht eine offen und dahinter brennt Licht. Wie gebannt lasse ich mich davon anziehen. Und als ich da bin, sehe ich Nico über ein großes Buch gebeugt auf dem Bett sitzen. Als ich genauer hinsehe, erkenne ich, dass er nichts Ernsthaftes liest wie die gesammelten Werke von Leo Tolstoi oder so. Nein, es ist *Harry Potter und der Stein der Weisen*, die illustrierte Ausgabe. Ich bin überrascht. Das passt nicht zu dem Bild von ihm, das ich mir geschaffen habe.

Ich drehe mich um und will schon zurück zur Party. Aber dann halte ich inne. Du schaffst das, sage ich mir. Oder wenigstens: Du machst das jetzt, und dann wird sich zeigen, ob du es schaffst. Mutig geworden, klopfe ich an den Türrahmen, und Nico blickt auf.

»Hi«, sage ich mit leicht erstickter Stimme.

»Hey.« Er lächelt. Über das ganze Gesicht. Ich nehme es als Einladung, hereinzukommen.

»Was liest du da?«, frage ich, obwohl ich es schon weiß.

Er zeigt mir das Cover und wird rot, was mich verwirrt. Sonst ist er immer so selbstsicher. »Es ist ein bisschen kindisch, ich weiß.«

»Überhaupt nicht! Ich hab Harry Potter geliebt. Also, ich liebe Harry Potter immer noch. Das sind meine Lieblingsbücher.« Ich rede zu viel, und ich sage das nur ihm zuliebe, denn das sind definitiv nicht mehr meine Lieblingsbücher. Um ein Haar plaudere ich meine Harry-Potter-Fan-Fiction-Vergangenheit aus, aber zum Glück gewinnt mein Selbsterhaltungstrieb die Oberhand.

»Cool. Meine auch.«

»Nur …« Soll ich das sagen?

»Nur was?«

»Es wäre nur schön, wenn es ein paar mehr braune Menschen in den Büchern gäbe. Das war in der Grundschule ein ziemliches Problem, wenn ich mich an Halloween verkleiden wollte.«

»Also, in *Harry Potter und das verwunschene Kind* ist Hermine Schwarz. Das hab ich vor ein paar Jahren am Broadway gesehen. Und J. K. Rowling hat gesagt, dass Dumbledore schwul ist, oder?«

Ich sehe ihn nur an, und er lacht und wirft den Kopf in den Nacken. Ermutigt gehe ich zum Bett und setze mich ans Fußende.

»Die Bücher«, fährt er fort, ohne darauf zu reagieren, dass ich auf seinem Bett sitze, »sie sind einfach … irgendwie sind sie tröstlich. Ich lese sie, wenn ich mich mies fühle. Gerade diese illustrierten Ausgaben – kennst du die? Der Wahnsinn.«

Er rückt näher heran, beugt sich zu mir rüber und zeigt mir die Seite, die er gerade gelesen hat. Darauf ist Hagrid zu sehen, wie er riesig vor Harry steht, ihre Gesichter werden vom Kaminfeuer erleuchtet, während Hagrid etwas enthüllt, das Harrys Leben für immer verändern wird. Das Bild ist schön, aber noch schöner finde ich das Gesicht des Jungen, der es mir zeigt. Seine dichten Wimpern und vollen Lippen. Seine so herrlich zerzausten Haare. Aus der Nähe sehe ich eine winzige Narbe über der Augenbraue. Ich möchte mit den Fingern darüberfahren.

Ich fange an zu reden, damit mein Herz sich beruhigt. »Ich weiß noch, als ich das Buch zum ersten Mal gelesen habe … da hat es mich richtig umgehauen. Dass Harry etwas ganz Besonderes war und niemand es wusste – dass eine ganz neue Identität auf ihn wartete. Schon klar, das Motiv ist altbekannt, der Erwählte und so weiter, aber damals fand ich es wahnsinnig spannend.«

Nico nickt und nimmt das Buch wieder auf den Schoß, aber er bleibt ganz dicht neben mir sitzen. »Durch J. K. Rowling habe ich kapiert, dass ich Schriftsteller werden will. Ich wollte so schreiben wie sie. Aber erzähl das nicht den anderen in der Chrysalis. Ich hab schließlich einen Ruf zu verlieren.« Schnell schüttele ich den Kopf und er lächelt. »Sie hat in der Welt echt was bewegt. Das will ich auch. Und berühmt werden! Ein gefeierter Autor sein.«

»Aber nicht genau wie sie. Oder?«, sage ich und forsche in seinem Gesicht nach einem Zeichen des Erkennens. Er sieht mich verständnislos an.

»Wegen, na ja, wegen dem, was sie gesagt hat«, rede ich weiter. »Das hat so viel von dem Zauber zerstört.«

Er zuckt nur mit den Schultern. »Sie ist immer noch berühmt.«

Ich überlege, ob ich noch mehr sagen soll. Caroline und ich haben lang und breit über das Thema gesprochen und unsere Wut und unseren Kummer geteilt, aber ich will Nico nicht wegstoßen, indem ich das jetzt vertiefe.

»Hey, welchen Band magst du am liebsten?«, fragt er.

Also gibt meine Miene anscheinend nicht preis, was in mir vorgeht. Ich beschließe, auf seine Frage einzugehen.

»*Der Gefangene von Askaban*.«

»Gute Wahl.« Er nickt. Ich hab seine volle Aufmerksamkeit. »Ich finde *Harry Potter und der Feuerkelch* am besten.«

»Warum?«, frage ich und füge schnell hinzu: »Nicht, dass was dagegen zu sagen wäre. Es ist super. Ich bin nur neugierig.«

»In dem Buch wird es richtig düster, weißt du, was ich meine? Und Harry merkt, dass er kein Kind mehr ist und dass alles Teil von etwas Größerem ist.«

»Es wird aber doch schon lange vorher düster! War dir der Basilisk nicht düster genug? Und, ähm, dass Harrys Eltern umgebracht wurden?«

»Aber das ist nicht vor seinen Augen passiert! Voldemort hat Cedric einfach so vor Harry abgemurkst. Das war echt düster.«

Ich lache, und er stimmt ein. »Ja, stimmt.«

Ich weiß nicht, ob ich es mir einbilde, aber er scheint noch näher zu rücken – seine Knie sind so nah an meiner rechten Hüfte, dass ich die Wärme spüre, die sie ausstrahlen.

»In welchem Haus würdest du wohnen?«, fragt er.

»Ich weiß nicht, ich finde, es müsste mehr Auswahl geben. Ist doch komisch, die Menschen in vier Persönlichkeitstypen zu unterteilen, oder? Ich meine, was wäre das für eine Welt, wenn es nur vier Sorten Menschen gäbe?«

»Ja, schon klar.«

»Aber ich wäre auf jeden Fall eine Ravenclaw.«

»Slytherin.« Er grinst. Und ich bilde es mir nicht ein, er ist eindeutig näher gerückt.

»Und was ist passiert?«, frage ich. »Ich meine, warum suchst du

Trost bei Harry Potter?« Ich versuche es ganz unschuldig zu sagen, als hätte ich nicht das Gespräch mit seinen Eltern belauscht.

Er senkt den Blick und atmet scharf ein, und ich habe schon Angst, dass ich die Situation falsch eingeschätzt habe – dass ich zu weit gegangen bin. Es kommt mir so vor, als müsste ich mich durch einen Hindernisparcours lavieren. Aber dann schaut er mich wieder an, mit großen Augen und verletzlichem Blick.

»Meine Eltern tun viel für die Kunst. Sie haben sogar geholfen, die Chrysalis aufzubauen, wusstest du das?«

Ich schüttele den Kopf und tue überrascht. »Nein. Wow.« Er braucht ja nicht zu wissen, was ich schon alles über die Gründerkinder gehört habe.

»Ja, und man könnte meinen, das wär was Gutes, denn die meisten Eltern wollen ja, dass ihre Kinder Ärzte oder Anwälte werden oder so. Eine Kunstakademie kommt für viele überhaupt nicht infrage. Meine Eltern ... die finden das alles ganz toll, aber ... sie erwarten, dass ich der Beste bin. Als wäre die Kunst ein Wettbewerb. Und das macht echt Druck.«

»Das tut mir leid, Nico«, sage ich. »Aber du bist so begabt. Bestimmt erkennen sie das. Der Text, den du gestern vorgelesen hast, war unglaublich stark. Ich bin so gespannt, wie es weitergeht.«

»Echt?« Ein Lächeln breitet sich auf seinem Gesicht aus, aber dann verfinstert sich sein Blick, wahrscheinlich weil ihm wieder einfällt, was seine Mutter darüber gesagt hat. »Ihnen reicht es jedenfalls nicht. Ich muss dieses Jahr für die Gala ausgewählt werden, damit meine Mutter auch nur halbwegs zufrieden ist.«

»Das klappt bestimmt. Niemand anders im Kurs ist so gut wie du.« Er wird wieder rot und mir wird am ganzen Körper warm.

»Danke, Tessa«, sagt er, und seine Stimme klingt weich und

sanft, und plötzlich wird mir bewusst, dass wir allein in seinem Zimmer sind. Allein in seinem Zimmer auf seinem Bett. Das Licht ist gedämpft und die Geräusche der Party sind weit weg, als wären wir in unserer eigenen kleinen Welt. Es ist kein Wandschrank, aber ich glaube fast, es ist noch besser. Nico und ich erleben einen besonderen Moment, die Nummer vier auf der Happy-End-Liste.

Verschwommen sehe ich Tallulah und Thomas in der gleichen Situation vor mir. Knie an Knie auf seinem Bett, ihre Lippen bewegen sich wie magnetisch angezogen aufeinander zu, doch dann stoßen sie zusammen, die Nasen sind im Weg und die Zähne klirren gegeneinander. Und schon – puff – lösen sie sich in Luft auf wie die Guten in diesem *Avenger*-Film, den ich mit meinem Vater angucken musste. Davon kriege ich Kopfschmerzen.

»Meine große Schwester war so ein Wunderkind«, fährt er fort und reißt mich aus meiner Beinahe-Inspiration. »Sie ist einfach ein Naturtalent. Sie studiert jetzt an der Juilliard. Als sie noch auf die Chrysalis ging, wurde sie immer für das Solo bei der Wintergala ausgewählt. Sogar schon als sie ganz neu an die Schule kam. Und meine Mutter erwartet, dass es bei mir mit dem Schreiben genauso läuft. Ich hab Angst, dass ich vielleicht nie gut genug bin. Dass ich nie, hm, an das rankomme, was meine Schwester alles erreicht hat. Verstehst du?«

»Mmm-hmm. Das muss echt hart sein, immer in ihrem Schatten zu stehen. Das kann ich mir vorstellen.«

»Ja? Hast du auch ältere Geschwister?«

»Einen Bruder – aber das ist was anderes.«

»Wieso?«, fragt er scherzhaft. »Ist er ein Loser?«

»Nein. Nein, nein. Mein Bruder hat eine Behinderung«.

Er guckt betroffen. »Oh, das tut mir leid.«

Er nimmt meine Hand. Und mein Körper spielt ein bisschen

verrückt, ich bin hin- und hergerissen zwischen diesen Worten, die ich so verabscheue, und der Tatsache, DASS ER MEINE HAND HÄLT. Mich berührt, in echt, nicht nur in meiner Fantasie.

»Das braucht dir nicht leidzutun«, bringe ich mühsam heraus.

»Bestimmt hast du viel von ihm gelernt«, fährt er fort, und jetzt drückt er meine Hand. »Wahrscheinlich kannst du deshalb so gut zuhören.«

Und ja, jetzt hat er nicht nur eine, sondern gleich zwei der typischen Antworten gegeben, die ich so verabscheue. Dazu die Sache mit J. K. Rowling.

Aber ... ich schiebe es beiseite. Das ist einfacher. Bestimmt hat es damit zu tun, wie sich meine Hand in seiner anfühlt, als hielte er nicht nur meine Finger, sondern mein ganzes Herz, mein ganzes Sein. Es ist, als würde ich innerlich einen Tanz vollführen, einen mit tollen Beinwürfen und Twerks und Schulter-Shimmy.

Und vielleicht sollte ich die anderen Sachen einfach nicht so eng sehen. Nicht jedes Wort auf die Goldwaage legen.

Ich versuche mir alle Details einzuprägen – seine weichen Handflächen, den Schreibknubbel an seinem Mittelfinger –, damit ich Caroline später davon erzählen kann. Und auch, damit ich alles in der Geschichte verwenden kann, die ich hinterher schreiben werde.

Dreiundzwanzigstes Kapitel

»Und was ist dann passiert?«, fragt Caroline, kaum dass ich zu Hause bin und sie anrufe, um die Neuigkeiten loszuwerden.

»Na ja, wir haben noch ein bisschen über die Texte gesprochen, an denen er gerade arbeitet. Und er hat mir ein paar seiner alten Notizbücher gezeigt. Stell dir vor – er hat in der Grundschulzeit *Avatar*-Fan-Fiction geschrieben!«

»Über *Der Herr der Elemente* oder den mit diesen gruseligen blauen Wesen?«

»*Der Herr der Elemente*.«

»Ach so, puh! Hast du ihm von deiner Fan-Fiction erzählt?«

»Spinnst du? Natürlich nicht!«

»Hey, er hat dir doch auch von seinen Sachen erzählt! Bestimmt fände er das cool.«

»Glaub ich nicht … Aber er hat gesagt, ich soll in der Mittagspause mal mit ihm und seinen Freunden essen. Und dass er mich besser kennenlernen möchte.«

Caroline quiekt so laut, dass davon garantiert Lola aufwacht.

»Mein Gott! Mein Gott! Ich bin einfach genial!«

»Werden wir das jetzt für immer und ewig auf dein Genie zurückführen?«

»Größtenteils schon. Aber gern geschehen. Und was ist noch passiert? Hat er dich aufs Bett geworfen und vernascht?«

»Nein, wir sind irgendwann einfach runtergegangen, und da hat Lenore gerade eine Polonaise durchs Wohnzimmer angeführt. Total abgedreht.«

»Sie ist dann aber nicht noch gefahren, oder?«

»Nee … Lavon, das ist Theodores heimlicher Freund, hat nichts getrunken und uns alle nach Hause gebracht. Sie muss morgen wahrscheinlich noch das Auto ihrer Mutter holen. Ich hoffe, sie kriegt keinen Ärger.«

»Wow«, sagt Caroline.

»Was ist?«

»Na ja … du hast gerade deine erste Highschool-Party überlebt. Ich bin so stolz auf dich. Ich sehe buchstäblich so aus wie der Emoji mit den Sternchenaugen.«

»Ich hab's nicht nur überlebt. Ich hab's genossen!« Ich lache und stelle mir Caroline vor, wie sie mich anstrahlt wie die Eltern ihr Kind bei der Schulabschlussfeier. »Und hey, du warst noch nie auf einer Highschool-Party!«

Jetzt lacht sie auch, aber ihr Lachen klingt anders als meins.

»Tessa, klar war ich schon auf Partys.«

»Echt? Wann?«

»Na ja, auf meiner ersten war ich, als ich meine Patentante besucht hab …«

»Aber das war im Juli! Wieso hast du das nicht erzählt?« Meine Stimme wird höher.

»Da warst du gerade umgezogen, und bei dir war so viel los. Da wollte ich nicht von meinem Kram anfangen.« Sie spricht ein bisschen sanfter, vermutlich weil ich leicht hysterisch klinge.

»Ich will aber, dass du mir deinen Kram erzählst! Ich will

auch über dich reden.« Das machen beste Freundinnen so, und wenn sie mir etwas so Wichtiges nicht erzählt, wächst die Kluft zwischen uns nur noch mehr. »Entschuldige, ich war einfach nur überrascht. Gab es noch mehr Partys?«

»Ja, auf einer war ich mit Brandon. Michael und Olivia waren auch dabei.«

»In diesem Schuljahr?«

»Hm-hm.«

»Meine Güte, Caroline, das ist ja so, als würdest du ein geheimes Leben führen! Wie hast du deinen Vater rumgekriegt?«

Sie senkt die Stimme zu einem kaum hörbaren Flüstern, als könnte er durch die Wand hören. »Ich hab gesagt, wir lernen für die Literaturprüfung – um besser als die anderen zu sein, weißt du? Und um zehn war ich wieder zu Hause.«

»Und, war die Party gut?«

»Ja, wirklich.«

Ich seufze. »Caroline, halt mich unbedingt auf dem Laufenden. Ich will immer wissen, was bei dir los ist. Und es tut mir leid, wenn ich …«

Sie lässt mich nicht ausreden. »Schon gut. Mache ich.«

Aber darauf folgt ein seltsames, langes Schweigen, das sich irgendwie schwer anfühlt und mir gar nicht gefällt. Ich möchte es so schnell wie möglich beenden, damit ich nicht darüber nachdenken muss, was es bedeutet. Offenbar hat Caroline denselben Gedanken, denn wir fangen beide gleichzeitig an zu reden und verstehen rein gar nichts. Wir lachen beide.

Sie sagt: »Du zuerst.«

»Ich wollte nur fragen, was der nächste Schritt in unserem Plan ist? Also, ich glaube, ich hab jetzt Nummer zwei hinter mir, Nummer vier … vielleicht sogar Nummer drei?«

Sie kichert, aber leiser als vorhin. Wahrscheinlich ist sie einfach müde. »Na ja, es ist ein flexibler Plan. Du musst die Punkte nicht in der vorgegebenen Reihenfolge abarbeiten. Das ist ja gerade das Brillante daran. Lass uns Montag weiter überlegen, wenn du mit ihm zu Mittag gegessen hast.«

»Okay, ja, gute Idee.« Ich gähne, und eine Sekunde später gähnt sie auch. Es ist albern, aber auf einmal fühle ich mich ihr ganz nah, obwohl wir so weit voneinander entfernt sind.

»Heute Abend ist es mit Nico so super gelaufen. Hast du … hast du Lust zu schreiben?«

»Noch nicht.« Aber es ist nur eine Frage der Zeit, das weiß ich.

Vierundzwanzigstes Kapitel

Als ich am Montagmorgen aus dem Haus komme, steht Sam nicht wie sonst an seinem Auto. Ich warte fünf Minuten, aber er taucht nicht auf. Hat er vielleicht verschlafen? Oder über einem komplizierten Rezept die Zeit vergessen?

Ich will ihm nicht auf den Wecker gehen, aber ich muss wissen, ob ich mich um eine andere Mitfahrgelegenheit kümmern muss. Ich warte noch ein paar Minuten, dann gehe ich die Treppe zu seinem Haus hoch und klopfe an die Tür – leise, für den Fall, dass seine Mutter noch schläft. Doch zu meiner Überraschung macht sie die Tür auf, nicht Sam.

Ich habe Audrey Weiner schon mal im Fernsehen gesehen. Sie hat eine eigene Show auf Food Network, und ich bin mir ziemlich sicher, dass sie einmal, als ich krank zu Hause geblieben bin, in der Talkshow von Whoopi Goldberg zu Gast war. Ich wusste also schon, wie sie aussieht, aber es ist trotzdem komisch, sie persönlich zu treffen – einfach so, im Haus gegenüber. Statt der perfekt sitzenden leicht ausgestellten Kleider, die sie in ihrer Sendung trägt, hat sie jetzt einen geblümten Kimono in Weinrot und Rosé über einem getupften Schlafanzug an, und der für sie typische kastanienbraune lockige Bob wird von einem breiten Haarband zurückgehalten. Vertraut und doch wieder nicht. Das ist so, als würde man Micky Maus ganz privat treffen, außerhalb von Disneyland.

»Ach, Tessa, du bist's!«, sagt sie mit leuchtenden Augen. »Wie nett, dass ich dich endlich mal kennenlerne! Ich habe schon so viel von dir gehört, von Sam und deiner reizenden Mutter.« Wir wohnen jetzt schon seit ein paar Monaten hier, aber Audrey Weiner und ich sind uns noch nie richtig begegnet – obwohl ich, seit ich weiß, dass sie eben nicht nur Sams Mutter ist, schon ein paarmal schamlos versucht habe, einen Blick auf sie zu erhaschen. Und übrigens bin ich immer noch neugierig, weshalb sie hier in Long Beach wohnt, und nicht mal im größten Haus der Straße.

»Ms Weiner, hallo – ja, sehr nett Sie kennenzulernen.« Ich bin ein bisschen nervös, als wäre ich plötzlich im Fernsehen, nur weil sie beim Fernsehen ist.

»Nenn mich ruhig Audrey!« Ja, klar. Ich glaube nicht, dass ich das über die Lippen bringe. »Du musst bald mal zu uns zum Essen kommen, wenn ich abends nicht arbeiten muss. Sam mag dich richtig gern.« Sie drückt mir die Schultern, als würden wir uns seit Jahren kennen. »Ich freue mich so, dass er so eine gute Freundin gefunden hat.«

»Ja, das wäre schön mit dem Essen. Sehr nett von Ihnen.« Ich trete unbehaglich von einem Fuß auf den anderen. »Also, eigentlich bin ich rübergekommen, weil, hm, wo ist Sam?«

Ehe sie antworten kann, taucht er hinter ihr an der Tür auf. Ich traue meinen Augen kaum. Denn er sieht so … anders aus. Total anders. Seit ich ihn das letzte Mal gesehen habe, hat er sich die Haare schneiden lassen. Sie sind jetzt kurz und glänzend, was sein Gesicht völlig verändert. Die Linie seines Kinns, die unter seiner Zottelmähne fast verschwand, ist kräftig und markant. Er sieht gut aus und irgendwie selbstbewusster. Und trotzdem wie Sam. Verrückt.

»Du warst beim Friseur«, sage ich, als wäre das nicht offensichtlich.

»Ja, immer zweimal pro Jahr«, sagt Ms Weiner mit einem Schnauben, und ich lache. Aber ich verstumme augenblicklich, als Sam rot wird. Dann war das gar kein Scherz.

»Du … ähm, es sieht gut aus.«

»Danke«, sagt er und zeigt sein Grübchen. Dann wird seine Miene ernst. »Dann fahren wir also immer noch zusammen?«, fragt er. Aber es klingt nicht bissig. Ich höre Sorge heraus und … noch etwas anderes. Ms Weiner schaut verwirrt zwischen uns hin und her.

»Ähm … ich dachte schon«, sage ich langsam.

»Okay, ja. Okay«, sagt er und kneift die Augen zusammen, als müsste er über ein vertracktes mathematisches Problem nachdenken. »Ich dachte nur … Ich hatte Angst, dass du vielleicht noch sauer auf mich bist oder so. Ich war …«

»Du warst was?«, frage ich.

»Ich weiß nicht. Nur … ach was, schon gut. Es ist nichts.«

Er ist knallrot, und jetzt sieht Ms Weiner uns an, als müsste sie ein Lächeln unterdrücken.

Er nimmt seine Schulsachen. »Fahren wir.«

Als wir den Pacific Coast Highway entlangfahren, fängt er wieder davon an. Er schaut geradeaus, nicht zu mir.

»Dann ist zwischen uns alles in Ordnung?«

»Ja, klar«, versichere ich ihm. Mir war nicht bewusst, dass es so eine große Sache war – dass es ihm so viel bedeutet. Noch nie hat jemand mich so oft gefragt, ob alles okay ist, höchstens vielleicht meine Mutter.

»Tut mir leid, wenn ich nerve«, sagt er und reibt sich die Wange.

Er schaut kurz zu mir rüber. »Ich wollte nur sichergehen, weil … ich bin gern mit dir befreundet.«

Mir wird am ganzen Körper warm.

»Ich bin auch gern mit dir befreundet.«

Wenn ich mich zu Nico und seinen Freunden setze, heißt das nicht, dass ich Sam im Stich lasse, sage ich mir, als ich in die Mittagspause gehe. Aber was ist, wenn Nico vielleicht betrunken war, als er mich eingeladen hat – oder wenn er nur Spaß gemacht hat? Was ist, wenn er am nächsten Morgen aufgewacht ist und auf der Stelle bereut hat, dass er so nett zu dem Sozialfall war? Wenn ich mir nur eingebildet habe, dass da irgendwas zwischen uns war?

Ich setze mich auf meinen angestammten Schaukelstuhl zwischen Lenore und Theodore und bin froh, einfach mit meinen Freunden abzuhängen und mich nicht stressen zu müssen. Doch als ich aufblicke, beschattet Nico die Augen mit einer Hand und sieht direkt zu mir herüber. Er winkt mich zu sich.

»Ähm, Tessa?«, sagt Lenore.

»Siehst du das auch?«, frage ich.

»Mmm-hmm.«

»Es ist also keine Fata Morgana?«

»Nee.« Sie lacht. »Ich glaube, er möchte, dass du rüberkommst.« Theodore blickt leicht interessiert auf. Zum Glück ist Sam noch nicht da.

»Okay … Soll ich?«

»Klar! Schnapp ihn dir, Sis.« Ich stehe auf, und sie gibt mir einen Klaps auf den Po, wie eine Trainerin vor einem wichtigen Spiel.

Während ich über den Rasen gehe, spüre ich alle Blicke in meinem Rücken, obwohl das natürlich nur Einbildung ist. Es ist bloß die Mittagspause. Warum mache ich so ein Riesending daraus?

Doch als ich zu ihnen auf den Rasen komme, fühlt es sich noch riesiger an. Ich überlege, was als Nächstes passiert, und mein Herz schlägt im Rekordtempo.

»Hey!«, sagt Nico und schenkt mir ein schläfriges Lächeln. »Deine Freunde können auch gern dazukommen.«

Ich drehe mich zu Lenore und Theodore um und sehe gerade noch, wie sie sich umdrehen und auf einmal höchst interessiert Lenores Dose mit aromatisiertem Mineralwasser betrachten. Wenn sie mich aus der Nähe beobachten würden, wäre ich bestimmt noch nervöser.

»Nee, schon gut.«

Rhys winkt mir zu und Grayson stützt sich lässig auf den Ellbogen, reckt das Kinn in meine Richtung und sagt »Hi«.

Okay, die beiden scheinen kein Problem mit mir zu haben. Vielleicht mache ich mich wegen gar nichts verrückt. Aber da sieht Poppy mich mit unverhohlener Abneigung von oben bis unten an und wendet sich zu Nico. »Was macht die denn hier?«

»Sie ist eine Freundin von mir«, sagt Nico und zuckt mit den Schultern.

»Seit wann das?«, fragt Poppy eisig und verzieht den Mund.

Grayson ruft »Tja!« und lehnt den Kopf zurück, und Rhys betrachtet mich gleich mit etwas mehr Interesse. Nico wirkt völlig unbeeindruckt. Er nimmt Poppys Hand und zieht sie hoch. »Einen Moment, Tessa. Wir müssen kurz was bereden.«

Sie gehen in Richtung Gehweg. Nico verschränkt seine Finger mit Poppys und zieht sie fest an sich. Ihr Kopf passt genau unter sein Kinn. Ich schaue weg.

»Jetzt weiß ich's wieder, wir haben uns auf der Party gesehen«, sagt Grayson und nickt. »Du bist mit der anderen Schwarzen gekommen.«

Theoretisch ist daran wohl nichts verkehrt, trotzdem sträubt sich etwas in mir.

»Sie heißt Lenore. Und ja, wir waren da.«

Rhys schnippt mit den Fingern. »Hey, stimmt. Ich hab auch gesehen, wie du mit Nico die Treppe runtergekommen bist. Was genau habt ihr da oben gemacht?« Er wackelt mit den Augenbrauen.

Ich zucke die Achseln. »Über Harry Potter geredet.«

»Ach so.« Er guckt enttäuscht. »Na ja, freut mich, dass er jemanden gefunden hat, mit dem er über sein Nerd-Thema quatschen kann.« Er holt sein Handy heraus, und so, wie er sich zufrieden durch die Haare streicht, guckt er hundertprozentig nur sich selbst in der Kamera an.

»Na gut, ich geh dann mal wieder«, sage ich und stehe auf. So hatte ich mir das nun wirklich nicht vorgestellt.

»Tessa!«, ruft Nico und kommt zurück. Er lächelt so strahlend wie zuvor, ganz im Gegensatz zu Poppy, die ein kleines Stück hinter ihm hergeht. Sie feuert einen tödlichen Blick auf mich ab und geht in Richtung Schulgebäude davon.

»Tut mir leid«, sagt er und setzt sich. Ganz automatisch setze ich mich auch. »Sie ist einfach …« Er macht eine Handbewegung, als würde er etwas verscheuchen. »Sie ist verärgert, aber wenn du morgen herkommst, hat sie sich schon wieder eingekriegt.«

Der Blick, den Rhys und Grayson tauschen, entgeht mir nicht.

»Kann ich dich was fragen?« Nicos Miene ist jetzt wieder ernster, sogar ein bisschen finster.

Könntest du morgen Mittag lieber nicht herkommen? Denn meine On-off-Freundin ist im Moment wieder on, und sie weiß genau, was du im Schilde führst, und wir machen bei diesem durchsichtigen Spielchen nicht mit.

»Klar.«

»Was genau ist eigentlich türkischer Honig?«, fragt er und rutscht näher zu mir. Damit hatte ich nun wirklich nicht gerechnet. »Darüber denke ich schon den ganzen Vormittag nach. Du hast doch auch die *Chroniken von Narnia* gelesen, oder? Logisch. Da reden sie immer über türkischen Honig, als wär das etwas, das alle Kinder kennen müssten. Und es muss verdammt lecker sein, sonst würde Edmund sich deswegen ja nicht wie ein Arschloch benehmen.«

Es ist eindeutig, dass er die Stimmung auflockern will, und es funktioniert.

Ich lache. »Wir können das bestimmt googeln, aber ich hab es mir immer so vorgestellt wie ... Toffee?«

»Vielleicht Toffee mit einem kleinen Extra«, sagt er und tut so, als würde er an einem Joint ziehen.

Von da an ist es viel entspannter, Nico und ich unterhalten uns genauso locker wie Samstagabend. Und Rhys und Grayson sind gar nicht so blöd, wie ich dachte. Rhys stellt mir alle möglichen Fragen über den Norden Kaliforniens und ist sogar noch interessiert, als ich ihm erzähle, dass Roseville absolut nicht mit San Francisco zu vergleichen ist. Und Grayson bietet mir am Ende der Pause an, meinen Müll wegzubringen, was doch ziemlich nett ist.

Schließlich ist der kleine Zwischenfall mit Poppy fast vergessen. Oder jedenfalls habe ich mein Bestes gegeben, um ihn aus meinen Gedanken zu verscheuchen. Sie war wirklich stinksauer – aber eigentlich war es gut für mich.

Bin ich ein schlechter Mensch, wenn meine Liebesgeschichte nur Fahrt aufnehmen kann, wenn eine andere Liebesgeschichte zerstört wird?

Bin ich ein schlechter Mensch, wenn ich es mir trotzdem wünsche?

Fünfundzwanzigstes Kapitel

»Setzt du dich heute zu uns, oder nimmst du mal wieder die Dauereinladung der Chrysalis-Bourgeoisie an?«, fragt Theodore und schiebt seinen Stuhl an meinen Tisch. Wir haben Geschichte bei Mr Gaines, der nach dem Turbo-*Hamilton*-Rap am ersten Tag dazu übergegangen ist, auf dem Pult zu sitzen und Filme zu zeigen, die nur entfernt mit Geschichte zu tun haben. Wir müssen uns also gar nicht besonders zurückhalten.

»Hey!«, rufe ich flüsternd.

Theodore verzieht den Mund zu einem höchst subtilen Lächeln zum Zeichen, dass das ein Scherz war. Gewissermaßen. »Ich will nur wissen, ob du uns mit deiner Anwesenheit beehrst. Nicht dass es mir irgendwie wichtig wäre.«

»Du tust so, als würde ich nie mehr die Pause mit euch verbringen!« Das kommt richtig laut heraus und trägt mir einen halb strengen Blick von Mr Gaines ein. Wir schauen beide wieder nach vorn und tun so, als würden wir uns den Film ansehen.

Neuerdings verbringe ich die Mittagspause an zwei Tagen pro Woche mit Nico und seinen Freunden. Vielleicht auch drei, höchstens. Genug, um mich in ihren Rhythmus einzufinden und ein Gefühl für diese Leute zu bekommen, die ich bisher nur über den Rasen hinweg beobachtet habe. Wie zum Beispiel, dass Rhys' ständig Videos für seine Instagram-Storys und für YouTube (vermutlich ist er dort halbwegs berühmt) aufnimmt, angeblich ganz beiläufig, aber er macht jedes Mal mindestens vier Aufnahmen. Oder dass Grayson immer übertrieben cool rüberkommen will (»Echt lit, das Kleid ist lowkey dope, Tess!«), was aber außer mir niemand peinlich findet.

Und Nico. Er trinkt jeden Tag grünen Saft – die richtig gesunde Sorte, ausschließlich Gemüse. Er trägt nicht gern Socken, weil er sich darin eingeengt fühlt. Manchmal ist er gern einfach still und liegt in der Sonne wie eine Eidechse auf einem Stein, die müden Lider unter den schweren Wimpern gesenkt. Und er sorgt ständig dafür, dass ich mich nicht ausgeschlossen fühle, fragt mich immer nach meiner Meinung zu allem Möglichen und macht obskure Harry-Potter-Anspielungen, die nur ich verstehe. Ich sammle alle noch so kleinen Informationen, als würde ich einen seltenen Vogel erforschen.

Es ist aufregend, in ihren Kreis aufgenommen zu werden und eine Person zu sein, nach der Nico über den Rasen hinweg Ausschau hält. Aber Lenore ist seit meinem ersten Tag hier die Freundin, die ich nie verlieren möchte, und auf Theodore und Sam möchte ich ebenso wenig verzichten. Ich möchte sie auf keinen Fall für neue Bekanntschaften im Stich lassen.

»Tut mir leid, wenn ich zu oft mit ihnen abhänge«, sage ich, als Mr Gaines nicht mehr auf uns achtet.

»Machst du nicht«, sagt Theodore schnell und gibt einen Laut zwischen Schnauben und Lachen von sich. »Ich ziehe dich nur ein wenig auf. Vielleicht bin ich nur verbittert, weil du so viel Zeit mit meiner Erzfeindin verbringst.«

»Poppy hat garantiert keine Ahnung, dass sie deine Erzfeindin ist«, sage ich, und Theodore verdreht die Augen. »Und ich verbringe ja auch keine Zeit mit ihr. Sie hasst mich vermutlich genauso wie du sie.«

Ob ich will oder nicht, auch über Poppy lerne ich eine Menge. Dass sie jeden Tag einen Tsatsiki mitbringt, obwohl sich alle über den Geruch beklagen, und dass sie ab Oktober unechte Pelzjacken anzieht und Socken in ihren Birkenstocks trägt, obwohl es immer noch tausend Grad sind. Dazu ihr unglaubliches Talent, mich zu ignorieren – selbst wenn ich nur einen Meter von ihr entfernt sitze.

»Aber nur weil du versuchst, ihr den Freund auszuspannen«, sagt Theodore nüchtern.

Mir klappt buchstäblich die Kinnlade runter.

Bevor ich ausflippe, drückt er meinen Arm – das gab es noch nie – und sieht mir in die Augen, was auch nicht gerade oft vorkommt. »Hey, ich verurteile dich nicht. Es ist nichts Schlimmes daran, wenn du versuchst, das zu kriegen, was du haben willst.«

Ich grinse ihn an. »Nachdem wir mein Liebesleben gründlich diskutiert haben, können wir jetzt mal deins analysieren. Ich hab mich ja neulich mit Lavon unterhalten …«

»Ach, halt die Klappe.« Er scheucht mich weg und rückt mit seinem Stuhl wieder an seinen eigenen Tisch. »Warum verbringst du die Pause heute nicht mit meiner Erzfeindin? Ihr amüsiert euch bestimmt prächtig miteinander.«

Theodores Segen habe ich also, und Lenore geht ganz in dem Plan ›Schnapp dir den Kerl‹ auf, wie sie ihn jetzt nennt. In den Mittagspausen und wenn wir Nico mal im Flur begegnen, schiebt sie mich regelrecht zu ihm hin.

Sam dagegen kann oder will die Kluft nicht überbrücken.

Meistens sehe ich ihn gar nicht draußen, wenn ich auf dem Rasen sitze. Als ich ihn einmal darauf ansprach, sagte er nur, er habe in der Küche mit Giancarlo zu tun. Offenbar haben sie ihr Mise-en-Place-Drama geklärt.

Deshalb wundere ich mich, als er eines Tages mit entschlossener Miene zu uns herüberkommt. Er trägt ein Hawaiihemd, was nicht weiter überraschend ist, dazu jedoch eine schwarze Jeans, die ausnahmsweise gut sitzt. Das ist mir schon am Morgen aufgefallen, als wir aus dem Auto gestiegen sind. Damit sieht die übliche Kombination fast okay aus.

»Weiner!«, brüllt Grayson, als er Sam sieht, und Sam zuckt fast unmerklich zusammen.

»Hey, Sam«, sage ich betont fröhlich, um Graysons Benehmen auszugleichen.

»Tut mir leid, ich wollte euch nicht stören …«

»Du störst nicht«, sage ich entschieden. »Willst du dich setzen?«

»Komm zu uns, Alter!«, sagt Nico und streckt den Arm aus. Ich sehe den anderen nicht ins Gesicht, denn falls sie ein Problem damit haben, möchte ich es lieber nicht wissen.

»Schon gut.« Sam winkt ab. »Ich wollte dich nur was fragen, Tessa. Ist es okay, wenn wir auf unserem Heimweg ein paarmal anhalten? Hat mit Hausaufgaben zu tun.«

»Ja, klar.«

»Auf unserem Heimweg, hmmm?«, sagt Poppy, als Sam gegangen ist. »Ihr beide wärt ein süßes Paar, du und Weiner. Gib ihm eine Chance, Tessa. Ich glaube, ihr beide wärt superglücklich.«

Das ist vermutlich mehr, als Poppy je zu mir gesagt hat, und einen kleinen Moment lang haut es mich um. Aber noch ehe ich eine Antwort parat habe, schaltet Nico sich ein.

»Sie sind nur Freunde«, sagt er, und vielleicht überinterpretiere ich das, aber es klingt ein bisschen gereizt. Er sieht mich wie zur Bestätigung an, und sein Blick ruht eine halbe Sekunde länger auf mir als nötig.

Später mit Sam im Wagen brenne ich darauf, diesen kleinen – und doch so bedeutsamen – Moment mit Nico auseinanderzunehmen und seinen Blick bis ins Kleinste zu analysieren. Aber vor Sam kann ich Caroline nicht anrufen, und ich will Lenore keine ellenlange Textnachricht schreiben. Zum Glück lenken Sams Zwischenstopps mich ganz gut ab.

»Das sollen Hausaufgaben sein?«, frage ich, als wir nicht weit von zu Hause vor einem weißen und kaugummirosa Gebäude auf der Atlantic Avenue halten. Ein sich drehendes Cupcake-Schild verrät, was uns drinnen erwartet.

Er grinst mit seinem typischen Grübchen. »Hausaufgaben für mein Profilfach. Hast du Lust, ein paar Desserts zu probieren?«

»Na, bevor ich mich schlagen lasse …«

»Das ist wirklich selbstlos von dir.«

Drinnen gibt es auf Tortenständern aus Milchglas nicht nur Cupcakes, sondern auch Törtchen, Macarons und Kuchen am Stiel. Sam bestellt eine große Auswahl, dann setzen wir uns an ein Tischchen und teilen alles. Als ich einen Schokoladen-Cupcake mit dicker süßer Glasur zerteile, durchfährt mich der Gedanke, dass das jetzt für jeden Außenstehenden so aussehen muss wie ein Date.

»Wie findest du den?«, fragt er und beobachtet mich, während ich einen Bissen nehme.

»Kann ich einen Cupcake heiraten?«

Er lacht. »Ja, ich finde auch, die Glasur aus Erdnussbutter, Frischkäse und Salzkaramell ist ein guter Kontrapunkt zu der schweren Schokoladenganache.«

Er kritzelt etwas in sein Notizbuch, und genau wie damals, als er zu Hause in seiner Küche gebacken hat, schaue ich ihm mit einem Flattern in der Brust zu, das ich nicht verstehe, denn es ist ja nur Sam – vielleicht kommt es daher, dass es etwas Besonderes ist, jemandem zuzuschauen, der so leidenschaftlich in seiner Kunst aufgeht. Mir wird bewusst, wie sehr ich das vermisse, was ich einmal hatte.

Ich habe ihn wohl ein bisschen zu intensiv angestarrt, denn er blickt plötzlich auf und zieht eine Augenbraue hoch.

»Ich hab nur gerade gedacht, dass du die besten Hausaufgaben der Welt hast. Vielleicht muss ich das Profilfach wechseln.«

»Ja, und dabei sind wir noch lange nicht fertig.«

Der zweite Stopp ist eine Eisdiele ein paar Straßen weiter.

»Okay, wir bestellen am besten eine Auswahl verschiedener Sorten«, sagt er, als wir in der Schlange stehen. Er reibt sich die Hände und betrachtet die bunte Mischung. Es ist irgendwie süß, wie ernst und aufgeregt er plötzlich aussieht, als müsste er entscheiden, welchen Draht der Zeitbombe er durchtrennen soll.

»Gibt es auch Sorten ohne Milch?«

»O nein«, sagt er bestürzt. »Hast du eine Allergie?«

Ich überlege, wie ich einem Jungen elegant erklären kann, dass ich von Eiscreme pupsen muss wie blöd. Bis mir einfällt, dass es ja nur Sam ist, also sage ich es ihm genau so. Er krümmt sich vor Lachen und bemerkt die weißhaarige Frau vor uns gar nicht, die sich kopfschüttelnd umdreht und uns böse Blicke zuwirft.

Als wir dran sind, bietet uns das sommersprossige Mädchen hinter der Theke kleine Probierlöffel von jeder Eissorte an. Sam kostet alles konzentriert wie Wein in einem Sternerestaurant.

»Oh, und die hier müsst ihr unbedingt nehmen«, sagt das Mädchen und reicht uns einen weiteren Löffel. »Das ist unsere beliebteste Sorte: Long Beach Crack.«

Sam nimmt den Löffel begeistert, während ich naserümpfend abwehre.

»Ach, komm schon, Tessa! Das musst du probieren! Das ist saulecker.«

»Da sind Toffeestückchen drin, aus Ritz Crackern«, erklärt das Mädchen. »Das macht süchtig, was? Daher auch der Name. Kapiert?« Sie lacht ein glockenhelles Lachen.

»Nein danke«, sage ich mit einem gezwungenen Lächeln, und als Sam mich fragend ansieht, mache ich eine Kopfbewegung zur Tür.

Als Sam endlich sechs Sorten ausgesucht hat – dreimal gewöhnliche Eiscreme und dreimal Sorbet (unsere Nasen werden es uns danken) –, setzen wir uns raus und er fängt sofort davon an.

»Was war denn los? War es dir unangenehm, das Eis zu probieren? Ich weiß, dass du nicht so viel Milcheis essen willst, weil … äh …« Er macht ein Pupsgeräusch, was viel schlimmer ist, als es einfach auszusprechen. Trotzdem müssen wir beide kichern. »Aber die anderen hast du ja auch probiert, was war denn mit dem letzten?«

»Ich kann es einfach nicht leiden, wenn Leute – okay, weiße Leute – nur zum Spaß sagen, dieses oder jenes ist wie Crack. Kannst du das verstehen? Ich finde, wenn man nicht aufhören kann, Schokolade zu essen oder so, ist das ja wohl was völlig anderes als eine Drogen-Epidemie, die das Leben so vieler Menschen zerstört. Das ist einfach unsensibel.«

Er runzelt die Stirn und nickt, während er darüber nachdenkt. Er wirkt immer so, als würde er mir ganz intensiv zuhören, als wäre jedes Wort wichtig. Das ist schön.

»Wahrscheinlich ist es albern, dass ich mich darüber aufrege, denn es ist ja nur ein Wort, aber …«

»Überhaupt nicht.« Mit entschlossener Miene steht er auf. »Komm, wir sollten ihr das sagen.«

Ich fasse ihn an der Hand und ziehe ihn zurück an den Tisch. »Nein! Nein, nein. Auf keinen Fall.«

Zum Glück setzt er sich wieder hin. Und er drückt meine Hand, bevor er sie loslässt. Vermutlich ein Reflex. Er wird rot.

Nach einem etwas peinlichen Schweigen räuspert er sich. »Und, hm, wie kommst du mit deinem Plan voran?«, fragt er. Jetzt werde ich rot.

»Sollen wir echt darüber reden?« Ich will nicht, dass wir wieder streiten.

»Hm, stimmt, besser nicht.« Er seufzt. »Ich bin nur neugierig, ob du wieder schreibst.«

»Nein«, gestehe ich, »aber vielleicht bald ... das hoffe ich jedenfalls.« Wieder denke ich daran, wie beglückt er aussah, als er beim letzten Stopp in sein Notizbuch geschrieben hat. »Es fehlt mir wirklich, weißt du? Ich hatte ständig ein Notizbuch dabei, damit ich die Zeit nutzen konnte, wenn ich mal Leerlauf hatte. Manchmal bin ich sogar mitten in der Nacht aufgewacht mit Worten, die mir durch den Kopf schwirrten, bin aus dem Bett gesprungen und habe angefangen zu schreiben. Das war so was wie die Konstante in meinem Leben. Ich habe es geliebt zu schreiben. Oder ich liebe es, glaube ich, im Präsens – das hoffe ich jedenfalls. Wenn ich geschrieben habe, war ich echt glücklich.« Zu meiner Überraschung werden meine Augen feucht. Hoffentlich merkt er es nicht.

»Dann kommt es auch wieder. Wenn man etwas so sehr liebt, verliert man es nicht«, sagt er sanft. Ich weiß nicht, wie er sich da so sicher sein kann, denn es ist ja überhaupt nicht sicher.

»Aber nur weil ich es liebe, heißt das ja noch lange nicht, dass ich es gut kann. Vielleicht ist es besser, dass ich das jetzt einsehe.«

Er schüttelt den Kopf. »Wir reden hier ja nicht davon, ob du es gut kannst. Wir reden darüber, dass du es machst. Schreiben. Das sind zwei unterschiedliche Sachen.«

»Nicht an der Chrysalis. Ich muss gut sein, um auf der Schule bleiben zu können … nicht nur gut, sondern sogar brillant! Es hat keinen Sinn zu schreiben, wenn ich darin nicht brillant bin.«

Er sieht aus, als wollte er etwas sagen, aber da klingelt mein Handy. Es ist meine Mutter, sie klingt hektisch.

»Tessa, wo steckst du? Ich muss in fünf Minuten los zum Buchclub, und denk dran, dass dein Vater heute Abend ein Essen mit Kunden hat, das wird sicher spät.«

Der Buchclub. Das hatte ich total vergessen. Um ein bisschen mehr rauszukommen, ist sie einem Buchclub mit anderen Müttern behinderter Kinder beigetreten. Ehrlich gesagt, scheint es mir eher ein Trinkclub zu sein, denn sie kommt immer spät mit dem Taxi und sehr fröhlich nach Hause. Ich hatte angeboten, mich heute Abend um Miles zu kümmern, damit sie hingehen kann. Und ich habe gemerkt, dass es ihr schwerfiel, mich darum zu bitten.

»O nein!« Ich habe ein furchtbar schlechtes Gewissen. »Das tut mir so leid, Mom. Ich bin gleich zu Hause.«

Ich schaue Sam an. Ich weiß nicht, ob es am Zuckerrausch liegt oder was auch immer, jedenfalls bin ich noch nicht bereit, diesen Nachmittag – fast schon Abend – zu beenden.

»Hey, hast du Lust, mit Miles und mir abzuhängen?«

Als wir zu Hause ankommen, wartet meine Mutter mit Miles im Wohnzimmer. Sie schnappt sich ihre Tasche, küsst Miles auf den Kopf und gibt mir Anweisungen. »Also, Dad ist wahrscheinlich gegen neun zu Hause, und ich komme kurz danach. Wenn das für dich in Ordnung ist – ist es auch wirklich in Ordnung?«

Ich nicke. »Na klar, Mom.«

Sie sieht nicht überzeugt aus. In letzter Zeit haben wir uns ganz gut verstanden, und ich merke, dass sie nicht zu viel von mir verlangen will, damit nicht wieder alles ins Ungleichgewicht gerät. Aber meine Eltern sollen nicht denken, dass es für mich eine Last wäre, ihnen mit Miles zu helfen. Also umarme ich sie und sage so bestimmt wie möglich: »Geh jetzt, Mom. Viel Spaß.«

»Na gut.« Sie holt tief Luft und entspannt die Schultern ein wenig. »Er muss heute nicht baden, das hat Dad gestern mit ihm gemacht. Und für das Abendessen hab ich dir Geld auf die Küchentheke gelegt. Ihr könnt euch Pizza bestellen …«

Sie hält inne, dreht sich zu Sam um und grinst übertrieben breit. Und da schallt auch schon Miles' Lachen durchs Zimmer und das ist so ansteckend wie immer. Bald stimmen wir alle ein.

»Aber können wir diesmal nur eine halbe mit Peperoni bestellen, Miles? Nichts für ungut, aber ich steh da nicht so wahnsinnig drauf«, sagt Sam. Und da muss Miles noch mehr lachen, und zwischen hysterischem Gekicher bringt er heraus: »Der war gut, oder?«

Sam und Miles verstehen sich super und flachsen über unser Abendessen (halb Peperoni, halb Pilze und Oliven). Sam redet ganz normal mit Miles, nicht so laut oder langsam wie die meisten Leute – als wäre Miles ein Kleinkind oder schwerhörig. Er hat zwar tatsächlich Probleme mit dem Hören, aber dafür hat er ja sein Hörgerät. Damit klappt es ganz gut, und es ist nicht nötig, dass man ihm jede einzelne Silbe entgegenbrüllt. Sam kapiert das, ohne dass ich es ihm erklären muss.

Außerdem wartet er nicht erst ab, wie ich auf Miles reagiere. Selbst Caroline tut das manchmal und sie kennt Miles schon ewig. Sam dagegen lacht über Miles' Witze, ohne mich zuvor fragend anzusehen, und wenn er etwas nicht versteht, was Miles sagt, fragt er ihn und nicht mich. Das sind zwar alles nur Kleinigkeiten, aber sie verraten eine ganze Menge.

Nach dem Abendessen stürzt Miles sich auf seinen Computer, um auf YouTube Dream-Zone-Videos zu schauen, und Sam zuckt nicht mit der Wimper, als Miles mit hoher, brüchiger Stimme *Baby I'll Give You (All of Me)* mitsingt. Er zieht sich einen Stuhl heran, setzt sich neben Miles und schaut interessiert auf den Bildschirm.

»Hey, an die Band erinnere ich mich. Gibt es die noch?«

»Dream Zone. Die beste Band der Welt. Sie treten nicht mehr auf, aber es wird sie immer geben«, sagt Miles aufgeregt. »Sie wollen sich bald wiedervereinigen, stimmt's, Tessa?«

»Das ist ziemlich unwahrscheinlich, Kumpel.«

»Es könnte aber sein«, sagt er, den Blick auf das Video geheftet, das er schon hunderttausendmal gesehen hat. Es spiegelt sich in seinen Brillengläsern.

»Ja, man soll nie nie sagen«, stimmt Sam zu. »Eine Band, auf die meine Mutter in den Neunzigern stand, hat so eine … ich weiß nicht … Superband oder so zusammen mit einer anderen Boygroup gegründet. Jedenfalls sind sie im letzten Sommer durchs Land getingelt. Es könnte also echt passieren, Miles.«

»Siehst du?«, sagt Miles und strahlt über das ganze Gesicht.

Das Video ist zu Ende und ein anderes von seiner Playlist beginnt: *Together Tonight*.

»Ah, das ist Tessies Lieblingslied!«, ruft Miles und wippt auf seinem Stuhl auf und ab.

Ich verdrehe die Augen. »Gar nicht wahr.«

»Doch«, beharrt Miles. »Tessie, du liiiiebst dieses Lied. Echt, Sam. Sie kennt den ganzen Text auswendig, und sie kann sogar den Tanz.«

Das stimmt. Caroline und ich haben das Musikvideo einen ganzen Sommer lang studiert und jeden Sprung, jedes Schnippen und jeden Hüftschwung perfektioniert.

Sam sieht mich an und grinst. »Ach ja?«

Erst will ich es abstreiten. Bei jedem anderen würde ich das wahrscheinlich tun. Aber aus irgendeinem Grund entscheide ich mich dagegen. Vielleicht weil ich weiß, dass Sam mich nicht auslacht. Und selbst wenn, na und? Ich will ihn ja nicht beeindrucken oder so.

»Ich bekenne mich schuldig«, sage ich und zucke die Schultern.

»Wahnsinn!« Er lacht. »Das muss ich sehen.«

Und so schmettern Miles und ich zusammen *Together Tonight* und machen dazu die passenden Tanzbewegungen. Sam guckt zu und fällt fast um vor Lachen, auch wenn er ziemlich beeindruckt wirkt.

Die Worte und die Schritte fallen mir sofort wieder ein, als wären sie für immer in mein Gehirn eingegraben. Und so oft, wie ich diesen Song gehört habe, sind sie das vermutlich auch.

Oh, I've been dreaming of a night like this.

Girl, I can see forever i-in your kiss.

Let's not fight, let's turn out the light

And be together tonight.

Irgendwo nach dem zweiten Refrain springt Sam auf und versucht mitzutanzen – Sprung nach rechts und dreimal schnippen, Hüftschwung, dann eine Drehung und ein großer Schritt vor. Er stolpert andauernd und weiß nicht, wohin mit seinen langen Armen, und er kann den Takt nicht halten, sosehr er sich auch bemüht – und dass er sich bemüht, sieht man ihm an, denn er guckt hoch konzentriert und beißt sich auf die Unterlippe. Er sieht so albern aus, aber das macht ihm überhaupt nichts aus. Und ich sehe auch albern aus, und mir macht es auch nichts aus. Was verrückt ist, denn mir macht es sonst immer etwas aus. Aber ich kriege keinen roten Hals und keinen Ausschlag. Ich frage mich nicht, ob ich zu laut bin oder was für einen Eindruck er jetzt von mir hat. Es ist mir überhaupt nicht peinlich. Nicht mal, als ich ein bisschen übertreibe und mit meiner Hüfte gegen seine stoße und er mich um die Taille fasst, damit ich nicht falle – selbst da ist alles gut. Sehr gut sogar.

Als der Song zu Ende ist und wir uns wieder setzen, kichernd und keuchend, betrachtet Miles Sam von oben bis unten. »Er sieht aus wie Thad. Sam sieht echt genauso aus wie Thad. Findest du nicht auch, Tessie?«

Mit der engen Hose und der neuen Frisur verstehe ich, was Miles meint, aber es stimmt nicht wirklich. Thad war blond mit knallgrünen Augen, und er war der absolute Mädchenschwarm – Justin Timberland à la Dream Zone. Sam ist auch blond und hat grüne Augen und sieht – objektiv betrachtet – gut aus, aber so ein Typ ist er nun wirklich nicht.

»Hundertprozentig!«, ruft Miles, lauter jetzt. »Magst du ihn deshalb, hm? Magst du Sam deshalb?«

Okay, jetzt ist es mir vielleicht doch ein kleines bisschen peinlich.

»Als Freund, Miles. Ich mag ihn als Freund.«

Sam sieht mich an – seine Augen sind Halbmonde und seine Lippen formen ein kleines Lächeln –, und ich kriege ein komisches Gefühl im Bauch. Ich schaue weg.

Ich wache mit einem undeutlichen Flackern auf, so als ob … sich in meinem Gehirn etwas regt. Dieses Gefühl hatte ich schon lange nicht mehr, aber ich kenne es. Es ist mir so vertraut wie Atmen.

Ich sehe Tallulah und Thomas da stehen, er hat die Hand in ihrem Haar, ihre Arme sind um seine starken Schultern geschlungen, und sie hat die Lippen geöffnet, vielleicht um Thomas eine Antwort auf seine Geständnisse vor dem Café zu geben.

Doch als ich endlich den Laptop unter dem Bett hervorhole (und dabei fast kopfüber auf den Boden knalle), ist Tallulah immer noch stumm, sie hat den Mund geöffnet wie Arielle, die kleine Meerjungfrau, als Ursula ihr die Stimme geraubt hat. Und dann verschwindet Thomas ganz. Und auch Tallulah verblasst.

Ich bleibe noch eine Weile wach in der Hoffnung, dass die Szene wieder auftaucht, aber schließlich schlafe ich ohne irgendwas wieder ein.

Sechsundzwanzigstes Kapitel

Caroline will unbedingt, dass ich mal einen Zahn zulege.

»Ich versteh ja, dass so eine Mittagspause mit Nico wahnsinnig aufregend ist, aber darum geht es hier nicht«, hält sie mir eines Abends am Telefon vor. »Ganz ehrlich, du willst ja eine Liebesgeschichte schreiben, und mit ihm bei Erdnussbutter- und Marmeladenbroten zu plaudern, während seine Freundin zuguckt, ist davon weit entfernt.«

Ich bin drauf und dran, ihr davon zu erzählen, dass ich den Sog wieder spüre, aber was gäbe es da zu sagen? »Ich hätte fast geschrieben«? oder »Mir ist eine Szene einfallen, in der meine Hauptfiguren … dastehen und sich anstarren«? Dann würde sie sich nur bestätigt sehen.

»Aber es wird! Das spüre ich genau. Wie er mich ansieht … So als hätten wir … ich weiß nicht, ein Geheimnis oder so. Wir sitzen mit all den anderen auf dem Rasen, aber er scheint manchmal nur mit mir sprechen zu wollen …«

Sie lässt mich nicht ausreden. »Du sitzt mit ihm zusammen, okay, aber wir wollen ja, dass du auf seinem Schoß sitzt, verstehst du?« Ich kann fast durchs Telefon hören, wie sie mit den Augenbrauen wackelt.

»Caroline!«, rufe ich.

»Am besten auf seinem Gesicht.«

»Caroline!!!« Sie kichert so laut, dass sie mich wahrscheinlich gar nicht hört. Ihr Lachen ist ansteckend, und ich muss einfach einstimmen – obwohl ich verlegen und kribbelig zugleich bin.

»Wann hast du dir denn das überlegt?«, frage ich, als wir uns wieder beruhigt haben.

»Schon vor einer ganzen Weile.«

Ich verdrehe die Augen und lege mich aufs Bett, eingezwängt zwischen mein flauschiges Lesekissen und den Laptop. Ich habe ihn wieder an seinen alten Platz gestellt, obwohl ich nicht schreibe, denn da hat er immer darauf gewartet, mit all meinen nächtlichen Ideen gefüttert zu werden. Es hat sich verkehrt angefühlt, ihn woanders hinzustellen.

»Wie wär's mit Halloween? Das fällt dieses Jahr auf einen Samstag, und damit wirft dir das Schicksal quasi einen Knochen hin, denn da erlauben deine Eltern dir auf jeden Fall, lange wegzubleiben. Hat er dich zu irgendwas eingeladen?«

»Ich weiß nicht … Wahrscheinlich werde ich einfach mit Lenore, Sam und Theodore feiern. Wir haben überlegt zusammen essen zu gehen und dann vielleicht bei Sam Filme zu gucken …«

»Wie langweilig!«

Ich habe das Bedürfnis, ihn zu verteidigen. »Es ist, ehrlich gesagt, ziemlich cool bei ihm …«

»Ja, okay, aber mit Haiwaiihemd Sam abzuhängen, bringt dich deinem Happy End keinen Schritt näher.«

»Er trägt gar nicht immer nur Hawaiihemden.«

»Egal, du kannst die Magie so eines Feiertags nicht darauf verschwenden, mit Sam abzuhängen.«

»Ist Halloween wirklich magisch? Die großen Liebesfilme spielen alle an Weihnachten.«

»Na und? Okay. Ich hab ein paar Vorschläge.« Ich höre, wie sie fieberhaft auf ihren Tasten herumtippt. »In Long Beach scheint etwas abzugehen, was sich Pa's Pumpkin Patch nennt, und vielleicht gibt es da ja auch ein Riesenrad. Weißt du, wo das ist? Kannst du mit Sam vorbeifahren und nach dem Riesenrad Ausschau halten oder soll ich da mal anrufen und auf Band sprechen?«

»Caroline. Du sollst niemandem auf Band sprechen.«

»Falls es da keins gibt«, fährt sie fort, ohne auf mich einzugehen, »gibt es auf jeden Fall eins in einem Park namens Pike. Kannst du mit ihm da rein…«

»Moment, ich soll ihn in ein Riesenrad locken? Was auch immer er an Halloween unternimmt, unternimmt er mit Poppy. Die Chance, dass ich mit ihm allein bin, geht gegen null.«

»Ach ja.« Das klingt irgendwie ernüchtert und so empfinde ich auch. Aber diese Realitätsdosis war mal nötig. Die vollkommene, schöne Poppy wird überall sein, wo Nico ist. Weil sie eben seine Freundin ist.

»Hast du dir schon überlegt, als was du gehst?«, fragt sie, um das Thema zu wechseln.

»Nicht so richtig. Mir fehlt meine Komplizin!« Caroline und ich haben immer ein großes Tamtam um unsere Kostüme gemacht, selbst wenn wir nichts anderes vorhatten, als zu Hause *Hocus Pocus* zu schauen und mit Miles Süßigkeiten zu verteilen (damals fand sie das nicht langweilig). Letztes Jahr hatten wir das beste Kostüm: Wir waren Cher und Dionne aus dem alten Film *Clueless – Was sonst!*, Ich war Cher, und niemand hat es kapiert, weil ich nicht die Schwarze war, aber egal.

»Brandon und ich können uns nicht entscheiden, als was wir

gehen sollen. Erst dachten wir an Archie und Veronica, aber das macht wahrscheinlich jedes Pärchen auf der Party, auf die wir gehen. Deshalb wollen wir was nehmen, was nicht jeder kennt, vielleicht Elliot und Gertie aus *E.T.* oder der Dünne mit dem Schweißband und Ellen Page aus *Juno*, aber mein Vater kriegt bestimmt die Krise, wenn ich mit einem schwangeren Bauch rausgehe …«

Als sie alle ihre Ideen aufzählt, schalte ich ab.

»Das klingt alles gut! Ihr werdet bestimmt total süß aussehen. Hey – haben deine Eltern schon zu dem Wochenende im November Ja gesagt? Der Flug von Sacramento nach Long Beach ist nicht so teuer, und meine Eltern haben gesagt, sie zahlen die Hälfte.«

»Äh … ja. Es hat eine Weile gebraucht, aber sie haben es erlaubt.«

»Super!« Ich vollführe einen kleinen Tanz auf meinem Bett. »Das wird so toll, dich in echt wiederzusehen. So langsam vergesse ich, dass zu deiner Stimme ein Körper gehört.«

»Doch, ich hab immer noch Arme und Beine, und ein Leben hab ich hier drüben auch.«

»Vielleicht kannst du ja sogar Nico kennenlernen. Sollen wir uns überlegen, wie wir das hinkriegen?«

»Klar.«

Sie klingt irgendwie … seltsam. Als würde sie sich nicht so auf das Wiedersehen freuen wie ich. Das beunruhigt mich, aber ich sage mir, dass ich mir das wahrscheinlich nur einbilde.

Als hätte Caroline es heraufbeschworen, kommt am nächsten Tag in der Schule die Sprache auf Halloween.

»Hey, Tessa!«, ruft Grayson mir entgegen. »Kommst du an Halloween mit uns zum Munchkin-Dorf?

»Was?«, sage ich. »Wie im *Zauberer von Oz*?«

»Ach, lass doch diesen PC-Scheiß, Grayson!« Poppy lacht. »Nenn es einfach so, wie wir es immer genannt haben, als noch nicht alle Angst hatten, irgendwelche Gefühle zu verletzen. Das Zwergendorf.«

Ich bin zu baff, um etwas zu sagen.

Nico sieht mir offenbar an, dass ich geschockt bin, denn er hebt die Hände. »Das kann man echt nicht sagen, oder, Tessa?«

»Warum fragst du sie? Ist sie so eine Art Woke-Expertin?«, fragt Poppy, als könnte ich sie nicht hören. Sie fasst seinen Arm fester.

»Weil Tessa sich mit so was auskennt. Sie weiß Bescheid.« Er grinst mich an. Dann zieht er den Arm weg, um sich am Rücken zu kratzen. »Das Wort ist verletzend, stimmt's, Tessa?«

Ich weiß nicht, ob ich mich mit »so was« auskenne, aber dieser Fall scheint mir klar zu sein. »Ich glaube, hm, heutzutage sagt man kleinwüchsig. Jedenfalls nicht … *das*. Und auch nicht Munchkins.« Nico nickt eifrig, als hätte ich eine große Weisheit von mir gegeben. »Was heißt das überhaupt? Ihr geht in dieses … Dorf?«

Poppy schüttelt den Kopf und lächelt mich schmal an. »Man kann es ruhig beim Namen nennen.«

»Vielleicht weißt du ja sogar, wo es ist!«, sagt Rhys und steht vom Rasen auf. »Du wohnst doch im Virginia Country Club, oder? Ich erinnere mich, dass Weiner da irgendwo wohnt.«

»Ich wohne in Bixby Knolls, nicht im Country Club.« Der ist nur ein paar Kilometer weiter weg, aber eine andere Welt.

»Ach, Mist, ich hab schon gehofft, du könntest uns da reinbringen.«

»Aber was ist das denn genau?«

Alle starren mich an, als hätte ich eine richtig dumme Frage gestellt.

»Du weißt nicht, was das Zwergendorf ist?«, fragt Poppy.

»Nenn es nicht so«, sagt Nico verärgert, und Poppy guckt so böse, dass man Angst kriegen könnte. Ich will mir keine falschen Hoffnungen machen, aber sie scheinen auf eine ihrer Off-Phasen zuzusteuern. »Ich vergesse immer, dass du nicht aus Long Beach bist, Tessa, weil du hier so gut reinpasst. Kleinwüchsigen-Dorf – okay … Daran muss man sich erst mal gewöhnen. Na ja, ganz egal wie wir sie nennen – das ist so eine Großstadtlegende. Ich glaube, davon haben wir zum ersten Mal in der Fünften gehört, oder?«

»Ja«, sagt Poppy. »Vielleicht sogar noch früher. Erinnerst du dich noch an Lily Mueller? Sie hat immer rumerzählt, dass ihre Tante da wohnt und dass sie, wenn sie an Thanksgiving dort zu Besuch ist, immer die ganzen … na ja – Munchkins zu sehen kriegt.«

Ich muss mich schwer zurückhalten, um sie nicht zu korrigieren. »Okay, aber was ist es denn nun?«

»Ein Dorf mit lauter Munchkins, offensichtlich«, sagt sie und verdreht sie Augen.

»Kleinwüchsigen«, murmele ich. Ich kann nicht anders. »Oder, na ja, einfach Menschen. So können wir sie doch nennen, wenn es für die Geschichte keine große Rolle spielt. Denn sie sind ja Menschen.«

»Oh, aber es spielt schon eine Rolle«, sagt Grayson.

Rhys nickt. »Ja, das ist schließlich der Witz an der Sache. Okay, Tessa, die Geschichte geht so: Vor langer, langer Zeit, also vor ungefähr zweihundert Jahren, als *Der Zauberer von Oz* gedreht wurde …«

»So lange ist das nicht her, Alter.« Nico lacht. »Lernt ihr so was nicht in euren Filmkursen?«

»Egal«, sagt Rhys, steht auf und geht hin und her, er kann es kaum erwarten, die Geschichte zu erzählen. »Das Ding ist: Als sie den *Zauberer von Oz* gedreht haben, brauchten sie spezielle Häuser und so weiter für die Leute, die die Munchkins gespielt haben. Das waren nämlich viele, und die konnten ja nicht einfach in normalen Wohnungen wie die anderen Schauspieler wohnen, klar, oder? Deshalb haben sie ein ganzes Dorf in Long Beach gebaut, wo es freies Bauland gab. Und dieses Dorf gibt es immer noch, die Häuser mit den kleinen Türen und Fenstern wurden von Generation zu Generation weitergegeben. Aber sie leben ganz im Verborgenen und wollen nicht gestört werden, deshalb ist ein Zaun drum herum und von außen kann man nichts erkennen.«

Das klingt alles sehr unglaubwürdig, aber ich gehe einfach auf das Offensichtlichste ein. »Wenn sie nicht gestört werden wollen, wieso wollt ihr dann dahin?«

»Weil es spannend ist!«, sagt Poppy. Sie spart sich das »Was sonst?«, aber es ist deutlich herauszuhören.

»Ja, und ich filme es für meinen Kanal«, sagt Rhys. »Von allllen Seiten!«

»Na ja, wir dachten einfach, es wäre lustig, wenn wir das Dorf finden würden. Nachdem wir jahrelang davon gehört haben. Wir können schnell über den Zaun springen und uns ein bisschen umschauen – und hinterher vielleicht in Signal Hill was trinken gehen?«, sagt Nico. »Die einzige halbwegs annehmbare Party ist bei Brett Kwan, aber da sind vor allem Musik- und Theaterleute eingeladen, die so angeberisch sind wie immer und sich in ihren esoterischen Kostümen produzieren. No front, Grayson.«

»Schon klar.«

»Und, bist du dabei, Tessa?«, fragt Nico.

»Ich weiß nicht …« Ich höre Caroline in meinem Kopf schreien, weil es kein Riesenrad oder Ähnliches gibt, aber es kommt unserem Happy-End-Plan auf jeden Fall recht nahe. Natürlich sollte ich jede Gelegenheit ergreifen, mit Nico Zeit zu verbringen – aber nach einer abstrusen Großstadtlegende zu suchen und mit Nico und seiner Freundin die Privatsphäre anderer Menschen zu stören ist nicht unbedingt das, was ich mir als nächsten Akt unserer Liebesgeschichte vorgestellt hatte.

»Komm schon.« Nico tippt mit seinem Fuß gegen meinen. »Ich würd mich echt freuen, wenn du mitkommst. Das wird lustig.«

Ich, nicht wir. ›Ich würd mich echt freuen, wenn du mitkommst.‹ Mir wird ganz warm von seinen Worten, und ich merke, wie sich ein dümmliches Grinsen auf meinem Gesicht ausbreitet. Poppy schaue ich absichtlich nicht an, denn sie ist garantiert stinkig, und davon will ich mir nicht die Freude über das »Ich« und das »echt« verderben lassen.

»Na gut.«

»Wooo!«, jubelt Nico und macht eine Siegerfaust. Ich falle fast in Ohnmacht.

Aber anscheinend ist Poppy gar nicht so sauer, denn als wir uns trennen und jeder sich auf den Weg zu seinem Profilfach macht, kommt sie zu mir und fasst mich am Arm. Und zwar nicht nach dem Motto ›Finger weg von meinem Freund, Bitch‹, sondern ganz freundlich, als würden wir uns schon seit Jahren kennen.

»Ich bin richtig froh, dass du mitkommst, Tessa. Es ist echt nett, dass noch ein Mädchen dabei ist und diese Würstchenparty aufmischt.« Es klingt so aufrichtig, dass ich mich frage, ob ich mir ihre Abneigung die ganze Zeit nur eingebildet habe. Vielleicht will ich ja denken, dass sie fies ist, weil das die ganze Sache für mich vereinfacht und ich mein eigenes Verhalten dann nicht immer infrage stellen muss.

»Das wird bestimmt lustig.« Ich lächele. »Ich freue mich.«

»Und vergiss nicht, dich zu verkleiden. Wir stehen auf Kostüme«, sagt sie lachend. »Nicht, dass du dich ausgeschlossen fühlst.«

Jetzt habe ich fast ein schlechtes Gewissen wegen meines Plans.

Siebenundzwanzigstes Kapitel

Am Halloweenabend sitze ich erst mal zusammen mit Sam, Lenore, Theodore und Lavon an einen Tisch gequetscht im Bake-N-Broil in der Atlantic Avenue. Es ist so ein Lokal, das es wahrscheinlich schon seit Ewigkeiten gibt und das vor allem bei den Ü65 mit Mitgliedskarte im Seniorenclub beliebt ist. Wir fallen da ziemlich raus. Aber die Burger und Pommes sind gut, und zum Nachtisch bestellen wir gigantische Kuchen mit Vanilleeis. Ich beobachte Sam, der kleine, nachdenkliche Bissen nimmt, und spüre fast, wie es ihm in den Fingern juckt, alle Details des Aromas in seinem Notizbuch festzuhalten.

Lenore behauptet steif und fest, dass sie keinen Kuchen möchte, nascht dann aber doch bei allen anderen. Und Theodore und Lavon teilen sich Kuchen und Gabel und füttern sich abwechselnd mit ihrem Schokokuchen. Hinreißend.

»Ihr zwei seid so süß zusammen, und ich komme mir vor wie meine Patentante Arlene, die allein mit ihren fünf Katzen in Torrance lebt«, sagt Lenore. Keiner hat mir gesagt, dass das heute ein Pärchenabend ist!« Theodore grinst und schmiegt sich noch enger an Lavon. »Okay, da Tessa mich für ihren Liebsten in spe versetzt, musst du heute mein Schatz sein, Sam. Na, was sagst du dazu?«

Sie rutscht nah an ihn heran, legt seinen Arm um ihre Schultern und reibt seine Wangen. Sam wird rot und tätschelt ihr unbeholfen den Arm. Unwillkürlich verdrehe ich die Augen.

»Alles okay?«, fragt Lenore und zieht eine Augenbraue hoch.

»Ja. Ich bin nur aufgeregt wegen heute Abend.«

Sie nickt, sieht mich aber immer noch neugierig an.

»Du kannst auch einfach absagen und mit uns feiern«, schlägt Sam vor und schiebt seinen leeren Teller von sich. Am liebsten würde ich Ja sagen. Es wäre so viel einfacher, mit zu ihm zu gehen. Meine ganze Anspannung würde sich lösen, und ich könnte einfach Spaß haben – so wie neulich, als wir mit Miles getanzt haben. So wie immer. Aber dann denke ich an den Happy-End-Plan und das Gefühl, wenn Nico mich mit seinem schläfrigen Lächeln ansieht – als würde die Sonne in mir aufgehen. Das wird auch schön.

»Das klingt echt verlockend, aber ich möchte hin. Die erste Hälfte des Halbjahrs ist schon um, und ich muss endlich was unternehmen, um mein Schreiben in Gang zu bringen …«

»So ganz klar ist mir der Zusammenhang immer noch nicht«, sagt Lavon. Dabei hatten sie ihn schon bereitwillig über den Plan aufgeklärt, bevor auch nur das Wasser gebracht wurde. »Hey, wenn du das verführerische Wesen namens Nico Lucchese näher erkunden möchtest, gib es doch einfach zu. Du brauchst uns nichts vorzuspielen.«

»Verführerisches Wesen, hm?« Theodore dreht sich blitzschnell zu Lavon herum und sieht ihn mit gespielter Empörung an.

Mein Hals brennt wie Feuer. »So ist es gar nicht!«

»Mädchen, so ist es *zum Teil*, und das ist doch gar nicht schlimm«, sagt Lenore. »Die meisten Künstler nutzen ihr sexuelles Erwachen als Inspiration für ihre Werke. Zum Beispiel in der Rokoko-Bewegung. Oder denk an Frank Ocean. Mach einfach dein Ding!«

»Wieso denken immer alle, dass es dabei nur um Sex geht?«, rufe ich, aber das geht im Gelächter von Lenore, Theodore und Lavon fast unter. Alle Grauhaarigen drehen sich zu uns um.

»Was macht Miles eigentlich heute Abend?«, fragt Sam und reibt sich die Wange, die ganz rot ist. Ich könnte ihn dafür küssen, dass er das Thema wechselt. Na ja, nicht wirklich küssen.

»Er verteilt wahnsinnig gern Süßigkeiten, also macht er das wahrscheinlich.« Bei der Erinnerung an letztes Jahr muss ich grinsen. »Letztes Halloween wollte er unbedingt ein Haus in der Nachbarschaft mit Klopapier umwickeln, weil er das in einem Film gesehen hatte, aber er kam nicht sehr weit, da haben meine Eltern ihn erwischt. Vielleicht probiert er das noch mal.«

Sam lacht. »Da könnten wir ihm behilflich sein und ihn in Mrs Hutchinsons Richtung lenken.«

»O Gott, bloß nicht.«

Er zuckt übertrieben mit den Schultern, als wollte er sagen, das sehen wir dann mal, dann grinst er mich breit an. »Aber jetzt im Ernst, mag er Gruselfilme? Vielleicht möchte er bei unserem Film-Marathon dabei sein.«

Ich will schon abwehren, denn ja, Sam ist ein netter Kerl und für ihn ist es vielleicht okay, aber das heißt noch lange nicht, dass die anderen ihren Samstagabend zusammen mit Miles verbringen wollen. Doch ehe ich etwas einwenden kann, springt Lenore auf. »Ja, klar! Miles ist der Beste. Dann kann er heute Abend mein Schatz sein.«

Diesmal verdrehe ich nicht die Augen, aber sie werden ein bisschen feucht.

Ich treffe mich mit Nico und den anderen um zehn am Golfplatz. Die Flutlichter auf dem Grün sind nicht eingeschaltet, und ich sehe die anderen nicht gleich. Ich fürchte schon, dass ich als Einzige gekommen bin. Aber da tauchen vier Gestalten aus dem Nebel auf, der über dem feuchten dunklen Gras hängt.

Ich sehe sofort, dass keiner von ihnen verkleidet ist.

»Was hast du denn da an?«, fragt Rhys.

Ich trage das Ravenclaw-Kostüm, das ich seit der sechsten Klasse nicht mehr anhatte, das den Umzug aber irgendwie überlebt hat. Nach dem Bake-N-Broil bin ich nach Hause gerannt und habe es geholt. Es ist nicht mein bestes Kostüm, aber ich dachte mir, es müsste gehen. Und es wäre eine kleine Anspielung auf das Gespräch mit Nico auf seinem Bett. Jetzt zeigt es leider nur, wie kindisch und uncool ich bin.

»Kommst du direkt vom Süßigkeitensammeln?«, fragt Grayson. »Bist du mit Weiner losgezogen?«

Was soll das? Ich will schon Poppy fragen, als ich ihr genüssliches Grinsen sehe. Daher weht also der Wind. Aber na ja, kann ich es ihr verdenken?

»Ich dachte, wir verkleiden uns alle«, sage ich ruhig und sehe Poppy direkt ins Gesicht.

»Ich find's super.« Nico lächelt. Er zieht an der knallgrünen gekrempelten Beanie auf seinem Kopf. »Grün wie Slytherin«, fügt er augenzwinkernd hinzu.

Ha, das hast du davon, du Schlange. Außerdem bin ich ganz froh über den Umhang, denn es ist eine ziemlich kalte Nacht. Die trockene Hitze, die seit unserem Umzug über Long Beach hing, ist plötzlich verschwunden, als hätte der Feiertag das so angeordnet. Es fühlt sich richtig herbstlich an, und wenn wir sprechen, kommen Atemwölkchen aus unserem Mund. Poppy kuschelt sich unter Nicos fleecegefütterte Bomberjacke, und ich schaue weg.

»Okay, ziehen wir los und suchen das Munchkin-Dorf!«, verkündet Rhys lautstark, und mir wird klar, dass er in sein Handy spricht und in sein Vlogger-Ich schlüpft.

Nicht die Tatsache, dass er schreit, stört mich (auch wenn das eher ungünstig für diese angeblich geheime Aktion ist), sondern dass er dieses Wort benutzt. Schon wieder. Es ist zwar nicht so schlimm wie das Z-Wort, mit dem Poppy um sich geworfen hat, aber es ist und bleibt diskriminierend – genauso wie die Ausdrücke für Menschen mit Behinderung, die manche Leute benutzen. Es ärgert mich, dass sie es so dahinsagen, Großstadtlegende hin oder her. Ich frage mich, ob sie auch noch andere Wörter so locker benutzen … wenn ich nicht dabei bin.

»Wir haben beschlossen, sie weiterhin so zu nennen«, sagt Poppy sachlich. »Tut mir leid, Tessa.«

Bevor ich groß darüber nachdenken kann, purzeln die Worte schon aus meinem Mund. »Tja, dann hört ihr euch leider an wie Arschlöcher.«

Grayson lacht, und Rhys zuckt zusammen und ruft: »Oho!« (vermutlich zum Vergnügen seiner Follower).

Vielleicht hätte ich doch mit zu Sam gehen sollen.

»Hey, können wir uns nicht einfach darauf einigen, dass wir uns nicht einig sind?«, sagt Nico und tritt zwischen uns. Selbst in der Dunkelheit sehe ich, dass Poppy puterrot geworden ist. Und zwar nicht vor Scham. Nein, sie ist einfach stocksauer. »Wir müssen dem Kind doch keinen Namen geben«, fährt Nico fort. »Unsere Mission besteht darin, es zu finden, nicht, es zu benennen, oder?«

»Scheiß drauf«, faucht Poppy, zwängt sich an uns vorbei und läuft mit Grayson voraus. Als Rhys sie filmen will, schiebt sie sein Handy aus ihrem Gesicht.

Ich frage mich, ob ihr Beziehungsstatus noch derselbe ist wie bei unserem letzten Gespräch, denn Nico läuft ihr nicht hinterher, um sie zu beschwichtigen. Er bleibt an meiner Seite.

»Mach dir ihretwegen keine Sorgen«, sagt er und winkt ab. Er beugt sich nah zu mir, so dass nur ich ihn hören kann. »Und nur, dass du es weißt, ich sehe das genauso wie du.« Und dann zwinkert er mir zu. Schon wieder. Und mit jedem Zwinkern legt er eine Spur aus Brotkrumen aus, die mich auf einen Pfad locken, von dem ich weiß, dass er nicht der richtige ist. Aber sein Zwinkern ... und auch alles andere – das bilde ich mir nicht nur ein. Freundin hin oder her.

Erstaunlicherweise legt sich die Spannung danach. Grayson und Poppy gehen voraus und Rhys, Nico und ich laufen hinterher. Rhys hat zwei Handys – eins für seine Instagram-Storys und eins für seinen Vlog – und wechselt nahtlos zwischen beiden hin und her, manchmal benutzt er auch beide gleichzeitig.

Nachdem wir eine Weile am Golfplatz entlanggegangen sind, gelangen wir schließlich zu einem schmiedeeisernen Tor in einer Backsteinmauer, die eine Wohngegend mit riesigen Häusern umgibt, und Rhys geht in die Hocke und erklärt seinen Followern, wir hätten es endlich gefunden.

Doch Nico unterbricht seinen Siegestanz. »Quatsch, Mann, das ist nur eine ganz normale bewachte Wohnanlage. Da wohnt der Golfpartner von meinem Vater.« Er sieht mich verlegen an und fügt dann schnell hinzu: »Eine Wohnanlage für durchschnittlich große Menschen.«

»Und wo wollen wir dann genau hin?«, fragt Poppy genervt, während Rhys schnell eine Erklärung in seine Storys tippt. »Wie viele umzäunte Wohnanlagen kann es hier geben?«

Ich stimme ihr nur ungern zu, aber wo sie recht hat, hat sie recht. »Hat mal jemand auf der Karte nachgeguckt?«

»Das findet man doch nicht auf der Karte«, sagt Grayson kopfschüttelnd. »Warum sollten sie es auf einer Karte verzeichnen, wenn sie doch im Geheimen bleiben wollen?«

»Es muss hier irgendwo sein.« Nico schaut sich um. Auf der einen Seite ist der Golfplatz, auf der anderen Seite das Tor, und geradeaus führt nur eine dunkle Asphaltstraße. Da gibt es keinen Gehweg und auch keine Straßenlaternen mehr, und es lässt sich schwer sagen, wie weit die Straße geht … und wohin sie führt.

»Wir müssen einfach weiterlaufen«, sagt Grayson. »Und lass die Taschenlampe aus, Rhys, damit verraten wir uns. Deine Videoqualität ist mir egal.«

Genau so fangen Horrorfilme an. Und man weiß ja, wer da immer zuerst stirbt.

Auf einmal bewegen sich zwei Scheinwerfer in der Dunkelheit, als würden sie um die Ecke biegen. Und ohne uns abzusprechen, laufen wir auseinander und über die Straße. Poppy, Nico und ich können uns ganz knapp hinter einem Busch neben dem Tor verstecken, Rhys und Grayson bleiben am Rand des Golfplatzes stehen. Bei den miesen Verstecken ist es kein Wunder, dass der Wagen erst langsamer fährt und dann anhält. Es ist ein schwarzer BMW mit dunkel getönten Scheiben. Die Scheibe auf der Fahrerseite wird heruntergelassen, und ein Mann in den Dreißigern mit Cornrows und einem orangefarbenen Kürbis-T-Shirt lehnt sich heraus, den Ellbogen an der Tür.

Er sieht Nico, Poppy und mich direkt an und sagt mit tiefer, rauer Stimme: »Sucht ihr das Munchkin-Dorf?«

»Oh, Scheiße!«, schreit Rhys, rennt mit seinen beiden Handys zu uns und filmt.

»Ja, genau«, sagt Nico mit großen Augen.

»Also, ihr seid schon auf dem richtigen Weg, aber ihr müsst

noch ein ganzes Stück laufen. Geht diese Straße weiter.« Er zeigt in die Richtung, aus der er gekommen ist. »Nach einer Weile seht ihr einen kleinen Weg, der zu einem weiteren Zaun führt. Da müsst ihr drüberspringen, denn der Pförtner lässt euch auf keinen Fall durch. Sobald ihr den Zaun seht, haltet ihr euch … ähm … rechts, dann kann er euch nicht sehen. So gelangt ihr zum Munchkin-Dorf.«

Er kratzt sich die Wange und nickt einmal, er hat seine Pflicht erfüllt.

»Darf ich fragen, woher Sie das wissen?«, sage ich. Er sieht mich von oben bis unten an und kneift die Augen zusammen, als ihm mein Umhang auffällt.

»Weil ich es gesehen habe! Deshalb.« Er schnaubt. »Früher hab ich genau das auch mit meinen Freunden gemacht, wir sind über den Zaun gesprungen und haben überall geklingelt. Und die kleinen Leute kamen alle mit ihren kleinen Kindern angelaufen, haben herumgefuchtelt und sind richtig ausgeflippt. Aber sie haben uns nie gekriegt.«

Darüber müssen Rhys und Grayson laut lachen, was mich echt wütend macht … und ich schäme mich. Was tue ich hier mit diesen Typen, die sich einen Spaß aus dieser blöden Legende machen?

Anscheinend hat der Mann mehr von seinen Zuhörern erwartet, denn er sieht jetzt auch verärgert aus.

»Guckt es euch selber an oder lasst es bleiben. Mir egal.« Er lässt die Scheibe wieder hoch und fährt weiter. In dem bewachten Wohngebiet schaltet sich ein Verandalicht ein, und wir laufen schnell zum dunklen Golfplatz rüber.

»Das war geil!«, ruft Rhys flüsternd, und Nico klatscht ihn ab.

Ich schüttele den Kopf. »Ich weiß nicht … Bestimmt wohnt er

hier und will uns nur veräppeln. Die Geschichte klang echt weit hergeholt.«

»Der Typ wohnt doch nicht hier!« Grayson lacht.

»Wieso nicht?«, frage ich scharf.

Er zuckt die Achseln. »Das sieht man doch.«

Ich weiß genau, was er meint, und ich bin kurz davor, ihm eine Standpauke zu halten und schon wieder jemanden Arschloch zu nennen. Aber es würde wohl nicht gut ankommen, wenn ich Nicos besten Freund anbrülle. Mir wird zwar ganz schlecht davon, diesen ignoranten Kommentar einfach so stehen zu lassen, aber ich balle die Fäuste und zwinge mich, den Mund zu halten. Es gefällt mir nicht, wie ich mich in dieser Gruppe verhalte und dass ich solche Mikroaggressionen unwidersprochen stehen lasse. Und die Tatsache, dass ich hier im Ravenclaw-Gewand stehe, macht alles nur noch absurder. Auf einmal fühlt es sich furchtbar kratzig an. Ich will nicht darüber nachdenken, was es bedeutet, dass ich mich so zurücknehmen muss, wenn ich mit Rhys und den anderen zusammen bin.

Wir diskutieren ein bisschen hin und her, aber es steht vier gegen eins. Und ehe ich's mich versehe, folgen wir den Anweisungen des Typen und gehen die fast pechschwarze Straße entlang. Nach etwa zehn Minuten gelangen wir zu der Abzweigung, die er beschrieben hat, und genau wie er sagte, ist hier ein zweites Tor, eingelassen in eine Mauer aus geschichteten Steinen.

»Wer geht zuerst?«, flüstert Grayson, als wir an der Seite entlang schleichen, wo eine Reihe hoher Eichen steht. Doch da klettert Rhys schon die Mauer hoch, einen Arm mit dem Handy in der Hand gefährlich ausgestreckt, damit er sein Filmmaterial bekommt.

»Na gut.« Grayson klettert hinterher.

In solchen Momenten bin ich mir sehr bewusst, dass ich von lauter weißen Menschen umgeben bin. Wie wenn wir Thanksgiving mit der Familie meiner Mutter feiern und die Süßkartoffeln mit Orangensaft zubereitet und die Käsemakkaroni mit zerbröselten Salzcrackern bestreut sind. Und immer wenn *Sweet Caroline* läuft.

Denn für sie ist es nicht weiter schlimm, mitten in der Nacht über einen Zaun zu springen. Sie ignorieren einfach die »Zutrittverboten«-Schilder mit den Überwachungskameras darauf. Sie machen sich keine Gedanken, was passieren könnte, wenn wir erwischt werden, wenn jemand eine Gestalt im Dunkeln sieht und nervös wird, wenn derjenige womöglich eine Waffe hat.

»Hey, Leute … Ich weiß ja nicht …«

»Lass mich raten: Du findest, wir sollten alle nach Hause gehen, uns in einen Kreis setzen und über irgendeinen Gutmenschen-Scheiß quatschen«, unterbricht mich Poppy aufgebracht. »Nur zu, niemand hält dich auf, du Spaßbremse.«

»Hey, Poppy …« Nico hebt die Hand.

»Nichts da hey«, faucht sie ihn an. »Mensch, Nico, erinnere dich mal dran, mit wem du eigentlich zusammen bist.«

Die Worte treffen mich direkt in die Magengrube, und mir klappt die Kinnlade runter. Poppy grinst zufrieden. Erstaunlich schnell klettert sie den anderen beiden hinterher.

Nico dreht sich zu mir um, und um seinen Mund zuckt es, als wollte er etwas sagen, doch dann schaut er nur zu Boden und schüttelt den Kopf.

»Ich glaube, ich geh lieber nach Hause«, sage ich.

Schnell blickt er auf. »Nein. Bitte geht nicht.« Er kommt auf mich zu. »Ich möchte, dass du …«

Das Ende dieses wunderschönen Satzes höre ich nicht, denn

er wird von einem heulenden Alarm unterbrochen, der die stille Nacht durchschneidet.

»Fuck!«, ruft Nico, und Laub raschelt, als er wegläuft, aber meine Beine sind am Boden festgewachsen. Ich kann nicht rennen. Ich kann überhaupt nichts machen. Denn genau das hatte ich befürchtet, und während ich die Möglichkeiten durchgehe, was als Nächstes passieren könnte, rast mein Herz so, dass ich am ganzen Körper zittere.

»Tessa, hier rüber«, flüstert Nico, und ich zucke zusammen. Er umfasst meine Taille und zieht mich hinter eine dunkle Hecke, und ich fahre erschrocken herum. Und dann stehen wir einander gegenüber, so nah, dass unsere Hüften aneinandergepresst werden. Seine sind eindeutig knochiger als meine, aber das ist mir egal – ich vergesse, mich zu schämen. Denn ich bin ihm so nah, dass ich all seine Wimpern zählen könnte, sein Arm liegt auf meinem und es ist einfach zu viel für meine Sinne. Das Herz hämmert mir immer noch in der Brust, aber nicht mehr vor Angst. Es ist, als würde in meinem Bauch und um mich herum ein Feuerwerk entfacht. Er sieht mir direkt in die Augen und verzieht den Mund zu einem Lächeln.

Da fängt es an zu regnen. Im Ernst! Es regnet! Dicke Tropfen fallen vom Himmel, und das muss ein Wunder sein, denn hier regnet es nie. Das ist extra für uns. Das Schicksal hat meine Liste gelesen und erfüllt mir einen Wunsch. Nummer sechs.

»Tessa …«, murmelt er und kommt noch näher. So wundervoll hat mein Name noch nie geklungen. Am liebsten würde ich es aufnehmen, um es anderen vorspielen und sagen zu können: »Da, so heiße ich.« »Deine Haare … Sie sehen so aus, als wären Diamanten darin. Mit den Regentropfen. Sie sind … du bist so schön.«

Wenn es sich vorher schon wie ein Feuerwerk angefühlt hat, ist es jetzt, als würden Raumfähren gestartet.

Trotzdem frage ich: »Und Poppy?«

Er schüttelt den Kopf, der Blick seiner braunen Augen ruht auf meinen. »Poppy und ich … in letzter Zeit läuft es nicht gut zwischen uns. Wie gesagt, wir sind nicht so fest zusammen … weißt du?«

Was soll das heißen?, schreit es in meinem Kopf. Denn ja, ich habe mir diesen ganzen Plan zwar ausgedacht, obwohl ich von Poppy wusste. Mädchen wie sie haben schließlich unzählige eigene Liebesgeschichten. Und ist es wirklich ein Weltuntergang, wenn ich diese hier bekomme, nur dieses eine Mal? Ich hatte das Gefühl, es wäre in Ordnung. Aber … ich weiß nicht. Als es noch eine bloße Vorstellung war, ließ es sich viel leichter rechtfertigen.

Und dann berührt er meine Wange und senkt seinen Kopf zu meinem. Und all diese Gedanken lösen sich auf, denn jetzt ruft es in meinem Kopf: Es passiert! Es passiert wirklich!

Bevor unsere Lippen sich berühren, scheinen uns grellrote Lichter ins Gesicht, gefolgt von einer lauten Sirene. Ruckartig fahren wir auseinander, als ein beleibter Mann in schwarz-weißer Uniform neben dem Gebüsch auftaucht.

»Ihr zwei kommt jetzt mal mit mir mit.«

Achtundzwanzigstes Kapitel

Der Typ war ein Wachmann, kein Polizist. Und da dieselbe Firma auch Nicos Wohnanlage bewacht, lässt sich durch einen schnellen Anruf seines Vaters alles klären. Im Nu ist von Gesetzesverstößen nicht mehr die Rede, und es heißt nur noch: Wir waren auch mal jung, aber macht das besser nicht noch mal.

Keine Verhaftung, kein Aktenvermerk, keine ernsthaften Konsequenzen. Nur eine läppische Jugendsünde, wie man sie reichen weißen Kindern nachsieht.

Aber als ich nach Hause komme, sehe ich meinen Eltern sofort an, dass sie anders darüber denken.

Sämtliche Lampen im Haus sind an, aber der eiskalte Blick meines Vaters nimmt dem Licht alle Wärme, während wir in der Küche sitzen und uns unterhalten. Meine Mutter läuft nervös auf und ab.

»Ich bin gar nicht über den Zaun geklettert.« Ich versuche ihnen den Wind aus den Segeln zu nehmen. Aber die Miene meines Vaters verhärtet sich noch mehr, das war also nicht der richtige Ansatz.

»Kannst du dir vorstellen, wie es für uns war, als du im Polizeiauto hergebracht wurdest? Kannst du dir vorstellen, was uns da durch den Kopf ging?« Seine Stimme bricht, und mir wird ganz elend. Ich komme mir vor wie das Allerletzte. Ich möchte irgendetwas tun, irgendetwas sagen, damit wir uns nicht mehr so feindselig gegenüberstehen.

»Das war keine richtige Polizei …«, setze ich an, aber das war schon wieder verkehrt, denn mein Vater schüttelt den Kopf und sieht mich an, als ob er mich gar nicht kennt.

»Ich bin so enttäuscht«, sagt er mit leiser, aber schneidender Stimme, und ich fühle mich noch erbärmlicher.

»Ich verstehe das nicht«, schaltet meine Mutter sich ein. »Was sind das für Leute? Warum warst du mit denen zusammen?«

»Das sind Schulfreunde …«

»Schulfreunde?« Sie bleibt stehen, sie ist jetzt rot im Gesicht, fast so rot wie ihr Nachthemd. »Soweit ich weiß, hatten deine Schulfreunde im Haus gegenüber einen schönen, entspannten Abend, zu dem sie netterweise auch deinen Bruder eingeladen haben. Das scheinen mir doch die Schulfreude zu sein, mit denen du deine Zeit verbringen solltest.«

Ich schaue auf meine Ballerinas, die durchweicht vom Regen sind, denn sie hat recht, und ich weiß nicht, was ich dazu sagen soll. Wie soll ich ihr erklären, dass ich es aus Liebe getan habe – vielleicht aus romantischer Liebe, vor allem aber, und das ist noch wichtiger, aus allumfassender, lebensbejahender Liebe, die ich für das Schreiben habe oder hatte. Dass ich mich selbst wiederfinden will, indem ich mich nicht mehr wie ich selbst benehme.

Aber das kann ich natürlich nicht sagen, denn dann würden sie sich noch größere Sorgen machen.

»Brauchst du mehr Aufmerksamkeit?«, fragt meine Mutter, und ihre Stimme wird ganz schrill. »Vielleicht brauchst du eine Therapie. Darüber haben wir ja schon mal gesprochen …«

»Nein!«, brülle ich. Sie zuckt zurück, und die Miene meines Vaters verfinstert sich noch mehr. Auf einmal schäme ich mich überhaupt nicht mehr, ich bin nur noch wütend, und etwas Bitteres, Heißes wallt in meiner Brust auf. Denn es war ja klar, dass sie gleich eine Diagnose stellen und die ganze Geschichte unnötig aufblasen muss. Dabei ging es mir noch vor einer Stunde so gut, endlich bewegte sich die Sache mit Nico in die richtige Richtung. Nachdem es ewig nicht voranging, lief es endlich mal rund, und darüber möchte ich mich freuen. Ich möchte mich darin sonnen. Aber jetzt werden alle Erinnerungen an den heutigen Abend überschrieben und verdorben.

Warum nehmen sie mir das weg? Warum verstehen sie nicht, dass dieser Abend genau so war, wie ich wollte?

»Ich mache nur das, was alle normalen Jugendlichen machen.« Die Worte, die aus meinem Mund kommen, fühlen sich hässlich an, und ich bereue sie sofort. Ich bin froh, dass Miles schon schläft und nicht hören kann, was für eine miese Schwester er hat.

Ich sehe den kalten Blick meiner Mutter und den gesenkten Kopf meines Vaters und weiß, dass ich es nicht wiedergutmachen kann.

»Es tut mir leid, ich wollte nicht …«

»Du hast Hausarrest!«, brüllt meine Mutter, und die Wände scheinen zu wackeln.

»Geh in dein Zimmer. Ich kann dich nicht mehr sehen«, flüstert mein Vater, und das trifft mich noch mehr.

Ich renne durch den Flur und schließe leise die Tür hinter mir. Ich würde gern weinen – ich sollte weinen –, aber da kommt nichts. Meine Kehle brennt, und meine Brust fühlt sich hohl an, als hätte jemand sie mit einem Eisportionierer ausgekratzt. Ganz fern höre ich die Stimmen meiner Eltern aus der Küche, wie sie weiter über mich reden, über den Mist, den ich gebaut habe. Am liebsten würde ich die Zeit zurückdrehen, das Gespräch mit ihnen noch einmal führen und ehrlich zu ihnen sein, nicht so trotzig und bockig. Anstatt um mich zu schlagen und so etwas Hässliches zu sagen, was ich gar nicht meinte, hätte ich ihnen erklären können, dass ich nichts mehr schreibe und dass mir das solche Angst macht, weil es mich doch ausgemacht hat, und was bleibt mir jetzt noch? Ich könnte ihnen erzählen, wie gut es sich anfühlt, dass ein Junge, der so aussieht, als wäre er einer meiner Geschichten entsprungen, mich interessant findet.

Aber irgendwie weiß ich, dass sie das nicht verstehen würden.

Meine Gedanken werden vom Pling meines Handys unterbrochen. Daran merkt man, wie wenig Erfahrung meine Eltern mit Hausarrest haben – aber bisher habe ich ihnen auch keinen Anlass gegeben. Sie haben mir nicht mal das Handy abgenommen.

Es ist eine Nachricht von Sam.

Alles in Ordnung bei dir? Ich hab ein Polizeiauto vor eurem Haus gesehen??

Das war kein Polizeiauto, denke ich und ärgere mich schon wieder. Aber es ist lieb von ihm, dass er nachfragt. Alles, was Sam tut, ist lieb … und aufmerksam. Ich würde ihn jetzt gern anrufen, um zu hören, wie der Abend mit Miles war. Garantiert wird Miles morgen beim Frühstück und auf absehbare Zeit nonstop davon erzählen.

Doch ehe ich zurückschreiben kann, kommt eine weitere Nachricht. Ein Foto. Von Nico.

Sofort klicke ich darauf, und sein Gesicht erfüllt mein Display. Er liegt auf dem Bett, die Haare noch nass und wirr vom Regen. Er macht ein trauriges Gesicht und tut so, als würde er eine Träne wegwischen.

Tut mir leid, dass der Abend so mies gelaufen ist!

Normalerweise würde ich mir den Kopf darüber zermartern, was ich antworten soll, Caroline verschiedene Entwürfe schicken und um ihren Rat bitten. Aber ich spüre immer noch seine Hüfte an meiner und die Wärme seines kleinen Fingers, der auf dem Rücksitz des Autos vom Wachmann meinen streift. Das macht mich kühn.

Schon gut, schreibe ich schnell. So schlimm war es nicht.

Hast du morgen Zeit? Dann könnten wir reden ... über alles. Persönlich.

Nichts möchte ich lieber, aber …

Ich kann nicht. Hausarrest.

Er schickt 👎 👎 👎 👎 👎

Ich schreibe: Können wir Montag in der Schule reden?

Die drei Pünktchen verraten mir, dass er eine Antwort schreibt, aber dann sind sie weg. Ich warte fünf Minuten, zwanzig Minuten, eine Stunde … nichts. Schließlich schlafe ich ein.

Neunundzwanzigstes Kapitel

»Tess!«, schreit Caroline und stürmt durch das Gate des winzigen Flughafens von Long Beach.

Ich hatte schon Angst, wir müssten unser Wiedersehen, das wir für das lange November-Wochenende geplant hatten, absagen, aber mein Hausarrest wird wegen guter Führung ausgesetzt: Ich bin immer direkt von der Schule nach Hause gekommen, habe mit Miles geholfen und still in meinem Zimmer gesessen. Was ich ja sowieso fast immer mache. Aber egal.

Meine Eltern und ich haben noch mal über den Vorfall gesprochen … na ja, einigermaßen. So wie wir das immer machen, indem wir die wirklich wichtigen Themen umschiffen. Ich habe mich für meine Worte entschuldigt, und sie haben beide gesagt, dass sie mir verzeihen. Aber sie gucken mich immer noch so an, als wäre ich ein Problemfall aus einer Psycho-Talkshow. Hoffentlich legt sich das bald.

»Komm her, mein leuchtender Sonnenschein!« Sie lässt ihre Tasche fallen und hüpft mir entgegen, und dann wirbeln wir herum wie ein Liebespaar, dass sich nach langen Kriegswirren endlich wiedergefunden hat.

Halb hatte ich damit gerechnet, dass sie mit Brandon an ihrer

Seite ankommen würde. Denn auf so ziemlich allen Fotos, die ich in letzter Zeit von ihr gesehen habe, klebte er an ihr, Wange an Wange, ihr Lächeln quasi eins.

Aber sie ist immer noch dieselbe Caroline. *Meine* Caroline. Mit seidig schwarzen Haaren, die ihr über die Schultern fallen und immer nach Kokos riechen. Mit schmalen Handgelenken, an denen goldene Armreifen baumeln, darunter einer, den sie schon seit ihrer Taufe hat und in den ihr voller Name eingraviert ist – Caroline Frances Fermin Tibayan. Und mit der halbmondförmigen Narbe am Knie, die sie davongetragen hat, als sie in der dritten Klasse nach Schulschluss Jonathan Solomon hinterhergerannt und dabei auf den Asphalt geknallt ist. Ich weiß noch, dass Lola uns an dem Tag Bananen-Frühlingsrollen gemacht hat, als wir nach Hause kamen, und wir durften den ganzen Nachmittag mit ihr philippinisches Fernsehen gucken.

»Deine Haare sind lang geworden!«, sagt sie und fährt mir mit den Händen durch die Locken. Sie ist die Einzige, die das darf.

»Sehen sie okay aus?«, frage ich und fasse mir unsicher ins Haar. Ich habe noch mal einen Twist Out ausprobiert, nachdem ich gestern Abend ein YouTube-Video darüber gesehen habe.

»Du siehst aus wie Yara Shahidi!«

Ich werde rot, denn so gut sehen meine Haare nun auch wieder nicht aus. »Hey, übertreib nicht!«

»Ich übertreibe nicht, du Verrückte!« Sie drückt mich wieder. »Ich hab dich so vermisst. Das merke ich erst jetzt.«

»Ich dich auch.« Ich wusste gar nicht, wie sehr. Seit meinem Umzug haben wir zwar andauernd telefoniert, aber das ist kein Ersatz dafür, zur selben Zeit am selben Ort zu sein. Es fühlt sich an, als würden meine Schultern herabfallen, als hätte ich sie die ganze

Zeit unbewusst hochgezogen, immer irgendwie angespannt. Und jetzt, wo wir zusammen sind, kann ich endlich loslassen.

Wir gehen raus, wo Sams Honda Civic wartet. Sobald Sam uns sieht, öffnet er den Kofferraum, springt aus dem Wagen und nimmt Caroline den Koffer ab.

»Hi Caroline«, sagt er. Er wirkt nervös. »Schön, dich kennenzulernen.«

»Sam! Hey!« Sie klopft ihm auf den Rücken. »Es kommt mir so vor, als würde ich dich schon kennen!«

»Auf dem Rücksitz sind ein paar kleine Käsekuchen für dich. Ich hab sie heute Morgen gebacken, jetzt müssten sie eigentlich genug abgekühlt sein.«

Sie sieht mich an, als wollte sie fragen: Ist der echt? Und ich lache. »Das macht er andauernd.«

»Vielen Dank, Sam. Für die Käsekuchen und fürs Abholen«, sagt sie beim Einsteigen. »Aber vielleicht sollte ich dich bitten, einen Gang zurückzuschalten und etwas weniger nett zu sein, sonst stehe ich bei Tessa irgendwann womöglich nicht mehr an erster Stelle. Ehrlich gesagt, hab ich ihr noch nie was gebacken.«

»Ich glaube nicht, dass die Gefahr besteht.«

Ich setze mich zu Caroline auf die Rückbank, wo sie einen der kleinen runden Kuchen in Augenschein nimmt. Sie sind leuchtend lila mit buttrigen Streuseln obendrauf, und ihr süßer Duft erfüllt den ganzen Wagen.

»Ist es das, was ich denke?«, fragt sie.

»Ube-Käsekuchen.« Sam wirft einen stolzen Blick in den Rückspiegel. »Ich hab ein neues Rezept ausprobiert. Ich hoffe, sie sind gut. Sag mir, ob die Konsistenz richtig ist, das ist nämlich nicht so einfach.«

Carolines Gesicht nimmt einen schelmischen Ausdruck an,

aber sie sagt ganz ungerührt: »Ach so, du hast die für mich gebacken, weil ich Filipina bin. Denkst du, alle Filipinos mögen Ube?«

»Nein … ich … es ist nur …« Sam reibt sich die Wange, die knallrot wird. »Tessa, hm …«

»Ha!« Sie winkt ab. »Das war gemein. Ich wollte dich nur ein bisschen hochnehmen. Ich esse nichts lieber als Ube.«

»Ja«, murmelt Sam, während er sich langsam erholt. »Das hat Tessa mir erzählt.«

»Hey, sei mal nett«, sage ich und schlage ihr auf die Hand.

Sie schüttelt mich ab, schiebt sich fast einen ganzen Käsekuchen in den Mund, und ich erkenne genau, in welchem Moment der Geschmack auf ihre Zunge trifft und ein Signal an ihr Gehirn sendet. Sie guckt völlig verzückt.

»O Mann. O MANN!«, sagt sie und lässt sich nach hinten fallen. »Sam, jetzt verstehe ich, warum sie dich mag.«

»Das ist aber nicht der einzige Grund.« Ich lächele ihn an und unsere Blicke treffen sich im Spiegel. »Aber es ist eine ziemlich angenehme Zugabe.«

Wir fahren als Erstes zu Sam, weil beide Autos meiner Eltern in der Einfahrt stehen. Ich weiß zwar, dass sie sich auch auf Caroline freuen, aber ich habe noch keine Lust, sie zu treffen. Ich hab dieses Wochenende Freigang, und den werde ich auch ausnutzen.

»Wow, dann lebst du praktisch in einer Fernsehkulisse«, sagt Caroline, als wir in Sams riesige, großartig ausgestattete Küche kommen. Ich hoffe, dass ihn die Bemerkung nicht nervt, aber er lacht nur.

»Eigentlich wurde die Kulisse der Show nach dieser Küche gestaltet. Darauf hat meine Mutter bestanden.«

Caroline wirkt beeindruckt, und ich sehe ihr an, dass sie am liebsten ihr Handy zücken und ein Foto für Instagram machen würde. Zum Glück lässt sie es bleiben. Sam redet so … so normal über seine Mutter, da vergesse ich manchmal, dass sie eine Berühmtheit ist. Denn er ist einfach Sam und sie ist einfach Sams Mutter.

»Ich hoffe, es macht euch nichts aus, wenn ich hier ein bisschen rumwerkele. Ich will heute etwas ausprobieren. Mir kam letzte Nacht so eine Idee …« Schon dreht er sich um und stöbert wie magnetisch angezogen in den Schränken.

»Keine Sorge. Wir haben was in Sachen Nico zu bequatschen«, sagt Caroline. »Ich hab gehört, du weißt über den Happy-End-Plan Bescheid.«

»Yep«, sagt Sam, ohne sich umzudrehen.

»Hast du ihm schon geschrieben, Tessa? Frag ihn doch mal, was er heute Abend vorhat!«

»Ich weiß nicht …«

»Was soll das heißen, du weißt nicht?«, ruft Caroline und stößt mich mit dem Ellbogen an. »Ich bin hier und ich bin so was wie deine gute Fee. Du musst mir die Chance geben, euch beide zusammen zu sehen und meinen Zauber wirken zu lassen!«

»Ich hab nur das Gefühl … ich weiß nicht. Vielleicht sollte ich es einfach sein lassen.«

Am Montag nach Halloween bin ich in dem Glauben zur Schule gegangen, zwischen Nico und Poppy wäre es aus und wir würden gemeinsam in unser neues Leben als Paar segeln. Oder zumindest über das sprechen, was in jener Nacht im Regen passiert oder fast passiert ist. Doch in der Mittagspause hat Poppy mich noch aggressiver ignoriert als sonst. Und Nico hat so getan, als wäre gar nichts gewesen. So geht das jetzt schon seit zwei Wochen, ohne irgendein Anzeichen dafür, dass sich etwas ändern könnte.

»Wir lassen überhaupt nichts sein!«, beharrt Caroline und haut auf die Theke. Sie liebt das Drama, und irgendwie habe ich das vermisst. »Hast du überhaupt mal versucht, mit ihm zu reden?«

»Nein.«

»Und wieso nicht?«

»Weil ich mir nicht von ihm anhören muss, dass er bereut, was passiert ist. Vielleicht hat er einfach nicht darüber nachgedacht …«

»Moment mal. Worüber redet ihr?« Sams Hände verharren mitten in der Bewegung und er sieht uns an.

»Nichts. Können wir einfach … Was wird das, Sam?«

»NICO UND TESSA SIND IN EINEN REGENSCHAUER GERATEN UND ER HAT ZU IHR GESAGT, IHRE HAARE SÄHEN SO AUS, ALS WÄREN DIAMANTEN DARIN. UND DANN HAT ER VERSUCHT, SIE ZU KÜSSEN.«

»Caroline!«, fauche ich und schlage nach ihr.

»Hey, er ist ein guter Freund und unterstützt deinen Happy-End-Plan. Da muss er doch eingeweiht sein.«

Sam ist mein Freund, aber meinen Plan unterstützt er ganz sicher nicht. Und deshalb habe ich ihm, abgesehen von einer knappen Erklärung zu dem Auto vom Sicherheitsdienst, nichts von Halloween erzählt. Vor allem, weil ich wusste, dass er mich dann so anschauen würde wie jetzt. Kalt und abschätzend.

»Poppy und Nico sind immer noch zusammen«, sagt Sam.

»Ich weiß.«

»Er hat ihr aber gesagt, dass sie nicht fest zusammen sind«, schaltet sich Caroline ein.

»Und er hat gesagt, deine Haare sehen so aus, als wären Diamanten darin?« Sam schnaubt und rümpft die Nase. »Das ist doch nur so ein dämlicher Spruch.«

»Und wenn schon! Vielleicht möchte ich ja, dass jemand so was zu mir sagt. Ist daran irgendwas verkehrt?« Das kommt schroffer raus als beabsichtigt.

Sam presst die Lippen zusammen und sagt nichts mehr, obwohl ich ihm ansehe, dass es ihm schwerfällt.

»Oooo-kay«, sagt Caroline und macht ein Gesicht wie Chrissy Teigen in diesem Meme. Dann sagt sie, etwas leiser, zu mir: »Schreib ihm einfach. Wir werfen noch nicht das Handtuch.«

Ich hole mein Handy raus und schreibe:

Hey, was machst du am Wochenende?

Bevor ich groß darüber nachdenken kann, schicke ich die Nachricht ab, und Caroline nickt beifällig.

»Und, was backst du, Sam? Wird das so gut wie die hier?« Sie beißt herzhaft in einen Käsekuchen und sagt mit vollem Mund: »Das sieht so aus, als würdest du ein wissenschaftliches Experiment aufbauen.«

»Backen ist ja auch eine Wissenschaft«, sagt Sam und nimmt Butter aus der Verpackung. »Ich probiere ein neues Rezept für Brandteig aus, da muss man alles genau richtig machen. Wenn es nur ein Tropfen Wasser zu viel ist oder nicht genug Butter oder wenn die Eier die falsche Temperatur haben, misslingt es. Dann kann man alles wegschmeißen und noch mal von vorn anfangen.«

Seine Augen sind groß und ernst, als ginge es um Leben und Tod.

»Ist dieses Rezept denn besonders wichtig?«, frage ich.

»Die Gala.« Er dreht sich um und schaltet den Ofen ein. »Ich backe Éclairs für die letzte Runde im Wettbewerb, und es geht darum, ob … hm, ob ich das Gebäck für die Gala machen darf. Na ja.«

»Wow, das ist ja toll!«, sage ich. Er zuckt die Schultern, als wäre es nichts, aber auf seinem Gesicht liegt ein kleines Lächeln, und sein Grübchen ist zu sehen. »Ich wusste gar nicht, dass du in der Auswahl bist. Das ist ein Riesenerfolg, vor allem gleich im ersten Jahr!«

»So eine große Sache ist es nicht.«

»O doch!«

Dank Theodores Lamentos weiß ich sehr gut, dass die Wintergala *das* Ereignis an der Chrysalis Academy ist. Für die Schule ist es eine Gelegenheit, mit den begabtesten Schülern zu renommieren und den wohlhabenden Eltern und Ehemaligen Spenden aus den Rippen zu leiern. Smoking und Abendkleid sind Pflicht und die Ticketpreise fangen bei hundert Dollar an – von wegen keine große Sache. Alle meine Profil-Lehrer und -Lehrerinnen sprechen schon lange von der Gala und von der Auswahl der Schüler und Schülerinnen, die dort lesen dürfen. Meistens habe ich nur mit halbem Ohr hingehört. Ich werde sowieso nicht dabei sein.

»Was soll diese Gala überhaupt sein?«, fragt Caroline. »Klingt ja sehr hochtrabend, und so richtig kann ich mir nichts darunter vorstellen.«

»Das ist so ein großes Schulfest, im Grunde eine Benefizveranstaltung«, erklärt Sam und nimmt eine Rolle Backpapier aus einer Schublade. »Ich bin jedes Jahr mit meiner Mutter hingegangen. Sie war, hm, eine der Geldgeberinnen, bevor sie in den Vorstand gewählt wurde. Aber dieses Jahr werde ich zum ersten Mal … na ja, einfach für mich selbst hingehen.«

Am liebsten würde ich aufspringen und ihn umarmen.

»Wird da auch getanzt?«, fragt Caroline und wackelt mit den Augenbrauen. »Das steht auf der Liste«, flüstert sie mir zu, aber sie ist alles andere als diskret.

Sam schaut verwirrt zwischen uns hin und her, doch dann kapiert er und sein Gesichtsausdruck verändert sich. Warum muss sie ständig vor ihm davon anfangen? Und warum stört es ihn überhaupt?

»Ich tanze nicht«, sage ich schnell in der Hoffnung, sie abzulenken.

»Das sagst du jetzt, aber warte erst mal ab, bis Nico dich auf der Gala in die Arme nimmt, dann …«

»Klar tanzt du, Tessa«, fällt Sam ihr ins Wort.

»Ach ja?«, fragt Caroline. »Hast du sie schon tanzen sehen? Erzähl mir mehr!«

»Gar nichts hat er gesehen …«

»Na, schon ein bisschen …« Er schnippt, macht drei Sprünge nach rechts und vollführt einen Hüftschwung.

Caroline kriegt sich nicht mehr ein vor Lachen.

»Du. Hast. Es. Ihm. Gezeigt. TOGETHER! TONIGHT!«, stößt sie kichernd hervor.

»Komm schon, Tessa«, sagt Sam, macht noch eine Drehung und springt dann mit einem übermütigen Lächeln nach vorn. »Du musst mitmachen. Diese Tänze sind nicht dafür gedacht, dass man allein tanzt.«

»Ohne mich.« Und das meine ich ernst. Doch dann kommt er schnippend und hüpfend um die Theke herum und schwingt den Arm ein wenig, was er definitiv nicht von mir gelernt hat. Und Caroline spielt den Song auf dem Handy ab und schwenkt es herum wie auf einem Konzert. Und so tanze ich zum zweiten Mal mit Sam zu Dream Zone – der den Tanz übrigens viel besser beherrscht als ich. Man könnte fast meinen, er hätte geübt.

Als wir fertig sind, bekomme ich vor Lachen fast keine Luft mehr, und Sam steht, sehr zufrieden mit sich, mit verschränkten Armen da. Caroline betrachtet uns beide mit einem breiten Grinsen, das irgendwie bedeutsam wirkt – ich weiß nur nicht genau, weshalb.

»Okay, das macht ihr gleich noch mal, und diesmal filme ich euch.«

»Nein!«, sagt Sam und geht zurück zum Herd. Er erhitzt etwas in einem Topf, als wäre nichts passiert.

Mein Handy macht pling und ich schaue darauf. Nico.

Tut mir leid, Poppy hat Geburtstag und sie hat schon das ganze Wochenende verplant. Sehen wir uns in der Schule?

Ich spüre, wie Caroline mir über die Schulter sieht, aber ich will nicht wissen, ob sie genauso enttäuscht guckt wie ich. Oder, schlimmer noch, mitleidig.

Na gut. Dann wäre das ja geklärt.

Den Rest des Wochenendes verbringe ich damit, Caroline meine Long-Beach-Favorites zu zeigen: Kartoffel-Tacos beim Hole Mole und Arme Ritter beim Starling Diner, mit Mascarpone und einer dicken Schicht Beeren. Leute gucken und in den niedlichen Boutiquen auf der Atlantic Avenue stöbern. Und weil wir mitten im November schon wieder 23 Grad haben, verbringen wir den Sonntag größtenteils am Strand und lesen (sie Christina Lauren, ich *Das Leben und das Schreiben* … bis ich aufgebe und mir ihre zweite Christina Lauren schnappe). Die Sonne tönt unsere braune Haut noch ein paar Nuancen dunkler.

Ich bin erstaunt, dass es sich so anfühlt wie früher und wir so schnell in unseren alten Rhythmus fallen – die lebhaften Stakkato-Gespräche, unsere Schritte immer im gleichen Takt.

Doch sosehr wir dieselben geblieben sind, gibt es auch Anzeichen dafür, dass wir uns verändert haben. Zum Beispiel als sie mir von einer lustigen Begebenheit auf einer Party erzählen will und ich nicht mitkomme, weil mich die vielen neuen Namen verwirren. Und als ich ein paar Nachrichten von Lenore beantworte, macht Caroline einen etwas angestrengten Witz darüber, dass ich mal mein Handy weglegen solle.

Doch Sonntagabend, als wir schlafen gehen, vermischen sich das Alte und das Neue beinahe. Während wir im Dunkeln eng an eng in meinem schmalen Bett liegen, obwohl meine Mutter die Luftmatratze rausgeholt hat, denke ich an unsere zahllosen Übernachtungen – wie wir Fruchtgummifische gefuttert haben, bis wir Bauchweh bekamen, und wie wir so taten, als hätten wir keine Angst vor dem Knarren der Dielen im Flur. Aber unsere Stimmen in dem stockdunklen Zimmer erinnern mich auch an all die Telefongespräche, die wir seit meinem Umzug, seit sich alles verändert hat, spätabends geführt haben.

»Hey, Tess, kann ich dir was sagen, ohne dass du sauer wirst?«, fragt Caroline. Ihre Stimme ist rau, wie immer, wenn sie müde ist.

»Klar.«

»Ich glaube, es ist eigentlich eher eine Frage.«

»Sag schon.«

»Was wäre …«, beginnt sie langsam, und ich werde ein bisschen nervös. Normalerweise schießt sie immer gleich los. »Hast du mal überlegt …« Sie versucht es noch mal. »Hast du dich mal gefragt, ob du vielleicht den falschen Helden hast?«

»Was?«

»Für dein Happy End, deine Liebesgeschichte – was, wenn die männliche Hauptfigur verkehrt ist? Und es deshalb nicht klappt? So wie in diesem Film, den du mir empfohlen hast, *Pretty in Pink*? Die ganze Zeit fiebert man mit Duckie mit, weil sie das perfekte Paar wären, aber dann kommt Andie mit diesem Langweiler Blaine zusammen. Und das ist zwar ganz süß, aber richtig begeistert ist man nicht, weil man weiß, dass es mit den beiden nicht funktionieren kann, jedenfalls nicht so, wie es ganz offensichtlich mit Duckie funktionieren würde.« Sie schnauft, als wäre ihr eine Last vom Herzen genommen.

»Versteh ich nicht.«

»Nico ist Blaine.«

»Okay.«

»Und Sam … ist Duckie.«

»Ach so.«

»Kapierst du, was ich damit sagen will?«

Ich weiß genau, was sie damit sagen will. Sie hat Mitleid mit mir. Das ist sonnenklar. Denn dieses Wochenende hat ihr gezeigt, dass ich absolut keine Chance bei Nico habe, und jetzt versucht sie mich auf vernünftigere Bahnen zu lenken. Damit ich mich nicht in etwas reinsteigere, was sowieso nie gut ausgehen kann.

»Aber ich … ich mag Nico.« Wie schwach und albern das klingt, wenn ich es ausspreche.

»Ich weiß. Ich weiß, Tess. Und du könntest jeden Jungen kriegen, den du haben willst.« Glaubt sie das wirklich? »Aber du und Sam … da war was zwischen euch. Etwas Echtes, und es wäre zu schade, wenn du das übersiehst, nur weil du auf einen anderen fixiert bist. Sam ist echt ein guter Typ.«

»Ich weiß.«

»Und er ist gar nicht so uncool, wie ich dachte! Du hast ihn überhaupt nicht richtig dargestellt! Hast du mal auf seine Wangenknochen geachtet? Und er hatte nicht mal ein Hawaiihemd an.«

»Ich hab dir doch gesagt, dass er die nicht jeden Tag trägt!«

»Ja, ja, aber das Entscheidende ist: Ich glaube, Sam könnte derjenige sein, welcher. Dein Mr Right. Ich glaub echt, dass das mit euch etwas Besonderes sein könnte, und dass wir einfach … das Ziel des Plans ändern sollten!«

Sie klingt so aufgeregt und überzeugt, genau wie damals, als sie sich die Liste ausgedacht hat. Und es wäre so einfach, mitzuziehen, nur:

»Sam und ich … da ist nichts zwischen uns.«

»Ja, ich weiß, dass du das jetzt denkst, aber vielleicht musst du einfach mal die Augen aufmachen. Ich kann mir das mit ihm so viel besser vorstellen als mit Nico, und …«

»Aber du hast Nico doch noch nie gesehen. Du warst – wie lange? – zwei Tage hier, und das hier ist mein Leben. Ich weiß ja wohl besser, was gut für mich ist.« Die Worte kommen hart und kalt heraus, und ich kann Carolines Gesicht im Dunkeln zwar nicht sehen, doch ich spüre, wie sie zurückschreckt. Ich will ja nicht ungerecht sein, aber nur weil sie einen Freund hat, braucht sie sich noch lange nicht als Expertin in Liebesfragen aufzuspielen. Sie hat keine Ahnung, was zwischen Nico und mir läuft – wie es vom ersten Tag an zwischen uns gefunkt hat. Und sie kennt auch Sam nicht. Er ist ein wahnsinnig toller Freund, aber nicht mehr.

»Na gut.« Caroline klingt müde und erschöpft. »Ich dachte nur … Es tut mir leid, wenn …«

»Es braucht dir nicht leidzutun. Ich bin … Können wir einfach nicht mehr darüber reden? Es ist total lieb, was du alles für mich tust, wirklich. Und wie wir beide wissen, bist du ein Genie.« Ich nehme ihre Hand und drücke sie. »Aber das … will ich einfach nicht.«

»Ja, klar. Ich verstehe.«

Die Stille im Raum ist gewaltig und erdrückend. Ich spüre sie schwer auf der Brust, und an Carolines langsamem, kontrolliertem Atem höre ich, dass es ihr genauso geht. Ich möchte etwas sagen, um die wachsende Kluft zwischen uns zu überbrücken, möchte verhindern, dass dieses Gespräch das ganze schöne Wochenende verdirbt. Aber mir fällt nichts ein, was ich sagen könnte. Und das macht mir Angst, denn bei Caroline fällt mir immer etwas ein.

Schließlich bricht sie das Schweigen.

»Also … ich wollte dir noch was erzählen. Ich hab damit gewartet, bis ich hier bin, weil ich es zu wichtig fand, um am Telefon darüber zu sprechen. Es geht um mich. Wenn das okay ist.«

»Wie meinst du das? Mich interessiert alles, was dich angeht.«

»Na ja, manchmal … da … Egal.« Sie holt tief Luft. »Also, Brandon und ich sind jetzt ja schon ein paar Monate zusammen.«

»Okay …«

»Und ich hab ihn wirklich gern. Nicht nur das, ich liebe ihn. Das haben wir uns letzte Woche gesagt.«

»Caroline, das ist ja Wahnsinn! Warum hast du mir das nicht erzählt?«

»Ich wollte es dir erzählen. Ich erzähle es dir jetzt.«

»Wer hat es zuerst gesagt?«

»Er. Aber das ist nicht das, was ich dir erzählen wollte.«

»Nein?«

»Weil … weil es zwischen uns so gut läuft … da haben wir über den nächsten Schritt gesprochen. Du weißt schon … in unserer Beziehung ein bisschen weiter zu gehen.«

»Willst du ihn deinen Eltern vorstellen?« Aber das kann es nicht sein. Wenn es das wäre, würde sie nicht so nervös mit ihren Haaren spielen … ich spüre, wie sie das neben mir macht. Und sie würde auch nicht so um den heißen Brei herumreden.

»Nein, Tess, wir … Brandon und ich, wir überlegen, hm, es zu tun. Sex zu haben.«

»Oh.«

Es vergehen einige Augenblicke, in denen sie darauf wartet, dass ich einen Satz beende, der nicht kommt.

»Mehr fällt dir nicht dazu ein?«

»Nein, doch, es ist nur … ich …« Mir schwirrt so vieles durch den Kopf, was ich sagen möchte.

Ich habe das Gefühl, dass ich dich vielleicht doch nicht mehr kenne.

Ich dachte, zwischen uns wäre alles wie vorher, und jetzt fühle ich mich total überrumpelt und merke, dass ich ganz vieles nicht mitkriege.

Ich habe Angst, dass du dich weiter veränderst und ich zurückbleibe.

»Ich weiß nicht, was ich sagen soll.«

»Na ja, was würdest du mir raten?«

Mir schwirrt immer noch der Kopf von dem anderen Thema, dass Sam mein Duckie ist und Nico Blaine, und jetzt kommt sie damit an. Mit dieser riesigen Neuigkeit. Dieser echt riesigen Neuigkeit, die ich nicht mal für möglich gehalten hätte, aber natürlich ist es möglich. Klar, dass sie darüber nachdenkt, wenn sie einen traumhaften Freund hat, der sie liebt. Während ich nur einen Schwarm habe, so unrealistisch, dass nicht mal meine beste Freundin mich noch ermutigt. Was für einen Rat könnte ich ihr schon geben?

»Du solltest tun, was du möchtest. Was dich glücklich macht.«

Es ist, als würde in diesem Moment der Faden, der uns all die Zeit unmerklich und beständig verbunden hat, reißen.

»Das ist alles?«

Ich gähne. Hoffentlich hört sie nicht, dass es nur vorgetäuscht ist. »Tut mir leid. Ich bin einfach … ich bin müde.«

Es bleibt lange still, und ich möchte das Licht einschalten, um ihr Gesicht zu sehen. Gleichzeitig bin ich froh, dass es dunkel ist. Dass ich mich verstecken kann.

»Ja, ja, stimmt … es war ein langer Tag. Wir können ein andermal darüber sprechen.« Ich bin erleichtert, obwohl ich die Anspannung in ihrer Stimme höre. »Lass uns mal schlafen. Mein Flug morgen geht früh.«

»Okay.«

Ich verlangsame meinen Atem und tue so, als ob ich schlafe, bis es wirklich so ist.

Dreißigstes Kapitel

Am nächsten Morgen wachen wir auf und benehmen uns so, als wäre alles wie immer, und fast kann ich mir einreden, dass es so ist. Aber als wir uns zum Abschied umarmen, fühlt es sich anders an als sonst.

Ich schiebe den Gedanken beiseite und sage mir, dass Caroline und ich einfach etwas Zeit brauchen. Wenn sie wieder zu Hause ist, renkt sich das schon wieder ein.

Nico sehe ich die ganze Woche nicht. Aber ich halte auch nicht nach ihm Ausschau oder so. Im Gegenteil, ich setze mich in der Mittagspause extra nicht zu ihm und seinen Freunden, um mich nicht mit dem Anblick von ihm und Poppy zu quälen.

Und vielleicht liegt es nur daran, dass mein Gehirn nicht damit beschäftigt ist, jede einzelne Situation mit Nico zu analysieren, aber mir fällt wieder ein, was Caroline über Sam gesagt hat. Ich weiß, dass sie den Vorschlag nur aus Mitleid gemacht hat, aber unwillkürlich beginne ich Sam mit anderen Augen zu betrachten. Ihn als potenziellen Helden einer Liebesgeschichte zu sehen. Natürlich nicht als meinen Helden, nur ganz allgemein. Sein markantes Kinn, wie von einem Bildhauer gemeißelt. Seine Arme mit den feinen hellblonden Härchen, wie stark sie aussehen, wenn er einen Turm Tupperdosen trägt oder seinen Standmixer umbaut. Und er riecht immer nach Butter und Zucker, was wahrscheinlich der Grund dafür ist, dass ich mich in seiner Nähe immer so fühle, als wäre ich in einer kalten Nacht unter mehrere dicke Decken gekrabbelt. Und seine Lippen … na ja, ich kann mir schon vorstellen, wie das alles funktionieren könnte.

Für ein anderes Mädchen.

Nicht für mich.

Wir werden nie mehr als gute Freunde sein, da kann Caroline sagen, was sie will.

Normalerweise habe ich einen Horror vor den Stunden bei Ms McKinney, weil der Kurs mich immer daran erinnert, wie kläglich ich versage. Aber an diesem Freitag freue ich mich darauf. Vor allem, weil ich Nico ohne Poppy sehen werde und die kleine Chance besteht, dass ich ein paar Antworten bekomme, wie auch immer sie lauten mögen. Aber auch, weil ich hoffe, dass es diese anderen, seltsamen Gedanken über Sam aus meinem Kopf vertreibt, die vermutlich nur aufkommen, weil Caroline mir diesen Floh ins Ohr gesetzt hat.

Ich bin ein wenig früher da und setze mich auf einen Sitzsack in der Ecke. Ich packe meinen Laptop aus und tue so, als würde ich nachdenklich auf einen Text schauen, während es in Wirklichkeit nur der Happy-End-Plan ist. Wenn ich ihn eingehend genug betrachte, fällt mir ja vielleicht ein, wie es weitergehen könnte.

Während die übrigen Teilnehmer hereinkommen, nickt Ms McKinney mir von ihrem Platz aus wortlos zu. Ich weiche ihrem Blick schnell aus, weil ich befürchte, dass sie wieder mit mir reden will. Ich habe ihr »neue« Texte geschickt, denn darauf hatten wir uns in dem peinlichen Gespräch im September geeinigt. Und mit »neuen« Texten meine ich natürlich nicht wirklich neue Texte –

nur Kapitel aus der Geschichte über Colette und nicht über Tallulah. Hoffentlich reicht das. Aber ich weiß es nicht genau, weil ich mich noch nicht getraut habe, mir ihre Kommentare richtig durchzulesen. Mir stecken die letzten immer noch in den Knochen.

Aber sie hat mich nicht noch mal aufgefordert, etwas vorzulesen. Sie hat mich sogar übersprungen, als die Reihe zum zweiten Mal an mir war, vielleicht in der Annahme, dass ich die Aufgabe am Ende des Halbjahrs nachhole. Ich weiß nicht, ob ich Dankbarkeit oder Scham empfinden soll. Es ist wohl eine Mischung aus beiden.

»Woran arbeitest du?«, fragt Nico und tippt mit seinem Fuß an meinen. Ich kämpfe gegen den Drang, den Laptop zuzuklappen.

»Ich weiß noch nicht genau.«

»Ich hab dich diese Woche vermisst«, sagt er und setzt sich neben mich. Ich, nicht wir. »Isst du mittags nicht mehr mit uns?«

Ich zucke die Schultern. »Ich weiß nicht. Es ist einfach, na ja, komisch.« Das muss ich nicht weiter ausführen, oder? Es wird ihm nicht entgangen sein, dass es komisch ist.

Er sieht mich mit diesem Blick an, von dem ich ganz kribbelig werde, glühende Augen unter dunklen Wimpern, die vollen Lippen geschürzt. So sieht man niemanden an, den man abserviert. Im Gegenteil. Dieser Blick sagt *Ich will dich*. Mein ganzer Körper ist angespannt, als er sagt: »Tessa, ich …«

Da klatscht Ms Mc Kinney in die Hände. »Okay, ich weiß, dass ihr alle loslegen wollt, ich möchte euch nur sagen, dass wir heute die Präsentation am Ende der Stunde auslassen – tut mir leid, Lisbeth, nächste Woche –, denn ich möchte nachher etwas Besonderes bekannt geben.«

Nico zieht die Nase kraus, lächelt mich an und formt mit den

Lippen »Wir reden später«. Er holt sein Moleskine und einen Stift heraus, und als ich merke, dass mein Mund offen steht, mache ich ihn schnell zu. Ich male mir schon tausend Möglichkeiten aus, was auf »Tessa, ich ...« folgen könnte.

... hab heute Mittag endlich mit Poppy Schluss gemacht, weil mir klar geworden ist, dass ich dich will. Ich wollte immer nur dich.

... finde, du musst jetzt echt mal aufhören, mich so creepy anzuglotzen. Ich hab gesehen, was du auf deinem Laptop geschrieben hast. Ich werde dich melden.

... möchte, dass du auf der Stelle mit mir nach oben kommst, damit wir da weitermachen können, wo wir Halloween angefangen haben.

Ich schreibe alle Varianten auf in der Hoffnung, dass dadurch mein Schreiben in Gang kommt. Mir ist jetzt gar nichts mehr zu blöd. Und wenigstens sieht es so aus, als wäre ich beschäftigt.

Da spüre ich etwas Weiches, Warmes an meinem Oberschenkel und sehe, dass es sein kleiner Finger ist, zaghaft erst, dann gefolgt von seiner ganzen Hand. Ich denke nicht an Poppy oder Sam oder Ms McKinney, nicht mal an Fedora, der von seinem Hocker ein paar Meter weiter verstohlen zu uns rüberschaut – ich schiebe einfach meine Hand in seine und drücke sie. Das hier spielt sich nicht in meinem Kopf ab. Es ist echt und es passiert wirklich. Das reicht mir im Moment als Antwort.

Als der Unterricht fast zu Ende ist, ruft Ms Mc Kinney uns zurück in den Kreis, sie strahlt in Erwartung der guten Neuigkeiten, die sie für uns hat. Auch einige im Kurs wirken erwartungsvoll. Das Mädchen, das immer Kleider mit Katzenmotiven trägt – ich glaube, sie heißt Angelica –, kaut nervös an ihren Fingernägeln, und Fedora klopft neben mir so schnell mit dem Fuß, dass mein Stuhl wackelt.

»Ihr wisst ja, dass die Wintergala näher rückt, und es ist an der Zeit zu verkünden, wer aus diesem Kreis die Ehre hat, etwas vorzulesen.«

Ach so, darum geht es.

Auf einmal schäme ich mich, weil mich das so gar nichts anzugehen scheint. Könnte ich schreiben, wäre ich genauso aufgeregt wie die anderen. Dann bestünde vielleicht sogar die Chance, dass ich aufgerufen würde. Stattdessen sitze ich hier und überlege, was ich nach der Stunde zu Nico sagen könnte … und was wir wohl machen.

»Wie ihr euch denken könnt, war es eine unglaublich schwere Entscheidung, weil es so viele große Talente in diesem Kurs gibt. Es ist wirklich eine Ehre, eure Lehrerin zu sein. Wenn ihr nicht ausgewählt werdet, auf der Gala zu lesen, heißt das auf keinen Fall, dass ihr an euren Fähigkeiten zweifeln müsst.« Abgesehen von dir, Tessa. Was ich hier sage, gilt nicht für dich. »Aber ich komme jetzt mal zum Punkt. Die Ehre, auf der Gala zu lesen, hat …« Alle schnappen gleichzeitig nach Luft. »Nico Lucchese!«

All das Selbstvertrauen, das er sonst ausstrahlt, scheint zu verpuffen, er sieht erschrocken aus, lehnt sich zurück, den Mund geöffnet, bringt jedoch keinen Ton heraus. Schade, dass ich nicht einfach auf seinen Schoß springen und ihm einen dicken Kuss geben kann, denn genau das möchte ich jetzt tun. Ich bin so stolz auf ihn. Ich lächele ihn nur strahlend an. Und als alle auf ihn zustürmen und ihm gratulieren, seine Hand schütteln und ihm auf den Rücken klopfen, packe ich meine Sachen zusammen und verlasse den Raum – denn mehr wird er von mir ja nicht erwarten, oder? Ich komme mir blöd vor, noch länger zu bleiben und Ms McKinneys vielsagenden Blicken auszuweichen, denn worauf warte ich noch? Ganz egal, ob wir gerade noch Händchen gehalten haben, wir sind nur Freunde, mehr nicht.

Doch als ich oben an der Treppe ankomme, höre ich, wie er mich ruft, und als ich mich umdrehe, ist er schon bei mir.

»Tessa, hey! Warte.« Röte überzieht seine Wangen, was einfach hinreißend aussieht. »Wir müssen doch reden. Und ich, hm – na ja, ich weiß nicht so genau, was ich sagen soll … es ist nur …«

Er will mir schonend beibringen, dass das mit uns nichts wird. Was sonst? Er ist ein begabter, gefeierter Typ mit einer heißen Freundin, und ich bin einfach nur ich. Ich beschließe, es ihm leicht zu machen.

»Mach dir keine Gedanken«, sage ich und winke ab, als wäre es kein großes Ding und ich total cool. »Und Glückwunsch, Nico. Obwohl es mich nicht wundert, dass sie dich ausgewählt hat. Deine Eltern werden so stolz auf dich sein.«

Ich wende mich zum Gehen, doch da nimmt er meine Hand und zieht mich an sich. Er schlingt einen Arm um meine Schultern und hält mit der anderen meinen Rücken, sein Atem ist warm in meinem Ohr und ich falle gleich in Ohnmacht. Und ja, ich klinge wie jemand aus einem Disney-Film, wenn ich mich über so etwas jugendfreies wie eine Umarmung auslasse, aber es fühlt sich besonders an. Bedeutsam. Und ich glaube, ich könnte für immer so bleiben, aber da werden wir unterbrochen (Schon wieder! Hey, Schicksal, was soll das?), als jemand sich räuspert.

Wir lösen uns voneinander, und da steht Poppy, mit verschränkten Armen und stinksauer.

Ich warte nicht ab, was das wohl bedeuten könnte. »Noch mal Glückwunsch! Das ist echt so toll!« Ohne sie anzusehen, flitze ich an ihr vorbei und mache mich auf den Weg zu Sam und nach Hause.

Auf der Heimfahrt entwerfe ich mindestens zehn Textnachrichten an Caroline über die Umarmung, doch ich lösche sie alle wieder. Es fühlt sich verkehrt an, ihr so etwas zu schreiben. Was würde sie über eine alberne Umarmung denken, wenn sie doch eine so viel wichtigere Entscheidung zu treffen hat?

Aber Nachrichten zu schreiben, die niemals abgeschickt werden, ist wenigstens eine gute Ablenkung von Sam und den verwirrenden Gedanken an sein Kinn und seine Lippen und Arme und den Duft von *Bath & Body Works*, der ihn ständig umweht. Und der noch stärker wird, als er an einer roten Ampel sein Ladegerät aus dem Handschuhfach holt und sich dabei mit dem ganzen Oberkörper über meine Beine beugt. Mein Magen schlägt seltsame Saltos. Als wir in die Einfahrt zu seinem Haus fahren, springe ich aus dem Wagen, noch ehe er den Motor ausgeschaltet hat, und renne nach Hause.

»Ähm, tschüs?«, ruft er mir nach, und ich winke schnell, so eilig habe ich es, in mein stilles Haus zu flüchten und in Ruhe darüber nachzudenken, was in meinem Kopf vor sich geht.

Aber als ich zu Hause ankomme, wartet meine Mutter in der Küche auf mich. Und sie läuft nicht hin und her, sie putzt nicht und ist nicht in hektischer Betriebsamkeit wie sonst. Sie ist steht einfach nur unheimlich still da.

»Möchtest du mir irgendwas aus der Schule erzählen, Tess?«, fragt sie ruhig und beherrscht.

Was könnte sie meinen? Hat Poppy meine Mutter angerufen und gepetzt oder so?

»Ich weiß nicht … nein?« Daran, wie sie die Augen verengt und die Arme verschränkt, merke ich, dass das die falsche Antwort war.

»Ich habe mir online deine Noten angeschaut …«

O nein.

»Und gesehen, dass du auf dem besten Weg bist, in Romankunst durchzufallen. Laut den Noten, die Ms McKinney eingetragen hat, hast du mehrere Hausaufgaben nicht gemacht und für den Rest auch keine guten Noten bekommen.«

Ich sage nichts. Ich weiß nicht, was ich sagen soll.

Natürlich hat Ms McKinney sich von mir nicht hinters Licht führen lassen. Mir rutscht das Herz in die Hose.

»Tessa, was ist da los?«

Ich sehe meine Mutter an, sehe die angespannte Miene und die Tränen in ihren Augen. Ich sehe Wut, aber noch etwas anderes … Enttäuschung. So sehen meine Eltern mich schon seit Wochen an.

Dieser Blick macht mich fertig, und unwillkürlich breche ich in Tränen aus. Und nicht nur ein paar Tränen – das volle Programm mit Rotz und Schnodder.

»Ich konnte … ich konnte nicht … schreiben«, bringe ich schluchzend hervor. »Ich hab's versucht! Ich versuche es die ganze Zeit! Aber die Worte … wollen nicht kommen! Mir fällt einfach nichts mehr ein! Ich habe mit Ms McKinney gesprochen … Ich weiß nicht, ob ich überhaupt auf die Chrysalis gehöre – ich glaube, das war alles ein großer Fehler!«

Ich weiß nicht, ob sie mir folgen kann, aber es tut gut, das mal rauszulassen. Eine riesige Erleichterung. Als würde sich, wenn ich es meiner Mutter erzähle, alles wieder einrenken, so wie früher, als ich klein war, wenn sie sich meine Sorgen anhörte, während sie mir die Haare flocht, und mir sagte, dass alles wieder gut wird. Aber als ich meine Mutter schließlich mit verquollenem Gesicht anschaue, hat sich ihre Miene zu meiner Überraschung nicht verändert. Sie sieht sogar noch besorgter aus.

»Warum hast du mir nichts davon erzählt? Wie lange geht das

schon so?« Sie schüttelt den Kopf. »Manchmal … denke ich … dass ich dich überhaupt nicht mehr kenne.«

Ich kenne mich ja nicht mal selber, würde ich am liebsten sagen, aber das geht nicht. Vielleicht hätte ich überhaupt nicht davon anfangen sollen.

Deshalb höre ich mich auf einmal das Einzige sagen, was sie aufheitern könnte, so dass sie mich mit Stolz ansieht statt mit Enttäuschung und Sorge.

Es ist zwar nicht die Wahrheit, doch darauf kommt es im Moment ja vielleicht nicht so an.

»Aber jetzt ist es besser. Entschuldige, das hatte ich überhaupt nicht erwähnt.« Ich schlage mir an die Stirn. Wie konnte ich das vergessen. Schnell wische ich mir die Tränen mit dem Ärmel weg. »Ms McKinney hat die letzten Noten wohl noch nicht eingetragen. Da ist sie manchmal etwas langsam.«

Meine Mutter fährt sich mit beiden Händen durch das blonde Haar. »Wieso … Jetzt bin ich verwirrt. Woher weißt du das? Was ist passiert?«

»Ich hab ganz viel nachgeholt und ihr eingereicht. Zehn Kapitel oder so! Und die haben ihr so gut gefallen, dass sie mich für die Wintergala ausgewählt hat.«

»Was?«

»Ja, entschuldige, vielleicht hätte ich das zuerst erzählen sollen.« Ich lache gekünstelt, aber das scheint ihr nicht aufzufallen. »Ich werde lesen. Im Dezember. Das ist ein echt großes Ding an unserer Schule.«

»Ja, ich hab schon davon gehört. Es stand im Eltern-Rundbrief.« Ihr Gesicht hellt sich auf und mir fällt ein Stein vom Herzen. »Tessa, das ist ja großartig. Meine Güte. Du hast mir eben einen ganz schönen Schreck eingejagt!«

»Tut mir leid«, murmele ich und wende mich zum Gehen, um vor meiner eigenen Lügengeschichte zu fliehen. Aber sie nimmt mich in die Arme und hüpft auf und ab. »Woo-hoo! Unsere Schriftstellerin!«

Jetzt muss ich wirklich in mein Zimmer, sonst wird mir schlecht.

»Okay, ich muss jetzt Hausaufgaben machen«, sage ich und befreie mich aus ihren Armen.

»Ja, klar, mach nur deine Arbeit! Ich rufe deinen Vater an! Oh, wir müssen Karten kaufen!«

Ich versuche, nicht daran zu denken, wie teuer sie sind.

Einunddreißigstes Kapitel

Der Rest des Wochenendes ist Folter, meine Mutter ruft beim Abendessen die ganze Verwandtschaft an und prahlt mit meinem Erfolg. Mein Vater küsst mich immer wieder auf den Kopf und nennt mich seinen Augenstern. Das Mädchen, das sie beschreiben, erkenne ich nicht wieder, aber in letzter Zeit kenne ich mich ja sowieso kaum. Hätte ich mich früher selbst beschreiben sollen, hätte ich mich als Schriftstellerin bezeichnet, oder jedenfalls als ein Mädchen, das schreibt. Ich hätte gesagt, dass ich ein guter Mensch bin. Jetzt dagegen: seit Monaten keine Zeile und moralisch äußerst fragwürdig. Vielleicht gehört es zum Erwachsenwerden dazu, dass ich mich selbst nicht mehr kenne, wie das Gewitter vor dem Regenbogen. Aber ich weiß nicht. Es fühlt sich nicht richtig an.

Es ist, als hätte ich einen Golfball verschluckt, der mir das ganze Wochenende in der Kehle steckt. Ich bin nah dran, alles zu beichten, um das Gefühl wieder loszuwerden, aber es wäre noch schlimmer, ihre Gesichter zu sehen – im besten Fall todunglücklich, im schlimmsten Fall stocksauer. Die Gala ist erst in der Woche vor den Winterferien, und mir wird schon etwas einfallen, wie ich es ihnen vorher beibringen kann. Das muss ich einfach. Aber es ist leichter, das erst mal zu vertagen.

Nico am Montag wiederzusehen, ist auch nicht gerade erhebend. Er hat sich das ganze Wochenende nicht gemeldet, und das konnte ich irgendwie entschuldigen. Aber im Kurs kann ich darüber nicht länger hinwegsehen. Nicht, dass er mich ignorieren würde. Er sitzt neben mir, während er schreibt und ich »schreibe«, und er ist wirklich freundlich, als wären wir genau das: Freunde. Was völlig in Ordnung ist. Aber Freitag dachte ich, wir wären einen Schritt weiter. Mit meinen Freunden halte ich nicht Händchen, und ich umarme sie auch nicht so. Vielleicht hat Poppy ihn davon abgebracht – mal wieder.

Es macht mich traurig und unsicher, und dann ist da noch ein neues Gefühl … Wut. Darüber, dass er mich so hinhält. Als hätte ich dabei gar nichts mitzureden.

Anscheinend wirke ich gereizt, denn auf der Heimfahrt stößt Sam mich mit dem Ellbogen an. »Was ist los?«

»Nichts. Alles gut.« Ich betrachte eine Reklametafel an einer Bushaltestelle, als läge darin der Sinn des Lebens verborgen.

»Ja … klar.« Und ich denke schon, er sagt nichts mehr dazu. Aber kurz darauf: »Es ist nur … ich weiß nicht. Du siehst nicht so glücklich aus. Du kannst deine Gefühle nicht sonderlich gut verbergen, weißt du das? Man sieht dir immer alles sofort an. Möchtest du … vielleicht drüber reden?«

Es wäre schön, mit jemandem darüber zu reden, aber dieser Jemand ist auf keinen Fall Sam. Das Thema Nico ist für ihn tabu. Das spüre ich genau.

»Nee.«

»Okay.«

Der Wagen setzt sich wieder in Bewegung, und ich starre weiter aus dem Fenster, damit er nicht sieht, was mein Gesicht verraten könnte … und vielleicht auch, um ihn in seiner marineblauen

Members-Only-Jacke nicht anschauen zu müssen. Ich weiß nicht, wer ihn überredet hat, sie gegen die Cordjacke einzutauschen, die er sonst immer anhat, aber es sieht super aus. Und das ist, wieder mal, verwirrend.

Doch während ich aus dem Fenster schaue, fällt mir auf, dass ich nicht die vertraute Umgebung sehe: weder den Donut-Shop mit dem riesigen bestreuselten Donut auf dem Dach, noch das Wandgemälde mit spielenden Kindern im Sonnenuntergang oder den pinkfarbenen Secondhandladen mit der Regenbogenflagge.

»Ähm, wohin fahren wir?«

Er sieht mich an, als hätte ich ihn gefragt, warum das Meer blau ist. »Zum Gewürzladen … Beim Einsteigen hatte ich dich gefragt, ob wir da kurz vorbeifahren können? Und du hast genickt?«

»Echt?« Da war ich wohl völlig in Gedanken versunken.

»Entschuldige.« Sam sieht plötzlich erschrocken aus und reibt sich die Wange. »Ich dachte, das wär … Wir können auch nach Hause fahren.« Sofort schaltet er den Blinker ein und versucht sich rechts einzuordnen.

»Nein, nein, nicht so hastig.« Lachend wehre ich ab. »Das ist doch gar kein Problem. Tut mir leid, ich bin echt verpeilt.«

»Super, danke. Dauert auch nicht lange, versprochen. Ich muss nur ein paar Zutaten für ein Rezept besorgen, mit dem ich heute Abend anfangen will, und dafür brauche ich eine spezielle Sorte Zimtstangen.«

»Wird es was Besonderes?«

»Eigentlich nicht. Oder na ja, vielleicht doch. Ich hab Freitag erfahren, dass ich für die Gala ausgewählt wurde, und da …«

»Was! Sam! Das ist ja der Wahnsinn!« Ich schlage ihm auf die Schulter. »Wieso hast du nichts gesagt?«

Jetzt weicht er meinem Blick aus, aber ich sehe, dass er rot wird. »Ich weiß nicht. Es ist nicht so eine große Sache.«

»O doch. Es ist eine riesige Sache! Ich bin so stolz auf dich.« Um ein Haar erzähle ich, dass ich auf der Gala lese, aber da fällt mir wieder ein, dass es ja eine Lüge ist. Das kann man leicht vergessen, wenn man ein ganzes Wochenende mit dieser Geschichte gelebt hat.

Wir halten vor einem winzigen Laden in Zaferia, der zwischen einem großen Kostüm-Shop und einem Waschsalon eingezwängt ist. Als wir aussteigen, reibt Sam sich die Hände, er ist aufgeregt wie ein kleines Kind vor der Weihnachtsbescherung.

»Seit ich denken kann, kaufe ich mit meiner Mutter hier ein. Mr und Mrs Chen haben die beste Auswahl an Gewürzen in Long Beach. Alles, von Safran bis … bis Borretsch. Der Laden ist echt was Besonderes.«

Es ist … süß, wie er sich für Gewürze begeistern kann. Das erinnert mich daran, wie ihm einmal rausgerutscht ist, dass sein Standmixer Ethel heißt.

»Ich könnte mich stundenlang hier aufhalten. Aber keine Angst, ich bleibe nicht lange. Einmal rein und gleich wieder raus, versprochen.«

Mein Handy plingt, und zu meiner Überraschung sehe ich Nicos Namen.

»Geh ruhig schon mal vor und schau dich um«, sage ich mit einer Handbewegung. »Ich komme gleich nach.«

Ich blicke nicht auf, als er geht, denn ich bin ganz gebannt von den Nachrichten, die auf dem Display aufpoppen.

Tut mir leid, wenn ich heute komisch war.

Nicht wenn. Ich war komisch.

Ich weiß einfach nicht, was ich machen soll.

Mein Herz rast, und ohne nachzudenken, sende ich eine Antwort ab.

Ich kann dir die Entscheidung nicht abnehmen, Nico. Aber wenn du so weit bist, bin ich da.

Bevor die Gedanken noch weiter in meinem Kopf kreisen, stecke ich das Handy in die Tasche meiner braunen Teddyjacke und folge Sam in den Laden. Eigentlich braucht man keine Jacke – ich trage sie eher, weil sie süß aussieht, als um mich vor der nicht vorhandenen Kälte zu schützen – und das merke ich besonders, als eine Glocke über der Tür bimmelt und ich das Geschäft betrete. Es ist gar nicht so klein, wie es von außen scheint, und alles ist voll mit vielen Reihen Pulver, Samen und getrockneten Kräutern in Tütchen und Gläsern. An der Kasse steht eine zierliche ostasiatisch aussehende Frau mit weißen Strähnen im schwarzen Bob.

»Kann ich dir helfen?«, fragt sie.

»Nein, danke.« Ich versuche Sam in einem der Gänge zu entdecken.

Wieder plingt mein Handy in der Tasche, aber ich widerstehe dem Drang, es herauszuholen. Stattdessen zwinge ich mich, die verschiedenen Waren in den Regalen zu betrachten. Es gibt getrockneten Lavendel in großen Plastiktüten. Etwas besonders Wohlriechendes namens Ras el-Hanout in Gläsern. Daneben Döschen mit etwas, das aussieht wie eine Mischung aus einer schönen Blume und einem scheußlichen nachtblauen Insekt. Es ist ein bisschen so, als wandelte man durch einen magischen Laden in einem Fantasyroman, und ich kann verstehen, weshalb Sam so gern hier ist. Am liebsten würde ich die Hände ausstrecken und alles anfassen, aber ich verhalte mich genau wie immer, wenn ich in einem Laden bin – die Hände so, dass man sie sehen kann, und mindestens zwanzig Zentimeter Abstand von den Waren.

Ich weiß, dass das ein bisschen albern ist, denn ich habe noch nie etwas geklaut, aber ich bin in Geschäften immer nervös (noch nervöser als sonst). Es entgeht mir nicht, wie die Verkäuferinnen mich ansehen, und es ist mein Horror, irgendwas könnte aus Versehen in meine Tasche fallen und sie bestätigen.

Und wieder scheint meine Sorge nicht unbegründet zu sein, denn ich habe das altbekannte kribbelige Gefühl, beobachtet zu werden. Als ich aufblicke, sehe ich, dass die Frau, die eben noch hinter der Kasse stand, etwas in einem Regal in meinem Gang verräumt.

Sie lächelt mich an, aber ihr Blick huscht zu meinen Händen. Ich merke, wie mein Hals flammend rot wird, obwohl ich keinen Grund habe, mich zu schämen. Ich lächele höflich zurück und gehe dann in einen anderen Gang.

Wo ist Sam? Wenn ich mit ihm zusammen bin, ist es für die Frau vielleicht okay, dass ich hier bin, und sie sieht mich nicht mehr so misstrauisch an. Ich durchschreite noch zwei weitere Gänge auf der Suche nach ihm, aber er ist nirgends zu sehen. Ich will ihn nicht rufen und noch mehr Argwohn wecken, deshalb hole ich das Handy heraus und schreibe ihm eine Nachricht. Wo bist du? (Unweigerlich sehe ich, dass ich nur eine Nachricht von meiner Mutter bekommen habe, die wissen will, wann ich nach Hause komme. Nichts von Nico.)

Während ich auf eine Antwort warte, bleibe ich mitten im Gang mit verschränkten Armen stehen. Vielleicht sollte ich lieber rausgehen?

»In diesem Gang befinden sich unsere seltensten Gewürze«, sagt die Frau, die nur wenige Meter von mir entfernt wie aus dem Nichts aufgetaucht ist.

»Wow«, sage ich und schalte wieder das künstliche Lächeln ein.

Am liebsten würde ich schreien: Ich klaue nicht! Ich kenne mich mit dem Zeug hier nicht mal gut genug aus, um es klauen zu wollen! Stattdessen murmele ich: »Ähm, haben Sie vielleicht noch jemanden hier im Laden gesehen? Einen Jungen?«

Der Blick ihrer dunklen Augen flackert nervös, dann beugt sie sich nah heran, als wollte sie mir ein Geheimnis anvertrauen. Ihr Atem riecht nach ausgelutschtem Minzkaugummi. »Es ist alles sehr teuer hier. Bist du sicher, dass du im richtigen Laden bist?«

Die Wut schießt in mir hoch wie Cola in einer Flasche, die geschüttelt wurde, aber ich beiße die Zähne zusammen, atme einmal tief durch und gehe an ihr vorbei nach draußen. Die Ladenglocke bimmelt so heftig, als wollte sie abfallen. Soll sie doch.

Als Sam fünf Minuten später herauskommt, schäume ich immer noch.

»Wolltest du nicht mit reinkommen?«, fragt er mit Grübchenlächeln, doch dann guckt er erschrocken. »Was ist los?«

»Alles okay.« Ich will nur noch nach Hause.

»Das stimmt doch nicht«, sagt er beleidigt. »Das kannst du dir sparen. Ich merke es sowieso.«

»Ach ja? Und woran?«

»Wie gesagt, dir kann man alles am Gesicht ablesen. Zum Beispiel in diesem Moment … wenn du dich ärgerst, machst du immer so: so ein Zucken? Und du umklammerst deine Hände«, sagt er und macht mich nach. Wenn ich nicht so sauer wäre, würde ich lachen.

»Na ja … die Frau im Laden …«, sage ich langsam. Am liebsten würde ich gar nicht davon anfangen, vielleicht hab ich es mir ja nur eingebildet. Vielleicht bin ich überempfindlich. Aber nein. Ich weiß, dass es so war. »Sie, hm, sie ist mir die ganze Zeit hinterhergelaufen. Als ob sie dachte, dass ich etwas klauen will. Und dann hat sie mir auf die Nase gebunden, wie teuer alles ist.«

»Was?«, fragt Sam empört. Sofort geht es mir ein bisschen besser. »Was für eine Sauerei, dich zu behandeln wie eine Kriminelle. Du hast ja wohl das gleiche Recht, da zu sein, wie alle anderen auch!«

»Danke, ja …« Ich zucke die Achseln. »So was kommt vor.«

»Ich red jetzt mit ihr!« Er schmeißt seine Tasche neben dem Auto auf den Boden und will in den Laden stürmen.

Ich halte ihn am Arm fest. »Bitte nicht, Sam! Das ist es nicht wert.« Eine Szene ist das Letzte, was ich will.

»Und ob es das wert ist!«, brüllt er und schüttelt mich ab, doch dann legt er mir sanft eine Hand auf die Schulter. »Du bist es wert«, sagt er und schaut mir in die Augen. Die Stelle an meiner Schulter fühlt sich warm an, und die Wärme breitet sich bis in meinen Bauch und meine Zehen aus.

Ehe ich's mich versehe, sind wir beide wieder in dem Laden und stehen der Frau gegenüber. Erst lächelt sie, aber dann blinzelt sie zu schnell, während sie versucht, uns zusammenzubringen.

»Mrs Chen, meine Freundin Tessa hat mir erzählt, dass Sie sie respektlos behandelt und beleidigt haben«, sagt Sam. Er sagt es höflich und wohlerzogen, wie ein Pfadfinder. Trotzdem bekomme ich Herzklopfen und muss mich zusammenreißen, um vor der Situation nicht davonzulaufen.

»Das tut mir leid, Mr Weiner«, sagt sie jetzt zuckersüß, ganz anders als vorhin. »Ich wusste ja nicht, dass sie zu Ihnen gehört.«

Sams Stimme rutscht eine Oktave tiefer. »Es sollte keine Rolle spielen, ob sie zu mir gehört.«

»Wir müssen einfach vorsichtig sein. Verstehen Sie, wir haben unsere Vorschriften und sie ist keine typische Kundin …«

»Was ist denn eine typische Kundin? Was meinen Sie damit? Sagen Sie es doch einfach geradeheraus.« Er spricht ganz ruhig, aber seine Worte verfehlen ihre Wirkung nicht.

»Ich meine gar nichts, Mr Weiner«, sagt sie erschrocken. »Wir sind ein kleines Geschäft und können es uns nicht leisten, Waren zu verlieren. In der Vergangenheit, nun ja, da hatten wir Ladendiebe, die so aussahen … Wir haben unsere Bestimmungen, wissen Sie …«

»Scheiß auf Ihre Bestimmungen.« Ich schnappe nach Luft. Was ist mit Sam passiert? Mit fester Stimme fährt er eiskalt fort: »Ich werde nie wieder einen Fuß in Ihren Laden mit solchen rassistischen Bestimmungen setzen. Und das werde ich auch meiner Mutter und all ihren Mitarbeitern raten.«

Er wendet sich zum Gehen, aber dann bleibt er stehen und fügt hinzu: »Und scheiß auch auf Sie!«

Damit rauscht er hinaus, und ich weiß nicht, was mich überkommt. Vielleicht ist es die angestaute Wut auf alle Verkäufer und Ladenbesitzerinnen, die mir das Gefühl geben, nicht dazuzugehören, so als müsste ich mich dafür entschuldigen, dass ich ihre Luft atme.

»Ja, scheiß auf Sie!«, schreie ich. Es ist ein gutes Gefühl.

Schnellen Schrittes gehen wir zum Auto und knallen die Türen hinter uns zu, und als ich mich zu Sam umdrehe, muss ich ein paarmal hinsehen. Und dann noch ein paarmal, so wie beim Aufwachen, wenn sich die Welt erst langsam scharf stellt. Denn es hat sich etwas verändert. Er hat sich verändert. Oder vielleicht war er schon die ganze Zeit so und ich habe mich bloß verändert.

»Das war …«, sage ich. »Das hättest du nicht tun müssen.«

Er schlägt aufs Lenkrad, dann stößt er einen Laut zwischen Lachen und Jaulen aus. Er schüttelt den Kopf. »Hey, manchmal muss man es einfach rauslassen.« Er legt den Arm auf meine Sitzlehne. »Es tut mir nur leid, dass du überhaupt in diese Situation geraten bist.«

Er lässt die Hand auf meine Schulter sinken und streicht mit einem Finger darüber – langsam, zaghaft. Wir schauen uns an, und ich sehe die Frage in seinem Blick. Eine Frage, die mich gleichzeitig erschauern und zittern lässt.

Mein Handy macht pling, und ohne nachzudenken, hole ich es heraus. Schnell zieht Sam den Arm weg und steckt den Zündschlüssel ins Schloss. Nico schreibt nur ein Wort.

Okay

Und als ich Sam wieder ansehe, dämmert mir, dass es wirklich okay sein wird, ganz gleich wie Nico sich entscheidet.

Zweiunddreißigstes Kapitel

Die ganze Woche versuche ich herauszufinden, was es mit diesen neuen Gefühlen für Sam genau auf sich hat.

Am Dienstag wache ich auf und denke daran, wie fest seine Stimme war, als er mich verteidigt hat, und wie das sämtliche Moleküle in meinem Körper vibrieren ließ.

Am Mittwoch hat er einen Zahnarzttermin, und ich merke, dass ich ohne unsere Gespräche im Auto und die Tupperdosen, die er extra für mich mit seinen neuesten süßen Kreationen gefüllt hat, völlig aus dem Lot bin. Wusste ich all das bisher überhaupt zu schätzen?

Und am Donnerstag entgeht mir beinahe Theos Verkündigung, dass er im Profilfach Bildende Kunst für die Wintergala ausgewählt wurde – so abgelenkt bin ich von dem neuen Verlangen, mit den Fingern durch Sams goldene Haare zu fahren, die in der Mittagssonne leuchten.

Ich behalte das alles für mich. Normalerweise würde ich Caroline anrufen und alles analysieren, und wenn es das ist, was ich denke, würden wir vielleicht, ganz vielleicht einen neuen groß angelegten Plan entwickeln, wie wir der Sache nachhelfen könnten. Doch das fühlt sich nicht richtig an. Was es auch ist, ich möchte es jetzt noch mit niemandem teilen. Außerdem hat Caroline es vor mir erkannt, und anstatt auf sie zu hören, habe ich das Schlimmste angenommen und alles vermasselt. Seitdem ist die Stimmung zwischen uns angespannt. Wenn ich sie anrufe, muss ich sie auf jeden Fall erst mal um Verzeihung bitten.

»Was macht ihr an Thanksgiving?«, fragt Sam, als wir auf den Parkplatz der Schule fahren. Es ist der Freitag vor den Herbstferien, und ich freue mich auf eine Pause von der Schauspielerei bei Ms McKinney – auch wenn ich stattdessen vermutlich meinen Eltern zu Hause etwas vorspielen werde.

»Wir bleiben dieses Jahr zu Hause, nur wir vier. Miles sieht sich für sein Leben gern den Umzug mit den riesigen Luftballons im Fernsehen an. Mein Vater wird versuchen, die Käsemakkaroni meiner Oma und ihren Süßkartoffel-Pie hinzukriegen. Meine Mutter würde sich da gar nicht erst dranwagen.« Ich fühle mich ein bisschen befangen. Noch so eine merkwürdige Entwicklung – das war ich noch nie in Sams Gegenwart. »Das ist wahrscheinlich nichts im Vergleich zu dem, was es bei euch zu essen gibt …«

»Ach, unser traditionelles Treffen mit all den anderen berühmten Fernsehköchen?« Er lacht. »Ehrlich gesagt, ist Thanksgiving bei uns eher bescheiden. Normalerweise nur meine Mutter und ich, manchmal noch meine Bubbe. Aber ihr neuer Freund hat Karten für eine große Broadway-Show, deshalb hat sie uns höflich abgcsagt.«

»Oh, deine Oma scheint ja ein ganz heißer Feger zu sein!« Ich lächele.

Er zuckt die Schultern. »Meine Mutter und sie haben die Angewohnheit, das ganze Essen über auf so eine passiv-aggressive Art gegeneinander zu sticheln, also ist es besser so. Meine Mutter kümmert sich um das Hauptgericht und die Beilagen, und ich bin für die Desserts zuständig. Normalerweise kochen wir so viel, dass es noch für Chanukka reicht, oder sogar für Weihnachten.«

»Feiert ihr beides?«

»Ja. Ich weiß, das ist ein bisschen merkwürdig.« Wir steigen aus und gehen über den Parkplatz. Ich weiß noch, wie eilig ich es am ersten Tag hatte, von ihm wegzukommen, und jetzt wünschte ich, der Weg würde nie enden.

»Überhaupt nicht.«

»Also, wenn ihr nur zu viert sein … dann bleibst du in der Stadt? Du fährst nicht zurück nach Roseville?«

»Nein, die Familie meines Vaters lebt größtenteils im Süden, und die Familie meiner Mutter … Na ja, zu denen haben wir nicht so viel Kontakt.«

»Wieso nicht?«

»Tja, die waren nicht so begeistert, als meine Eltern geheiratet haben. Mein Vater war nicht das, was sie sich für meine Mutter vorgestellt hatten, wenn du verstehst, was ich meine. Sie sind nicht mal zur Hochzeit gekommen. Inzwischen hat sich die Lage entspannt, aber nicht so sehr, dass wir die Ferien zusammen verbringen würden.«

»Mannomann.« Er schüttelt den Kopf. »Ich dachte, so was wäre Vergangenheit. Aber vermutlich ist das eine … privilegierte Art zu denken.«

Ich boxe ihm scherzhaft gegen die Schulter. »Hey, willst du der weiße Ally des Jahres werden?«

Er boxt zurück. »Kannst du bei der Jury ein gutes Wort für mich einlegen?«

»Mal sehen.« Lachend schüttele ich den Kopf. »Jedenfalls, ja, ich bin die ganze Woche hier.«

»Super, dann … ich weiß nicht, dann können wir vielleicht mal was zusammen machen? Denn dann fahren wir ja nicht zusammen zur Schule … Wenn du noch nichts vorhast.« Er schaut nach vorn, aber etwas in seiner Stimme lässt mich aufhorchen. »Ich backe echt gute Pasteten. Ich kann dir was aufheben.«

»Das wär schön.« Ich grinse so breit, dass mir die Wangen wehtun. »Und du brauchst mich nicht mit Leckereien zu bestechen. Ich treffe mich auch so mit dir.«

»Echt?«, sagt er und stößt mich mit der Schulter an. Mein ganzer Körper vibriert.

Ich brauche Carolines Rat wirklich nicht. Da ist eindeutig etwas zwischen uns.

Als wir uns durch die Autos über den Parkplatz schlängeln und im Schatten des hohen Schulgebäudes laufen, sehe ich Nico allein dort stehen. Er schaut sich um, als ob er jemanden sucht. Und plötzlich fällt mir auf, dass ich die ganze Woche kaum an ihn gedacht habe, weil ich nur Sam im Kopf hatte. Was für eine krasse Veränderung, nachdem ich mir noch vor kurzem ganz sicher war, dass Nico der Richtige ist. Und dass sich, wenn ich nur mein Happy End mit ihm bekomme, alles andere schon ergeben wird. Aber wenn mein Happy End nun ganz anders aussieht, als ich dachte?

Sam ist nicht bloß der Held der Liebesgeschichte irgendeines anderen Mädchens. Er könnte auch der Held meiner Liebesgeschichte sein.

Jetzt schaut Nico sich nicht mehr um, sein Blick ruht auf mir. Er kommt auf uns zu und sieht mich ganz merkwürdig an. Irgendwie will ich nicht, dass er mich anspricht, was noch vor einer Woche unvorstellbar gewesen wäre. Ich will Sam nicht in Verlegenheit bringen. Eigentlich überlege ich gerade, wie ich ihm vorsichtig zu verstehen geben könnte, dass ich etwas für ihn empfinde … um zu sehen, ob es ihm vielleicht genauso geht. Nico würde das alles nur durcheinanderbringen.

Doch ehe Nico bei mir ist, taucht Lenore vor mir auf. Sie ist in allen möglichen Rosatönen gekleidet: glänzende Hose in Rosa und Gold, ein roséfarbenes Tanktop und eine lässige magentafarbene Strickjacke, dazu ein schwarzer breitkrempiger Hut wie aus Beyoncés *Lemonade*-Phase. Ich will ihr gerade sagen, dass sie toll in den Klamotten aussieht, als mir auffällt, wie ernst sie guckt.

Sie fasst mir an die Schulter. »Hast du's schon gehört?«

Da erst sehe ich die zerknitterten Blätter in ihrer Hand.

»Was denn?«

»Hier. Guck mal.« Sie reicht mir die Blätter, und als Erstes sehe ich, dass auf jeder Seite oben mein Name steht. Warum steht da mein Name? Ich werde daraus nicht schlau. Aber dann erkenne ich einige Gedichte, die ich in der neunten Klasse geschrieben habe – von der peinlichen Sorte, mit Reimen und zu vielen Vergleichen. Und dann sehe ich – nein nein NEIN – Dream-Zone-Fan-Fiction. Zwar nur die mit Thad, bevor er sich der Band angeschlossen hat. Aber trotzdem. Doch die meisten Blätter sind Seiten über Seiten aus dem unvollendeten Roman über Tallulah und Thomas. Tallulah, die so ähnlich aussieht wie ich, und Thomas, der so ähnlich aussieht wie …

Jetzt ist Nico bei uns. »Ähm, Tessa, können wir reden?« Auch er hält die Blätter in den Händen.

Ich denke nicht nach. Ich laufe einfach weg. Irgendwer – vielleicht Nico, vielleicht Sam – ruft mich, aber ich laufe weiter, bis ich im Gebäude bin. Ich drängele mich an Leuten vorbei, die über mich reden. Ich spüre ihre Blicke, ihr Geflüster prickelt auf meiner Haut. Ich hatte gehofft, drinnen Schutz zu finden, doch der ganze

Flur des Erdgeschosses ist mit meinen Texten tapeziert. Entgeistert bleibe ich stehen. Ich habe Angst davor, weiterzulaufen, Angst davor, dass alle fünf Stockwerke so aussehen.

Passiert das gerade wirklich? Wie kann das sein? So etwas gibt es doch nur in irgendwelchen Highschoolserien, nicht im echten Leben.

Ich reiße ein Blatt von der Wand und sehe, dass alles sogar noch schlimmer ist, als ich dachte. Es ist eine Seite aus den ersten Kapiteln des Tallulah-und-Thomas-Romans, die Stelle, wo sie ihn zum ersten Mal sieht, und mehrere Passagen sind mit Textmarker unterstrichen, als hätte jemand sie für einen Test durchgearbeitet. Von leuchtendem Gelb unterlegt steht da »dunkle Haare« und »melancholischer Blick«, »lange Wimpern« und »dünn« und »enge schwarze Jeans« und »geheimnisvoller Künstler« und alles andere, was Thomas mit Nico gemeinsam hat. Am unteren Rand steht in Großbuchstaben: SIE IST VON IHM BESESSEN. Und auf der Seite daneben: STALKERIN!

Nein! So ist es nicht!, möchte ich den beiden Balletttänzerinnen zurufen, die kichernd und tuschelnd hinter mir stehen. Am liebsten würde ich über die Lautsprecher verkünden, dass ich diese Geschichten geschrieben habe, bevor ich Nico kannte. Dass ich nichts dafür kann, dass er so aussieht, als wäre er meiner Geschichte entsprungen. Doch gleichzeitig würde ich am liebsten im Erdboden versinken, denn wer soll mir glauben, dass ich nicht die irre Stalkerin bin, als die ich jetzt dastehe?

Mein Hals brennt und mein Atem geht zu schnell, ich bekomme zu wenig und gleichzeitig zu viel Sauerstoff, mir wird ganz schwindelig. Ich meine Sam zu sehen, der durch das Gedränge auf mich zukommt – wann hat sich hier ein Gedränge gebildet? Aber nein, ich will ihn jetzt nicht sehen. Er soll ganz weit weg sein und nichts von all dem mitbekommen. Was denkt er jetzt von mir?

Und die alles überschattende Frage: Wer macht so etwas?

Die Antwort bekomme ich, als Poppy mit lauter Blättern in den Armen neben mir auftaucht. In dem übergroßen Sweatshirtkleid und mit knallrot geschminkten Lippen sieht sie einfach toll aus.

»Ich hab noch welche übrig, die kannst du gerne haben.« Sie verzieht angewidert den Mund, als würde sie etwas Ekelhaftes von einem ihrer Chelsea-Boots kratzen. »Mein Gott, du musst echt verzweifelt sein.«

Jemand lacht. Ich weiß nicht, wer, denn ich kann keine Gesichter erkennen, alles verschwimmt. Und jetzt brennt mein Hals nicht nur, er fängt an zu jucken, und ich spüre, wie sich die Pusteln bis über mein Dekolleté ausbreiten. Wie ich das hasse. Es ist das Signal, dass mein Körper aufgibt, dass er runterfährt, weil er nicht mehr kann. Dass ich am Limit bin.

In Schockstarre stehe ich mitten in meinem schlimmsten Albtraum. Ich würde wahrscheinlich noch ewig hier stehen, bis ich aufhöre zu atmen oder bis mein Körper eine einzige große Quaddel ist oder ich einfach im Boden versinke, als mich jemand am Arm fasst und mich sanft hinauszieht. Nur an dem vertrauten Duft nach Butter und Zucker erkenne ich, dass es Sam ist, aber ich kann ihn nicht ansehen. Ich kann niemanden ansehen.

Er führt mich zu seinem Wagen, öffnet die Beifahrertür und schiebt mich hinein. Wir sitzen nebeneinander im Auto, das einzige Geräusch mein keuchender Atem. Ich möchte ihm alles erklären. Ich möchte schreien. Ich möchte aus dem Auto raus und Poppy zu Boden ringen. Ich möchte durch die Flure laufen und jedes einzelne Blatt abreißen. Stattdessen sitze ich da und lausche meinem Atem, halte die Tränen zurück, während sich der Parkplatz langsam leert, bis wir als Einzige zurückbleiben. In der Ferne höre ich die Schulglocke.

Nach wer weiß wie langer Zeit beugt Sam sich herüber und legt mir vorsichtig eine Hand auf die Schulter. Sie fühlt sich fest an und hält mich auf dem Sitz, während meine Gedanken keine Ruhe finden.

»Ganz ruhig atmen«, sagt er und macht es mir vor, lang und tief. Normalerweise würde mich das ärgern, aber in diesem Moment ist es genau das Richtige. Wir atmen ein paarmal zusammen, bis mein Herzschlag sich beruhigt und ich nicht mehr so hektisch atme, sondern langsam und gleichmäßig.

Sam nimmt meine Hand und drückt sie. Überraschend, aber nicht unwillkommen. Ein gutes Gefühl.

»Weißt du was?«, sagt er.

»Was?«

»Wir sollten … Komm, wir hauen ab.«

»Okay.«

Dreiunddreißigstes Kapitel

Wir fahren die Second Street runter bis zum Pacific Coast Highway, und ich versuche, nicht darüber nachzudenken, was wäre, wenn meine Eltern wüssten, dass ich schwänze. Es würde sich nahtlos in das Bild von dem Problemkind fügen, zu dem ich mich aus ihrer Sicht zusehends entwickele. Doch der Morgen war der reine Horror, und ich kann einfach nicht zurück in die Schule und das Flüstern und die Blicke ertragen. Ich bin so froh, dass Sam mich gerettet hat. Und meine Hand gehalten hat. Am liebsten würde ich rüberlangen und wieder seine Hand nehmen.

»Äh … ich glaube, ich … bah!«, stoße ich hervor. Ich versuche das Chaos in meinem Kopf zu ordnen. Meine Stimme ist rau und heiser, als hätte ich stundenlang geschrien. Sam drängt mich nicht. Er fährt durch eine lange Straße mit hübschen Läden und Cafés und dann auf einen Parkplatz gegenüber einem Strand, den ich noch nicht kenne. Seal Beach. Als er den Wagen schließlich ausschaltet, dreht er sich zu mir um und lächelt mitfühlend.

»Du glaubst was?«

Ich hole noch mal tief Luft. »Ich glaube, ich komme schon darüber hinweg, was sie über Nico und mich behauptet … dass ich von ihm besessen wäre oder so.«

Ich kann seine Miene nicht deuten. »Ja?«

»Ja, denn ich hab die Geschichte geschrieben, bevor ich ihn überhaupt kannte. Und das kann ich ihm auch sagen, falls wir je wieder miteinander reden … aber es ist mir auch egal, ob wir noch mal miteinander reden«, sage ich, obwohl ich mir nicht sicher bin, ob das stimmt. »Und vielleicht hab ich das auch verdient.«

»Ganz bestimmt nicht.«

Ich mache eine wegwerfende Handbewegung. »Was mich so aufregt und worüber ich nicht hinwegkomme, ist, dass das meine schlechtesten Texte sind. Dass alle sie jetzt lesen und feststellen werden, dass ich überhaupt nicht schreiben kann.«

»Das werden sie nicht.« Er lächelt mich an. Wieder legt er mir eine Hand auf die Schulter. Es fühlt sich an, als wäre sie voller Energie und würde meinen ganzen Körper elektrisch aufladen. »Was glaubst du, woher sie die Texte hatte?«

»Wahrscheinlich waren sie in meiner Bewerbungsmappe. Wer weiß, wie sie da rangekommen ist? Bestimmt sind ihre Eltern auch im Vorstand und deshalb hat sie Zugang dazu – und natürlich hat sie die schlimmsten Stellen ausgesucht! Aber was erzähle ich da … das war sowieso alles Schrott. Ich hab es ihr leicht gemacht …«

»Tessa«, fällt er mir ins Wort. Seine Stimme ist so ungewöhnlich streng, dass ich aufblicke und sehe, dass auch sein Blick streng ist. »Red nicht so einen Mist über meine Freundin.«

»Seit wann ist Poppy deine Freundin?«

»Nicht sie, du!« Er lacht und legt die strenge Miene ab. Er beugt sich näher zu mir heran. »Du machst dich und dein Schreiben immer so klein. Aber betrachten wir mal die Fakten. Das waren die Texte, mit denen du dich beworben hast. Und die wurden von deinen Lehrern geprüft und haben dir einen Platz an dieser Schule gesichert, also können wir davon ausgehen, dass sie gut waren und gut sind.«

»Ja, aber …«

»Nichts aber!« Er wird rot und fügt schnell hinzu: »Du weißt schon, was ich meine. Du musst einfach aufhören zu denken, du hättest es nicht verdient, hier zu sein. Es hat schon seinen Grund, dass du hier bist. Als Schriftstellerin, als Künstlerin, gehörst du hierher. Und nichts, keine fiese Poppy und nicht mal deine eigene innere Kritikerin, kann dir das wegnehmen.«

Seine Worte hüllen mich ein und wärmen meinen ganzen Körper. Wie kann er so denken, obwohl er …

»Du hast doch noch nie etwas von mir gelesen.«

»Das stimmt. Aber ich möchte es gern, und ich hoffe, du zeigst mir eines Tages etwas.« Ich weiß nicht, wie es passiert ist, aber wir sind nur noch wenige Zentimeter voneinander entfernt. Ich sehe jede einzelne Sommersprosse unter seinen Augen. »Aber ich weiß, dass du unglaublich bist, also gilt das bestimmt auch für dein Schreiben. Wenn du so an dich glauben würdest wie ich.«

Bei diesen Worten scheint sich eine unsichtbare Trennwand zwischen uns aufzulösen, und dann überwindet er den letzten Abstand und streift meine Nase mit seiner. Wieder ist da diese Frage in seinem Blick, und ich nicke. Ja, ich will. Er umfasst mein Gesicht und hält mich sanft, als wäre ich etwas Kostbares und Besonderes, und ich schließe die Augen, als unsere Lippen sich berühren.

Und in diesem Moment wird mir klar, dass ich Küsse immer ganz falsch beschrieben habe. In all den Jahren, seit ich schreibe – die Küsse mit Harry und Edward und Thad und Thomas –, habe ich das nie richtig geschildert. Das war immer nur rein mechanisch … dabei ist es etwas völlig anderes. Intuitiv und drängend.

Es umfasst den ganzen Körper, obwohl sich nur unsere Lippen berühren und seine Hände meinen Nacken, während er die Finger in meinen Locken vergräbt. Das Herz springt mir aus der Brust und klopft mir in den Ohren, und mein Magen schlägt dreifache Saltos. Ich glaube, mehr kann ich unmöglich empfinden. Doch dann wandert seine Hand an der Seite meines Körpers hinab, er bewegt die Lippen zu meiner Wange, meinem Hals, meinem Mundwinkel, und das Gefühl steigert sich ins Unermessliche.

Das ist Küssen.

Und ich bekomme Lust, meinen Laptop rauszuholen und alles bis ins kleinste Detail zu beschreiben. Ich könnte ganze Romane nur über Sams Küsse schreiben.

Er löst sich von mir und schaut mich mit großen Augen an.

Ich kann nichts sagen außer »Wow«.

Die Röte steigt seinen Hals hoch und breitet sich über seine Wangen aus. »Ich weiß nicht, was ich … Ich weiß ja, dass du Nico magst …«

Ich packe sein Gesicht und küsse ihn wieder.

Und wir küssen uns immer weiter.

Schließlich, unsere Lippen sind schon ganz geschwollen und die Autoscheiben beschlagen, schlägt Sam verlegen vor, wir sollten vielleicht lieber aussteigen, bevor jemand die Polizei ruft oder so. Und ich muss wahnsinnig lachen bei der Vorstellung, das könnte passieren und meine Eltern könnten einen Anruf bekommen, denn jetzt schwänze ich die Schule UND knutsche mit einem Jungen herum. Es ist zum Brüllen komisch, welche Wendung mein bisher jugendfreies Leben genommen hat.

Wir gehen durch die Main Street zu einer winzigen Bäckerei, holen uns gigantische Zimtschnecken und nehmen sie mit runter zum Strand. Während wir barfuß durch den kalten Sand zum unergründlich blauen Wasser laufen, streift meine Hand seine, und er nimmt sie wie selbstverständlich, als wäre es nie anders gewesen.

Der Strand ist ziemlich leer, die meisten Leute haben sich von dem bewölkten Himmel vertreiben lassen, und so sind wir immer noch in unserem kleinen Kokon, nur er und ich. Alle Sorgen – zum Beispiel, dass meine Worte durch die Flure flattern, dass die Schule meine Mutter anrufen könnte oder was die anderen wohl über mich und Sam denken – sie schweben einfach davon.

Wir setzen uns, schauen den Wellen zu und essen die klebrig süßen Teilchen, unsere Beine auf einer Decke ausgestreckt, die Sam hinten im Wagen hatte. Und aus dem Augenwinkel ertappe ich ihn immer wieder dabei, wie er zu mir schaut statt zum Wasser, als hätte ich seine Aufmerksamkeit viel mehr verdient als der Pazifik. Ich komme mir vor wie der größte Schatz.

»Was ist?«, frage ich schließlich und stoße ihn grinsend mit der Schulter an.

»Ich kann es einfach nicht fassen, dass wir hier sind. Du und ich.«

Er flicht seine Finger durch meine.

»Ich weiß«, sage ich schnell. »Es kam alles ein bisschen unerwartet …«

»Für mich nicht«, sagt er feierlich. »Vom ersten Tag an, als ich dich sah, warst du für mich das schönste Mädchen der Welt.«

»Ach, echt? Schon damals, als du die Pizza für meinen Bruder bezahlt hast?«

»Das war nicht das erste Mal«, sagt er, und ich schaue ihn verwirrt an. »Ich habe dich gesehen, als ihr eingezogen seid – du hast eine große Bücherkiste reingetragen, und dein Vater wollte dir helfen, aber du hast ihn einfach weggeschubst, obwohl du dadurch bestimmt doppelt so lange gebraucht hast … Sorry, das klingt wahrscheinlich, als wäre ich ein übler Stalker, oder? Dass ich dich unbemerkt beobachtet habe?«

»Mit Stalken kenne ich mich seeehr gut aus!«

Er verdreht die Augen. »Jedenfalls, als dein Bruder die Pizza zum falschen Haus hat liefern lassen, war ich sogar ganz froh. Endlich hatte ich eine Gelegenheit, dich kennenzulernen. Und seitdem hab ich immer nur gewartet … na ja, verzweifelt gehofft, dass es dir irgendwann genauso geht.«

Ich lasse die letzten Monate Revue passieren: all die Leckereien, die er mir jeden Morgen mitgebracht hat, und wie blöd ich am Anfang zu ihm war – immer nur darauf bedacht, was die anderen denken könnten.

Ich streiche mit dem Daumen über seine Handfläche. »Ich weiß nicht«, sage ich. »Das ist doch nur so ein Spruch.«

Er stutzt kurz, doch als er mein Grinsen sieht, lächelt er und kapiert, dass ich seine Bemerkung an dem Tag mit Caroline in seiner Küche zitiere. »Ich hab jede Menge Sprüche für dich, mehr, als du dir erträumen könntest, denn die hast du von hier bis in alle Ewigkeit verdient.«

Er küsst mich auf die Stirn. »Bist du müde? Weil du mir heute den ganzen Tag durch den Kopf gegangen bist.« Er küsst mich auf die eine Wange, dann auf die andere. »Hat das eigentlich wehgetan? Als du vom Himmel gefallen bist?« Er zieht an meinem T-Shirt und küsst mich auf die Nase. »Was hast du da für Zeug? Ich glaube, du hast das Zeug, meine Freundin zu sein.«

»So ist das aber nicht gedacht …«

Er küsst mich aufs Kinn. »Ich glaub, mit meinen Augen stimmt was nicht, denn ich kann sie nicht von dir abwenden.«

»Okay, Schluss jetzt.« Ich verschließe seine Lippen mit einem Kuss, drücke ihn in den Sand, und er zieht mich fest an sich. Erst küssen wir uns ganz behutsam, aber dann fährt er mir mit dem Arm über den Rücken, ich streiche ihm mit der Hand durchs Haar, und wir geraten in einen fieberhaften Rausch, die Küsse werden drängender, schneller, und …

Jemand räuspert sich, und wir springen auf und sehen eine Mutter im Badeanzug, die eine Strandliege und eine Windeltasche in der einen Hand hält und einen dunkelhaarigen Knirps an der anderen und uns böse anfunkelt.

»Ähm, oh, entschuldigen Sie!«, ruft Sam und hebt die Hand zum Gruß. Sie sieht nicht erfreut aus.

Nachdem sie über den Strand davongestampft ist, gucken Sam und ich uns nur an und können nicht aufhören zu grinsen.

»Willst du dich vielleicht abkühlen?« Er zeigt zum Wasser.

Ich nicke, mein Herz klopft so schnell.

Wir stehen auf, und ich sehe, dass er die kakifarbene Cargohose mit den Reißverschlüssen anhat. Früher fand ich sie peinlich, aber jetzt ist mir das völlig egal.

Jetzt sehe ich nur ihn. Diesen süßen, lieben, witzigen Jungen, mit dem ich noch ganz viel knutschen will, möglichst nicht in der Öffentlichkeit. Er beugt sich runter – um die Hose hochzukrempeln, wie ich denke –, doch dann zieht er den Reißverschluss auf, nimmt den unteren Teil der Hose ab und verwandelt sie in Shorts. Das geht also wirklich.

Ich pruste vor Lachen, und als er mich verunsichert anschaut, gebe ich ihm einen Kuss. Wir fassen uns an den Händen und laufen in die Wellen.

Vierunddreißigstes Kapitel

Wir verbringen das Wochenende zusammen, essen all seine Backversuche für die Gala, küssen uns heimlich hinter dem Rücken unserer Familien und schauen mit Miles *Enter the Dream Zone*. Meine Mutter hat den Film endlich auf eBay gefunden, und so können wir ihn Sam in all seiner Herrlichkeit vorführen, und Sam ist so beeindruckt, wie es sich gehört.

Lenore und sogar Theodore schicken mir ein paar Nachrichten und erkundigen sich, ob es mir gut geht. Ich beruhige sie und frage nach ihren Plänen für Thanksgiving, aber ich erzähle ihnen nicht von Sam. Ich möchte unsere Geschichte, was auch immer sie zu bedeuten hat, vorerst für mich behalten.

Montagabend fragt Sam, ob ich Zeit habe, denn er hat etwas Besonderes vor.

»Ein Date?«

»Hm … Ich weiß nicht, ja? Wenn du es so willst. Ich weiß, dass wir viel Zeit miteinander verbracht haben, und ich könnte es verstehen, wenn du ein bisschen Abstand …«

»Ich will, dass es ein Date ist.«

»Okay.« Er nickt und zieht mich an sich und flüstert mir ins Ohr: »Dann ist es so.«

Um sieben holt er mich ab und ignoriert erfolgreich die fragenden Blicke meiner Mutter (mein Vater muss Gott sei Dank lange arbeiten), und wir fahren rüber nach Signal Hill. Signal Hill ist eine Stadt in der Stadt, eine kleine Insel mitten in Long Beach, mit lauter gleichartigen neu gebauten Häusern, total unpassenden Erdölpumpen und – genau – einem riesigen Hügel. Sam fährt eine Straße hinauf, die in Serpentinen nach oben führt, und hält an einem verlassenen Park.

Mein Handy macht pling, und als ich es heraushole, sehe ich Nicos Namen. Schnell stecke ich es wieder ein, ohne die Nachricht zu lesen. Es interessiert mich im Moment nicht.

»Was wird das hier?«, frage ich Sam fröhlich und hoffe, dass er nichts mitbekommen hat. »Hast du mich hierhergebracht, damit wir in deinem Auto ein bisschen rummachen können? Ist das hier der Pärchentreff von Long Beach?«

Sofort wird er knallrot. »Nein! Absolut nicht! Ich erwarte überhaupt nichts.«

»Mach dich mal locker«, sage ich und drücke seine Hand. »Das war doch nur Spaß.«

»Tut mir leid.« Er schüttelt den Kopf. »Ich bin einfach … ich hab Angst, dass ich alles vermassele. Jetzt, wo du mit mir hier bist und ich weiß, dass du auch so empfindest …« Er schaut mich an und verschränkt seine Finger mit meinen. »Ich weiß nicht, ob ich wieder zurückschalten und nur mit dir befreundet sein könnte. Ich mag dich wirklich, Tessa.«

»Ich mag dich auch wirklich.« Ich beuge mich vor und küsse ihn, und so bleiben wir eine Weile, Nase an Nase. »Und nur dass du es weißt, ich hätte nichts dagegen, ein bisschen mit dir rumzumachen. Ich meine, falls du etwas in der Art im Sinn hattest. Hattest du?«

»Hm, vielleicht«, murmelt er. Er küsst sanft meinen Hals, beginnend unter dem Ohr, dann wandert er tiefer, erst zögerlich, dann mutiger. Mein Körper steht in Flammen.

»Oh, das gefällt mir.« Ich küsse ihn, und wir erkunden einander noch ein bisschen mehr, bis die Scheiben völlig beschlagen sind.

»Eigentlich möchte ich gar nicht aufhören«, sagt er und löst sich vor mir, die Hände immer noch in meinem Haar. »Aber ich fürchte, mein Mitbringsel schmilzt gleich.«

»Du hast also echt noch mehr vor als das hier?«

»Natürlich!«, sagt er gespielt entrüstet. »Das ist schließlich ein Date.«

»Okay, okay«, sage ich und hebe die Hände. »Ich bin gespannt.«

Er gibt mir einen schnellen Kuss, dann langt er auf den Rücksitz und holt eine Kühltasche nach vorn. Darin ist eine Packung Eiscreme mit zwei Löffeln.

»Was ist das?«

»Ich … hm, ich hab dir deine ganz persönliche Eiscreme gemacht.«

»Was?«

Er senkt verlegen den Blick. »Ja, sie heißt Tessas Happy End. Die Basis schmeckt nach Rose, weil … na ja, danach duften deine Haare immer. Findest du das schräg? Ich hoffe nicht.« Ich lache und schüttele den Kopf. »Und ich hab Shortbread mit brauner Butter und Himbeeren mit Schokoüberzug untergerührt. Das steht für …«

»Unsere erste Autofahrt.« Ich erinnere mich an die Himbeermuffins mit brauner Butter und wie er mir geholfen hat, die Stylingcreme am Hinterkopf zu verteilen. Ich erinnere mich auch beschämt daran, wie blöd ich an dem Tag zu ihm war.

»Ja … genau.« Jetzt zeigt sich sein Grübchen.

»Na klar! Du hast gewonnen. Ich bin begeistert.«

»Und es ist ohne Milch … wegen deiner … ähm … Magenprobleme.«

»Jetzt bin ich so richtig schwer beeindruckt.« Ich küsse ihn, und dann probiere ich die Eiscreme, meine Eiscreme. Er ist köstlich, und die Eiscreme auch.

»Magst du sie?«

»Ich liebe sie!« Bei dem Wort gucken wir beide schnell weg. Ich wechsele das Thema.

»Dann ist das ísbíltúr?«, frage ich und hoffe, dass ich es richtig ausspreche. »Wie das Restaurant, das du eines Tages eröffnen willst – Eiscreme-Dates im Auto?«

Er zieht die Augenbrauen hoch. »Das hast du dir gemerkt?«

»Na klar! Wieso nicht?«

»Ich weiß nicht. Ich glaub, ich bin … ich bin einfach glücklich.« Er wischt sich etwas vom Mundwinkel – einen Klecks Schokolade. Dann schleckt er seinen Daumen ab.

»Ich bin auch glücklich.«

Nachdem wir die restliche Eiscreme verschlungen haben, steigen wir aus dem beschlagenen Auto und gehen zum Rand des Parks. Unsere Knöchel werden nass vom taubenetzten Gras.

»Das ist der Hauptgrund, weshalb ich mit dir in genau diesen Park wollte.« Er hält meine Hand und zeigt auf die Aussicht. »Als Kind war ich oft hier, und sobald ich den Führerschein hatte, bin ich oft allein hergekommen. Hier kann man gut nachdenken. Hier habe ich ein paar meiner besten Rezepte erfunden.«

Vom Gipfel des Hügels kann man ganz Long Beach überblicken, erleuchtet vom orangen Schein der Straßenlaternen und den rot-weißen Autolichtern. Dahinter liegt der Ozean, der Hafen in San Pedro, und in der Ferne sind sogar die blinkenden Lichter von L.A. zu sehen. Es gibt mir das Gefühl, winzig und riesig zugleich zu sein.

»Wie schön.«

»Du bist schön.«

Ich drehe mich um, und er sieht mich so verzückt an, als wäre ich die großartige Aussicht. So hat mich noch nie jemand angesehen, ich habe es immer nur in meinen Geschichten beschrieben. Und genau wie bei unserem ersten Kuss ist es viel besser als alle Worte, die ich je zu Papier gebracht habe.

Er hakt einen Finger in den Bund meines hoch geschnittenen Rocks und zieht mich zu sich hin, Hüfte an Hüfte, die Hände auf meiner Taille. Es ist so wahnsinnig aufregend, dass es in meinem Unterleib zieht, und ich spüre, wie das Gefühl bis in die Zehen hinabwandert.

So an Sam gepresst zu sein, fühlt sich anders an. Sein weicher Bauch ist ganz und gar nicht so wie Nicos harte Hüftknochen. Ich weiß, dass ich die beiden nicht vergleichen sollte, aber nachdem ich mir das mit Nico so lange vorgestellt habe, ist es unvermeidlich.

Aber Sam fühlt sich gut an. Wahnsinnig gut. Ich wusste gar nicht, dass ich ihn wollte, und jetzt kann ich ihn mir nicht mehr wegdenken – genauso wenig wie meine eigene Eiscreme.

Wie kann es sein, dass dieser Sam die ganze Zeit da war? Und warum habe ich so lange gebraucht, um ihn zu sehen?

Sam und ich überreden unsere Familien, unsere beiden Mini-Thanksgivings zu einem großen zusammenzulegen, was meine Mutter ebenso mit Vorfreude wie mit Panik erfüllt. Am Dienstagabend platze ich herein, als sie sich gerade über das laut gestellte Telefon von ihrem Buchclub zum Thema *Wie bewirte ich meine*

Gäste coachen lässt, als würden wir den Präsidenten erwarteten und nicht nur Sam und seine Mutter. Zum Glück ist sie zu aufgeregt, um sich zu fragen, wieso Sam und ich auf einmal ständig zusammen abhängen.

Den Abend davor verbringe ich in Sams Küche, wo er systematisch Teig in Schalen drückt und komplizierte Gitter legt. Wenn ich ihm bei der Arbeit zusehe, wird wie durch ein Brennglas sichtbar, wer er ist und warum ich ihn mag. Wenn ihm etwas wichtig ist, arbeitet er sehr präzise, während er nachlässig ist bei den Sachen, die mir früher wichtig erschienen, die aber, wie ich jetzt einsehe, völlig unwichtig sind. Er zeigt offen seine weiche Seite und kann doch stark sein, wenn es nötig ist – vor allem für mich. Ich weiß nicht, wie mir das so lange entgehen konnte.

Thanksgiving läuft besser als erwartet. Audrey ist zu bescheiden, um Sams bevorstehenden Auftritt bei der Gala zu erwähnen, und meine Mutter ist zu sehr von ihrer Gegenwart eingenommen, um meinen, oder besser gesagt »meinen« Auftritt zu erwähnen … den ich vorerst verdrängt habe, denn wenn ich darüber nachdenke, verliere ich den Verstand. So drehen sich die Gespräche beim Abendessen um harmlose Themen wie Politik (ein harmloses Thema im liberalen Long Beach) und darum, ob die Pekannuss wirklich zu den Nüssen zählt (dabei geht es schon etwas mehr zur Sache).

Sam bringt vier Pasteten und eine Torte mit, lobt jedoch in den höchsten Tönen die Süßkartoffelpastete meines Vaters, der daraufhin mit stolzgeschwellter Brust durch die Küche marschiert. Und als Miles, noch ehe sich alle etwas aufgefüllt haben, seinen Lieblingssong von Dream Zone schmettert, lässt sich niemand lange bitten. Sam liefert einen einwandfreien Hintergrundgesang, meine Eltern klatschen begeistert mit. Und Audrey schnappt sich

Moms edlen Servierlöffel als Mikrofon und gibt den größten Hit einer uralten Boygroup aus den Neunzigern zum Besten. Es ist alles so locker und lustig, dass ich mir schon vorstelle, wie das nächste Thanksgiving wohl wird.

Samstagabend hat Sams Mutter einen Auftritt in einem Fachhandel für Küchenbedarf im Grove, wir haben also sturmfrei. Mir würde eine Menge einfallen, was wir alles zu zweit anstellen könnten, aber irgendwie landen wir kuschelnd auf dem Sofa und veranstalten einen *Twilight*-Marathon. Und wir haben Zeit.

»Der Typ ist aber ganz schön besitzergreifend, oder? Das ist doch irgendwie creepy.«

»Damit zeigt er ihr, dass er sie liebt«, sage ich und lehne mich an ihn.

»Ach ja?« Er lacht. »Er folgt ihrem Duft, um ihr auf Schritt und Tritt nah zu sein. Ich bin mir ziemlich sicher, dass man dafür in den Knast kommen kann.«

»Aber er hat sie gerettet! Ja, stimmt schon, es ist ein bisschen problematisch, aber es gibt echt Tausende von Fan-Fictions, die genau das zum Thema haben. Das ist romantisch … irgendwie.«

Er sieht mich schräg an. »Ich frage jetzt lieber nicht, woher du das weißt.«

»Jedenfalls war es sehr romantisch, als ich in die achte Klasse ging.«

Bei der nächsten Werbeunterbrechung hebt er meine Beine auf seinen Schoß. Ich dachte immer, ich würde mich nicht wohl in meiner Haut fühlen, wenn jemand mich so anfassen würde, aber ich will immer noch mehr davon.

»Sind deine Liebesgeschichten auch so?«, fragt er. »Haben die Jungs da immer das Sagen?«

»Nein! Ich versuche schon, die Mädchen aktiver darzustellen … Sie treffen ihre eigenen Entscheidungen, und sie sind genauso hinter den Jungs her wie die Jungs hinter ihnen. Darum geht es doch eigentlich in diesem Genre: um Mädchen – Frauen –, die das einfordern, was sie haben wollen, ohne sich dafür zu entschuldigen.«

Die Antwort kommt mir so leicht über die Lippen, dass ich mich frage, wieso ich noch nie auf diese Weise über Liebesgeschichten gesprochen habe. Ich denke immer, dass meine Geschichten nicht so interessant sind wie das, was die anderen in meinem Kurs schreiben. Aber eine gute Liebesgeschichte kann es ganz schön in sich haben. Man kann Kraft daraus schöpfen. Deshalb zieht es mich, seit ich denken kann, zu diesem Genre hin.

Außerdem frage ich mich unweigerlich: Lebe ich mein Leben so wie die Frauen in meinen Lieblingsgeschichten? Wahrscheinlich nicht, aber vielleicht bewege ich mich in die richtige Richtung.

»Hast du schon was geschrieben? Ich will dich nicht kontrollieren oder so. Aber ich meine, darum ging es ja bei deinem Plan mit Caroline, oder? Dass du deine eigene Liebesgeschichte erlebst, damit du wieder eine schreiben kannst?«

Auf einmal wird er feuerrot. »Nicht, dass das hier eine Liebesgeschichte wäre!«

Ich sehe ihm in die Augen. »Noch nicht, aber ich fühle mich schon ziemlich inspiriert.«

Ich lege ihm eine Hand an die Wange und küsse ihn innig, und schon liegen wir ein bisschen horizontaler auf dem Sofa – das kommt meinen Vorstellungen von diesem Abend schon näher als ein *Twilight*-Marathon. Seine Hände wandern unter dem T-Shirt meinen Rücken hoch, zögernd, um sicherzugehen, dass ich einverstanden bin, und ich drücke mich fester an ihm und mache dasselbe, um ihm zu zeigen, wie sehr es mir gefällt. Seine Haut ist weich, und die Härchen auf seinem Rücken stellen sich auf, als ich ihn berühre.

Mein Handy macht pling. Ich will die Nachricht ignorieren, aber dann macht es noch dreimal hintereinander pling.

»Ich gucke lieber mal nach … falls es meine Eltern sind«, murmele ich. Nicht, dass sie womöglich rüberkommen, um nach mir zu sehen.

Widerstrebend löse ich mich von ihm, nehme mein Handy und kuschele mich wieder in seine Arme. Falscher Alarm, die Nachrichten sind nicht von meinen Eltern, sondern von Lenore.

Du bist ja total abgetaucht. Muss ich einen Suchtrupp nach Bixby Knolls aussenden?

Meine einzigen Begleiter diese Woche waren mein Geschichtsbuch und meine nervigen Geschwister. NICHT DASS ES DICH IRGENDWIE JUCKEN WÜRDE. 🙄 😂

Hast du mit Nico geredet????? Man hört ja so einiges.

Vielleicht kommt dein Happy End ja schon im neuen Jahr.

Dann hat sie noch ein GIF von Beyoncé geschickt, wie sie auf der Bühne ihren Pferdeschwanz herumwirbelt.

Ich überlege, ob ich mich wegdrehen soll, damit Sam die Nachrichten nicht lesen kann. Doch ich sehe ihm an, dass er sie bereits gelesen hat.

»Du hast ihr nichts von uns erzählt?«

Mir bleibt nichts anderes übrig, als die Wahrheit zu sagen. »Nein. Aber das hole ich nach! Sobald wir wieder in der Schule sind.«

Ich spüre, wie er sich versteift. »Ich hab in diesen Ferien praktisch mit niemand anderem geredet als mit dir«, erkläre ich schnell. »Ich hab einfach den Augenblick genossen … uns.«

Ich küsse ihn wieder, und er macht nur zu gern dort weiter, wo wir aufgehört haben. Zum Glück reicht ihm das im Moment als Erklärung. Denn in Wahrheit habe ich noch überhaupt nicht an nächste Woche gedacht. Von mir aus könnte diese Woche ewig so weitergehen, nur Sam und ich. Alles zwischen uns fühlt sich so leicht und richtig an – unverdorben durch das, was die anderen in der Schule vielleicht davon halten.

Fünfunddreißigstes Kapitel

Aber natürlich kommt der Montag. Bevor ich mir einen Plan überlegen kann oder auch nur denke, dass ich einen brauche, laufen wir wieder über den Parkplatz, Hand in Hand – denn das ist in der letzten Woche selbstverständlich geworden. Sam redet von einem neuen Café in der City, das er ausprobieren möchte, als er plötzlich stehen bleibt und sein ganzer Körper sich anspannt. Als ich aufschaue, sehe ich den Grund. Da ist Nico, der vor uns steht und uns ins Gesicht sieht, dann auf unsere Hände, dann wieder ins Gesicht, und versucht, sich einen Reim darauf zu machen.

Ganz automatisch lasse ich Sams Hand los.

Er schaut mich an und sieht so verletzt aus, dass sich mir die Brust zusammenschnürt.

Was mache ich da?

Nico kommt näher, er wirkt unbeeindruckt und schenkt uns sein schönstes Zahnpastalächeln. Warum sollte es ihm auch etwas ausmachen? Er hat ja Poppy. Ich bin nur froh, dass sie nicht dabei ist.

»Hey, Weiner«, sagt er und nickt Sam zu. Dann wendet er sich zu mir. »Tessa, können wir reden?«

»Ich heiße Sam.« Sam beißt die Zähne zusammen, seine Stimme klingt tiefer als sonst.

Nico winkt lässig ab. »Ja, klar. Tut mir leid, Sam.« Er kommt zu mir, als wäre Sam gar nicht mehr dabei. »Alles okay, Tessa? Du, hm … du hast die ganzen Ferien nicht auf meine Nachrichten geantwortet. Sind sie angekommen?«

Ich schaue verstohlen zu Sam, sein Blick ist düster.

»Ja, entschuldige, ich hatte keine Zeit«, sage ich schnell zu Nico. Ich will nur hier weg. »Hey, es ist gerade echt ungünstig. Die Stunde fängt gleich an.«

»Okay, klar. Dann vielleicht in der Mittagspause?« Warum kann er es nicht auf sich beruhen lassen? Was würde Poppy – seine Freundin, die mich offensichtlich und vermutlich zu Recht verabscheut – hiervon halten?

»Ich bin heute Mittag mit Sam verabredet«, sage ich. »Und mit Lenore und Theodore.«

Warum habe ich das hinzugefügt? Sam und ich sind zusammen, und das hat mich so glücklich gemacht – *macht* mich so glücklich. Warum sage ich das Nico nicht klipp und klar?

»Okay, kein Problem. Dann bis morgen«, sagt Nico mit seinem Zahnpastalächeln. Bevor ich noch etwas erwidern kann, ist er schon weg.

»Also, Tessa, ich will hier ja nicht den besitzergreifenden Vampir spielen, aber warum hast mir nichts davon erzählt, dass er dir geschrieben hat?« Sam versucht es locker zu sagen, aber ich sehe ihm an, dass er sich ärgert. Und ich kann es ihm nicht verdenken.

»Nur ein paar Nachrichten. Keine große Sache. Er wollte bloß mit mir reden. Ich wollte nicht, dass das bei dir irgendwie komisch ankommt, und ich hab kein einziges Mal geantwortet.« Ich nehme wieder seine Hand, und er schaut vielsagend darauf, doch er schweigt.

»Hey, es tut mir leid. Ich hätte es dir erzählen sollen. Aber ich hab ihm nicht zurückgeschrieben.«

»Ja, aber … ich weiß nicht. Warum hast du ihm nicht gesagt, dass wir jetzt zusammen sind?«

»Soll ich das groß verkünden?« Ich stupse ihn neckend gegen die Schulter. Ich möchte so gern, dass sich der Nebel, der sich über uns gesenkt hat, wieder lichtet, dass alles wieder so leicht ist wie noch vor wenigen Minuten. Wieder stupse ich ihn an, und jetzt lächelt er, sieht jedoch immer noch unsicher aus.

»Ich finde einfach … ich finde, er sollte es wissen.«

Ich gebe ihm schnell einen Kuss. »Wenn ich ihn das nächste Mal sehe, sage ich's ihm.«

»Ooooh!« Ich höre Lenore, noch bevor ich sie sehe. Ihr Kreischen kommt immer näher, und dann taucht sie in einem Wickelkleid aus goldenem Plissee auf. Theodore schlendert langsam hinter ihr her.

»Das ist ja ein Ding!«, sagt sie und läuft zwischen uns hin und her. »Ihr zwei!«

Sam wird rot, aber er sieht schon nicht mehr ganz so unglücklich aus. Ich hebe unsere Hände hoch. »Die Katze ist aus dem Sack!«

»Iiiiiiieh!« Lenores Kreischen streift die Frequenz, die nur noch Hunde hören können. »Ich wusste es! Ich wusste es! Stimmt's, Theo, ich hab es immer gesagt!«

»Na ja, das war keine Hexerei.« Theodore lacht, und sie flippt noch mehr aus.

Ich drücke Sams Hand. »Siehst du, jetzt erfährt es die ganze Schule noch vor der ersten Stunde.«

Nach dem Literaturkurs wartet Nico im Flur auf mich.

Ich atme einmal tief durch und gehe dann in die andere Richtung.

»Tessa?«

»Nico, die Geschichte handelt nicht von dir.«

«Egal, wir müssen trotzdem drüber reden.«

»Ich kann wirklich nicht …«

»Kannst du mir mal zuhören? Ich muss dir was sagen.« Er läuft mir nach, und obwohl ich das alles ganz schrecklich finde, versetzt es mir auch einen kleinen Kick, dass Nico auf einmal so hinter mir her ist. Ich gehe weiter.

»Da gibt es nichts zu reden.«

»Ich will dir sagen, dass ich mit Poppy Schluss gemacht habe!«, ruft er. Da bleibe ich stehen, und er packt die Gelegenheit sofort beim Schopf. »Diesmal endgültig. Es lief nicht gut mit uns. Schon eine ganze Weile nicht mehr. Wir hätten uns schon nach Halloween fast getrennt, weil sie misstrauisch war, als du und ich zu zweit abgezogen sind. Und als sie dann deine Geschichten aus dem Büro vom Kreativen Schreiben geklaut und geleakt hat … Mit so einer will ich nicht zusammen sein.«

»Die Geschichte handelt nicht von dir«, wiederhole ich. Ich will, dass er das weiß. »Die hab ich schon geschrieben, bevor ich auf die Chrysalis kam. Es ist reiner Zufall, dass er … dass die Figur so aussieht wie du.«

»Ja, schon klar.« Er lächelt, als würde er das nur mir zuliebe sagen. Das nervt, aber wenn ich weiter darauf beharre, klingt es wahrscheinlich noch unglaubwürdiger. »Du kannst doch nicht leugnen, dass da was zwischen uns ist. Das hab ich schon auf der Party gespürt, vielleicht sogar schon vorher. Und du auch, glaube ich. Es tut mir leid, dass ich so blöd war und mich nicht früher von Poppy getrennt hab. Ich möchte mit dir zusammen sein, Tessa.«

Die Flure sind jetzt leer, alle sind draußen in der Mittagspause. Seine Worte kommen mir laut vor, als ob sie durch die Flure hallen. Und ich bin total perplex. Genau das habe ich mir vor ein paar Wochen gewünscht, und ich fasse es nicht, dass es jetzt tatsächlich passiert, denn ich weiß gar nicht, ob ich je richtig daran geglaubt habe.

Aber jetzt, wo es passiert, bin ich wie erstarrt. Denn ich habe jemand anderen gefunden, den ich will, auch wenn ich das erst wusste, als ich mit der Nase darauf gestoßen wurde. Und diese Woche mit Sam war einfach vollkommen – die Gespräche, die Desserts, die Küsse. Er kommt so gut mit Miles klar, er behandelt ihn so, wie ich es mir von allen Menschen wünschen würde. Und er hat mir meine persönliche Eiscreme gemacht – wer kommt auf so eine Idee? In nur einer Woche hat Sam all meine Vorstellungen davon übertroffen, was ein Freund sein könnte. Wir haben nicht darüber gesprochen, aber ich glaube, das ist er jetzt, mein Freund.

Wieso stehe ich dann vor Nico und sage nichts?

»Tessa, hast du gehört? Ich will mit dir zusammen sein und mit keiner anderen.« Das ist die Liebeserklärung, genau wie Caroline es in ihrem Happy-End-Plan vorausgesagt hat. Fehlt nur noch das Pappschild über seinem Kopf.

»Bitte sag was. Ich komm mir allmählich ein bisschen … Ich meine, lass mich nicht so in der Luft hängen.« Er berührt mich leicht am Arm. Bei der Berührung wird ein Schalter umgelegt und ich wache endlich auf.

»Ich bin mit Sam zusammen«, krächze ich.

»Mit Weiner?« Er zuckt zurück, als hätte ich etwas völlig Abwegiges gesagt. »Ich dachte, ihr wärt nur Freunde.«

»Das waren wir auch … aber jetzt nicht mehr. Jetzt sind wir mehr als Freunde.«

Er blinzelt ein paarmal, als müsste er das erst mal verarbeiten, aber dann schüttelt er den Gedanken ab. »Ooh-kay … aber zwischen uns ist etwas Besonderes. Das können wir nicht einfach … ignorieren.«

Er kommt einen Schritt auf mich zu und nimmt mein Gesicht in die Hände. Die Berührung fühlt sich anders an als Sams – Sam ist manchmal so zaghaft, während Nico ganz selbstsicher ist.

Es wäre einfach, jetzt mitzuspielen. Es wäre logisch, wenn ich mich für Nico entscheiden würde. Ihn wollte ich ja die ganze Zeit. Aber jetzt, wo er direkt vor mir steht, was will ich jetzt?

Es ist, als würde ich eine Szene in einer meiner Geschichten betrachten, nicht mein eigenes Leben. Meine Füße sind wie festgeklebt … bis sein Gesicht näher kommt und ich begreife, was er vorhat. Gerade noch rechtzeitig drehe ich den Kopf weg.

»Ich kann nicht … ich will …«

Er sieht verwirrt aus. Das passiert ihm anscheinend nicht oft.

»Wirst du drüber nachdenken?«, fragt er sanft. »Vielleicht könnten wir am Wochenende zusammen ausgehen?«

Ich schüttele den Kopf. »Nico …«

»Du brauchst nicht sofort zu antworten. Wir müssen jetzt nichts entscheiden. Aber ich warte auf dich. Du weißt, dass es das Richtige ist.« Ehe ich ihn zurückhalten kann, gibt er mir ganz schnell einen Kuss auf die Stirn und geht an mir vorbei durch den Flur.

Erst da sehe ich Sam, der völlig entgeistert dasteht.

Sechsunddreißigstes Kapitel

»Sam.«

»Ich … ich wollte mit dir in die Pause gehen.« Er schüttelt den Kopf. Er sieht aus, als hätte er einen Schlag in den Magen bekommen. »Ich weiß nicht, warum ich so überrascht bin. Das war ja eigentlich klar.«

Sofort bin ich bei ihm. »Da läuft nichts mit Nico. Er … er hätte das gern, aber ich hab ihm gesagt, dass ich mit dir zusammen bin.«

»Sollte er deshalb heute Morgen nicht sehen, dass wir Händchen gehalten haben? Machst du dir immer noch Hoffnungen bei ihm?«

»So war es nicht.« Aber wie war es dann?

»Dann hast du also nicht in dem Moment meine Hand losgelassen und bist zur Seite gesprungen, als er um die Ecke kam? Hab ich mir das nur eingebildet?«

Er sieht mich finster an, und als ich nichts sage – denn ich kann es ja nicht leugnen, oder? –, verdüstert seine Miene sich noch mehr.

»Ich kann eigentlich nur wütend auf mich selbst sein, weil ich so blöd war zu glauben, dass die letzte Woche … das, was wir hatten … wirklich echt war. War das für dich nur eine nette kleine

Abwechslung? Bevor du zu dem Typen zurückkehrst, den du wirklich willst?«

»Natürlich nicht!« Ich nehme seine Hand, und ich merke, dass er sie wegziehen will, aber er tut es nicht. Ich berühre seine Wange. »Die letzte Woche, das war echt, und sie hat alles übertroffen, was ich mir hätte ausmalen können. Du bist einmalig, Sam, und du warst so lieb zu mir, und ich schwöre dir, dass mit Nico nichts war. Ich bin mit dir zusammen, nicht mit ihm, und so etwas würde ich dir nie antun.«

»Ich möchte nicht die zweite Wahl sein, Tessa«, sagt er. »Ich bin kein Trostpreis. Du warst immer meine erste Wahl, und ich hab dasselbe verdient. Bin ich deine erste Wahl?«

Ich würde Sam gern erklären, dass er anfangs nicht meine erste Wahl war, jetzt aber schon. Dass ich das jedenfalls glaube. Jedenfalls wird er es sein, wenn ich mal kurz Luft holen kann. Aber dieser Augenblick zwischen uns ist so angespannt, dass ich Angst habe, ihn mit meinen Worten zu vertreiben, egal, was ich sage.

Anscheinend reicht ihm mein Schweigen als Antwort, und bei ihm fällt die Klappe. Seine weiche, verletzliche Seite ist vor mir verborgen.

»Vergiss, dass ich gefragt habe, Tessa.«

Mit schnellen Schritten geht er den Flur entlang und drückt auf den Kopf für den Aufzug, der sich sofort öffnet, als hätte er auf Sam gewartet. Er steigt ein, doch bevor die Tür zugeht, schlüpfe ich schnell hinterher.

»Bist du dir sicher, dass du mit mir zusammen gesehen werden willst?« Bei seinem höhnischen Ton zucke ich zusammen. So hat er noch nie mit mir gesprochen.

»Ich muss nur … Ich muss nur ein bisschen nachdenken. Das war echt viel heute.«

»Was gibt es da noch nachzudenken? Wenn du Nico und mich in deinem Kopf nebeneinanderstellst, wissen wir doch genau, wer da das Rennen macht. Da brauche ich das Ergebnis gar nicht erst abzuwarten.«

»Nichts davon habe ich gesagt! Hör auf, so zu tun, als könntest du meine Gedanken lesen!« Wir nähern uns bedenklich dem Erdgeschoss, und ich spüre, dass das, was noch zwischen uns ist, immer weniger wird. Wenn wir unten angekommen sind, habe ich ihn verloren, das weiß ich. Also mache ich das Einzige, was mir einfällt. Ich hebe den Glasdeckel hoch und drücke den Nothalteknopf. Der Aufzug bleibt quietschend stehen.

»Sam, können wir bitte mal ein bisschen langsamer machen? Du tust so, als wüsstest du, was ich will und was ich denke, dabei weiß ich das noch nicht mal selber. Ich weiß nur, dass ich das mit uns beiden schön finde und nicht will, dass es aufhört. Nicht so.«

»Warum das Unvermeidliche hinauszögern?« Er schaut mir nicht in die Augen. »Und Moment mal …« Sein Blick huscht von dem knallroten Nothalteknopf zu meinem Gesicht. »Probierst du hier ernsthaft grad etwas von dieser albernen Happy-End-Liste aus? Du weißt schon, dass ich die kenne, oder?«

»Das war doch nicht … Ich meine, ja, aber ich hab gar nicht dran gedacht … ich will einfach nur mit dir reden!«

»Für mich ist das kein Spiel, Tessa.« Seine Stimme ist klein, und ich kann kaum aushalten, wie verletzt er aussieht.

Ich weiß, dass ich ihn jetzt überzeugen und die Geschichte mit Nico aus dem Weg räumen muss. Ihm erklären, wie es mir wirklich geht. Aber ich bringe nur heraus »Ich mag dich, Sam«. Dabei bricht mir auch noch die Stimme. Und ich spüre, dass es nicht reicht.

Er sieht mich an, seine grünen Augen glänzen. In seinem Blick liegt Schmerz, aber auch Entschlossenheit. »Ich mag dich auch. Aber das war's für mich.«

Er drängt sich an mir vorbei und zieht den roten Knopf wieder heraus. Die Tür springt auf, und eine Horde Schülerinnen und Lehrer warten auf uns. Ohne sich noch einmal umzudrehen, geht er davon.

Siebenunddreißigstes Kapitel

Ich rufe meine Mutter an und überzeuge sie davon, dass es mir nicht gut geht und ich abgeholt werden muss, so erspare ich mir die restliche Mittagspause und mein Profilfach. Ich fühle mich wirklich elend – mir ist schlecht und ich habe hämmernde Kopfschmerzen –, aber daran bin ich selber schuld.

Als ich nach Hause komme, schreibe ich als Erstes Lenore, und sie antwortet sofort:

Ich hab dich lieb, aber ich bin die Schweiz. Sobald Kanye seinen Arsch auf Twitter zeigt, bin ich John Legend.

SOLL NICHT HEISSEN, DASS DU KANYE BIST!!

Nicht sauer sein, ja?

Quatsch, schreibe ich zurück. Das versteh ich.

Dann rufe ich Caroline an. Seit ihrem Besuch, haben wir nicht viel geredet, nicht so wie früher. Aber ich weiß, dass sie immer für mich da ist, wenn ich sie brauche, und jetzt brauche ich sie wirklich.

Wie immer geht sie beim ersten Klingeln dran, und ich erzähle ihr alles – alle Einzelheiten von meiner traumhaften Woche mit Sam und dem unglücksseligen Händchenhalten heute Morgen und von Nicos Liebeserklärung und dem großen Krach im Aufzug.

»Und so«, schließe ich, »hatte ich die Chance auf ein Happy End nicht nur mit einem Jungen, sondern gleich mit zweien. Aber weil ich mich nicht entscheiden konnte, welches davon ich wollte, stehe ich jetzt ohne da.«

Ich hole tief Luft. Es tut gut, alles rauszulassen.

Doch Caroline ist ungewohnt still.

»Tessa, ich … ich kann das nicht mehr.«

»Wie meinst du das?«, frage ich.

»Ich weiß nicht, ob es immer schon so war oder ob es erst so schlimm geworden ist, seit du weggezogen bist, aber du … erwartest von mir, dass ich mir mit einer Engelsgeduld dein ganzes Leben anhöre und dir nonstop Feedback liefere, und das packe ich heute einfach nicht.«

»Caroline, ich …«

»Ich bin auch ein Mensch, weißt du, mit einem eigenen Leben und meinen eigenen Problemen. Ich bin nicht bloß dein Sidekick, ich existiere nicht nur, wenn du mich brauchst. Das hier ist kein Kinofilm.«

»Glaubst du, das denke ich? Tu ich nämlich nicht.«

»Tja, dann hast du eine seltsame Art, es zu zeigen«, murmelt sie.

Zum zweiten Mal an diesem Tag fühle ich mich komplett missverstanden und gleichzeitig wie ertappt, als würde ich unter einem Mikroskop untersucht oder von einem grellen Scheinwerfer angestrahlt. Wie kann es sein, dass die beiden Menschen, denen ich blind vertraue, so schlecht von mir denken? Und was sagt das über mich aus?

Schnell versuche ich herauszufinden, was sie hat. »Hat es damit zu tun, was du erzählt hast, als du hier warst … mit dir und Brandon?«

»Dass wir zusammen schlafen wollten! Dass ich eine der wichtigsten Entscheidungen meines Lebens zu treffen hatte! Ich war mir nicht mal sicher, ob du mich richtig verstanden hast, so schnell, wie du das Thema gewechselt hast. Während ich gehofft hatte, dass meine beste Freundin mir ein einziges Mal ihre Aufmerksamkeit schenkt, bei so einem Riesenthema! Aber nein, du wolltest lieber schlafen, und dann tun wir einfach so, als wäre es nie passiert … bis du mich wieder brauchst.«

Sie klingt so hart und erbittert, wie ich es von ihr überhaupt nicht kenne. Oder doch, aber nicht, wenn sie mit mir spricht, nur wenn sie über andere redet. Über Leute, die wir nicht leiden können.

»Es tut mir echt leid, wenn ich nicht die beste Zuhörerin war. Ich meine, ich *weiß*, dass ich nicht die beste Zuhörerin war. Ich wusste einfach nicht, was ich sagen sollte.«

»Aber das war ja nicht das erste Mal, Tessa. Nur hat es mir da am meisten wehgetan. Und weißt du, ich komme damit klar, dass du so mega-ichbezogen sein kannst, weil ich dich gern hab. Aber ich … ich glaube, jetzt brauche ich einfach mal eine kleine Pause. Damit ich dich auch weiterhin gern hab.«

Meine Wangen sind tränennass, obwohl ich gar nicht gemerkt habe, dass ich angefangen habe zu weinen. Ich fühle mich schrecklich. Weil ich so einen Mist gebaut habe, ohne es zu kapieren. Weil ich meine allerbeste Freundin vor den Kopf gestoßen und ihr das Gefühl gegeben habe, dass ich sie nicht wahrnehme, weil ich so mit meinem eigenen Kram beschäftigt war.

Habe ich mich bei Sam genauso verhalten?

»Es tut mir echt leid, Caroline«, sage ich wieder. Aber es klingt hohl. Es ist nicht genug.

»Mir tut es auch leid … was dir heute passiert ist. Und es tut mir leid, dass ich nicht für dich da sein kann. Nicht jetzt.«

»Nein, nein. Es braucht dir nicht …«

»Wenn du mich fragst, warst du glücklich, als ich dich mit Sam gesehen hab, und jetzt bist du nicht glücklich. Ich glaube, wenn du ehrlich zu dir selbst bist, weißt du, was als Nächstes zu tun ist.«

»Danke.« Mehr kann ich nicht sagen. Auch wenn sie nicht viel gesagt hat, es ist doch mehr, als ich verdient habe.

»Okay, ich lege jetzt auf … Aber es ist nicht für immer. Ich brauche nur etwas Zeit, Tessa.«

Nach dem Gespräch würde ich sie am liebsten sofort wieder anrufen, um Verzeihung bitten, ihr all die Fragen über Brandon stellen, die ich längst hätte stellen sollen, und wieder gutmachen, dass ich so eine miese Freundin war. Aber ich weiß, dass es nicht so einfach ist. Und noch größer als die Sehnsucht, sie anzurufen, ist das Bedürfnis, mich ins Bett zu legen und mich vor dem Chaos, das ich angerichtet habe, unter der Decke zu verstecken.

Ich fühle mich, als wäre ich in hunderttausend Teile zersprungen.

Ich brauche jemanden, der mich aufhebt und mit mir zusammen die Scherben einsammelt. Aber da ist niemand, und daran bin ich selber schuld.

Diesmal muss ich es allein schaffen.

Achtunddreißigstes Kapitel

Dienstag darf ich zu Hause bleiben, ohne dass meine Mutter Fragen stellt, aber am Mittwoch wird sie misstrauisch.

»Meinst du, du hast die Grippe?«, fragt sie und setzt sich zu mir aufs Bett. Sie fühlt zum hunderttausendsten Mal meine Stirn. »Fieber hast du nicht. Wie geht es dir denn heute?«

»Weiß nicht«, grunze ich, ziehe mir die Decke über den Kopf und drehe mich von ihr weg.

»Ein bisschen frische Luft könnte dir nicht schaden. Du warst schon gestern den ganzen Tag nicht vor der Tür …«

»Ich bleibe heute im Bett.« Ich sehe ihr Gesicht nicht, aber es scheint zu wirken, ihr Gewicht hebt sich vom Bett. Ich höre, wie die Haustür auf- und wieder zugeht.

Doch kurz darauf höre ich Schritte in meinem Zimmer, und bevor ich auch nur anfangen kann, mich zu fürchten, wird mir schon die Decke vom Kopf gezogen und meine Mutter steht mit entschlossener Miene da.

»Ich glaube, wir brauchen heute mal einen Tag für die Seele.«

Unseren ersten Tag für die Seele haben wir uns in der sechsten Klasse genommen. Ich musste mitten in meinem Referat über Ägypten niesen, woraufhin mir schleimiger grüner Rotz an der Nase und den Händen klebte. Ich schämte mich natürlich in Grund und Boden, und am nächsten Tag durfte ich zu Hause bleiben. Meine Mutter nannte es einen Tag für die Seele – ein Tag zur freien Verfügung für die Johnson Girls.

Wir aßen riesige Brezeln in der Westfield Galleria, und als ich mich bei Forever 21 zwischen drei Kleidern nicht entscheiden konnte, kaufte sie mir einfach alle drei. Zum krönenden Abschluss vollführte sie auf dem Parkplatz zu ihrem Lieblingssong von Stevie Wonder, *As*, einen Autotanz. Und wenn ich Autotanz sage, dann meine ich, dass sie echt das Auto tanzen ließ, indem sie immer wieder ruckartig auf die Bremse trat und damit alle, die hinter uns feststeckten, zur Weißglut trieb. Auf diesen Tag für die Seele folgten viele weitere. Nachdem Daniel mir schrieb, er hätte eine neue Freundin, liefen wir den ganzen Tag im Schlafanzug rum, aßen schüsselweise Käsecracker und M&Ms und guckten alle vier *Twilight*-Filme. Als ich in der Middle School meine Zahnspange bekam, gönnten wir uns gleich zwei Tage am Stück, angeblich weil die Spange so wehtat, aber wir wussten beide, dass ich vor lauter Angst, was die anderen dazu sagen würden oder dass Essen darin hängenblieb, Ausschlag am Hals bekam.

Ich habe viele schöne Erinnerungen an diese Tage, aber manchmal werden sie von den weniger schönen überschattet. Und im Laufe der Jahre kam es immer seltener vor, denn meine Mutter arbeitete wieder Vollzeit, und ein freier Tag, außer für Miles' wichtige Termine, wurde ein Ding der Unmöglichkeit. Es wundert mich, dass sie sich heute einfach so freinehmen kann.

»Was sagst du dazu?« Sie sieht mich mit großen Augen hoffnungsvoll an.

»Okay.«

Meine Mutter legt mir was zum Anziehen aufs Bett, als wäre ich ein kleines Kind, dann sagt sie, ich solle mir die Zähne putzen, meine Satinmütze absetzen und in zwanzig Minuten fertig sein. Es ist leicht, einfach das zu tun, was sie sagt.

Wir gehen zu dem kleinen Café um die Ecke, und ich setze mich draußen an einen Tisch unter einem schwarz-weißen Sonnenschirm, während meine Mutter zum Bestellen reingeht. Ein paar Minuten später kommt sie mit zwei dampfenden Bechern Rosenmilchtee wieder heraus, getrocknete Blüten auf dem Milchhäubchen, dazu eine riesige Zimtschnecke mit zwei Gabeln. Die Rosen und der Kuchen kommen mir vor wie ein Wink des Schicksals, und das Herz wird mir schwer.

»Und, bist du schon aufgeregt vor der Lesung auf der Gala?«, fragt meine Mutter und trinkt einen Schluck Tee. Als ich nicht gleich antworte, hakt sie vorsichtig nach: »Das ist ja schon bald. Und es wäre nur zu verständlich. Das wäre für niemanden ganz einfach. Denk einfach dran, dass Dad und ich und Miles unheimlich stolz auf dich sind.«

Bei diesen Worten bricht etwas in meinem Innern – vielleicht weil ich es überhaupt nicht verdient habe, dass sie stolz auf mich sind, oder vielleicht, weil ich schon zwei Menschen enttäuscht habe und drauf und dran bin, zum dritten Schlag auszuholen. Ehe ich's mich versehe, heule ich los – mit Schniefnase und verquollenen Augen und allem Drum und Dran – und meine Mutter rückt näher heran und nimmt mich fest in die Arme.

»Ach, Tessamaus, was ist denn?«

Und dann erzähle ich ihr alles. Dass ich neulich eigentlich mit der Wahrheit rausrücken wollte und ihr dann die Lüge von der Gala aufgetischt habe. Dass ich nicht ausgewählt wurde und nie auch nur eine Chance darauf hatte, weil ich noch keine Zeile geschrieben habe, seit ich auf die Chrysalis gehe. Dass ich im Kurs nur dasitze und so tue, als würde ich schreiben, und Ms McKinneys Zeit verschwende, weil die Worte nicht kommen wollen, und ich solche Angst habe, dass sich das nie mehr ändert. Dass ich solche Angst habe, sie und meinen Vater zu enttäuschen … und vor allem, dass ich von mir selbst enttäuscht bin.

Als alles raus ist, schaue ich sie aus tränennassen Augen an und rechne damit, dass sie völlig schockiert aussieht. Oder wütend. Oder zumindest enttäuscht. Aber zu meinem Erstaunen sehe ich nichts von alldem.

Ihr Gesicht ist zugewandt und offen. Sie umarmt mich noch fester.

»Du darfst nicht so streng mit dir sein, du lernst doch noch«, sagt sie mit ruhiger, fester Stimme. »Und zum Lernen gehört es dazu, dass man Fehler macht. Manchmal auch richtig große.«

»Du bist nicht wütend?«, frage ich.

Sie runzelt die Stirn, und ich bekomme eine Ahnung von dem Ärger, den ich verdient hätte. »Klar bin ich wütend! Weißt du, was die Eintrittskarten gekostet haben?« Dann wird ihr Blick wieder weich. »Aber ich hab dich ja lieb. Und ich kann dich verstehen. Die Gala macht mir weniger Sorgen als dein Schreiben.«

»Ich weiß nicht, wie ich es erklären soll, außer dass ich … wie gelähmt war. Ich hatte Angst, überhaupt irgendwas zu schreiben, weil es sowieso nicht gut genug wäre und den Ansprüchen nicht genügen würde. Ich hatte – habe immer noch – das Gefühl, dass ich es nicht verdient habe, dort zu sein. Dass die Schule einen Riesenfehler gemacht hat und dass sie ihn jeden Moment bemerken und mich rausschmeißen könnten. Wahrscheinlich leitet Ms McKinney das schon in die Wege.«

Es tut so gut, das alles loszuwerden, als würde ich mich von etwas Giftigem befreien, von all den schlechten Gefühlen und Lügen. Ich gehe nicht so weit, meiner Mutter von Carolines Plan zu erzählen, denn ich weiß, wie dämlich er sich anhört, und außerdem hat er ja nicht funktioniert. Ich hatte Sam, aber ich habe ihn wieder verloren (und vielleicht auch Caroline), und auf mein Schreiben hatte das gar keinen Einfluss.

»Ach, mein Mädchen, was für eine schwere Last hast du da mit dir herumgetragen.« Sie streicht mir übers Haar. »Es tut mir leid, dass ich nicht aufmerksam genug war, um dir ein bisschen davon abzunehmen.«

»Das war nicht dein Job, Mom.«

»Natürlich ist das mein Job!«, ruft sie verzweifelt. »So warst du schon, als du klein warst, du hast den anderen Kindern zugeschaut und immer gezögert mitzumachen. Und teilweise lag das bestimmt daran, dass du anders aussahst als die anderen – auch wenn ich weiß, dass ich das nicht richtig nachfühlen kann. Dad und ich wussten nie so recht, was die beste Umgebung für euch beide wäre. Roseville war sicher keine gute Wahl. Das tut mir so leid.«

Sie sieht mich an, und ihr Gesicht ist genauso verheult wie meins. In diesem Moment sehen wir gar nicht so unterschiedlich aus wie sonst.

»Und ich verstehe deine Angst so gut! Das hast du bestimmt von mir.« Sie holt tief Luft. »Also, ich habe eine Therapie angefangen, da gehe ich immer freitags in der Mittagspause hin. Und, na ja … Ich weiß, dass du da eher zögerlich bist, aber ich glaube wirklich, das könnte dir helfen. Eine Therapie, meine ich. Mir hilft es jedenfalls.«

»Eher zögerlich« ist stark untertrieben. Total dagegen trifft es besser. Das Thema kam im Lauf der Jahre öfter zur Sprache, wenn sie merkte, dass ich gestresst war oder mir zu viele Sorgen machte. Doch ich habe ihren Vorschlag, eine Therapie zu beginnen, jedes Mal abgewehrt.

Denn, wie ich ihr jetzt erkläre: »Ich wollte kein Problem für euch sein. Nicht, dass Miles ein Problem wäre. Aber … ich wollte nicht noch einen Termin verursachen, den du im Kopf haben musst, wenn ich doch alles ganz gut allein hinkriege. Aber na ja … So richtig gut kriege ich's wohl doch nicht hin, was?«

»Es tut mir leid«, sagt sie, und wieder fließen Tränen. »Es tut mir so leid. Alles, womit wir dir dieses Gefühl gegeben haben. Dein Vater und ich haben unser Bestes gegeben, aber … es hat eben nie ganz gereicht.«

Ich spüre geradezu körperlich, wie sie versucht, das Gewicht von meinen Schultern zu nehmen und auf ihre eigenen zu laden, wie sie es auch ständig für Miles tut – im Grunde für die ganze Familie. Und es ist ein gutes Gefühl, diese Last loszulassen und jemand anderem anzuvertrauen. Aber ich weiß auch, dass ich dieses Chaos selbst verursacht habe und dass es ganz allein mein Problem ist.

»Du brauchst dich für überhaupt nichts zu entschuldigen, echt, Mom. Lass das bitte. Schließlich hab ich euch angelogen.«

Das fegt sie mit einer Handbewegung beiseite. »Ich hätte einfach merken müssen, dass etwas nicht stimmt. Ich hätte mehr für dich da sein müssen. Es macht mich so traurig, dass ich das versäumt habe.«

Wir nehmen uns fest in die Arme. Ein Hipsterpärchen, beide im gleichen Schottenmuster gekleidet, sieht uns im Vorbeigehen komisch an, aber das kümmert mich nicht. Es fühlt sich genau richtig an, hier mit meiner Mutter zu sein, egal, wie wir gerade aussehen.

»Trotzdem …«, wage ich schließlich zu sagen, nachdem wir wieder zu Atem gekommen sind und uns das Gesicht abgewischt haben. »Ich bin immer noch nicht überzeugt, ob ich mit meiner Angst in diesem Fall nicht vielleicht recht hatte. Vielleicht gehöre ich nicht auf die Chrysalis. Meine Texte – jedenfalls als ich noch geschrieben habe – waren ja nicht von der Sorte, die Preise gewinnen oder auf Galas vorgelesen werden.«

»Macht das Schreiben dich denn glücklich?«, fragt sie.

»Na ja, klar. Als ich noch geschrieben habe. Aber spielt das eine Rolle?«

»Was für eine Frage, Tessa! Das ist das Einzige, was zählt. Hör zu, ich bin ja keine Expertin. Ich bin nur deine Mutter. Aber ich finde es ganz wunderbar, Kunst nur zu erschaffen, damit sie einen glücklich macht. Nicht um Preise zu gewinnen oder andere zu beeindrucken oder die Aufmerksamkeit deiner Eltern zu erringen, die manchmal nichts kapieren. Kunst um der Kunst willen. Für dich selbst.«

Automatisch nicke ich. Etwas nur für mich zu erschaffen, nicht für andere. So war es früher, als ich anfing, Geschichten nur für mich allein zu schreiben. Wann ist mir das abhandengekommen?

»Und dann noch etwas, worin ich Expertin bin«, fährt meine Mutter fort.

»Und was ist das?«

»Du. Ich bin dein größter Fan. Immer schon, seit sie dich aus mir rausgezogen haben und dich in meine Arme legten.« Sie macht eine passende Bewegung dazu, und ich verdrehe die Augen.

»Mom, igitt!«

Sie scheucht mich scherzhaft weg. »Und ich weiß, dass du eine Schriftstellerin bist. Das warst du immer schon, seit du die Buchstaben gelernt hast und wie man sie zu Wörtern zusammensetzt … eigentlich sogar schon vorher! Ganze Notizbücher hast du vollgekritzelt und sie dann stundenlang Miles ›vorgelesen‹. Du warst immer schon eine Geschichtenerzählerin, und das ist längst noch nicht zu Ende. Deine Karriere ruckelt nur gerade ein bisschen.«

Am liebsten würde ich schon wieder die Augen verdrehen. »Meine Karriere?«

»Ja, du stehst ja erst am Anfang. Denn du bist für diesen Beruf geschaffen. Du hast deinen Platz an der Chrysalis genauso verdient wie die anderen. Du hast es verdient, mit am Tisch zu sitzen, Tessa.«

Sie streicht mir übers Haar und gibt mir einen Kuss auf die Wange, was sie nicht mehr gemacht hat, seit ich ganz klein war. An jedem anderen Tag würde ich den Kuss abwischen und sie wegschieben, doch jetzt genieße ich diese Nähe mit ihr. Ich hätte nicht gedacht, dass ich mir ihren Trost so wünsche. Aber jetzt, wo ich ihn bekomme, passt er in mein Herz wie ein fehlendes Puzzleteil. Sie kennt mich und liebt mich trotzdem. Oder sie liebt mich, gerade weil sie mich kennt. Wie wäre es, wenn ich mich mit ihren Augen sehen würde?

Wir trinken den Tee aus, verputzen die Zimtschnecke und bestellen noch drei Kekse und ein Guaven-Käse-Teilchen aus der Kuchenvitrine. Noch etwas, was meine Mutter und ich gemeinsam haben – wir stehen auf Kohlenhydrate. Wir reden über Sam und Caroline und dass zurzeit mit beiden Funkstille herrscht. Ich erzähle ihr sogar, dass meine Geschichten in der Schule verbreitet wurden und dass ich mich schäme, den anderen wieder in die Augen zu schauen.

»Und, bist du gestorben?«, fragt sie und stapelt die leeren Teller vor uns.

Erst lache ich, denn wird mir klar, dass sie es ernst meint. »Nein?«

»Genau, du hast es überlebt. Und jetzt, wo du deinen schlimmsten Albtraum ertragen hast, kann dir nichts mehr etwas anhaben. Mein Mädchen, du bist frei!« Sie zeigt auf mich, und dann sagt sie, wobei sie jede einzelne Silbe betont: »Und jetzt kannst du dir diese Freiheit nehmen und tun und lassen, was du willst – und drauf scheißen, was die anderen sagen.«

»Mom!« Ich kann nicht anders, ich muss lachen.

»Ich kann sagen, was ich will«, sagt sie trotzig. »So wie du tun kannst, was du willst. Und ich freu mich schon darauf, dich anzufeuern – ganz gleich, wofür du dich entscheidest.«

Es ist beruhigend zu wissen, dass sie an mich glaubt. Dass sie meine nächsten Schritte unterstützt und mich als Schriftstellerin sieht, obwohl ich selbst diese Vision verloren habe.

Es ist auch beruhigend festzustellen, dass sie recht hat: Meine schlimmsten Albträume sind schon wahr geworden und ich bin immer noch da. Ich hab's überlebt. Und, wenn es noch mal passieren würde, würde ich es wieder überleben, das weiß ich.

Aber auch wenn ich das alles weiß, wie soll ich mich entscheiden?

Es gibt keinen Ratgeber, keinen Elf-Schritte-Plan. Keine beste Freundin und keinen Freund, die mir den Weg weisen könnten. Nur die Freiheit, mich so zu entscheiden, wie ich will. Ich muss bloß herausfinden, in welche Richtung es gehen soll.

Neununddreißigstes Kapitel

Ich habe mich entschieden. Oder letztendlich wurde es für mich entschieden, denn Sam ignoriert meine Nachrichten und Anrufe, so wie er einen glutenfreien, milchfreien Schokoladenkeks ignorieren würde, während Nico mir immer und immer wieder gesagt hat, dass er mit mir zusammen sein möchte.

Hand in Hand gehen wir zur Wintergala. Ich kann es nicht lassen, in dem Saal nach Sam Ausschau zu halten.

Das wahre Leben ist eben kein Liebesroman. Es ist nicht immer logisch und linear. Meine Mutter hat mir zwar zu einer anderen Sicht der Dinge verholfen, trotzdem hat sich nicht plötzlich alles wundersam gefügt. Manchmal läuft die Heldin (das bin wohl ich) am Ende eben nicht mit ihrem Traumprinzen in den Sonnenuntergang.

Mit Nico zusammen zu sein, fühlt sich eher so an, als hätte ich keine Wahl gehabt. So als würde ich mich einfach treiben lassen, was sehr angenehm ist, nachdem ich solchen Mist gebaut habe. Es ging alles so schnell, und so ist das wohl, wenn man keine beste Freundin hat, mit der man sich über Pro und Kontra das Hirn zermartern und über das Outfit für das erste Date beraten kann. Ich denke lieber nicht darüber nach, was Caroline von alldem halten würde, denn sie wäre wahrscheinlich nicht begeistert, und das ist kein gutes Gefühl.

Aber nein, so will ich gar nicht denken. Ich habe diese Entscheidung selbst getroffen und beschlossen, mir das zu gönnen, was ich immer haben wollte. Und auch wenn ich mir nicht mehr so sicher bin, ob ich es noch will, ist es vorerst okay.

»Komm her«, murmelt Nico, schlingt die Arme um meine Taille und zieht mich in eine dunkle Ecke des vollen Saals. Er küsst mich auf die Wange und will offensichtlich mehr, aber ich gucke, ob meine Familie irgendwo in der Nähe ist, denn mein Vater würde vermutlich erst Nico umbringen, dann mich und dann noch mal Nico. Sie haben sich entschieden, doch zur Gala zu kommen, obwohl ich nichts präsentiere … denn, wie meine Mutter sagte: »Dann wissen wir schon, wie es läuft, falls du nächstes Jahr liest.« Ich versuche ihr zu glauben.

Ich drehe mich wieder zu Nico, und er sieht mich so an, wie er mich in letzter Zeit immer ansieht – so, dass ich mich am liebsten umdrehen und nachschauen würde, ob da irgendwo Zoë Kravitz steht. Es fühlt sich unwirklich an, aber es ist doch ganz schön.

Die Wintergala findet in einem Loft im Zentrum von Long Beach statt. Ein sehr schöner Raum – Wände aus Backstein und eine offene Deckenkonstruktion im Industrial Style. Funkelnde Lichter spiegeln sich in den Panoramafenstern, die eine herrliche Aussicht auf die Stadt bieten – auf die Queen Mary, das Aquarium und die hohen Art-déco-Gebäude. Der Anblick hat mir den Atem verschlagen, auch wenn Mrs Lucchese, die Organisatorin der Gala, hochnäsig herumlief und an jeder Blüte in den schneeweißen Blumenarrangements herummäkelte.

Nico war als Erster dran (vermutlich dank Mrs Lucchese), und dann saß er neben mir, während die anderen ihr Talent zur

Schau stellten – ein Monolog aus *Ernst sein ist alles*, ein Kurzfilm in Schwarz-Weiß, drei Ballerinen beim Spitzentanz zu Tschaikowsky und eine Interpretation des Songs *And I Am Telling You I'm Not Going*, bei der ich am ganzen Körper Gänsehaut bekam.

Hinterher schlenderten wir zusammen durch die Ausstellung. Nico hatte die ganze Zeit seine Hand auf meinem Rücken und führte mich durch die Galerien mit Skulpturen, Gemälden und Fotos. Einmal fiel mir auf, dass Angelica aus Romankunst uns genauso ansah, wie ich früher ihn und Poppy angesehen habe. Und mich durchströmte ein Gefühl, das mir in den letzten Wochen vertraut geworden ist – der berauschende Gedanke, dass er mich erwählt hat, mich will.

Habe ich mich richtig entschieden? Darüber will ich nicht zu viel nachdenken. Und es ist leicht, nicht nachzudenken, wenn Nico mir über die Schultern streicht, so wie jetzt, und mir leichte Küsse auf den Hals drückt.

»Nächstes Jahr bist du der Star der Gala«, flüstert er mir ins Ohr, den Arm fest um meine Taille. Sein Atem ist zu warm, sein Griff fast erdrückend. Doch ich schüttele diese Gefühle ab und sage mir, genau das wolltest du.

»Glaubst du?«

»Das weiß ich, Tessa.«

Er hat natürlich keine Ahnung, dass ich immer noch nichts geschrieben habe. Im Moment spüre ich tatsächlich so etwas wie Inspiration … doch die Worte sind immer noch hinter einer großen, schweren Tür weggesperrt, für mich unerreichbar.

Nico wird gerufen, und als wir aufblicken, sehen wir seine Mutter auf der anderen Seite des Saals. Sie macht eine Kopfbewegung zu zwei wichtig aussehenden Männern im Smoking neben ihr.

»Oje, tut mir leid. Das sind die Zulassungsdirektoren für den

Studiengang Kreatives Schreiben an der UC Irvine. Sie glaubt, weil Michael Chabon dort auf der Graduiertenschule war, müsste sie bei mir ganz oben auf der Liste stehen.« Er verdreht die Augen, als wäre es eine lästige Angelegenheit. Ich versuche mich in seine Lage zu versetzen, mit so endlosen Möglichkeiten, dass ich es mir leisten könnte, sie auf die leichte Schulter zu nehmen. »Entschuldige mich einen Moment, ja?« Er gibt mir einen Kuss auf die Wange.

»Ja, klar.«

Anstatt allein herumzustehen, schaue ich mir noch einmal Theodores Bilder an. Als ich hier ankam, bin ich gleich dort hin, aber er war nicht da. Trotzdem kamen mir fast die Tränen, als ich mir seine gesammelten Kreationen anschaute. Riesige Farbversionen der Skizzen, an denen er im Lauf des Jahres gearbeitet hat. Ein Mädchen in einem Blumenkleid, mit langen Rastalocken aus Blumen, und der Star der Galerie: Lavon in einem schlichten weißen Tanktop mit einer Krone aus Pfingstrosen auf dem Kopf, all seine Züge so lebensecht, dass ich am liebsten die Hand ausgestreckt und ihn berührt hätte.

»Theodore.« Und als ich ihn jetzt mit rosigen Wangen in einem marineblauen geblümten Anzug inmitten seiner Kunstwerke sehe, kommen mir wirklich die Tränen. Rechts und links von ihm stehen ein Mann, der genauso groß und schlank ist wie Theodore, und eine Frau, die so stolz strahlt, wie es nur eine Mutter kann. Er sagt etwas zu seinen Eltern auf Khmer und kommt dann zu mir herüber.

»Wag es nicht«, sagt er. »Du weißt, was ich von übertriebenen Gefühlsäußerungen halte.« Trotz seiner Worte hat er eine Unsicherheit an sich, die ganz ungewohnt für den fast schon übertrieben selbstbewussten Jungen ist, den ich kenne.

»Aber …«, krächze ich und versuche die Tränen zurückzuhalten. »Du hast es geschafft.«

»Klar hab ich es geschafft. Ich hab's immer schon geschafft. Die ganze Zeit. Der einzige Unterschied ist, dass es jetzt bemerkt wird.« Er zuckt die Achseln. »Aber es ist schon ein ganz cooles Gefühl.«

Wir schauen zu den Leuten, die sich zwischen seinen Bildern drängen, und mein Blick bleibt an einem Mädchen in einem engen pinkfarbenen Kleid hängen. Als ich ihre grauen Haare sehe, bleibt mir das Herz stehen. Natürlich muss Poppy sich genau in dem Moment umdrehen und mir in die Augen sehen. Bevor ich reagieren und weglaufen kann, kommt sie schon auf uns zu.

»Theodore«, sagt sie. »Das ist so beeindruckend. Wirklich. Ich gratuliere.«

»Danke«, sagt er nur. Kurz und knapp, ganz anders als all die Tiraden über Poppy, die ich mir in diesem Halbjahr anhören musste.

»Ich weiß nicht, warum du erst jetzt eine Ausstellung bekommst«, fährt sie fort. »Du warst immer der Begabteste in unserem Kurs. Ich hab dich von Anfang an beneidet.«

Ehe Theodore antworten kann – ihm steht der Mund praktisch offen –, wendet sie sich zu mir.

»Tessa, können wir mal reden?«

Nach allem, was sie mir angetan hat, müsste ich eigentlich Nein sagen. Ich müsste mir einen Drink schnappen und ihn ihr nach Art der *Real Housewives* ins Gesicht schütten. Höchstwahrscheinlich hasst sie mich und vielleicht wird das hier der nächste Akt ihrer öffentlichen Rache. Andererseits … bin ich neugierig.

»Okay.«

Wir verziehen uns in eine ruhige Ecke.

»Tja … du und Nico«, sagt sie schließlich. »Darauf hattest du es ja von Anfang an abgesehen, stimmt's?«

Ich zucke nur die Achseln. Was soll ich darauf sagen? Ich habe nicht die Energie zu lügen.

Sie zieht eine Augenbraue hoch. »Ich wette, für dich bin ich die Böse in der Geschichte.«

»Poppy …«

»Egal, das versteh ich schon.« Sie winkt ab. »Das war wirklich nicht so toll, was ich da gemacht habe … auch wenn du es irgendwie verdient hattest. Aber es war ja nicht nur deine Schuld.« Sie schaut sich um, schaut dann auf den Boden – überallhin, nur nicht zu mir. »Na ja, sagen wir einfach, ich war schon mal an deiner Stelle, deshalb … pass auf dich auf, okay? Seine Aufmerksamkeitsspanne ist nicht sehr lang. Davon kann ich ein Lied singen.« Jetzt sieht sie mich doch an. »Vielleicht hast du – genau wie ich – etwas Besseres verdient.«

Dann drückt sie meine Schulter und verschwindet im Getümmel. Ich bleibe allein zurück. Doch als hätte es ihm in den Ohren geklingelt, ist Nico sofort wieder an meiner Seite.

»Was war das denn? Was hat sie zu dir gesagt?«

Ich überlege, ob ich es ihm erzählen soll, aber wohin würde das führen? Ich muss das Gespräch ja selbst erst mal verdauen.

»Nichts«, sage ich. Und das scheint ihm zu genügen, denn er legt die Hand wieder auf meinen Rücken und seine Lippen auf meine. Ich brauche nicht nachzudenken. Ich brauche mich nicht zu sorgen. Ich überlasse mich einfach dem Augenblick.

Und dort würde ich vermutlich noch ewig verweilen, wenn nicht jemand neben uns husten würde, so dass ich hastig zurückfahre. Ich rechne schon mit der strengen Miene meines Vaters, aber zum Glück ist es nur Lenore.

Sie trägt einen lavendelfarbenen Hosenanzug mit weitem Bein, dazu einen knielangen Kunstpelzmantel und goldglitzernde Pumps. Die Rastalocken hat sie zu einem beeindruckend großen und verschlungenen Dutt hochgesteckt. Sie wurde zwar nicht für die Gala ausgewählt, aber ihren Look präsentiert sie trotzdem.

»Oh, wow, wie schaffst du es nur, so wunderschön auszusehen?« Ich tue so, als würde ich sie fotografieren, und sie schmeißt sich gekonnt in Pose, bevor sie mich umarmt.

»Es wundert mich, dass du mich überhaupt siehst, so wie du in Beschlag genommen bist«, sagt sie mit einem Blick zu Nico und mir.

»Tja, kannst du es mir verdenken?«, sagt Nico und streckt die Hände zu mir aus.

»Ja, sie ist echt ein Fang, vergiss das bloß nie«, sagt Lenore auf einmal ganz ernst und pikst ihm mit dem Finger in die Brust. Aber gleich darauf strahlt sie und hält uns einen Teller mit Gebäck hin. »Habt ihr das hier schon probiert? Sam ist echt ein Zucker-Zauberer.«

Auf dem Teller liegen runde buttrige Cremeteilchen, Mini-Pasteten (die schwer nach Süßkartoffel aussehen), mehrere Schichten Schokoladenganache, Torte und mit Creme gefüllte glänzende Cannoli, ein Cupcake mit dicker Glasur und roséfarbene Macarons.

Als ich Sams Kreationen sehe, schnürt es mir die Kehle zu. Damit habe ich nicht gerechnet – sonst freue ich mich immer, wenn ich etwas Süßes sehe. Als Lenore mir den Teller noch mal unter die Nase hält und einen albernen verführerischen Tanz dazu macht, scheuche ich sie weg.

»Echt nicht?«, fragt sie verwirrt.

»Ja, das wundert mich jetzt auch.« Nico lacht. »Du lehnst doch nie einen Nachtisch ab!«

Lenore sieht ihn fragend an, und er fügt schnell hinzu: »Das meine ich nicht negativ!« Er legt mir den Arm um die Taille und küsst mich auf die Wange. »Poppy hat auf Zucker und Kohlenhydrate immer so reagiert, als wären sie Voldemort oder so. Das Dessert, das man nicht beim Namen nennen darf. Es gefällt mir, dass dir das egal ist.«

Ich seufze und versuche zu lächeln. Er vergleicht mich oft mit Poppy, fast als wollte er sich vor sich selbst rechtfertigen. Aber wir sind ja noch nicht so lange zusammen, und er wird schon irgendwann drüber wegkommen. Lenore schaut zwischen uns hin und her, ihr Gesicht ist wie ein offenes Buch. Aber ich achte nicht darauf.

»O-kay, na ja, dann lasse ich euch Turteltäubchen mal wieder allein!« Sie umarmt mich noch mal.

»Und hey, du musst wenigstens das hier probieren. Es schmeckt ganz blumig, aber ohne dass es sich so anfühlt, als hätte ich Oma Lenores Parfüm im Mund. So was von scheißlecker!«

Im Weitergehen legt sie mir ein in eine Serviette gewickeltes Macaron in die Hand. Es ist genau richtig gebacken, mit so kleinen Füßen (das hat Sam mir gezeigt), hat einen goldenen Überzug über der glänzenden roséfarbenen Oberfläche und in der Mitte eine perfekte Buttercremefüllung. Ein kleines Kunstwerk.

»Miles! Alter Junge!«, höre ich Lenore quer durch den Saal rufen, und dann drückt sie meinen Bruder an sich. Meine Mutter fängt meinen Blick auf und winkt aufgeregt, und als sie Lenore begrüßt haben, kommen sie zu mir herüber.

Wird schon schiefgehen.

Mein Vater wirkt etwas steif in seinem grauen Anzug, und er spielt sich eindeutig auf, um Nico einzuschüchtern. Meine Mutter sieht wunderschön aus in ihrem petrolfarbenen Etuikleid. Es ist nicht so elegant wie Mrs Luccheses bodenlanges paillettenbesetztes, mitternachtsblaues Haute-Couture-Kleid, meine Mutter hat es zum halben Preis im Kaufhaus gekauft, aber ihr Lächeln strahlt dafür umso heller. Ich stürme auf sie zu und umarme sie.

Und dann das Unvermeidliche. »Das ist Nico«, sage ich mit einer Geste zu ihm. »Nico, das ist meine Familie.«

»Nico, wie nett, dich endlich kennenzulernen!«, ruft meine Mutter, während mein Vater nur knapp nickt.

»Hallo, Mr und Mrs Johnson.« Nico reicht ihnen die Hand. Zum Glück schlägt mein Vater ein, er lächelt sogar ein wenig und klopft ihm auf den Rücken.

»Und hi Miles«, sagt Nico mit völlig veränderter Stimme, ganz hoch und langsam, und winkt Miles zu. Oje.

»Du bist Tessas Freund!«, ruft Miles. »KÜSST ihr euch?«

Ich lache, vor allem um die Wirkung auf meinen Vater abzumildern, der Nico gegenüber möglicherweise Mordgelüste hegt. Doch als ich zu Nico schaue, ist er plötzlich ganz anders, als ich ihn kenne. Er wirkt angespannt, und sein Blick wandert unruhig zwischen Miles und den Leuten um uns herum hin und her.

Ich folge seinem Blick zu Miles und versuche zu sehen, was er sieht. Miles freut sich über seinen Witz, seine Arme zucken in dem engen Anzug, den meine Mutter ihm gekauft hat. Er lässt den Kopf kreisen und sein Hörgerät fiepst. Und er hat ein breites Lächeln im Gesicht. Automatisch muss ich auch grinsen. Wenn ich Miles angucke, sehe ich nur seine reine, ansteckende Freude, aber Nico stört sich offenbar daran. Er ist ein Stück von mir abgerückt.

»Nico, das war toll, was du vorgelesen hast«, sagt meine Mutter. »Du hast wirklich Talent. Findest du nicht auch, James?« Sie stößt meinen Vater an, der zustimmend nickt. Ich weiß nicht, ob meine Mutter Nicos seltsames Verhalten genauso wahrnimmt wie ich, so oder so versucht sie das Gespräch am Laufen zu halten.

»Danke, Mrs Johnson«, sagt Nico, doch er sieht sie kaum an. Sein Blick schweift immer noch durch den Saal, er geht einen Schritt zurück, fast als suchte er nach einem Fluchtweg.

»Schreibst du schon lange?« Sie lächelt ihn an.

»Ja«, sagt er. Nur ein Wort. Kalt und schnell. Wo bleibt der Charme, den er sonst immer versprüht? Findet er nicht, dass meine Familie ihn verdient hat?

Mir dreht sich der Magen um.

»Na ja, dann lassen wir euch zwei mal allein. Ihr wollt den Abend ja bestimmt nicht mit euren Eltern verbringen!« In ihren Worten liegt keine Schärfe, kein Vorwurf und kein Urteil. Doch ich spüre die Scham über mich kommen wie eine kalte Brise. Scham über Nicos Benehmen … und darüber, dass ich mit ihm zusammen bin. Dass ich mich für ihn entschieden habe.

Was mache ich hier?

»Ja, nett Sie kennenzulernen«, sagt Nico, und ich umarme alle drei zum Abschied. Meine Mutter sagt halbherzig etwas von Stickereien, die sie sich ansehen möchten, als wäre das der Grund für ihren übereilten Aufbruch. Ich könnte schreien, so peinlich ist die Situation. Denn ich weiß genau, was los ist, und ich glaube, sie wissen es auch.

Nico schämt sich. Er will nicht mit meiner Familie gesehen werden. Mit Miles, der so fröhlich ist wie immer. Mit meiner Mutter, die sich vor Freundlichkeit überschlägt. Meinem Vater, der eben mein Vater ist. Und unwillkürlich frage ich mich … ob diese Haltung nicht auch mir gilt. Schließlich hat er mich nicht dazu gebeten, als er mit seiner Mutter und den Zulassungsdirektoren von der UCI gesprochen hat, obwohl ich auch schreibe.

Jetzt, wo meine Familie weg ist, wirkt Nico sichtlich erleichtert. »Deine Familie ist nett«, sagt er, aber das klingt bei ihm eher wie die kleine Schwester von Scheiße.

Hier stimmt was nicht. Auf einmal ist alles so klar, als hätte mir jemand eine Brille aufgesetzt. Ich habe einen Riesenfehler gemacht.

Verrückt, wie schnell sich alles verändern kann.

»Warum hast du dich so benommen?«, frage ich.

Er spielt den Ahnungslosen. »Wieso? Ich war doch höflich.«

»Du hast dich umgesehen und geguckt, ob dich jemand beobachtet. Oder?«, frage ich ihn, obwohl ich die Antwort kenne.

»Ich meine … ja?« Ich bin geschockt, aber wenigstens ist er ehrlich. »Ist das so verkehrt? Dein Bruder war voll so …«

Er imitiert Miles' ruckartige Bewegungen, und heiße, blinde Wut erfasst mich.

»Du bist mit ihm aufgewachsen, da bist du das wahrscheinlich gewohnt«, fährt er fort. »Aber es ist schon echt … heftig.« Bei dem letzten Wort verzieht er den Mund.

Schon wieder so eine Bemerkung. Jetzt kann ich es nicht mehr ignorieren.

»Oh, tut mir echt leid, dass die Behinderung meines Bruders heftig für dich ist!« Ich trete einen Schritt zurück, und meine Stimme wird lauter. »Ich hätte daran denken sollen, wie unangenehm seine Behinderung für dich sein muss!«

»Du verstehst das völlig falsch, Tessa.« Er spricht leise, damit ich auch die Stimme senke.

»Ganz sicher nicht. Ich weiß genau, was los ist. Und was dir wichtig ist.« Ich schüttele den Kopf, und mir fallen all die Warnsignale wieder ein, die ich nicht sehen wollte. »Die ganzen üblen Bemerkungen deiner Freunde, die du ihnen durchgehen lässt. Ich möchte gar nicht wissen, was ihr alles sagt, wenn ich nicht dabei bin. Und wie lange du mich hingehalten hast – du hast dir mich schön warm gehalten für den Fall, dass es mit Poppy – was? – langweilig wird? Und ich hab es zugelassen! Ich hab es zugelassen!« Als mir klar wird, was ich mir alles habe bieten lassen, nur um meine ach so romantische Liebesgeschichte zu kriegen, erfüllt mich heiße Scham. »Und du tust immer so, als wüsstest du, wie toll ich schreiben kann, dabei hast du mich noch nie nach meinen Texten gefragt! Hast du überhaupt eine Ahnung, was ich schreibe? Und jetzt das mit meiner Familie … Scheiße, wie konnte ich nur so dämlich sein!«

Ein paar Leute drehen sich nach uns um, aber diesmal möchte ich nicht im Boden versinken. Ich möchte nicht leise sein wie sonst. Ich fühle mich stark, und das gefällt mir. »Nico, das mit uns beiden funktioniert nicht.«

Jetzt sieht er geschockt aus. »Wovon redest du? Beruhig dich mal, Tessa.«

»Ich will mich nicht beruhigen!« Ich lache, ich bin mir meiner Sache so sicher. »Du … du bist nicht der, mit dem ich zusammen sein möchte.«

Wieder schaut er sich um, verunsichert, und in diesem Moment ist es, als wäre ein Vorhang zurückgezogen worden. Nico ist gar nicht so besonders. Er macht sich genauso viele Gedanken darüber, was die anderen von ihm halten, wie ich – wie ich früher. Vielleicht sogar noch mehr.

War ich Sam gegenüber auch so? War ich so oberflächlich, so simpel gestrickt?

Aber genauso schnell geht der Vorhang wieder zu, und Nico strahlt das übliche Selbstvertrauen aus, diese forsche Art, die mich so angezogen hat.

»Na gut, Tessa«, sagt er verächtlich. »Wenn du es so willst.«

»Ja, das will ich.«

Ich drehe mich um und gehe.

Die Blicke der Leute in ihren Smokings und eleganten Kleidern machen mir nichts aus. Und ich schere mich auch nicht um Angelica, die mich anglotzt und den Kopf schüttelt, als hätte ich sie nicht mehr alle.

Bisher habe ich viel zu viel Wert darauf gelegt, was andere über mich und mein Schreiben denken. Vielleicht geht das den meisten Menschen so.

Aber in Zukunft werde ich dafür sorgen, dass ich nicht weniger Platz einnehme, als mir zusteht. Ich werde nicht mehr die Klappe halten, damit die anderen mich mögen. Ich möchte mich selbst mögen – nein, *lieben*.

So, wie ich Caroline, Lenore und Theodore liebe. Wie ich meine Eltern und Miles liebe.

Und Sam.

Sam liebe ich auch, das wird mir plötzlich klar. SAM LIEBE ICH AUCH.

Sam, der mich vom ersten Moment an so genommen hat, wie ich bin. Der mir nie das Gefühl gegeben hat, ich wäre nicht gut genug und müsste mich ändern.

Warum konnte ich ihm nicht das gleiche Gefühl geben?

Vierzigstes Kapitel

Am liebsten würde ich hinausstürmen und einen dramatischen Abgang hinlegen, aber ich muss mich um praktische Fragen kümmern, zum Beispiel wie ich ohne Nico nach Hause komme. Ich muss meine Familie suchen.

Das ist zum Glück nicht schwer. Miles' schlüsselklimpernde, blechscheppernde Lache schallt durch den Saal, und ich folge ihr, bis ich am Eingang zur Küche stehe. Direkt neben Sam.

Er sieht gut aus in seiner weißen Kochjacke über der engen schwarzen Hose. Er strahlt, lacht über etwas, was mein Bruder ihm erzählt, doch sobald er mich sieht, erstirbt sein Lachen. Ich habe das Gefühl, meine neue Erkenntnis, dass ich ihn liebe, steht mir ins Gesicht geschrieben, aber seine verschlossene Miene sagt mir, dass sich zwischen uns nichts geändert hat.

»Tessie!«, ruft Miles. Sofort nehme ich ihn fest in die Arme. Es ist ganz gleich, was andere denken – er ist genau richtig so, wie er ist, und er gehört zu mir.

»Ich hab dich lieb, Miles.«

»Ich dich auch«, sagt er. Dann grinst er mich durchtrieben an, und ich weiß, dass er gleich mit einer frechen Bemerkung um die Ecke kommt. »Du weißt aber, dass ich nicht dein Freund bin, oder?«

»Halt den Mund!«, schnaube ich, und er grinst zufrieden. Ich halte ihn fest und reibe ihm mit den Knöcheln über den Kopf, und sein Kichern übertönt alles. Es ist mir egal, wer guckt.

»Willst du das noch essen?«, unterbricht uns Sam. Als ich ihn verwirrt anschaue, zeigt er auf das Macaron, das ich, ohne es zu merken, immer noch in der Hand halte. Es ist in der Serviette ein bisschen zerdrückt.

Ich umarme Miles noch mal, dann beiße ich hinein, und die knackige Schale zerschmilzt mit der klebrigen Füllung. Es schmeckt genauso köstlich, wie es aussieht. Ein bisschen nach Rosen. In meinem Kopf dreht sich alles, und ich frage mich, ob das etwas zu bedeuten hat.

»Du hast wirklich … Das ist unglaublich, Sam. Alles.«

»Hast du den Desserttisch gesehen, Tessie? Er hat gesagt, er hat extra für mich Cookies-and-Cream-Donuts gebacken.« Miles bebt regelrecht vor Freude (und ist wahrscheinlich high von dem Zucker, den er schon intus hat). Ich folge seinem Finger zu einem drei Meter langen Tisch, auf dem mehrstöckige Torten stehen, ein Schokoladenbrunnen und unzählige Teller mit süßen Kreationen. Dieser Tisch zieht die meisten Gäste der Gala an, mehr als alles andere.

»Jetzt hol ich mir welche. Tschüs!« Miles flitzt so schnell davon, wie ich es bei ihm noch nie gesehen habe. Ich will ihm schon nach, aber da sehe ich meine Eltern in der Menge winken. Meine Mutter zwinkert mir zu.

Ich drehe mich nach Sam um, aber er ist schon wieder auf dem Weg in die Küche. Ich muss etwas sagen, damit er bleibt. Ich muss irgendwie reparieren, was ich kaputtgemacht habe.

»Tja …«

Ich habe nicht behauptet, dass es genial sein muss.

»Und wo ist Nico?«, fragt er höhnisch.

»Nicht hier.«

»Ihr passt gut zusammen.«

»Na ja, wir sind nicht mehr zusammen.«

»So sah das aber nicht aus.«

Ich seufze. Das wird nicht leicht. Und es sollte auch nicht leicht sein – das habe ich nicht verdient. Aber jetzt gerade würde ich alles für die Nähe geben, die wir einmal hatten. Vielleicht muss ich erst mal ehrlich sein.

»Was ist mit Glückwünschen? Nimmst du die an? Es ist echt beeindruckend, was du heute Abend zustande gebracht hast, Sam. Ich meine, nicht, dass es mich überraschen würde. Ich hab immer gewusst, dass du großartig bist. Aber es freut mich, dass es jetzt auch alle anderen sehen können.«

Er reibt sich die Wange. »Ich weiß nicht … Es ist wohl nicht schlecht.«

»Hey, red nicht so einen Mist über meinen Freund!«, sage ich, und da muss er lächeln. »Sieh dir alle an, wie sie sich freuen. Und das nur wegen deiner Kunst – weil du sie mit ihnen teilst.« Ich zeige auf Miles, der herumhüpft und den Daumen hochhält, den Anzug voller Krümel. »Wenn das keine ehrliche Kritik ist …«

»Danke, Tessa.« Seine Stimme ist jetzt etwas weicher. »Es war … Na ja, es war eine harte Woche, die ganze Vorbereitung. Zum einen die Torten und so, klar, aber auch der ganze Druck.«

»Ja?«

»Zwischendurch hatte ich immer wieder solche Panik. Ich dachte, ich hätte irgendwas vergessen, dann habe ich meine Liste gecheckt und es war alles okay. Aber das Gefühl ging nicht weg. Bis ich schließlich kapiert hab, dass es einfach Lampenfieber war, dass es heute klappen muss … Angst davor, alle zu bestätigen, die denken, ich wäre nur wegen meiner Mutter auf die Schule gekommen, oder meine Mutter zu enttäuschen, oder ausgelacht zu werden. Jetzt, wo es läuft und fast vorüber ist … da kann ich endlich wieder durchatmen.«

Plötzlich sieht er mich fast erschrocken an, genauso überrascht wie ich, dass er mir so viel anvertraut hat.

»Ich hab immer gedacht, du bist nie aufgeregt«, sage ich, »Jedenfalls nicht, wenn es ums Backen geht.«

Da muss er lachen. »Und ob! Ich bin mega-aufgeregt. Wenn nicht, wäre ich auch verrückt, bei so einer Aufgabe.« Er macht eine Geste, die den ganzen Raum einschließt. »Aber ich musste die Angst wegschieben. Wenn ich es nicht wage, kann ich nie gewinnen.«

Und du auch nicht. Er spricht es nicht aus, aber sein Blick sagt alles.

»Bei dir klingt das so leicht.«

»Es ist nicht leicht«, sagt er. »Aber es geht nicht anders.«

Sam ist einfach so, wie er ist, und er steht dazu. Er kennt seinen Wert – selbst als es um mich ging.

»Darf ich kurz um Ihre Aufmerksamkeit bitten?« Dr. Hoffman, der Direktor der Chrysalis, hat die Bühne betreten. Ich kenne sein Gesicht hauptsächlich von der Website und aus Prospekten, die ich mir angeschaut habe, bevor ich auf die Schule kam. »Hey, ist das Ding eingeschaltet?« Einige der Eltern lachen höflich, dann wird es ganz still im Saal. Irgendetwas Wichtiges ist im Gange, auch wenn ich nicht weiß, was.

»Auf unserer Wintergala begutachten wir jedes Jahr die einzigartigen, beeindruckenden Werke unserer herausragenden Künstler und Künstlerinnen und wählen einen oder eine von ihnen für die Metamorphosen-Medaille aus. Sie wird an jemanden verliehen, der oder die Talent, Originalität und eine außergewöhnliche

Hingabe an die Kunst beweist. Das sind sozusagen die Schmetterlinge, die aus der Chrysalis kommen.« Er lacht leise über das kitschige Bild, ehe er fortfährt. »Und nachdem Sie die ausgestellten Werke heute gesehen haben, können Sie sich sicher vorstellen, dass uns die Entscheidung nicht leicht gefallen ist.«

Die Zuschauer klatschen, aber Sam neben mir erstarrt. Ich spüre die Nervosität, die von ihm ausgeht.

»Nun denn, ich will nicht weiter um den heißen Brei herumreden«, dröhnt die Stimme des Direktors von der Bühne. »Die Metamorphosen-Medaille geht dieses Jahr an einen Pionier in dem brandneuen Profilfach Kochkunst an der Chrysalis Academy. Durch seine harte Arbeit und seine wundervollen und wirklich köstlichen Kunstwerke hat er gezeigt, dass er auf dem Weg ist, ein ganz Großer seines Metiers zu werden. Meine sehr verehrten Gäste, gratulieren Sie mit mir unserem Gewinner der Metamorphosen-Medaille, Sam Weiner!«

Sam klappt die Kinnlade runter, und ich kreische und fliege ihm um den Hals. Es fühlt sich gut und vertraut an, aber sofort komme ich wieder zu Sinnen und löse mich befangen.

Sam lächelt mich an, ein echtes Lächeln mit Grübchen, und dann geht er durch die Menge. Die Zuschauer klopfen ihm auf den Rücken und schütteln ihm die Hand. Lenore nimmt seine Hände und wirbelt ihn herum, dann reicht sie ihn an Theodore weiter, der ihn bis zur Bühne bringt.

Als er die Stufen hochgeht, denke ich: Das hat er verdient. Weil er sein Herz und seine Freude anderen schenkt, weil er sich so zeigt, wie er ist, und das Risiko eingeht, das so viele fürchten – er überwindet die Angst, von der ich mich lähmen lasse und die dazu geführt hat, dass ich jemanden verloren habe, den ich so sehr liebe.

Denn das ist das größte Risiko, etwas zu zeigen, das man liebt, damit andere es auch lieben.

Aber wenn ich Sams strahlendes Gesicht sehe, seine Mutter im Publikum, der die Tränen über die Wangen laufen, dann weiß ich, dass es das Risiko wert war. Und vielleicht bin ich jetzt ja auch endlich bereit, dieses Risiko einzugehen.

Einundvierzigstes Kapitel

Zu Hause angekommen, hole ich meinen Laptop unter dem Bett hervor, öffne Google Docs und schreibe.

Es ist, als hätte eine fremde Macht von mir Besitz ergriffen. Ich merke kaum, was ich tue, da bin ich schon auf Seite sechs und wie durch Zauberhand entfaltet sich die Geschichte. Namen und Orte, Worte und Sätze, Beziehungen und Konflikte und der alles verbindende Faden der Liebe.

Ich schreibe so wie früher, ohne einen Gedanken daran zu verschwenden, was andere davon halten könnten. Ohne zu überlegen, was das alles bedeutet, nur, was es mir bedeutet.

Ich schreibe, bis ich einen Krampf in der Hand bekomme und mein Rücken wehtut. Und da schreibe ich immer noch weiter.

Ich schreibe weiter, während meine Mutter mich zum Frühstück ruft, dann zum Mittagessen, dann zum Abendessen. Ich schreibe, bis sie mir schließlich ein Tablett mit Weintrauben, Brezeln und Käsewürfeln bringt – alles, was man mit einer Hand essen kann, weil die andere Hand tippen, tippen, tippen muss. Sie lächelt, gibt mir einen Kuss auf den Kopf und lässt mich weiterschreiben.

Die Angst kommt in Wellen, und ich ignoriere sie nicht. Ich

nehme sie an, betrachte sie und lasse sie ziehen. Ich lasse mich von ihr nicht aufhalten.

Wieder zu schreiben ist wie das Wiedersehen mit einer alten Freundin. Oder nein – das stimmt nicht. Denn das Schreiben ist ein Teil von mir, und das war es immer, sogar in diesen verirrten Monaten. Es ist eher so, als hätte ich einen verlorenen Körperteil zurückbekommen. Oder als würden die Haare nach einem Radikalschnitt wieder wachsen, sie sehen anders aus als vorher, aber sie gehören zu mir.

Ich hatte fast aus dem Blick verloren, worum es bei dem Happy-End-Plan eigentlich ging. Nicht nur darum, meine eigene Liebesgeschichte zu finden, sondern darum, meine Worte wiederzufinden. Meine Stimme wieder aufzuspüren. Und das ist jetzt ganz leicht, denn sie ist laut – ohrenbetäubend. Kein zaghaftes Flüstern wie zuvor, sondern in dröhnenden Großbuchstaben, krachend und selbstbewusst.

Und am Sonntagabend, als ich viele Seiten geschrieben habe, auf die ich stolz bin – sie sind vielleicht nicht perfekt, aber perfekt für mich –, teile ich sie endlich wieder mit jemandem. Ich hänge sie an eine lange Mail an, die mit den Worten endet: »Ich hab dich lieb, du fehlst mir, es tut mir leid.«

Zweiundvierzigstes Kapitel

Ich hatte schon Angst, sie würde nicht mal den Anhang öffnen, aber eine knappe Stunde später klingelt mein Handy und ihr Foto lächelt mir auf dem Display entgegen.

»Das ist der Wahnsinn«, sagt Caroline. Sie klingt fröhlich. Wie immer. Ich bin überrascht und dankbar zugleich. »Das Beste, was du je geschrieben hast. Und ich hätte nicht gedacht, dass es überhaupt noch besser geht!«

Ich finde es toll, und das ist das Wichtigste. Aber es ist wunderbar, dass es ihr auch gefällt.

»Ich war nur total traurig, dass es noch nicht fertig ist! Du weißt schon, dass ich dich jetzt wieder nerve und um Nachschub bitte, oder?«

»Ich weiß ja selber noch nicht, wie es ausgeht.«

Ein bedrückendes Schweigen entsteht, erfüllt von unausgesprochenen Gefühlen und den ungeteilten Augenblicken der letzten Wochen. Vielleicht könnten wir einfach so weitermachen wie vorher, aber dann würden wir das größere Problem nur verdecken. So als würde man üblen Schweißgeruch mit jeder Menge Deo übertünchen, während die eigentliche Lösung eine Dusche wäre. Das ist kein sehr hübsches Bild, aber aus dem Leben gegriffen.

»Ich meine jedes Wort so, wie ich es geschrieben habe. Es tut mir so leid.«

Sie zögert keinen Augenblick, als hätte sie nur auf die Gelegenheit gewartet. »Mir tut es auch leid. Neulich am Telefon war ich echt schroff.«

»Aber das hatte ich verdient. Ich war so mit mir selbst beschäftigt, dass ich eine miserable Freundin war … als bei dir so viel los war.«

»Stimmt.«

Ich dachte, es würde wehtun, meine Fehler einzugestehen, doch es ist befreiend. Die Spannung zwischen uns legt sich. »Ich hatte einfach Angst, dass du an mir vorbeiziehst. Ich wollte dich unbedingt einholen, damit ich nicht zurückbleibe. Und dabei bin ich nur noch um mich selbst gekreist und habe dich weggedrängt. Ich war eine fürchterliche Freundin.«

»Ach, Tessa! Ich würde dich nie zurücklassen. Auch wenn wir mal in unterschiedlichen Phasen sind, werden wir immer Seite an Seite sein.« Jetzt wechselt sie in den üblichen scherzhaften Ton. »Und jetzt, wo du wieder schreibst, kann ich es dir ja sagen: Ich brauche eine neue Geschichte mit mir als Heldin – oder Colette, meine ich. Kannst du dir einen Helden ausdenken, der so aussieht wie Brandon?«

»Na klar!« Schon fliegen mir neue Ideen zu, und obwohl meine Hände wehtun, juckt es mir in den Fingern, gleich loszutippen. Aber eins muss ich ihr noch gestehen. »Weißt du, weshalb ich vor allem Angst hatte, nicht mehr schreiben zu können?«, sage ich kleinlaut. »Weil ich dachte, dass ich dich dadurch vielleicht verliere … weil ich weiß, dass meine Geschichten der Hauptgrund dafür sind, dass du mich noch magst, obwohl ich nicht mehr da bin.«

»Spinnst du?«, kreischt sie ganz laut, und es wundert mich, dass ihre Eltern nicht in ihr Zimmer stürmen. »Ich mag dich aus so vielen Gründen! Dafür, dass ich dir alles erzählen kann, weil du mich nicht verurteilst oder oberflächlich findest. Dafür, dass du so gern isst, dann hat Lola ab und zu jemand anderen zum Mästen als mich.« Sie kichert. »Und was ich wirklich und wahrhaftig liebe, ist dein Herz. Dieses empfindsame Herzchen, mit dem du die feinsten Schwingungen registrierst und jede Bemerkung zerpflückst, die jemand macht. Dafür, dass du alles … so ganz und gar spüren kannst. Klar mag ich deine Geschichten! Aber doch nur, weil ich die Welt gern mit deinen Augen sehe – deine Welt, in der jede ihr Happy End finden kann.«

Ich lache, ich kann nicht dagegen an.

»Lachst du, weil du kapierst, wie dumm du warst? Denn natürlich mag ich dich! Ich liebe dich! Du bist meine beste Freundin, Tessa, und keine Entfernung und kein Junge könnte daran etwas ändern.«

Von ihren Worten summt mein ganzer Körper. Obwohl sie mich nicht sehen kann, schüttele ich den Kopf. »Ich lache, weil das klang wie eine Liebeserklärung am Ende eines Liebesromans. Du weißt schon, wenn der Held zum Beispiel in der Kirche oder am Flughafen auftaucht und alle Gründe aufzählt, weshalb er sie liebt.«

»Ha! Also, ich liebe dich dafür, dass du den Ketchup immer am Rand haben willst und dann doch alles aufbrauchst.«

Jetzt stimme ich ein. »Ich liebe dich dafür, dass du am Ende von *Wie ein einziger Tag* immer sagst ›Ist das nicht schön?‹, obwohl sie verdammt noch mal sterben!«

»Ich liebe dich dafür, dass du, nachdem du *To All the Boys I've Loved Before* gesehen hast, plötzlich Kniestrümpfe getragen hast, aber nicht zugeben wolltest, dass du total auf Lara Jean abfährst.«

»Ich liebe dich dafür, dass du, anstatt dir die Nase zu putzen, das Tempo um den Finger wickelst wie eine Art Popelhandschuh.«

»Ich liebe dich dafür, dass du nach dem Eisessen immer pupst und denkst, keiner würde es hören.«

»Ich liebe dich dafür, dass du deinem Vater erzählt hast, *Fifty Shades of Grey* würde Lola gehören, obwohl es in Wirklichkeit deins war.«

»Schscht! Nachher hören sie dich noch.«

Wir prusten los, so wie immer. Und es wäre so schön, wenn wir jetzt zusammen wären, denn dann könnte ich sie in die Arme nehmen. Wie konnte ich an ihr zweifeln, an meiner besten Freundin? Ich hätte sie – uns – nicht unterschätzen dürfen. Ich hätte ihr die Chance geben sollen, ganz sie selbst zu sein, anstatt mich von meiner Unsicherheit und Eifersucht leiten zu lassen.

Wie quatschen über eine Stunde und erzählen uns alles, was in den letzten Wochen passiert ist – unsere längste Zeit ohne einander, seit sie in der ersten Klasse für mich auf Jesse Fitzgerald losgegangen ist. »Ich weiß, dass der Plan mit der Liebesgeschichte vorbei ist und so«, sagt sie schließlich. »Aber wenigstens hast du deine Happy-End-Szene bekommen, und es war echt ganz großes Kino. Wenn ich dich das nächste Mal besuche, bringe ich Schilder mit zum Flughafen, damit es wirklich stilecht ist.«

»Der Plan mit der Liebesgeschichte ist noch nicht vorbei.« Er spukte mir schon das ganze Wochenende im Kopf herum, aber erst indem ich darüber spreche, wird er wirklich wahr.

»Wie jetzt?«, kreischt sie. »Du hast doch mit Nico Schluss gemacht. Du hängst doch nicht etwa immer noch an ihm …«

»Nein. Kein bisschen. Aber ich hoffe, dass ich immer noch eine Chance auf ein Happy End bei dem habe, der die ganze Zeit im Mittelpunkt meiner Liebesgeschichte hätte stehen sollen.« Ich sehe seine zerzausten sandfarbenen Haare vor mir. Das Grübchen auf der rechten Wange. Sein verblichenes rotes Hawaiihemd.

»Abgesehen von mir selbst natürlich«, füge ich schnell hinzu. »Denn ich glaube … dass ich mich erst mal hätte annehmen sollen, bevor ich versuche, den Traumtyp zu finden. Kein Wunder, dass es mit keinem geklappt hat. Ich musste erst lernen, mich selbst zu lieben. Und das tue ich jetzt, wirklich.«

»Richtig so, Mädchen! Ich mache hier grad eine Siegerfaust. Schade, dass du es nicht sehen kannst«, ruft Caroline – als hätte sie mir nicht all die Ratschläge gegeben, die mich im letzten halben Jahr so in die Irre geführt haben. Aber ich hätte ihren Rat ja nicht annehmen müssen. Und vielleicht ist es auch gar nicht so verkehrt, einem Happy End nachzujagen. Solange es ein Happy End ist, das reich und bunt und richtig für mich ist.

»Aber … das versteh ich nicht. Was hast du jetzt vor?«

»Ich versuche Nummer elf. Dafür war dieses Gespräch eigentlich eine gute Übung.«

»War das das Riesenrad?«

»Nein.«

»Ach so!«

Am Montagmorgen hole ich mein Regenbogenkleid ganz hinten aus dem Schrank und frisiere meine Haare mit dem Afrokamm so voluminös, wie es geht. Damit werde ich richtig auffallen, und das will ich auch. Es macht mir keine Angst mehr.

Ich fahre früh zur Schule. Seit ich nicht mehr mit Sam fahre, bringt meine Mutter mich, und heute ist sie mir zuliebe eine Stunde vorher aufgebrochen. Das ist immer noch knapp für das, was ich mir alles vorgenommen habe. Ich husche in den Kopierraum vom Kreativen Schreiben, scanne meine Seiten und fertige mehr Kopien an, als ich zählen kann. Und als sämtliches Papier, das ich auftreiben konnte, aufgebraucht ist, laufe ich über das Schulgelände und klebe Blatt für Blatt an die Türen der Klassenzimmer, an die Spinde und die Wände im Treppenhaus. Ganz schön anstrengend. Poppy muss einen Mordshass auf mich gehabt haben, um das durchzuziehen. Ich stelle mir die ganze Geschichte noch mal aus ihrer Sicht vor … vielleicht versuche ich mich daran als Nächstes.

Auf die Blicke in den kleinen Pausen bin ich vorbereitet. Sie sind mir willkommen. In der Mittagspause gehe ich zu unserem Stammplatz auf der Veranda des Bungalows, wo Theodore, Lavon und Lenore auf mich warten. Sie legen ihren Imbiss beiseite und klatschen Beifall.

»Das ist Kunst, Süße!«, ruft Lenore, schnippt mit den Fingern und nimmt mich dann fest in die Arme.

Und ich lenke nicht ab und spiele meine Leistung nicht herunter. Ich sage nur »Danke«.

Ich erscheine eine Viertelstunde zu früh zu Romankunst, bewaffnet mit einem weiteren Stapel Kopien.

»Ms McKinney?«, sage ich. Sie blickt auf und schaut sich dann schnell um, als könnte ich doch jemand anderes meinen.

»Ja?«

Ich reiche ihr einen Stapel, ausgewählte Kapitel einer unvollendeten Novelle, geheftet und perfekt formatiert, und obendrüber steht fett gedruckt mein Name.

»Ich kann heute lesen. Wenn es okay ist … wenn es in Ihren Plan passt. Ich weiß, dass es schon spät im Halbjahr ist und dass es wohl nicht viel an meiner Note ändert, weil, na ja, weil ich ja nichts Neues eingereicht hatte. Aber ich muss das unbedingt machen. Für mich selbst.«

»Einen Vorgeschmack habe ich ja schon bekommen«, sagt sie mit undurchdringlicher Miene. »Ich freue mich darauf, dir zuzuhören.«

Kurz darauf trudeln die anderen aus dem Kurs ein, und Ms McKinney bittet sie, Platz zu nehmen. Wir beginnen direkt mit der Präsentation. Ich dachte, es würde gegen das Lampenfieber helfen, wenn ich gleich ins kalte Wasser springe. Aber ich muss trotzdem die Angst bezwingen, die in meiner Kehle brennt, das altbekannte Prickeln am Hals und auf der Brust.

Ich schaffe das. Es wird schwer. Und es macht mir Angst. Aber ich schaffe es.

Während die Papierstapel herumgehen, nutze ich die Gelegenheit, mich umzuschauen, vorbei an den Gesichtern derer, die mich das ganze Halbjahr eingeschüchtert haben, auf der Suche nach dem einen erhofften. Nico ist da, eine Maske der Gleichgültigkeit, aber nicht nach ihm halte ich Ausschau.

Die letzten Seiten habe ich heute Morgen an die Tür der Küche geheftet, dazu eine Notiz.

Lieber Sam,
das hier ist für mich, aber auch für dich Kannst du zu mir ins Profilfach in den Keller des Bungalows kommen?
Alles Liebe
Tessa

Er ist nicht da, wie ich jetzt sehe, aber eigentlich wusste ich das wohl schon. Ich hätte es gespürt, wenn er in den Raum gekommen wäre, hätte seine Energie wahrgenommen, seinen Butter-und-Zucker-Duft gerochen. Ich bin enttäuscht. Ich wünsche mir, dass er hier ist, aber ich weiß, dass ich es auch hinkriege, wenn er nicht kommt. Es ist das große Finale zweier Liebesgeschichten, die sich ineinander verschlungen hatten, doch wenn ich sie voneinander löse, sie richtig auseinanderdrösele, dann ist meine persönliche noch wichtiger. Ich kann auf eigenen Füßen stehen.

Ich hole tief Luft, schaue auf meinen Text und fange an zu lesen.

Mein Körper und meine Stimme fühlen sich gewaltig an, als würde ich sämtlichen Raum einnehmen. Wenn ich mich selbst sehen könnte, müsste ich aussehen wie Alice, nachdem sie im Wunderland den Kuchen gegessen hat und ihre Arme und Beine aus dem Fenster und dem Kamin herausragen. Aber das macht mir keine Angst mehr. Ich habe dieses Jahr so wenig abgeliefert, dass ich eine Menge Raum einnehmen darf. Mir steht das ganze Klassenzimmer zu.

Ich lese die Liebesgeschichte vor, die ich am Wochenende geschrieben habe. Sie handelt von einem unsicheren Mädchen und einem uncoolen Jungen, doch nur sie muss lernen, zu sich selbst zu stehen. Und von romantischen Tänzen zu Dream Zone, milchfreier Eiscreme, Cargohosen mit Reißverschluss am Knie und Hawaiihemden. Von einer funkelnden Nacht hoch über allem, Zehen im Pazifik und vielen Gesprächen bei süßem Gebäck im warmen Auto. Von Angst, Fehlern und Risiko. Von Zucker, brauner Butter und Mehl.

Die Geschichte hat nicht wahnsinnig viel Tiefgang, sie hat zu viele Adjektive und driftet gefährlich ins Schwülstige ab, aber Angelica neben mir geht richtig mit. Das höre ich an ihrem Seufzen und ich spüre es in der Energie ihrer kribbeligen Finger.

Ich bin berauscht davon, meine Worte mit anderen teilen zu können. Und diese Freude, diese Begeisterung würde ich nicht erleben, hätte ich mich nicht herausgewagt. Hätte ich nicht gesagt: Hier, das ist etwas, das ich liebe, bitte liebt es auch.

Ich dachte, ich müsste eine eigene Liebesgeschichte erleben, um wieder mit dem Schreiben anzufangen. Und mit Sam habe ich die Liebe gefunden – das weiß ich jetzt. Aber vor allem musste ich, um meine Worte und meine Stimme wiederzufinden, mich selbst lieben lernen. Und das habe ich geschafft.

Jetzt muss ich nur darauf vertrauen, dass ich, ebenso wie ich den Weg zu mir selbst gefunden habe, auch Sam zurückerobern werde. Und wenn es mir nicht gelingt, tja, dann werde ich das auch überleben.

Als ich bei der letzten Seite angekommen bin, ist meine Stimme heiser und mein Gesicht ist nass. Ich weiß nicht, wann das passiert ist. Es müsste mir peinlich sein, aber stattdessen bin ich unglaublich erleichtert, als wäre jede einzelne Zelle meines Körpers gegen eine neue ausgetauscht worden. Hier in diesem Kellerraum der Schule, mit meiner Stimme und meinen Worten als Katalysatoren, habe ich mich verwandelt.

Schließlich blicke ich auf, bereit, die Kritik der Gruppe anzuhören – und verrückterweise freue ich mich sogar darauf. Ich kann es kaum erwarten, zu hören, was sie denken, ganz gleich, ob gut oder schlecht, denn ich werde danach nicht am Boden zerstört sein. Ich habe jetzt eine solide Grundlage, auf die ich bauen kann.

Noch einmal lasse ich die Gesichter der anderen an mir vorübergleiten, doch es zieht meinen Blick magnetisch zur Kellertreppe. Ein Flattern in der Brust, ein Kloß im Hals. Da steht er.

Danksagung

Zuerst an Danielle Parker: Du hast mir die verrückte Idee in den Kopf gesetzt, dass ich das kann. Danke für diesen Funken und für deine Freundschaft.

Kristin Botello, dich als Mentorin zu haben, hat mich verwandelt. Ich danke dir dafür, dass du mich immer herausgefordert und dazu angespornt hast, mich zu verbessern. Es tut mir leid, dass ich gegangen bin, aber ich hoffe, du kannst stolz auf mich sein.

Ich danke all meinen früheren Schülern: Kierra, Kayla, Kyla, Maaliyah, DJ, Jose, Terence, Jorge, Kevin, Edward, Misael, Israel, Miguel, Alexis, Melissa, Alex, Leslie, Andy, allen Anthonys, Bryan, Omar, Shadia, Victor, Hannalene, Tywayne, Eddie und vielen anderen. Ihr habt mir gezeigt, wie man Probleme mit Anmut, Humor und Beharrlichkeit angeht. Ihr habt so viel Freude in mein Leben gebracht, als ich die erste Fassung dieses Buchs schrieb (und die davor), und ich bin sehr dankbar für die kleine Rolle, die ich in euren Geschichten spielen durfte. Ich liebe euch alle.

Taylor Haggerty, du hast so fest an mich geglaubt, dass mir gar nichts anderes übrig blieb, als selbst an mich zu glauben. Danke dafür, dass du auf all die Ausrufezeichen und Smileys in meinen E-Mails eingegangen bist und mir mühelos alle Sorgen genommen hast. Du bist meine Superheldin, und ich bin so dankbar für unsere Zusammenarbeit. Vielen Dank auch an Root Literary, vor allem an Melanie Castillo. Heather Baror-Shapiro und Debbie Deuble Hill, vielen Dank für eure Hilfe dabei, Tessas Geschichte einem breiteren Publikum nahezubringen.

Alessandra Balzer, danke für deinen scharfen Blick, deine behutsame Kritik und deine Engelsgeduld, während ich immer mehr gelernt habe. Du bist all meine korrigierten Entwürfe durchgegangen und hast mein Buch so lange poliert, bis ich stolz darauf sein konnte. Die Zusammenarbeit mit dir ist ein Traum, aus dem ich hoffentlich nie erwache.

Dank an alle bei Balzer + Bray/HarperCollins, vor allem Caitlin Johnson, Valerie Wong, Ebony LaDelle, Jane Lee, Aubrey Churchward, Renée Cafiero, Alison Donalty, Andrea Pappenheimer, Kerry Moynagh, Kathy Faber, Patty Rosati, Mimi Rankin, Katie Dutton und alle anderen, die dieses Buch mit auf den Weg gebracht haben. Jessie Gang, vielen Dank für das tolle Cover-Design. Michelle D'Urbano, deine Umschlagillustrationen bringen mich immer noch einmal pro Woche zum Heulen, und das wird sich vermutlich nie ändern. Du hast es perfekt getroffen, ich danke dir.

An die Erste, die diese Geschichte gelesen hat: Sarah Lavelle, danke für den Zuspruch, den ich anfangs brauchte, um mutig zu sein und durchzuhalten. Und Katherine Locke, danke für dein goldrichtiges Feedback, deine Geduld und Unterstützung, während ich lernte, was ich damit anfangen konnte.

Ein Dankeschön an Ellen Rozek, Danielle Seybold, Kathrene Faith Binag und andere, die so sorgfältig und aufmerksam gelesen und mich dazu gebracht haben, jede Figur bestmöglich zu gestalten.

Susan Lee und Tracy Deonn, ihr wart die ersten Autorinnen unter meinen Freunden, noch ehe ich mich selbst Autorin zu nennen wagte. Euer Rat und eure Unterstützung waren so wertvoll, vielen Dank. Natalie Parker, Tessa Gratton, Zoraida Cordova und Justina Ireland, danke, dass ihr die wunderbare Gemeinschaft Madcap aufgebaut habt. Mein erster Schreibaufenthalt bot mir die perfekte Umgebung, um mit dieser Geschichte zu beginnen, und ich werde hoffentlich noch an vielen weiteren teilnehmen dürfen. Leah Koch, danke dafür, dass du mein Buch gelesen und einen Werbetext verfasst hast, bei dem die jugendliche Elise in Ohnmacht gefallen wäre (und die erwachsene Elise war nah dran). Und zwei meiner schreibenden Heldinnen: Becky Albertalli und Brandy Colbert. Die Tatsache, dass ihr überhaupt wisst, wer ich bin, haut mich völlig um, denn ich liebe eure Worte schon so lange. Danke dafür, dass ihr so freundlich zu mir seid und mir das Gefühl gebt, dazuzugehören.

Ich empfinde so viel Liebe und Dankbarkeit für die Frauen, die mir das Schreiben ermöglicht haben, indem sie Lücken gefüllt, mich und meine Familie unterstützt und mir ein gutes Gefühl gegeben haben. Ein Dank an Sonia Ramirez, Dr. Mireya Hernandez, Shannon Kennedy, Dr. Noreen Hussaini, Alexa King und viele andere.

Mom und Dad, ihr habt mir beigebracht zu glauben, dass ich mit harter Arbeit alles schaffen kann. Danke dafür, dass ihr mir so eine starke und sichere Grundlange geschaffen habt und mir mit eurer Selbstlosigkeit und eurem Durchhaltevermögen stets leuchtende Vorbilder wart. (Mom, du hast immer gesagt, ich könnte ein Buch schreiben, und nur weil ich weiß, wie gern du es hörst: Du hattest recht. Wie du immer recht hast.) (Dad, entschuldige die vielen Küsse.)

Bryan, deine Schwester zu sein, ist eine meiner größten Freuden. Du bist mein Kompass dafür, was richtig und was lustig ist. Wir werden dieses Buch zusammen bei Barnes & Noble besuchen, ich werde weinen und du wirst dich über mich lustig machen und dann zur *National Geographic*-Abteilung rübergehen. Ich kann es kaum erwarten. Und Rachal, meine kleine Schwester, auch wenn du mir, als ich beschlossen habe, es noch mal mit dem Schreiben zu versuchen, eher eine große Schwester warst. Danke, dass du an mich geglaubt und mich ermutigt und davon überzeugt hast, dass ich nicht meine Zeit verschwende. Du kommst in einem anderen vor, versprochen.

Joe, mein Liebster, du hast alles gelesen, jeden Tag das Abendessen bereitet, mich an mein Nickerchen erinnert und bist meinen immer bescheuerteren Zweifeln mit deinem Enthusiasmus entgegengetreten. Dafür danke ich dir. Ich bin so froh, dass wir unser Happy End miteinander erleben.

Und an Tallulah und Coretta: Jetzt, wo ihr seht, wie ich mir meinen unmöglichen Traum erfülle, wisst ihr hoffentlich, dass ihr den Platz einfordern könnt, der euch zusteht, und alle Ziele verfolgen, die ihr wollt, ohne für irgendetwas um Entschuldigung bitten zu müssen. Ich werde euch immer anfeuern. Ich liebe euch, meine wundervollen, schönen Mädchen.